Wolfgang Schüler   Die Rosen des Bösen

Die Handlung des Romans beruht auf wahren Ereignissen. Aus Gründen des Schutzes von Persönlichkeitsrechten mussten die meisten Akteure anonymisiert und von ihrer Vita her stark verändert werden.

Wolfgang Schüler, geboren 1952, studierte Jura in Leipzig und ist als Journalist, Rechtsanwalt und Schriftsteller tätig. Er ist Mitglied im Syndikat, der Autorengruppe deutschsprachiger Kriminalliteratur in Deutschland, Österreich und der Schweiz, sowie im Literaturverein FürWort. Er veröffentlichte u. a. die erste deutschsprachige Edgar-Wallace-Biographie und das kriminalgeschichtliche Sachbuch *Verbrecher im Netz*, das fünf Auflagen erreichte. 2015 publizierte er bei Bild und Heimat seinen gemeinsam mit Wilfried Zoppa verfassten Tatsachenbericht *Mörder auf der Flucht*. Zuletzt erschien von ihm der Roman *Sherlock Holmes und der Vampir im Tegeler Forst* (KBV, 2017). *Die Rosen des Bösen* ist sein erster Kriminalroman bei Bild und Heimat.

Wolfgang Schüler

Die Rosen des Bösen

Ein Berlin-Krimi

Bild und Heimat

ISBN 978-3-95958-173-8

1. Auflage
© 2018 by BEBUG mbH / Bild und Heimat, Berlin
Umschlaggestaltung: fuxbux, Berlin
Umschlagabbildung: Fritz Mohr, Berlin
Druck und Bindung: CPI Moravia Books s. r. o.

Ein Verlagsverzeichnis schicken wir Ihnen gern:
BEBUG mbH / Verlag Bild und Heimat
Alexanderstr. 1
10178 Berlin
Tel. 030 / 206 109 – 0

www.bild-und-heimat.de

Inhalt

1. Kapitel
Die Karten werden gemischt 7

2. Kapitel
Das Haus in der Prenzlauer Allee 61

3. Kapitel
Oben, Mitte, Unten 115

4. Kapitel
Begegnungen und Gespräche 159

5. Kapitel
Die Lage spitzt sich zu 215

6. Kapitel
In den Katakomben 265

Glossar 310

1. Kapitel

Die Karten werden gemischt

Das sechste Opfer

> »Die erste umfangreiche Ausstellung mit Werken des bedeutenden englischen Künstlers Henry Moore in der DDR wurde gestern in der Berliner Nationalgalerie eröffnet.«
>
> *Berliner Zeitung*, Donnerstag, 5. April 1984

Der Schänder hatte bereits fünf Frauen Gewalt angetan. In dieser Nacht würde es sein sechstes Opfer treffen. Ilka Friesecke war ein ausnehmend hübscher Käfer. Wehe ihr, die Spinne lag bereits auf der Lauer.

*

Der Nachname »Moore« kommt im englischen Sprachraum sehr oft vor – vielleicht nicht so zahlreich wie in Deutschland die Zunamen »Müller«, »Schmidt« und »Schneider«, die an der Spitze der hundert häufigsten Familiennamen stehen, aber immer noch weit über dem Durchschnitt. Deshalb lassen sich Verwechslungen nicht vermeiden. Beispielsweise bekam der US-amerikanische Country- und Rock-'n'-Roll-Musiker Johnny Moore häufig Fanpost zugestellt, die eigentlich für einen Rhythm-and-Blues-Sänger oder einen Trompeter bestimmt war, die beide gleichfalls Johnny Moore hießen. Manchmal dauerte es Monate, ehe ein Brief nach langem Rundkurs den richtigen Adressaten erreichte.

Der Brite Roger Moore war nicht als Musiker, sondern als James-Bond-Darsteller weltweit berühmt geworden. Allerdings nicht in der DDR, weil diese Art von Agentenfilmen dort nicht in den Kinos lief. Aber die Fernsehserien »Simon Templar« und »Die Zwei« hatten den attraktiven Schauspieler mit dem charakteristischen Leberfleck links neben der Nase auch im Arbeiter-und-Bauern-Staat bekannt gemacht. Das lag einzig und allein am Westfernsehen. Zum größten Ärger des Politbüros ignorierten die vom Klassenfeind ausgestrahlten elektromagnetischen Wellen jegliche Grenzbefestigungsanlagen und machten nur vor dem Dresdner Raum, dem sogenannten Tal der Ahnungslosen, halt.

Sämtlichen Funktionsträgern – vom Parteifunktionär über den Volkspolizisten und NVA-Soldaten bis hin zum Feuerwehrmann – war es dienstlich strengstens untersagt, ARD und ZDF einzuschalten. Inoffiziell warfen aber auch viele Parteimitglieder regelmäßig – und die meisten übrigen DDR-Bürger ohnehin – mit Hilfe des Westfernsehens einen Blick hinter den Eisernen Vorhang. Vor allem die täglichen Nachrichtensendungen standen hoch im Kurs.

Die zweite wichtige Informationsquelle war in Ostdeutschland der Buschfunk. Von vertraulichen Berichten bis hin zu den wildesten Gerüchten wurde alles, was nicht in der Zeitung stand oder in den Nachrichten kam, nach dem Prinzip des Kinderspiels »Stille Post« von Ohr zu Ohr weitergetragen.

Die angehende Historikerin Beate Andaman hatte in ihrem sozialistischen Studentenkollektiv etwas unter der Hand erfahren, das sie sofort hellwach werden ließ. Der Tipp stammte aus einer verlässlichen Quelle und würde eine kleine Sensation darstellen, sofern er sich tatsächlich bewahrheitete: An diesem Mittwoch sollte mitten in der Hauptstadt der DDR –

also fernab der glamourösen Filmmetropolen Cannes und Hollywood – auf der Museumsinsel eine Moore-Ausstellung eröffnet werden!

Beate war ein großer Fan von Roger Moore. Über ihrem Bett hing ein großes Poster aus der BRAVO. Es hatte ihr bereits sehr intensive Träume beschert. Deshalb wollte und konnte sie sich dieses seltene Ereignis keinesfalls entgehen lassen. Vielleicht kam der Künstler sogar höchstpersönlich angereist. Ein englischer Gentleman konnte nämlich problemlos von London aus nach Tegel oder Schönefeld düsen, dort in ein Taxi steigen – und schon war er da.

Es musste so sein. Alles andere wäre völlig undenkbar. Die meisten Künstler, die in den Osten eingeladen wurden, kamen gern. Eine bessere Publicity als ein Foto vor dem Brandenburger Tor oder ein Small Talk mit Erich Honecker ließ sich kaum denken. Die Bilder würden auf allen Fernsehkanälen laufen, selbst in der »Aktuellen Kamera«. Roger Moore, ganz egal wie berühmt er schon war, würde sich eine solch günstige Gelegenheit kaum entgehen lassen. Mit etwas Glück konnte sie von ihm eine Autogrammpostkarte ergattern. Sein Namenszug würde mehr wert sein als sämtliche Unterschriften von Dean Reed, Gojko Mitić und Frank Schöbel zusammen.

Allerdings war der Buschfunk nicht nur an der Humboldt-Universität zu vernehmen. Roger-Moore-Fans gab es zuhauf. Nicht so viele wie von den Rolling Stones, aber immer noch mehr als genug. Deshalb war mit einigem Andrang auf der Museumsinsel zu rechnen. Beate besaß allerdings ein besonderes Geschick darin, große Menschentrauben vor FDJ-Studentenklubs und HO-Tanzgaststätten zu teilen wie einstens Moses das Rote Meer. Drei wichtige Dinge waren ihr gegeben: eine überragende Körpergröße, ein voluminöser Busen und eine nötige Portion Entschlossenheit. Etwas zusätzliche Unterstützung konnte trotzdem nicht schaden. Schließlich folgt auf den Weltmeeren einem Zerstörer meistens ein Kreuzer als Rückendeckung. Beate hatte deshalb ihre Kommilitonin Ilka Friesecke überredet, die letzte Vorlesung zu schwänzen und mit hinüber zur Museumsinsel zu gehen.

Viel Überzeugungskraft war nicht notwendig gewesen. Ilka hatte nämlich im vorigen Sommer in Budapest den James-Bond-Film *Moonraker* in englischer Originalfassung gesehen. Seitdem besaß sie ziemlich klare Vorstellungen vom Aussehen ihres zukünftigen Gatten.

Auf der Museumsinsel herrschte nicht mehr Publikumsverkehr als sonst. Kein einziger »Kunde« – also ein langhaariger Hirschbeutelträger mit Parkakutte und Jesuslatschen – war weit und breit zu sehen.

»Irgendetwas stimmt hier nicht«, schlussfolgerte Ilka messerscharf.

»Ach was«, entgegnete Beate betont optimistisch. »Die Kunden hängen nicht vor der Glotze, sondern trampen nach Weimar zum Zwiebelmarkt oder zu einer Bluesmucke an der Ostsee. Von gehobener Schauspielkunst haben sie keinen blassen Schimmer.«

Ilka sollte recht behalten. Der Ausstellungsbesuch entwickelte sich zu einem totalen Reinfall. Der Künstler war zwar zweifellos ein Brite. Er hieß auch tatsächlich »Moore« mit Nachnamen. Aber sein Vorname lautete »Henry« und nicht »Roger«. Bei ihm handelte es sich demzufolge nicht um den berühmten Schauspieler, sondern – was allerdings die beiden Studentinnen nicht die Bohne interessierte – um den nicht minder prominenten Bildhauer. Der englische Botschafter Peter Malcolm Maxey hielt eine Rede. Sie war *very british*: staubtrocken und völlig humorfrei.

Beate zog einen Flunsch. Auch Ilka war mehr als enttäuscht. Der Rundgang der beiden Freundinnen durch die Ausstellung fiel dementsprechend kurz aus. Mit abstrakten Zeichnungen und großformatigen Fotos von stilisierten Bronzefrauen konnten sie nicht viel anfangen. Mehreren anderen Besuchern ging es offenkundig ähnlich, denn deren Verweildauer fiel ebenfalls recht kurz aus.

Unabhängig davon war die Kunstszene im In- und Ausland über die Tatsache in Aufregung geraten, dass ein britischer Avantgardekünstler seine Werke in der Hauptstadt der DDR ausstellen durfte. Aber seine Plastiken entsprachen offensichtlich dem Zeitstil, der sich in Ost wie West ähnlich entwickelte. In Deutschland war Henry Moore dadurch bekannt geworden, dass der damalige Bundeskanzler Helmut Schmidt im Jahr 1979 eine Skulptur bei ihm bestellt hatte, die er vor dem Bundeskanzleramt in Bonn aufstellen ließ.

Möglicherweise wäre Ilkas weiteres Leben völlig anders verlaufen, wenn sie der Henry-Moore-Ausstellung ferngeblieben wäre und sich stattdessen brav und pflichtbewusst ihren Studien gewidmet hätte. Doch wer weiß das schon mit Bestimmtheit zu sagen? Das Leben schlägt manchmal Haken, und hinterher ist man immer klüger als zuvor.

Jedenfalls beschlossen die Freundinnen, nach dem Reinfall auf der Museumsinsel noch ins Kino zu gehen. Roger-Moore-Filme standen gerade nicht zur Verfügung, aber im Kino *Kosmos* in der Karl-Marx-Allee wurde um siebzehn Uhr eine französische Komödie aus dem Jahr 1982 gezeigt. Sie hieß *Louis und seine verrückten Politessen* und zeigte Louis de Funès in seiner letzten Rolle. In dem völlig sinnfreien Streifen ging es um eine Terrorgruppe namens »Das Gehirn«, die es auf die vier Politessen und deren Armbänder mit den Zugangscodes zu nuklearen Raketen abgesehen hatte. Dieser Nonsens war immer noch besser als eine *Mosfilm*-Produktion über den heldenhaften Kampf von Rotgardisten gegen die Weißen. Der amerikanische Spielfilm *Am goldenen See* mit Jane und Henry Fonda wäre auch nicht schlecht gewesen, aber der lief im *Toni* am Antonplatz, und so weit wollten sie nicht fahren.

Nach dem Film suchten die beiden Freundinnen noch die *Mokka-Milch-Eisbar* auf, die durch ihre sensationelle Schokomilch und einen Titel der Beatband »Team 4« bekannt und berühmt geworden war.

Von der Karl-Marx-Allee bis zur nächsten Straßenbahnhaltestelle war es nicht weit. Aber der Wind pfiff eisig und peitschte Regenschauer vor sich her. In der Mollstraße trennten sich die beiden Freundinnen. Beate fuhr mit der Straßenbahn der Linie 24 zurück ins Internat. Ilka wohnte im Prenzlauer Berg in der Prenzlauer Allee. Sie nahm die Linie 20 bis zur Marienburger Straße. Von da aus hatte sie es bis nach Hause nicht mehr weit.

Ilka Friesecke war zweiundzwanzig Jahre alt, im Gegensatz zu ihrer Freundin Beate nur 1,69 Meter groß und von schlanker Gestalt. Auch mit einem großen Busen konnte sie nicht dienen, was sie allerdings kaum bedauerte. Die Studentin hatte dunkelbraunes, leicht gewelltes schulterlanges Haar, das sie zumeist locker gewunden zu einem Knoten zusammensteckte. Ihr Gesicht war ebenmäßig und wurde von zahlreichen Sommersprossen geschmückt.

Ilka stammte aus der Hansestadt Rostock und studierte im dritten Studienjahr Geschichte an der Berliner Humboldt-Universität. Das Mädchen hatte sich nicht aus freien Stücken für diese Fachrichtung entschieden. Ursprünglich wollte sie Biologin mit dem Fachgebiet Botanik werden. Aber diese Studienplätze waren am Anfang der achtziger Jahre rar gewesen. Damals wurden vor allem zukünftige Ingenieure gesucht. Die einzige andere Alternative wäre ein Pädagogikstudium gewesen, aber eine solche Wahl hatte für sie außerhalb jeglicher Vorstellungskraft gelegen.

Inzwischen fand sie das Geschichtsstudium gar nicht mehr so schlecht. Für Absolventen gab es jede Menge berufliche Möglichkeiten. Ilka konnte beispielsweise Museumsdirektorin werden (und dann Ausstellungen von Henry Moore oder – besser noch – Roger Moore organisieren) oder als Lektorin in einem auf historische Bücher spezialisierten Verlag arbeiten.

Ihr Diplomthema war vollkommen unverfänglich und würde sie bei ihrer späteren Berufswahl in keinerlei Hinsicht einschränken. Es lautete: »Die Manifestation der liberalen Demokratie in England am Ende des 19. Jahrhunderts«.

Der Gegenstand dieser wissenschaftlichen Arbeit klang sehr theoretisch. Er würde es auch bleiben, denn eine Reise zu den einschlägigen Londoner Archiven und Bibliotheken gehörte ebenso wenig zum Studienplan wie ein Gastsemester an einer britischen Universität. Ilkas einzige Vergünstigung bestand darin, dass sie in der Staatsbibliothek eingeschränkten Zugang zum Bereich für sekretierte Literatur hatte, der im Volksmund »Giftstube« genannt wurde. Dort, in einem separierten Leseraum, konnte sie sämtliche Literatur einsehen, die zu ihrem Diplomthema passte. Das eröffnete der Studentin vielfältige Möglichkeiten, auch abseits vom eigentlichen wissenschaftlichen Feld zu grasen. Die Bibliothekare mussten zwar bei jeder einzelnen Buchbestellung nachprüfen, ob ein Sinnzusammenhang zur beantragten und gewährten Literaturfreigabe bestand. Trotzdem gab es immer noch genügend Möglichkeiten, einen Schritt links und rechts vom Weg abzuweichen.

Ilka ging häufig in die Bibliothek. Die historischen Schmöker auf ihrem Tisch hatten nur eine Alibifunktion. Stattdessen verbrachte die Studentin die meiste Zeit mit dem Lesen von aktuellen Nachrichten und Kommentaren. In der »Giftstube« lag ein breites Sortiment westdeutscher und internationaler Presseerzeugnisse aus, über das jeder Leser völlig frei verfügen konnte. Darunter befanden sich beispielsweise *Der Tagesspiegel*, die *Berliner Morgenpost*, der *Stern* und *Der Spiegel*.

Die Zeitungen und Zeitschriften kamen nicht druckfrisch in den Leseraum. Sie mussten erst einen Umweg über die Registratur machen. Dort wurden sie erfasst und gekennzeichnet. Deshalb waren sämtliche ausliegende Exemplare bereits mehrere Tage bis einige Wochen alt. Das minderte aber nicht das Lesevergnügen. Für eine informationsbegierige Ostberliner Studentin, die nach neuen Nachrichten aus aller Welt dürstete wie ein Dromedar in der Wüste nach Wasser, waren die Beiträge immer noch aktuell genug.

Ilka hatte sich bereits so sehr an ihr regelmäßiges und kostenloses Zeitungsstudium gewöhnt, dass sie es nicht mehr missen mochte. Aus diesem Grund legte sie keine große Eile an den Tag, wenn es um ihre Diplomarbeit ging. Sie lag noch gut im Zeitplan. Der Abgabetermin rückte zwar unerbittlich näher, aber er war problemlos zu halten.

Auch wenn man es ihr weder ansah noch anmerkte: Die junge Studentin hatte bereits ein hartes Schicksal hinter sich. Ilka war seit ihrem sechzehnten Lebensjahr Vollwaise. Das Leben hatte sie nicht geschont. Zuerst war ihr Vater und ein Jahr später ihre Mutter – beide mit Mitte vierzig – an Krebs gestorben. Seitdem musste sich Ilka mehr oder weniger allein durchschlagen. Das war nicht immer einfach gewesen. Es gab zwar eine Tante Hilde in Greifswald, aber die hatte sich kaum um sie gekümmert. Sie züchtete Katzen und trank gern Alkohol. Aber als einzige nahe Verwandte hatte sie wenigstens dafür gesorgt, dass ihre Nichte die elterliche Wohnung behalten konnte und nicht ins Jugendheim umziehen musste.

Zum Studienbeginn in Berlin hatte Ilka einen Internatsplatz zugewiesen bekommen. Aber sie verspürte nicht das geringste Interesse, die vier Studienjahre in einem Wohnheim mit Vierbettzimmern, geregelter Nachtruhe, Reinigungsplänen und Besucherlisten, die unten beim Pförtner auslagen, zuzubringen. Deshalb hatte sie ihre fernbeheizte Rostocker Zweizimmerneubauwohnung vorübergehend gegen ein Berliner Einzimmerdrecksloch mit Außentoilette und Ofenheizung getauscht. Das war vom Wohnkomfort her ein schlechter Handel gewesen, aber die gewonnene Freiheit und die gute Lage mitten im Herzen der Stadt machten alle Nachteile wieder wett. Von ihren Kommilitoninnen wurde sie beneidet, weil sie eine eigene Bude hatte. Sie konnte Herrenbesuch empfangen, wann immer sie wollte. Ihre Mitstudentinnen mussten auf Parkbänke oder in den Heizungskeller vom Internat ausweichen. Es hatte bereits üble Verbrennungen an den kochend heißen Rohren gegeben.

Ilkas Adresse lautete Prenzlauer Allee 37 b. Die heruntergewirtschaftete Mietskaserne erinnerte an einen Invaliden mit gebeugten Schultern, der vom Alter ganz grau im Gesicht war und auf den erlösenden Tod wartet. Dieser Exitus würde bald kommen, daran konnte es selbst für Ilka Friesecke, die alles andere als eine Bausachverständige war, keinen Zweifel geben. Es gab nichts mehr, was den Zerfall hätte aufhalten können. Die zum Teil freiliegenden Balken waren morsch und wurmzerfressen, die Schindeln zerschlagen oder porös, der schwarz verfärbte Putz mit seinen deutlich sichtbaren Einschlägen von

Geschossgarben aus dem Zweiten Weltkrieg bröckelte, und die Fundamente lösten sich auf. Die Krallenhände der Mauerrisse zerfetzten die Außenwände, und aus den finsteren Kellergewölben kroch der grüne Schwamm empor, hauchte dumpf seinen kalten Moderatem aus.

Ilka hoffte nur, dass der endgültige Zusammenbruch bis nach dem Ende ihres Studiums auf sich warten lassen würde, damit sie wieder in ihre Rostocker Wohnung zurückkehren konnte. Dort musste sie im Winter keine Kohlen mehr schleppen und sich nicht auf einem unbeheizten Klo den Hintern abfrieren. Außerdem konnte sie daheim wieder dem Luxus frönen, nach Herzenslust zu duschen und zu baden.

Die Studentin stieg die Treppen bis zur vierten Etage hinauf, verriegelte hinter sich sorgsam die Wohnungstür und brühte sich auf dem Gaskocher in der Küche einen Kräutertee auf. Dann zündete sie sich die erste Zigarette des Tages an, rauchte genüsslich und machte es sich in ihrem Lesesessel unter einer Stehlampe bequem, die vom Sperrmüll stammte. Im Antiquariat in der Münzstraße hatte Ilka vor einigen Tagen ein äußerst seltenes Buch aus dem Kölner Verlag Kiepenheuer & Witsch ergattert. Es hieß *Fürsorgliche Belagerung* und stammte von Heinrich Böll. Der Handelspreis war mit sechzehn Mark im Vergleich zu gebundenen DDR-Büchern mehr als heftig gewesen. Der Schutzumschlag fehlte. Obendrein hatte der Vorbesitzer etliche Textpassagen, die ihm wichtig erschienen, mit Bleistift unterstrichen. Aber das alles schmälerte das Lesevergnügen nicht im Geringsten.

Kurz vor zwölf ging Ilka in die Küche. Sie griff sich ihre Abendzahnbürste, drückte etwas »Chlorodont« darauf und putzte sich über der Spüle die Zähne. In der Wohnung gab es kein Bad, nur eine Plastewanne zum Waschen und Abspülen mit warmem Wasser aus dem Pfeifkessel. Wenn die Studentin duschen wollte, musste sie ins Internat fahren.

Das Bett war riesig und äußerst stabil. Am Kopfende gab es eine kleine Lampe. Ilka knipste sie an, schaltete die Deckenleuchte aus und kuschelte sich ein. Der geblümte Bezug roch frisch gewaschen. Die junge Frau las noch einige Zeilen. Aber es hatte keinen Sinn. Ihre Gedanken schweiften ab. Sie legte das Buch beiseite und löschte das Licht. Wenig später war sie tief und fest eingeschlafen. Ein extrem gutaussehender Mann mit einem Leberfleck neben der Nase sprach sie auf Englisch an: »Hello, sweetheart.«

Plötzlich wurde Ilka hellwach. Direkt neben ihr hatte sich etwas bewegt. Ehe sie einen klaren Gedanken fassen konnte, legte sich eine kräftige Hand auf ihren Mund und drückte fest zu. Die Hand steckte offensichtlich in einem genoppten Gummihandschuh. Es roch nach Chemie und schmeckte eklig. Ilka wollte zubeißen, doch ihre Zähne rutschten auf dem dicken Gummi ab. Dann …

Dienstberatung

> »Auf der Marzahner Brücke hielt ein Kraftfahrer
> verkehrsbedingt, fünf Fahrzeuge fuhren auf,
> weil weder Geschwindigkeit noch Abstand
> den Bedingungen angemessen waren.«
>
> *Berliner Zeitung*, Donnerstag, 5. April 1984

Mitten in der grauen Straßenzeile der Schönhauser Allee stach ein repräsentativer gelber Backsteinbau hervor. Bei dem weit ausladenden Gebäude mit der Nummer 22 handelte es sich um ein ehemaliges jüdisches Altersheim. Es war im November 1883 eröffnet worden. In seiner wechselvollen Geschichte hatte es die ersten neun Jahre der Hitlerdiktatur einigermaßen unbeschadet überstehen können, weil die Pläne zum Holocaust erst 1941 von Hermann Göring in Auftrag gegeben worden waren. Aber dann begann die Vernichtung, und es ging Schlag um Schlag. Wer in einem Altersheim wohnte, hatte in der Regel die letzte Station seines Lebens erreicht. An eine Flucht war für die Allermeisten nicht mehr zu denken. Am 17. August 1942 wurden die greisen Bewohner des jüdischen Altersheims nach Theresienstadt deportiert und dort sofort ermordet.

Das Gebäude blieb nicht lange leer stehen: Die Nazis ließen die Fenster vergittern und quartierten ukrainische Zwangsarbeiterinnen ein. Auch fast alle dieser geschundenen Wesen gingen mit dem »Großdeutschen Reich« zugrunde.

Nach dem Krieg gab es kaum noch Juden in Berlin. An einem Altersheim für sie bestand deshalb kein Bedarf. Das Gebäude wurde in Volkseigentum umgewandelt und erneut einem gänzlich anderen Verwendungszweck zugeführt.

Seit geraumer Zeit residierte in der Schönhauser Allee 22 die Volkspolizeiinspektion Prenzlauer Berg. Der Bestimmungswechsel hatte etliche Umbauarbeiten erfordert. Beispielsweise war der weitläufige Kellertrakt trockengelegt worden. In ihm befanden sich jetzt acht Verwahrzellen, die Wachstube, ein Fotolabor, die Waffenkammer, mehrere Technikräume und ein Atomschutzbunker, der hermetisch verschlossen werden konnte. Bei einem Bombenabwurf über Berlin hätte in ihm der VP-Führungsstab fünf Tage überleben können. Dann wären die Sauerstoffvorräte aufgebraucht gewesen. Fünf Tage sind im Leben eines Menschen eine äußerst kurze Zeitspanne. Für einen Todgeweihten hingegen können fünf Tage außerordentlich wertvoll sein. Zeit ist relativ.

In der dritten Etage der VP-Inspektion, ganz am Ende eines langen, mit braunem Fußbodenbelag ausgelegten Korridors, gingen rechts und links jeweils zwei Zimmer ab. In ihnen war das Dezernat »Allgemeine Kriminalität« (AK) untergebracht. Das Ressort unterstand dem neununddreißigjährigen Oberleutnant der Kriminalpolizei Peter Herbst. Bei ihm handelte es sich um einen erfahrenen und kompetenten Ermittler. Er war 1,85 Meter groß, schlank und sportlich. Sein schwarzes Haar trug er, dem Dienstgrad angemessen, kurzgeschnitten.

Peter Herbst hatte – ganz im Gegensatz zu einigen anderen Dezernatsleitern – den Posten nicht aufgrund politischer Lippenbekenntnisse erhalten, sondern einzig und allein aufgrund seiner fachlichen Leistungen. Darüber hinaus verstand er sich in der Kunst der Menschenführung. Durch geschicktes Taktieren war es ihm gelungen, zwei unfähige Mitarbeiter versetzen zu lassen. Er hatte sie gegen wesentlich talentiertere Kriminalisten austauschen können.

Sein Kollektiv war nicht groß. Es entsprach der allgemein üblichen Struktur und bestand – außer ihm als dem Chef – aus drei weiteren Leuten:

Bernd Ehrenberg, Leutnant der Kriminalpolizei, war zweiunddreißig Jahre alt, klein und pummelig. Mit seinen stacheligen rotblonden Haaren und seinem vollen Gesicht wirkte er wie ein gutmütiger Räuchermecki, verfügte jedoch über einen messerscharfen Verstand und konnte jeden Lügner an der Nasenspitze erkennen. Bei wichtigen Verhören fiel ihm der Part des guten Polizisten zu.

Den bösen Vernehmer musste Gerhard Laskowski spielen. Der achtundzwanzigjährige Unterleutnant der Kriminalpolizei mit einem blassen, nichtssagenden Gesicht und dünnen weißblonden Haaren war außerdem ein Spezialist für Handschriftenerkennung und Bildauswertung. Neben seinem Beruf besaß er keine Hobbys und leistete deshalb bereitwillig Überstunden, wann immer es nötig wurde. Dies konnte er auch problemlos tun: Er war Junggeselle und würde es höchstwahrscheinlich noch für lange Zeit, wenn nicht gar für immer, bleiben.

Die einzige Frau im Team hieß Beate Streich. Sie war neunundzwanzig Jahre alt, Leutnant der Kriminalpolizei und besaß ein gewinnendes Äußeres mit gleichmäßigen Gesichtszügen, lockigem schwarzen Haar, einer schlanken Taille und einem wohlgeformten Busen. Aufgrund dieser Vorzüge, ihrem angeborenen Hang zur Schauspielerei und einer mit Bravour bestandenen Nahkampfausbildung eignete sie sich bestens als Lockvogel. Sie besaß die seltene Gabe, die Herzen von Männern jeglichen Alters und aller Bildungsschichten wie Butter in der Sonne schmelzen zu lassen. Selbst maulfaule Burschen aus dem Norden der Republik verwandelten sich in ihrer Gegenwart in Quasselstrippen und Plaudertaschen.

Damit war die Abteilung komplett. Weitere Hilfskräfte oder eine Sekretärin gab es nicht.

Im gesamten Gebäude herrschte trotz der langen Zimmerfluchten eine akute Raumnot. Eine Besserung war nicht in Sicht. Die marxistisch-leninistische Theorie besagte nämlich, dass der sozialistischen Menschengemeinschaft die Kriminalität – als einem Relikt der kapitalistischen Ausbeuterordnung – völlig wesensfremd sei. Straftaten aller Art würden deshalb im Laufe der Zeit überwunden werden.

Die statistischen Zahlen sprachen tatsächlich für diese Hypothese. Die kriminelle Belastung ging in so gut wie allen Bereichen Jahr für Jahr spürbar zurück. Deshalb würde es für die Volkspolizeiinspektion Prenzlauer Berg in absehbarer Zeit weder ein neues Gebäude noch einen Erweiterungsbau geben.

Das Dezernat AK musste notgedrungen ohne ein eigenes Schreibzimmer auskommen und sich die Stenotypistin sowie die Protokollantin mit dem Dezernat »Sozialistisches Eigentum« (SE) teilen. Aus diesem Grund blieb den Kriminalisten nichts weiter übrig, als die meisten Schriftstücke selbst zu tippen, und zwar auf uralten *Continental-* und *Mercedes*-Schreibmaschinen aus Vorkriegszeiten. Sie benutzten dabei das System »Adler«: Den Zeigefinger vorsichtig heben, ihn langsam kreisen lassen und dann blitzschnell zustoßen.

Doch in Kürze würde endlich der Fortschritt in der dritten Etage Einzug halten. Peter Herbst hatte nämlich im vorigen Monat einem Kollegen aus Erfurt bei der Fahndung nach einem betrunkenen Unfallverursacher sozialistische Hilfe leisten können. Gute Taten wurden zwar nicht immer, aber manchmal belohnt. In diesem Fall verfügte der dankbare Thüringer Kriminalist über besondere Kontakte zum VEB Robotron-Optima Büromaschinenwerk, einem Robotron-Kombinatsbetrieb.

In dem Erfurter Büromaschinenwerk wurden unter anderem kompakte elektrische Schreibmaschinen hergestellt. Zu »Testzwecken« sollten zwei dieser graublauen Wunderwerke der Technik als sogenannte Dauerleihgaben an das Dezernat AK der Volkspolizeiinspektion Prenzlauer Berg geliefert werden.

Voller Vorfreude auf dieses wichtige Ereignis hatte sich an diesem Vormittag die Mannschaft zur regulären Dienstberatung im Besprechungsraum zusammengefunden.

Jeder Kriminalist bearbeitete stets mehrere Fälle gleichzeitig. Dies geschah allerdings mit unterschiedlicher Intensität. Entsprechend der zugeteilten Priorität waren die Rückseiten der grauen Aktenordner blau, gelb, grün oder rot gekennzeichnet. An diesem Tag lagen jedoch ausschließlich rotmarkierte Mappen auf dem mit billigem Birkenholzimitat furnierten Konferenztisch.

Peter Herbst machte ein ernstes Gesicht, und er hatte allen Grund dazu. »Genossen«, sagte er, »1110-835 hat wieder zugeschlagen. Heute in den frühen Morgenstunden. Die Meldung kam gerade auf meinen Tisch. Jetzt sind wir bei 1110-836 angelangt. Das Opfer heißt Ilka Friesecke. Hier sind die bislang bekannten Einzelheiten.« Der Oberleutnant ließ ein Dossier herumgehen.

In vielen Strafanzeigen stand oben im Kopf neben der Vorgangsnummer statt eines Namens »Täter unbekannt«. Das konnte auch gar nicht anders sein. Um jedoch die verschiedenen Fälle besser voneinander unterscheiden zu können, wurden sie von den Kriminalisten personifiziert. Das geschah ausschließlich intern und tauchte in keinem offiziellen Protokoll auf. Manche Dezernate wählten für die noch anonymen Gesetzesbrecher je nach wahrscheinlichem Geschlecht Phantasienamen, wie »Anton« oder »Berta«, aus. Andere bevorzugten

Begriffe, die in einem Zusammenhang mit dem Fall standen, wie zum Beispiel der »Schnitter« bei einem Messerstecher oder der »Streichholzmann« bei einem Brandstifter.

Das Dezernat AK hatte sich für ein völlig anderes System entschieden. Der Verbrecher erhielt keinen fiktiven Namen, sondern bekam eine zusammengesetzte Zahl zugeteilt, die aus dem Datum der ersten bekannten strafbaren Handlung bestand. Bei Wiederholungstaten wurde an die Jahreszahl die Ziffer der bekannt gewordenen weiteren strafbaren Handlungen angefügt.

Diese Praxis hatte den Vorteil, dass sich die Kriminalisten nicht von vornherein auf ein bestimmtes Täterprofil festlegen mussten. Die Ermittlungen blieben völlig offen, solange es an noch konkreten Anhaltspunkten fehlte. Die Suche nach einem »Streichholzmann« könnte nämlich durchaus bei einem Kind enden, das lediglich gekokelt hatte, und der gesuchte »Anton« könnte in Wirklichkeit eine »Berta« gewesen sein.

Die Zahlenreihe 1110-836 bedeutete, dass sich die erste Tat am 11. Oktober 1983 ereignet hatte und dass ihr inzwischen fünf weitere gefolgt waren. Im vorliegenden Fall handelte es sich um einen Vergewaltiger, der immer nach dem gleichen Muster vorging: Er überraschte alleinstehende Frauen mitten in der Nacht in ihrer eigenen Wohnung! Lediglich in einem einzigen Fall war es bisher zu Handgreiflichkeiten gekommen. Das Opfer hatte glücklicherweise nur geringe äußere Verletzungen davongetragen. Bei den psychischen Schäden sah es hingegen ganz anders aus.

Keine einzige Frau hatte in der Dunkelheit das Gesicht des Verbrechers erkennen können. Sie beschrieben ihn mehrheitlich als mittelgroß, schlank, athletisch, gepflegt und glattrasiert. Er hatte weder nach Alkohol noch nach Schweiß oder nach Tabakrauch gerochen. Es gab keinerlei Einbruchsspuren. In jedem Fall hatte er – offensichtlich, um seine Opfer zu verhöhnen – eine einzelne Rose am Tatort zurückgelassen. Die Wohnungen der Opfer lagen alle in der dritten oder vierten Etage. Es war völlig ausgeschlossen, sie von außen über die Fenster zu erreichen.

Die meisten Frauen konnten sich ziemlich genau daran erinnern, dass sie ihre Wohnungstüren fest abgesperrt hatten. Es blieb daher ein völliges Rätsel, wie es dem Täter gelungen war, in allen sechs Fällen unbemerkt in die fremden Wohnungen einzudringen.

Überdies konnten sich die Kriminalisten keinen Reim darauf machen, auf welche Weise der Verbrecher seine Opfer ausgewählt hatte. Zwischen den Frauen gab es keinerlei erkennbare Verbindungen. Sie besaßen weder den gleichen Freundes- noch Bekanntenkreis. Ebenso wenig arbeiteten sie in denselben Betrieben oder besuchten dieselben Klubs, Lokale und Sportvereine.

Gleichwohl bestanden zwischen ihnen gewisse Gemeinsamkeiten: Alle sechs Frauen waren Anfang zwanzig bis Mitte dreißig, brünett bis dunkelblond und relativ gutaussehend. Sie kleideten sich geschmackvoll und gingen einem anständigen Beruf beziehungsweise einem Hochschulstudium nach: Steffi Jadlowski war Krankenschwester an der Charité und Katja Immerath Schnittassistentin bei der DEFA. Heiderose Schmollak arbeitete als S-Bahn-Aufsicht, und Michaela Wagemann war Stewardess bei der *Interflug*. Zwei der jungen Frauen studierten noch: Eva Wenzel an der Hochschule für Schauspielkunst »Ernst Busch« und Ilka Friesecke an der Humboldt-Universität.

Darüber hinaus wohnten alle sechs Opfer im Stadtbezirk Prenzlauer Berg, wenn auch weder im selben Haus noch in der gleichen Straße. Alle diese Frauen waren zum Tatzeitpunkt im Prinzip mehr oder weniger alleinstehend gewesen: Heiderose Schmollak und Ilka Friesecke hatten sich kurz davor von ihrem jeweiligen Freund getrennt. Steffi Jadlowski und Katja Immerath waren beide frisch geschieden, was offensichtlich damit zu tun hatte, dass sie häufig Doppelschichten machen mussten und deshalb keine Zeit für ein geregeltes Familienleben hatten. Eva Wenzel unterhielt eine konspirative Liebesbeziehung mit einer Dozentin an ihrer Hochschule. Michaela Wagemann war mit einem verheirateten Piloten der *Interflug* liiert, mit dem sie sich allerdings nur in Hotels im Ausland traf.

»Wir brauchen dringend einen Erfolg. So kann es nicht weitergehen. Die Genossen im Präsidium werden bereits unruhig«, sagte Peter Herbst bekümmert.

»Ich tippe auf eine Schlosserei im Prenzlauer Berg. Die Frauen haben sich dort Ersatzschlüssel anfertigen lassen. Der Täter hat weitere Duplikate gemacht und behalten«, meinte Unterleutnant Laskowski.

»Das haben wir gleich am Anfang überprüft«, entgegnete Beate Streich. »Lediglich Heiderose Schmollak hat ihr Türschloss wechseln lassen. Das war vor drei Jahren gewesen.«

»Dann ist es ein KWV-Mitarbeiter. Der kommt problemlos an sämtliche Schlüssel heran.«

»Auch das ist eine Sackgasse. Nur vier Gebäude werden von der Kommunalen Wohnungsverwaltung betreut. Zwei Miethäuser befinden sich noch in Privatbesitz. Sie werden von den Eigentümern selbst bewirtschaftet, und die sind beide über siebzig und bereits recht wackelig auf den Beinen«, ließ Leutnant Ehrenberg auch diese Seifenblase platzen.

»Wir müssen der Spur mit den Blumen nachgehen. Rosen sind sehr schwer im Handel zu bekommen«, warf Beate Streich ein, die sich – anders als die Männer – regelmäßig einen Blumenstrauß für den eigenen Frühstückstisch besorgte.

»Das ist ein wichtiger Hinweis«, ergänzte Bernd Ehrenberg. »Rose ist nämlich nicht gleich Rose. Unsere Kriminaltechniker meinten, die zwei ersten Exemplare seien gewöhnliche Rabattenrosen gewesen. Bei der dritten handelte es sich um eine Edelrose, eine sogenannte Teehybride. Die vierte war eine Floribunda, die durch eine Kreuzung von einer Teehybride mit einer Wildrose entsteht. Die übrigen zwei sind Kletterrosen gewesen. Sämtliche Rosen waren rot, was bei Blumengeschenken gemeinhin als ein Zeichen für Liebe gilt.«

»Du willst mir doch nicht weismachen, der Verbrecher sei in seine Opfer verknallt gewesen?«, unterbrach ihn Beate Streich.

»Auf eine gewisse Weise schon. Die meisten dieser Typen sind sexuell frustriert und verspüren einen latenten Hass auf Frauen im Allgemeinen. Deshalb haben sie nicht den geringsten Skrupel, jeden Widerstand mit roher Gewalt zu brechen. Sie schrecken sogar vor einem Mord nicht zurück, um ihre Tat zu vertuschen. Anders unser Täter. Es scheint fast so, als ob er seine Opfer nachträglich um Verzeihung bitten wollte. Nicht umsonst gibt es eine Symbolik in der Blumensprache. Rote Rosen sind ein Sinnbild der Liebe. Rosa Rosen stehen für Jugend und Schönheit. Orange Rosen gelten als Gleichnis für Glück und Hoffnung. Doch darauf wollte ich gar nicht hinaus.«

»Sondern?«

Leutnant Ehrenberg setzte fort: »Wie Beate richtig sagte, kann der Täter nicht einfach in einen Blumenladen gehen und dort eine Rose kaufen. Er muss deshalb eine andere Bezugsquelle haben. Dazu fallen mir drei Möglichkeiten ein: Entweder arbeitet der Täter in einem Blumenladen, in einer Gärtnerei, oder er ist ein privater Züchter. Wir sollten uns mit dem Verband der Kleingärtner, Siedler und Kleintierzüchter in Verbindung setzen und dort nach einer speziellen Rosen-Sektion fragen. Unter den Blumenfreunden wird es nicht anders sein als bei den Briefmarkensammlern, wo jeder jeden kennt. Und noch etwas: Alle Exemplare, die unser Täter verwendet hat, wurden zuvor über einen längeren Zeitraum in einem Kühlhaus aufbewahrt.«

»Hast du sie in die Hand genommen und es an der Temperatur festgestellt?«

»Nein, das Labor hat es herausgefunden. Beim Einfrieren bilden sich Eiskristalle, die die Zellstruktur verändern.«

»Dann stammt der Täter womöglich aus Westberlin. Dort kann man Rosen das ganze Jahr über in Blumenläden kaufen. Wenn der Bursche tatsächlich immer nur für wenige Stunden in die Hauptstadt der DDR kommt, ist es reiner Zufall, wenn wir ihn stellen«, gab Unterleutnant Laskowski zu bedenken. »Vielleicht ist es sogar ein CIA-Agent. Diese Burschen verfügen über Spezialwerkzeuge, mit denen sie jede Tür aufbekommen, ohne Spuren zu hinterlassen.«

»Genossen, wir sollten nicht zu sehr vom Wege abkommen«, beendete der Oberleutnant die Spekulationen. »An verkleidete Bonner Ultras oder gar verirrte Außerirdische, die als Rosenkavaliere daherkommen, glaube ich erst, wenn ich sie mit eigenen Augen sehe. Auch die Westberliner ›Kampfgruppe gegen die Unmenschlichkeit‹ kommt nicht in Frage, denn sie hat sich bereits 1959 aufgelöst. Aber der Hinweis auf spezielle Dietriche ist nicht von der Hand zu weisen. Konzentrieren wir uns deshalb bei unserer Suche auf einen mittelgroßen, schlanken, athletischen, gepflegten und glattrasierten Mann zwischen zwanzig und dreißig Jahren, der sich für die

Rosenzucht interessiert und über ein großes Talent als Schlosser verfügt.«

»Wir sollten die Öffentlichkeit einschalten«, schlug Unterleutnant Laskowski vor. »Das erhöht den Fahndungsdruck, der Täter wird nervös und macht Fehler.«

»Das Verfassen einer Pressemeldung liegt leider nicht in unserer Kompetenz«, erwiderte Leutnant Ehrenberg. »Dafür ist einzig und allein die Abteilung Öffentlichkeitsarbeit zuständig. Und ohne direkten Befehl von ganz oben unternehmen die Genossen dort reineweg gar nichts.«

»Möglicherweise ist die Entscheidung bereits gefallen«, offenbarte der Oberleutnant, »wenn auch nur indirekt. Ich habe nämlich die Mitteilung bekommen, dass uns in der nächsten Woche am Dienstagnachmittag um drei Uhr ein Redakteur der *Berliner Zeitung* aufsuchen wird. Er schreibt an einer Serie über die Arbeit der Volkspolizei. Eine Station wird unser Dezernat sein. Wir müssen den Burschen mit Material versorgen. Den Fall 1110-833, also den Anschlag auf Katja Immerath, halte ich für besonders gut geeignet. Ich werde nachher den Chef fragen, was er darüber denkt. Alles Weitere ist nicht unser Problem. Die Freigabe des Artikels wird nicht von uns, sondern von der Hauptverwaltung erteilt.«

Schießbude

> »Kulturpark Berlin – immer ein Erlebnis!
> Heute, 13.00 Uhr, Start in die Saison '84!«
>
> *Neue Zeit,* Sonnabend, 7. April 1984

Die blecherne Musik tönte sinnlos über den fast völlig leeren Platz. Außer einem betrunkenen Armisten mit Gefreitenstreifen auf den Schulterstücken, der auf einem Papierkorb saß und seinen Kopf in den Händen vergraben hielt, gab es keinen Besucher, der ihr hätte zuhören können. Ein Rummel bei eiskaltem Nieselregen ist so ziemlich die ödeste Sache der Welt. Doch das tätowierte Völkchen der Heimatlosen gab nicht auf. *The show must go on.* Irgendwann musste die Sonne doch wieder hervorkommen. So war das Wetter im April nun einmal. Lediglich die beiden Kinderkarussells hatten bereits dichtgemacht.

Die alte Frau mit der knorrigen Nase in der Würfelbude schien den Zuckerwattestand zu fixieren – tatsächlich schaute sie nirgendwohin. Ihr Blick ruhte anderswo in naher Zukunft, dort, wo sie bald sein wollte: bei Wilhelm, ihrem kürzlich verstorbenen Mann, Schausteller in der dritten Generation. Es gab keine Nachfahren. Der hölzerne Wohnwagen würde als Geräteschuppen auf einer Datsche enden.

Die beiden langhaarigen Losverkäufer saßen auf den »Stufen zum Glück« und tranken schmatzend Kaffee. Sabrina, die schwebende Jungfrau von einst, schenkte ihnen freudig nach. Sie liebte ihre Jungs. Selten genug blieben die Burschen länger als eine Saison, obwohl (oder vielleicht gerade weil) sie ihnen alles gab, was sie hatte.

Die drei Männer vom »Walzertraum« spielten Skat mit einem abgegriffenen Deutschen Blatt aus Altenburg. Sechs Stunden schon, um die Zehntel. Das Zockerfieber hatte sie ergriffen. Momente wie diese gab es selten genug. Wenn sie da waren, musste man sie ohne Skrupel ausleben.

Enrico Poggio hockte im geräumigen Wohnwagen, beide Söhne plus Schwiegertöchter tuschelten leise. Der Boss strich sich gedankenverloren über sein schmales Bärtchen, die glattzurückgekämmten Haare auf seinem Kopf glänzten im Licht der niedrigen Hängelampe aus Bast. Auf dem Tisch dampfte die Knoblauchsuppe. Keiner wagte, zu essen. Die Mutter an der Tür nickte beruhigend mit dem Kopf. Sie kannte ihren Mann. Es gab keinen Grund zur Besorgnis. Hinter seiner undurchdringlichen Miene verbarg sich mühsam zurückgehaltene freudige Erregung.

Enrico Poggio ergriff seinen Löffel, tauchte ihn in die aromatisch duftende Flüssigkeit und schlürfte geräuschvoll. Damit war das Eis getaut. Die Söhne brachen das Weißbrot und stützten die Ellenbogen auf, die Schwiegertöchter machten spitze Münder.

»Die Bilanz ist gut. Wir verdienen ständig besser, denn die Konkurrenz wird immer weniger. Dafür gibt es große Schwierigkeiten im maschinellen Bereich und beim Personal, wie ihr wisst. Meine alten Methoden taugen nicht länger. Ihr seid jung, jetzt müsst ihr euch bewähren. Ich übergebe euch das Geschäft. Ab sofort, ab heute! Ihr müsst modernisieren, neue Technik besorgen, der Zukunft voraus sein, auch wenn es schwer wird. Versucht, Karussells aus dem Ausland zu beschaffen, denn in der DDR läuft nichts mehr. Mutter und ich bringen die Saison noch zu Ende, dann wollen wir uns zurückziehen – falls wir es tatsächlich fertigbringen.«

»Wer soll der neue Chef sein, Vater?«, fragte Guiseppe, der jüngere der beiden Brüder, erwartungsvoll.

»Franco«, lautete die klare und bestimmte Antwort. Das hoffende Leuchten in Guiseppes Augen erlosch.

Herbert Hartwig an der Schießbude hatte keine Ahnung von diesem Gespräch, und falls er etwas davon gewusst hätte, wäre es ihm auch egal gewesen. Er benutzte die Abwesenheit von Guiseppe, um in Ermangelung von etwas Besserem eine Flasche Lockwitzer Mehrfrucht-Tischwein zu öffnen und gurgelnd aus ihr zu trinken. Die Schmerzen in seinem Körper ließen sich mit nichts mehr betäuben, und die Hände zitterten vor dem ersten Schluck noch genauso wie nach dem letzten. Nur die nächtlich kurzen Momente der totalen Besinnungslosigkeit gaben ihm Ruhe, die restlichen Stunden der Tage waren mit wechselnden Martern ausgefüllt. Nach dem Aufstehen krallte sich die Übelkeit um seinen Hals, erst nach zwei, drei Stunden war er fähig, Nahrung in irgendeiner Form zu sich zu nehmen. Lediglich die Nachmittage versanken in Watte, welche die Qualen dämpfte. Städte, Menschen, Jahreszeiten – ein bunter Wirbel ohne Sinn.

Der Mann von der Schießbude hatte sich trotzdem ein Hobby bewahrt: Begeistert sah er sich, so oft es ging, Pornobilder an. Ständig trug er einen dicken Packen mehrfach abfotografierter Aufnahmen aus den fünfziger Jahren in der Tasche. In natura lief schon lange nichts mehr. Herbert Hartwig, 48 Jahre alt, seit fünf Jahren schwerer Alkoholiker, von der Schnaps-Magersucht befallen, von Krampfadern, Ekzemen und schuppigem Haarausfall geplagt, war möglicherweise seit ein, zwei Jahren mit keiner Frau mehr zusammen gewesen. Er wusste es nicht. Genauso gut hätte er in der vergangenen Woche die knorrige Alte von der Würfelbude gehabt haben können, bevor er nach zwei kleinen Flaschen Goldbrand morgens auf dem Fußboden vor ihrem Bett aufwachte. Oder jene Kräuterhexe aus dem letzten Ort, die hinter dem Bierzelt für eine Flasche Bowle-Wein die rosaroten Schlüpfer herunterzog und ihre grauhaarige Mumu zeigte. Mit der zusammen hatte er auch einige Gläser genommen. Rostrote Nebel ballten sich. Fettige Schlieren auf dem Spiegel der Erinnerung. Alles dahinter blieb unsichtbar. Gestern, heute, morgen – ein diffuser Brei aus Gedankenfetzen im schmerzenden Kopf des schweren Trinkers.

Herr Hartwig hob die Hand und ballte sie zur Faust. Der besoffene Armist war erwacht und winkte grinsend herüber. »Zeehhn Schusss, Meisssder«, lallte er. Der Schießbudenmann nahm Anlauf und füllte das Magazin. Die kleinen grauen Bleikugeln auf dem gelben Staubtuch spritzten auseinander. »Aus Apfelkernen und Nudelsternen hab ich ihr eine kleine Kette gemacht«, brummte er zur Lautsprechermusik. Wer war nur der Sänger gewesen, damals, in den sechziger Jahren? Christian Schafrik oder Frank Schöbel oder …? Es wollte ihm nicht einfallen.

Der Soldat hielt das Luftgewehr wie Gojko Mitić eine Winchester. *Peng! Peng!* Die Schüsse knallten auf das zerschabte Blech. Die weißen Röhrchen blieben unbeschädigt. Der Gefreite begann, zu weinen. Herbert Hartwig reichte ihm die Flasche Mehrfrucht-Tischwein. »Zieh dir einen rein, Kumpel. Was anderes hilft jetzt auch nicht mehr.«

»Sie hat mich verlassen. Als ich gestern auf Urlaub kam, gab sie mir meine Briefe gebündelt zurück. ›Ich bin des ewigen Wartens leid!‹, schrie sie mich an, die treulose Tomate. Und ich hatte die Verlobungsringe in der Tasche«, sagte der Soldat, ohne zu lallen, mit überraschend fester Stimme.

Der Trinker fragte mitfühlend, um von dem unangenehmen Thema abzulenken: »Willst du ein paar schweinische Fotos sehen?«

Doch der lichte Moment war schon wieder vorüber. Die Augen des Armisten verloren ihre Schärfe, wurden milchig blassblau. Er stolperte nach hinten und wäre beinah hingefallen.

Herbert Hartwig sah dem Davontorkelnden nach und hatte im nächsten Augenblick wieder fast alles vergessen, was bis dahin passiert war. Rein mechanisch füllte er einige Magazine und legte sie auf den zerschlissenen schwarzroten Kokosläufer vor sich. Wie lang würde er hier heute noch stehen müssen? Er wusste es nicht. Genauso wenig, was mit ihm war, wo er sich im Augenblick befand. Letztere Überlegung machte ihm Angst, doch er wusste kein Mittel dagegen. »Pflicht, Pflicht, Pflicht!«, summte es in seinem Schädel. Die Berufsehre war ihm noch geblieben. Er würde an seinem Posten ausharren, mochte da kommen, was wolle!

In der Redaktion I

»Werner Pöppel kommt gerade von der Sitzung des Vorstands seiner Kleingarten-Sparte ›Frohsinn‹. Er ist als Kassierer Mitglied des Vorstands. In aller Ruhe hängt er seine Sachen auf, ehe er seiner Frau berichtet.«

Berliner Zeitung, Montag, 9. April 1984

Michael Riedel, Lokalredakteur bei der *Berliner Zeitung*, der außerdem seit kurzem auch die Rubrik »Aus der Arbeit der Volkspolizei« mit Artikeln versorgte, entsprach haargenau jenem Klischee, welches mehrere Hollywoodfilme aus der Reihe der sogenannten Enthüllungsgeschichten von einem sportlich-dynamischen Journalisten geprägt hatten: Er trug verwaschene Levi's-Jeans (das Geschenk einer inzwischen leider verstorbenen Tante aus dem Westen), ein wollenes Cowboyhemd (Eigenimport aus Polen) sowie eine braune Cordjacke mit Lederflicken an den Ärmeln in Höhe der Ellenbogen. Das Jackett stammte aus der Jugendmode, die Flicken hatte der Journalist eigenhändig zugeschnitten und angenäht. Der Unterricht an der Polytechnischen Oberschule im Fach Nadelarbeit zahlte sich nach vielen Jahren immer noch aus.

Michael Riedel hatte kurzgeschnittene Haare, einen gestutzten Vollbart und sympathische Lachfalten um die Augen. Der Lokalredakteur rauchte am liebsten Pfeife, auch wenn er deshalb bereits mehrfach aus Kneipen geflogen war, denn in Ermangelung ausländischer Tabake musste er öfter, als ihm lieb war, auf die Sorte »Gelber Prestige« zurückgreifen. Diese grobgeschnittene Mischung roch aromatisch wie Vanillepudding oder stank ganz fürchterlich – je nach den olfaktorischen Wahrnehmungen der Mitmenschen.

Der Großraum im Gebäude vom Berliner Verlag, einem Hochhaus am Alexanderplatz, erinnerte stark an ein Zeitungsbüro in einem amerikanischen Krimi. Wie bei der *Washington Post* klingelten auch hier ununterbrochen die Telefone, ratterten Fernschreiber, rauschte die Rohrpost und liefen lautschwatzende Leute hin und her, die gewichtig mit Papieren raschelten. Erst auf den zweiten Blick erkannte der flüchtige Betrachter den gravierenden Unterschied zu jedem anderen Großraumbüro der westlichen Hemisphäre: Was völlig fehlte, waren IBM-Computerarbeitsplätze und Xerox-Kopiergeräte. Statt flacher Tastaturen klapperten hier ausschließlich mechanische Schreibmaschinen.

An diesem Morgen saß Michael Riedel ganz entspannt in seinem zwei Meter mal zwei Meter großen Kästchen hinter einer halbhohen Trennwand, paffte aus einer kurzen Stummelpfeife wie eine dampfbetriebene Rangierlok auf dem Abstellgleis und tat etwas, was nur wenige seiner Kollegen zu tun pflegten: Er blätterte in der neuesten, acht Seiten starken Ausgabe seiner Zeitung. Die Schlagzeilen stimmten zwar nicht neugierig, aber dafür optimistisch: »Höchstleistungsschichten«, »dynamisches Wirtschaftswachstum«, »soziale Sicherheit«, »reale Demokratie«, »Schöpferkraft«, »Wettbewerbsauftakt«, »Bestarbeiter melden sich zu Wort«.

Michael Riedel gähnte laut und vernehmlich. Gegen die heranschleichende Müdigkeit hatte der lauwarme, ölig schimmernde Kantinenkaffee unbekannter Zusammensetzung keine Chance. Darüber konnte auch der niedrige Preis von 50 Pfennigen pro Tasse nicht hinwegtrösten. Die große Uhr über der zweiflügeligen grauen Metalltür zeigte auf zwei Minuten vor zehn Uhr. Der lange Tag des Redakteurs hatte gerade erst begonnen. Rein theoretisch war bereits um neun Uhr Dienstbeginn gewesen. Aber wer wollte, brauchte auch erst um elf Uhr zu erscheinen, ohne sich entschuldigen zu müssen. Dafür ging es abends meist sehr lange. Um die vielen Überstunden kümmerte sich kein Mensch.

Montags galt die Elf-Uhr-Kulanz-Regel allerdings nicht. An diesem Tag mussten alle Journalisten spätestens kurz vor zehn Uhr im Hause sein. Keiner durfte ohne guten Grund zu spät kommen oder ganz und gar fehlen. Immer zum Wochenbeginn fanden nämlich die Dienstberatungen statt. In ihnen verkündete der Abteilungsleiter die neuen Erkenntnisse, die er in der vorausgegangenen Redaktionskonferenz gewinnen konnte.

»Abteilungssitzung, Abteilungssitzung«, zwitscherte Martina Kaatz, die Sekretärin der Lokalredaktion. Martina liebte enge Röcke, Strümpfe mit Naht, hochhackige Schuhe und seidene Blusen, die ihren ansehnlichen Busen weich umflossen. Einmal im Jahr ließ sie sich völlig unverhofft von einem Glücklichen umlegen, ansonsten versuchte sie – mehr oder weniger erfolgreich –, allen Männern im Großraum den Kopf zu verdrehen.

Michael Riedel war ihr bevorzugtes Opfer, weil er gegen gewellte blonde Haare und weitaufgerissene blaue Puppenaugen immun zu sein schien. Nach einer Redaktionsfeier hatte Martina einmal mit voller Absicht den letzten Bus verpasst und Michael gebeten, sie nach Hause zu bringen. Am nächsten Tag erzählte sie dann allen Kollegen unter dem strengsten Siegel der Verschwiegenheit, der Kollege Riedel, ein Lustmolch vor dem Herrn, habe versucht, sie in ein Gebüsch zu zerren. Allerdings war es kein Gebüsch, sondern ihre Wohnung gewesen. Obendrein hatte er nicht an ihr, sondern sie erfolglos an ihm gezogen.

Michaels Ruf in der Redaktion tat diese Skandalgeschichte keinen Abbruch, ganz im Gegenteil. Selbst die größten Moralapostel der *Berliner Zeitung* waren sich insgeheim darüber im Klaren, dass sie – sofern sie zum männlichen (teilweise aber auch zum weiblichen) Geschlecht zählten – mit der kurvenreichen Blondine allein an einem verschwiegenen Ort ebenfalls wie Butter in der Sonne dahingeschmolzen wären.

Außer vor Michael hätte Martina lediglich noch vor ihrem Abteilungsleiter Lothar Dolling und dessen erstem Stellvertreter Christian Hacker sicher sein können, allerdings aus ganz unterschiedlichen Gründen: Der eine wollte nicht, und der andere konnte nicht.

Lothar Dolling lebte (wie viele andere Journalisten auch) in panischer Angst davor, in Ungnade fallen zu können. Infolgedessen war er so unterhaltsam wie eine Schlaftablette. Freiwillig wäre der Abteilungsleiter nie einen Millimeter nach links oder rechts vom Pfad der Tugend abgewichen. Sein Problem bestand nur darin, dass er oftmals nicht die offizielle Linie kannte. Das geschah vornehmlich dann, wenn selbst der Chefredakteur Karl Stellmacher im Dunkeln tappte. Es gab genügend Redakteure, die sich nun in abgeschiedenen Kreisredaktionen hinter den sieben Bergen bei den sieben Zwergen bewähren mussten, weil zu ihrem Pech zwischen Andruck und Auslieferung der Zeitung ein winziger Umschwung in der politischen Meinung der Partei- und Staatsführung erfolgt war. Lothar Dolling vermied deshalb jedes Risiko. Aus den Artikeln, die er zu redigieren hatte (und in der Lokalredaktion gingen grundsätzlich alle Artikel über seinen Tisch), strich er in unterwürfiger Selbstzensur jedes Reizwort, jede kritische Äußerung sofort heraus.

Doch da der zuverlässige Lokalchef nie wider den Stachel

löckte, galt er andererseits sowohl in der Chefredaktion als auch in der Abteilung Agitation und Propaganda der Bezirksleitung der SED als langweilig und inspirationslos, was sich für ihn bei Beförderungen negativ bemerkbar machte. Zweimal innerhalb weniger Jahre war er in Erwartung des Postens eines stellvertretenden Chefredakteurs in seinem besten Anzug zur Redaktionskonferenz erschienen, und beide Male hatte ihm ein aalglatter Seiteneinsteiger den sicher gewähnten Stuhl unter dem Hintern weggezogen. Inzwischen war der kritische Punkt überschritten. Der Lokalchef würde niemals höher aufsteigen, sondern eher tiefer fallen. Alle Mitarbeiter der *Berliner Zeitung* wussten das, und auch ihm war es längst klar, selbst wenn er es sich nicht eingestehen wollte. Dadurch verstärkte sich wiederum seine panische Angst vor politischen Fehlern, und sogar in völlig harmlosen Artikeln über Vorstandssitzungen des Verbands der Kleingärtner, Siedler und Kleintierzüchter wütete sein Kugelschreiber erbarmungslos.

Lothar Dollings Charakter spiegelte sich auch in seiner Kleidung wider. An diesem Tag hatte er den Kragen eines gelben Campinghemds aus den sechziger Jahren über das Revers eines kakaofarbenen »Präsent 20«-Anzugs (Sonderverkauf, fünfzig Prozent Preisnachlass) gestülpt. Der Lokalchef saß an der Stirnseite des Konferenztisches und glättete vergeblich sein volles, weizenblondes Haar, das er in einer kurzgeschnittenen David-Bowie-Frisur trug. Er ähnelte zwar dem britischen Rockstar auf eine verblüffende androgyne Art und Weise, kannte aber keinen einzigen Musiktitel von ihm und hatte sich noch nie in seinem Leben den Kopf über Dinge zerbrochen, die ihn nichts angingen. Deshalb war es dem Mittfünfziger auch gelungen, sich sein jugendlich-frisches Aussehen zu bewahren, was ihm viel Sympathie von Leuten eintrug, die ihn nur flüchtig kannten. Ansonsten galt er als ein gefürchteter Zigarettenschnorrer. Wachsam beobachtete er durch seine Brille den Einzug seiner Mannschaft in den fensterlosen Konferenzraum, in dem es nach kalter Tabakasche roch. Acht Lokalredakteure nahmen wispernd und tuschelnd Platz, knisterten mit Eukalyptusbonbontüten, öffneten ihre linierten Schreibblöcke im DIN-A5-Format und ließen Kugelschreiberminen ausrasten.

Abteilungsleiter Dolling begann: »In den nächsten Wochen bringen wir bis auf Widerruf nichts mehr über Brücken. Ganz egal wie groß oder wie klein, wie alt oder wie neu sie sein mögen. Weder über die Fußgängerbrücke an einem S-Bahnhof noch über die Krämerbrücke in Erfurt oder die Karlsbrücke in Prag. Das Wort ›Brücke‹ ist ein Unwort. Es existiert nicht länger im deutschen Sprachgebrauch, dieses Wort hat es auch niemals gegeben. Kapiert?«

Doris Worch, eine Redakteurin mit Apfelbäckchen, rotblond gefärbten Kräusellöckchen und Plisseerock, der noch zwei Jahre bis zur Rente fehlten und die deshalb in der *Berliner Zeitung* fast völlige Narrenfreiheit besaß, fragte: »Auch nichts über Brücken beim Stomatologen?«

»Das Thema ›Zahnersatz‹ ist doch schon seit Jahren tabu«, erwiderte Christian Hacker. Der stellvertretende Abteilungsleiter war bei seinem Eintritt in das Redaktionskollektiv ein hochintelligenter, sehr belesener Mensch gewesen, dem eine große Zukunft als Journalist vorausgesagt wurde. Aber das Zwiedenken, also der wachsende Unterschied zwischen der Realität und ihrer Widerspiegelung in der Zeitung, hatten ihn immer häufiger zur Flasche greifen lassen. Es gibt Menschen, die auch ständigen Alkoholmissbrauch gut vertragen. Christian Hacker gehörte nicht zu dieser Kategorie. Innerhalb von zehn, zwölf Jahren harten Trinkens hatten sich bei ihm dauerhafte neuropsychologische Ausfälle in den Bereichen Aufmerksamkeit, Beharrlichkeit, Erinnerungsvermögen, Auffassungsgabe, räumliches Vorstellungsvermögen, Zeitwahrnehmung und Problemlösungsstrategien herausgebildet. Außerdem litt er an schlechter Verdauung. Alle am Tisch zuckten angewidert zusammen, denn nun überdeckte eine Wolke aus Bierdunst, vermischt mit einem Hauch von Weinbrand »Edel« und fauligen Magengasen, den kalten »Club«- und »Karo«-Mief in dem ungemütlichen Besprechungszimmer.

Lothar Dolling klopfte mit einem Typometer aus Aluminium auf den Tisch:

»Der Grund ist logisch und leicht nachvollziehbar: In der Hauptstadt wird eine neue Autobahnbrücke gebaut. Dazu müssen aus allen Bezirken Kapazitäten zur Verfügung gestellt werden. Begonnene Brückenbauprojekte bleiben liegen. Um die Bürger nicht zu verärgern, wird selbst in der Rundfunk-Oldie-Ecke der Karat-Titel ›Über sieben Brücken musst du geh'n‹ vorläufig nicht mehr gesendet.

Nächster Punkt: Bei der Rekonstruktion von Altbauten in unserer Stadt gibt es gewisse Engpässe. Der Nachholbedarf ist zu groß. Bei der Schornsteinerneuerung und der Aktion ›Dächer dicht‹ mussten die Pläne modifiziert werden. Die verkündeten Ziele lassen sich beim besten Willen nicht erreichen. Um die Leser nicht ständig darauf aufmerksam zu machen, unterlassen wir in Zukunft die Gegenüberstellung von Alt- und Neubauten. Wir sprechen ab sofort nur noch allgemein von Häusern, die Begriffe ›altes Haus‹, ›ältere Bausubstanz‹ und ›Mietshäuser aus der Zeit vor dem Zweiten Weltkrieg‹ sind gestrichen. Fragen?«

»Ja«, sagte Michael Riedel. »Weshalb steht das Buch *1984*

von George Orwell bei uns auf dem Index? Ich wollte es mir in der Staatsbibliothek ausleihen, benötige dafür aber eine Sondergenehmigung, also einen sogenannten Giftschein.« Bereits im nächsten Moment ärgerte er sich über seine eigene Blödheit. Der einzige Journalist außer ihm am Tisch, der das Buch wahrscheinlich kannte, war Christian Hacker, und der hatte ganz andere Sorgen, als sich um Unwörter zu kümmern. Deshalb konnte natürlich keiner der anderen Federfuchser verstehen, was diese Frage bedeuten sollte (die, richtig formuliert, hätte lauten müssen: »Ist *1984* bei uns nur deshalb verboten, weil wir die dort angeprangerte Praxis, nämlich die Verfremdung und Verstümmelung der Sprache, tagtäglich selbst anwenden?«).

Lothar Dolling äugte völlig ratlos über den Rand seiner Brille und meinte: »Wir wollen nicht vom Thema abschweifen. Weitere Fragen?«

Niemand meldete sich.

»Unser wichtigstes Thema in der Perspektivplanung ist der ›Marzahner Frühling‹ am dritten Sonnabend im Mai. Laut meinem Kalender handelt es sich um den 19. Mai. Dieses Volksfest wird wieder eine große Protokollsache mit unserem Genossen Konrad Naumann werden, der Beginn ist für vierzehn Uhr geplant. Zunächst findet um dreizehn Uhr ein Besuch im Informationszentrum statt, in dem das Architekturmodell vom Stadtbezirk steht. Darauf folgt die Besichtigung der Marktstände mit den Erzeugnissen für den Bevölkerungsbedarf. Ach so, ja, einen Rundgang über das Festgelände gibt es auch noch. Für diesen Zweck wird ein Bühnenprogramm vorbereitet. Junge Pioniere singen ›Blaue Wimpel im Sommerwind‹, die Tanzgruppe vom Kabelwerk Oberspree führt einen Kasatschok vor – oder so etwas Ähnliches. Danach geht es ab in die Klubgaststätte. Der Erste Sekretär wird dort vor Bauarbeitern eine kurze Ansprache halten. Die Zusammenkunft endet mit einem Forum.

Das Volksfest insgesamt soll die Spitzenmeldung auf der Seite eins am Montag, dem 21. Mai, mit Umlauf auf die Seite zwei und die Aufmachung auf der Lokalseite am darauffolgenden Dienstag, also am 22. Mai, werden. Wir orientieren uns an der Berichterstattung der Vorjahre: also jeweils eine dreispaltige Überschrift und zwei Bilder. Der Fotograf soll mehrere Motive liefern. Denkbar wären der Erste Sekretär beim Rundgang, der Erste Sekretär beim Forum, ersatzweise der Erste Sekretär im Informationszentrum im Gespräch mit dem Stadtbezirksbürgermeister und mit dem Chefarchitekten.

Der Erste Sekretär der SED-Kreisleitung Marzahn ist selbstverständlich mit von der Partie. Aber er darf auf dem Foto höchstens im Hintergrund zu sehen sein. Die Bilder auf der Lokalseite sollten das Bühnenprogramm und die Menschenmenge zeigen.

Die Spitzenmeldung für die Seite eins muss nicht übermäßig lang werden. Knapp hundert Zeilen dürften reichen. Davon wären etwa die Hälfte die wichtigsten Auszüge aus der Rede. Bei der Aufmachung am Dienstag stehen die Fotos im Vordergrund. Als Text reichen einige Zeilen in Halbfett. Alles in allem also ein Kinderspiel. Freiwillige vor.«

Es herrschte eisige Stille.

Lothar Dolling ließ sich nicht irritieren, sondern fuhr fort: »Ergänzend benötigen wir ein Vierzig-Zeilen-Porträt von einem Bestarbeiter für die Wirtschaftsseite. Das sollte ebenfalls kein Problem darstellen, denn bei den Bauarbeitern im Forum mit Konrad Naumann handelt es sich um handverlesene Genossen. Der Werktätige soll sich offen und ehrlich über alle betrieblichen Belange äußern, nur zu kritisch darf es natürlich nicht sein. Wer möchte?«

Keiner wagte, sich zu mucksen.

Der Abteilungsleiter sah zu Michael Riedel: »Du schrubbst laut Plan am dritten Maiwochenende sowieso Sonntagsdienst, da kommt es auf den Sonnabend auch nicht mehr an. Außerdem bist du Junggeselle.«

»Daran wird sich auch nichts ändern, wenn ich ständig im Dienst bin. Schließlich muss ich bereits die Vertretung für Manfred Rupp übernehmen«, entgegnete Michael Riedel empört, nickte dann aber resigniert.

Doris Worch blickte ihr Gegenüber mitfühlend an. Christian Hacker schloss erleichtert die Augen und tastete nach dem Flachmann in der Hosentasche.

»Es gibt allerdings mehrere Probleme bei der ganzen Sache«, gab Michael zu bedenken. »Ihr wisst ganz genau, wie es derzeit auf dem Bau aussieht. Da werde ich kaum einen vernünftigen Menschen finden, der sich ausschließlich in Lobpreisungen ergeht. Ein oder zwei kritische Gedanken müssen sein, anders geht es nicht.«

Lothar Dolling wiegte den Kopf: »Vielleicht hast du recht. Ich werde nachher den Chef fragen. Auch in der Bezirksleitung wollen sie nicht nur glatte Artikel lesen.«

»Die Genossen der Bezirksleitung sind die einzigen Menschen in dieser Stadt, die den verdammten Artikel überhaupt lesen werden«, murmelte Michael.

»So ein Unsinn«, krähte Doris Worch, die ihre Scharte mit den Zahnärzten auswetzen wollte. »Die meisten Leser lassen kaum einen Artikel aus.« Sie sah Michael kopfschüttelnd an, und er wusste, dass es stimmte, was sie sagte. Obwohl sich in der Presse das tatsächliche Leben kaum noch widerspiegelte, verschlangen die Leute jedes gedruckte Wort auf der Suche nach einem Sinn hinter den Zeilen, wie sich tagtäglich an der erstaunlichen Flut der Leserbriefe zeigte. Es gab kaum einen Beitrag, und mochte er noch so langweilig sein, mit dem sich hinterher niemand auseinandersetzte.

»Ich melde dich nachher in der Pressestelle der Bezirksleitung an. Du brauchst einen Spezialausweis, sonst kommst du nicht an den Ersten Sekretär heran«, erklärte der Abteilungsleiter und spähte gierig in die Runde. Er war auf der Suche nach Zigarettenschachteln in den Hemdtaschen seiner Mitarbeiter. »Alle Reden liegen bereits vor Beginn des Rundgangs fix und fertig vor, ebenso die spontanen Fragen im Forum. Du musst nur auf die Freigabe durch den Pressereferenten warten. Am Sonnabend brauchst du nach dem Ende der Bestarbeiterkonferenz nicht mehr in die Redaktion zu kommen. Für die Seite eins am Montag nehmen wir hauptsächlich die ADN-Meldung. Beim Sonntagsdienst hast du genügend Zeit, noch eigene Gedanken einzufügen und die beiden Artikel für die Lokal- und die Wirtschaftsseite zu verfassen. Alles klar?«

»Leider nein. Wie soll ich mir einen geeigneten Bauarbeiter aussuchen? Ich muss beim Besuch Konrad Naumanns im Informationszentrum mit dabei sein und ihn anschließend auf seinem Rundgang begleiten. Das Forum wird erfahrungsgemäß in ein riesiges Saufgelage ausarten. Konrad Naumann lässt sich bekanntlich erst wieder nach Hause fahren, wenn er alle anderen unter den Tisch getrunken hat. Dann wird der Bestarbeiter bestenfalls nur noch lallen können.«

»Halte dich an den Pressereferenten. Er soll dir einen geeigneten Mann aussuchen und ihn für dich gleich am Anfang aus dem Saal holen. Das dürfte kein Problem sein, denn schließlich hatte er im Vorfeld die Auswahl der Delegierten abgesegnet.«

»In Ordnung. Was ist mit den geplanten Polizeiartikeln?«

»Gut, dass du mich daran erinnerst«, meinte Lothar Dolling und wühlte in dem Stapel Papier vor sich auf dem Tisch. »Das Präsidium der Volkspolizei hat endlich die Genehmigung erteilt. Hier ist das entsprechende Schreiben. Bereits morgen, also am 10. April, hast du nachmittags um drei einen Termin bei der Kriminalpolizei. Du kannst dir so viel Zeit nehmen, wie du willst. Dein anschließender Abendauftrag beginnt erst um neun Uhr. Dann gehst du mit einem Streifenwagen in Friedrichshain auf Fahrt. Die Schicht endet am Mittwoch morgens um sechs Uhr. Der Bericht soll der Aufmacher für den Donnerstag sein. Du musst also spätestens am Mittwochnachmittag liefern.«

»Aber wann soll ich dann schlafen?«

»Von morgens um sieben bis mittags um eins. Du bist noch unter dreißig. Junge Menschen benötigen nur wenig Schlaf. Das ist wissenschaftlich erwiesen und wird dir jeder Schichtarbeiter gern bestätigen. Erst neulich haben wir über dieses Phänomen ausführlich berichtet. Am Donnerstag kannst du dir einen freien Tag nehmen und hast dann Zeit genug, massenhaft Backfische abzuschleppen. Für den Kripo-Bericht darfst du dir Zeit bis zum Wochenende lassen. Besser geht es wohl kaum. Und nun an die Arbeit, Genossen.«

Michael Riedel stutzte. Aus welchem Grund benutzte der Chef ein solch völlig antiquiertes Wort wie »Backfische«? Sollte dies womöglich darauf zurückzuführen sein, dass die Fischfangflotte momentan gute Fangergebnisse vorweisen konnte? Doch glücklicherweise war das nicht sein Problem, sondern das der Abteilung Wirtschaft. Mit einem Heringskutter auf der kabbeligen Ostsee unterwegs zu sein, war nicht jedermanns Sache. Da gab es einiges, was einem da wieder durch den Kopf gehen konnte.

Die Redakteure verließen einer nach dem anderen den Besprechungsraum. Nur Doris Worch blieb zurück.

»Was gibt es noch, meine Teuerste?«, wollte der Chef wissen.

»Eigentlich sind die Berichte über die Arbeit der Volkspolizei mein Ressort. Ich habe viele Jahre gebraucht, um mir die guten Kontakte aufzubauen. Und nun schnappt mir dieser Riedel die besten Fälle weg.«

»Nun mal langsam mit den jungen – oder besser gesagt: mit den etwas älteren Pferden. Du hast mir selbst gesagt, dass du kürzertreten willst. Deshalb gibt es keine Abendtermine mehr für dich, und du bist von den Sonntagsdiensten befreit. Außerdem interessierst du dich vor allem für Blumen und Kleingärten.«

»Das stimmt schon. Trotzdem ist es nicht richtig.«

»Du willst mir doch nicht allen Ernstes erzählen, dass du gern eine Nacht lang mit einem Toniwagen durch Berlin fahren würdest«, meinte Lothar Dolling und erhob dabei seine Stimme.

»Nein, das natürlich nicht. Aber den Termin bei der Kripo hätte ich gern wahrgenommen. Wie du weißt, verfüge ich über die größere Erfahrung auf diesem Gebiet.«

Der Abteilungsleiter sah seine ältere Kollegin zweifelnd an, verkniff sich aber die Worte, die ihm auf den Lippen lagen. Die Kenntnisse, über die Doris Worch auf kriminalistischem Gebiet verfügte, schien sie hauptsächlich aus »Polizeiruf 110«-Filmen gewonnen zu haben. Stattdessen sagte er: »In diesem Fall ging es nicht anders. Ein Antrag, ein Reporter, zwei Artikel. Du weißt ganz genau, wie sich die Genossen im Präsidium bei der Sicherheitsüberprüfung anstellen. Außerdem stammte die Idee von der Fahrt im Funkstreifenwagen von Michael.«

»Das sage ich ja die ganze Zeit, aber du hörst mir nicht zu«, empörte sich Doris Worch. »Der Schweinehund lässt nichts unversucht, um mir das Wasser abzugraben!«

Michael Riedel

> »Die beeindruckenden Ergebnisse in allen Bereichen des gesellschaftlichen Lebens kennzeichnen die zurückliegenden fünf Jahre als die erfolgreichste Etappe in der 35-jährigen Geschichte der DDR.«
>
> *Neues Deutschland*, Montag, 9. April 1984

Michael Riedel, der hoffnungsvolle Journalist in der Lokalredaktion der *Berliner Zeitung*, war am 3. Februar 1956 in Berlin als jüngster Sohn eines Arztehepaars zur Welt gekommen. Sein Vater Walter, Jahrgang 1926, hatte von 1948 an Medizin studiert und danach als Assistenzarzt an der Berliner Charité angefangen. Er machte dort rasch Karriere, die 1970 ihren vorläufigen Höhepunkt in seiner Ernennung zum Professor und Institutsdirektor fand.

Bianca Riedel, Jahrgang 1930, hatte ihren Mann während des Medizinstudiums kennengelernt, sich aber nach dem Staatsexamen spontan dafür entschieden, zunächst zwei Kinder zu bekommen und sie aufzuziehen. Das war anfangs keine leichte Sache gewesen. Die junge Familie Riedel musste sich mit einer viel zu kleinen Hinterhauswohnung begnügen. Das Geld reichte hinten und vorne nicht. Dann, nach dem dritten Umzug, als die Zeiten besser wurden und die Kinder aus dem Gröbsten heraus waren, hatte Bianca Riedel das Interesse am Arztberuf wieder entdeckt und arbeitete seitdem in einer Poliklinik. Nebenbei kümmerte sie sich um Haus und Hof, hielt sie ihrem Gatten den Rücken frei und fand große Erfüllung in diesen Aufgaben. So ging die Zeit ins Land. Auch mit vierundfünfzig Jahren war Bianca Riedel immer noch eine attraktive schlanke Frau, der man ihr Alter nicht ansah. Sie achtete sehr auf ihre Ernährung, schränkte ihren Salz- sowie Zuckerkonsum extrem ein und kleidete sich mit ausgesuchter Eleganz

Die Zeiten der Not waren schon lange vorbei. Parallel zu seiner Ernennung zum Professor hatte Walter Riedel eine Dienstvilla in Pankow zugewiesen bekommen. Er fuhr einen Lada, seine Gattin einen Wartburg.

Michaels älterer Bruder Bernd war 1954 geboren worden. Die beiden Geschwister hätten nicht unterschiedlicher sein können. Bernd war ein ruhiges und stilles Kind, ständig darauf bedacht, es allen recht zu machen. Michael hingegen stellte fortwährend irgendwelchen Unsinn an.

Bernd lernte fleißig in der Schule und brachte fast nur Einsen mit nach Hause. Michael gab sich keine Mühe und musste sich mit Zweien und Dreien begnügen.

Bernd überstand die Pubertät völlig unbeschadet, weil er in seiner Freizeit medizinische Fachbücher las. Michael hingegen ließ sich die Haare wachsen, hörte verbotene Beatmusik und brauste mit einem frisierten Moped »Star« durch die Straßen.

1971 setzte für Bernd an der Erweiterten Oberschule die Berufslenkung ein. Er verpflichtete sich sofort als Offizierbewerber bei der Nationalen Volksarmee. Damit, und bei einem Zensurendurchschnitt von 1,1, standen ihm alle Türen offen. Der Klassenprimus wollte Militärmediziner werden. Diese Wahl war ein kluger Schachzug gewesen, denn damit kam er um den Grundwehrdienst von eineinhalb Jahren herum. Anstatt wie seine Schulkameraden über die Sturmbahn zu hecheln, begann er 1972 seine Ausbildung mit einem vergleichsweise entspannten einjährigen Vorpraktikum als Krankenpfleger in einem Armeelazarett in Eisenach. Daran schlossen sich zwei Jahre vorklinische Studien an, auf die drei Jahre klinische Studien folgten. Bereits mit vierundzwanzig Jahren legte er an der Militärmedizinischen Sektion der Ernst-Moritz-Arndt-Universität in Greifswald sein Staatsexamen als Diplommediziner ab. Parallel dazu wurde Bernd Riedel – wie es in solchen Fällen üblich war – zum Oberleutnant befördert. Die nächste Station war ein einjähriges klinisches Praktikum am Zentralen Lazarett der NVA in Bad Saarow. Anschließend absolvierte er eine Facharztausbildung im Bereich Innere Medizin, promovierte mit neunundzwanzig Jahren und war seitdem mit dem Dienstgrad Hauptmann beim Ministerium für Nationale Verteidigung in Strausberg stationiert. Bernd Riedels Ziel bestand darin, in vier Jahren, also nach Ablauf der regulären Dienstzeit, im Rang eines Majors (oder besser noch Oberstleutnants) aus der NVA auszuscheiden und sich um eine Professur in Greifswald zu bewerben. Seine Chancen standen nicht schlecht. Dann würde er sogar seinen Vater im Tempo beim Erklimmen der Karriereleiter geschlagen haben. Aber das hatte nichts zu bedeuten. Damals nach dem Krieg waren ganz andere Zeiten gewesen. Da hatte Hunger und Not geherrscht. Die Frage »Wer-Wen?« war nicht entschieden gewesen, und es herrschte große Unsicherheit. Inzwischen siegte der Sozialismus auf breiter Front – von einigen kleinen Rückschlägen einmal abgesehen.

Kurz gesagt: Bernd Riedel bereitete seinen Eltern nur Freude. Sie waren zu Recht stolz auf ihn. Von den Dämonen, mit denen ihr ältester Sohn zu kämpfen hatte, wussten sie nichts. Und wenn es nach ihm ginge, würde auch niemand jemals etwas davon erfahren.

Sein jüngerer Bruder hingegen war wie ein offenes Buch. In ihm konnte jeder lesen, der es nur wollte. Michael war nicht nur rein äußerlich, sondern auch in seinem Inneren ein verspäteter Achtundsechziger, der aus einem dumpfen Gefühl der

Unzufriedenheit heraus gegen die Erwachsenengeneration rebellierte. Er wollte keinesfalls Medizin studieren. Dafür gab es nur einen einzigen Grund, auch wenn er nie ausgesprochen wurde: Weil seine Eltern Ärzte waren und er nicht wie seine Eltern werden wollte. Diese ablehnende Haltung, der mit Gründen der Vernunft nicht beizukommen war, stellte für seinen Vater eine schwere Enttäuschung dar. Seine Mutter verhielt sich in dieser Frage wesentlich nachsichtiger, aber ihre Meinung zählte bei diesem Thema nicht viel.

Seltsamerweise gibt es in den meisten Familien ein schwarzes Schaf, welches völlig aus der Art schlägt, auch wenn ihm die gleiche Liebe zuteilwurde wie seinen Geschwistern.

Michael war nicht nur auf passive Weise antiautoritär eingestellt, sondern er produzierte Ärger am laufenden Band. Beispielsweise wäre er beinah 1974, kurz vor seinem Abitur, von der EOS geflogen. In einem aufmüpfigen Wandzeitungsartikel hatte er gegen die Ausweisung des Schriftstellers Alexander Solschenizyn aus der UdSSR protestiert. Nur eine energische Intervention seines Vaters konnte das Schlimmste verhindern. Außerdem hatte der Abiturient noch Glück im Unglück gehabt. Dissidenten spielten damals in der öffentlichen Wahrnehmung noch keine große Rolle. Die Parteinahme des Jungen für einen Literaturnobelpreisträger war deshalb als eine minderschwere Verfehlung angesehen worden. Zwei Jahre später, anlässlich der Ausbürgerung von Wolf Biermann aus der DDR, hätte ein ähnlicher Artikel unweigerlich einen Schulverweis zur Folge gehabt.

Obzwar Michael Riedel gerade noch so mit einem blauen Auge davongekommen war, weigerte er sich standhaft, eine sogenannte freiwillige Verpflichtungserklärung für einen dreijährigen Ehrendienst als Unteroffizier in der NVA zu unterschreiben, so wie er zu dieser Zeit für Abiturienten allgemein üblich war. Auch Michaels Bruder konnte ihn nicht dazu überreden, obwohl er die Möglichkeit gehabt hätte, ihm einen Drückebergerposten als Feldscher im Eisenacher Armeelazarett zu besorgen.

Ein freiwilliger Dreijahresdienst in der NVA waren sechsunddreißig Monate vergeudete Lebenszeit. Es gab nur wenig Urlaub. Ehen gingen zu Bruch, Freundschaften versandeten. Aber auf diese Weise wurde vom sozialistischen Staat die Spreu vom Weizen getrennt. »Wer nicht für uns ist, der ist gegen uns«, lautete die einfache Formel.

Sogenannte Dreiender hatten nach ihrer ehrenvollen Entlassung eine nahezu freie Studienwahl, und zwar unabhängig von ihrem Notendurchschnitt. Bei der Spreu sah es ganz anders aus. Abiturienten, die nur den Grundwehrdienst absolvieren wollten, konnten sich selbst mit ausgezeichneten Noten nicht sicher sein, den von ihnen gewünschten Studienplatz zu erhalten. Aus einem Juristen in spe wurde sehr schnell ein Lehrer für Polytechnik. Und die restlichen Studienanwärter, deren Leistungen nur durchschnittlich gewesen waren, würden sich mit dem begnügen müssen, was für sie noch übrig blieb.

Für alle jungen Männer ab achtzehn Jahren, die weder Unteroffiziere noch Offiziere werden wollten, war der Grundwehrdienst in der NVA obligatorisch. Er dauerte achtzehn Monate. Eine Zurückstellung oder gar dauerhafte Befreiung war nur ganz selten möglich. Eine komplette Wehrdienstverweigerung sah das DDR-Recht nicht vor, lediglich das Tragen einer Waffe durfte abgelehnt werden. Die sogenannten Spatensoldaten hatten aber weder bei der Armee noch danach in der Zivilgesellschaft viel zu lachen.

Professor Walter Riedel wäre durchaus in der Lage gewesen, von einem Kollegen ein ärztliches Attest zu besorgen, welches seinem Sohn eine absolute Dienstunfähigkeit bescheinigt hätte. Ein wenig Blut im Urin reichte schon völlig aus. Aber der Professor hasste jede Form der Drückebergerei. Und da der Junge wusste, wie sein Vater in dieser Frage dachte, und weil das beiderseitige Verhältnis ohnehin schon mehr als angespannt war, bat er ihn erst gar nicht darum. Auch Spatensoldat wollte er nicht werden.

So kam es, wie es kommen musste. Im Herbst 1974 wurde Michael Riedel für eineinhalb Jahre einberufen. Das Musterungsverfahren im Wehrkreiskommando war völlig intransparent. Niemand fragte ihn nach seinen Wünschen. Er durfte weder die Waffengattung noch den Garnisonsort wählen. Auf dem Einberufungsbefehl stand der Name »Eggesin«. Das war eine Kleinstadt im Norden an der polnischen Grenze.

Michael wurde ein motorisierter Schütze. In seinem Regiment durchlief er ein Meer aus Schmerz und Tränen. Bereits als er in einer Vierzehn-Mann-Stube einquartiert wurde und sich dort wie das letzte Rad am Wagen fühlte, bereute der junge Rekrut seinen falschen Stolz. Er hätte doch das Angebot seines Bruders annehmen sollen – oder besser noch seinen Vater um Hilfe bitten müssen. Nun war es zu spät.

Die Grundausbildung dauerte ein halbes Jahr. Sie diente dazu, die Wehrpflichtigen körperlich zu ertüchtigen, ihnen Gehorsam sowie das Kriegshandwerk beizubringen. Das Rezept dafür war simpel und wurde in fast allen Armeen auf der Welt angewendet: Hauptsächlich ging es darum, den Rekruten jeglichen eigenen Willen zu nehmen. Sie hatten im Ernstfall sämtliche Befehle zu befolgen und keine Fragen zu stellen. Das Schleifen geschah auf zwei Wegen. Zum einen wurden die jungen Soldaten auf der Sturmbahn, bei Übungen im Gelände auf dem achtzig

Quadratkilometer großen Truppenübungsplatz und bei sich wiederholenden Härtetests – das waren Fünfzig-Kilometer-Märsche mit schwerem Gepäck – bis an die Grenze ihrer körperlichen Leistungsfähigkeit geführt. Sie kampierten im Winter in Zeltlagern, exerzierten bei strömendem Regen im Schlamm und konnten so gut wie nie ausschlafen. Zum anderen wurden die »Sprutze« des ersten Diensthalbjahrs von den »EKs« (den »Entlassungskandidaten«) des dritten Diensthalbjahrs bis aufs Blut schikaniert. Sie mussten die Stuben fegen, die Stiefel putzen und die Toiletten reinigen. Beim »EK-Kegeln« wurden sie in Stahlhelme gesetzt und – als eine andere Variante des Zwergenweitwurfs – als lebende Bowlingkugeln die blankgebohnerten Flure entlanggeschleudert. Gewonnen hatte jener Heimkehrer, der den weitesten Wurf erzielte. Die »Achtziger« (im ersten Diensthalbjahr betrug der Wehrsold achtzig Mark im Monat) wurden in Spinde eingesperrt und mussten als »Musikbox« Lieder singen. Wenn es ganz hoch herging, wurden die Spinde umgekippt und zum »Rodeln« die Treppe hinuntergestoßen. Das geschah alles mit wohlwollender Duldung der Vorgesetzten. Soldaten, die sich über die Schikanen beschwerten, kamen vom Regen in die Traufe.

Vom zweiten Diensthalbjahr an ging es dem Soldaten Riedel etwas besser. Die Quälereien durch die Kameraden ließen nach. Aber anstatt als »Mot.-Schütze« bequem durch die Gegend zu fahren (wie es vom Namen der Waffengattung »Motorisierte Schützen« her zu vermuten gewesen wäre), musste er bis zum Ende seines Wehrdienstes immer wieder mit einem schweren Rucksack auf den Schultern querfeldein marschieren. Nur sehr selten durfte er auf einen Panzerspähwagen oder auf die Pritsche eines Lkw aufsitzen.

Vier Dinge lernte Michael bei der Truppe bis zur Perfektion: erstens, in ganz kurzer Zeit sehr viel Alkohol zu trinken; zweitens, sich unsichtbar zu machen (für die Augen seiner Vorgesetzten); drittens, eine Kalaschnikow mit verbundenen Augen auseinanderzunehmen und wieder zusammenzusetzen; und viertens, sich zu prügeln. Wenn nämlich die »Mot.-Schützen« beim Ausgang in einer Kneipe oder in einem Tanzlokal auf Soldaten einer anderen Waffengattung trafen, gab es Minuten später eine wüste Rauferei. Das war kein Kampfsport für Gentlemen. Michael Riedel begriff sehr schnell (ein Panzerfahrer hatte ihm mit einem freundlichen Lächeln auf den Lippen und ohne jede Vorwarnung die Nase gebrochen), dass er weder zimperlich sein durfte noch lange zögern konnte. Er musste die Gefahr erkennen, bevor es brenzlig wurde.

Oft hing das Schicksal des Rekruten an einem seidenen Faden. Doch irgendeine gütige Fee hielt schützend die Hand über ihn. Michael Riedel schaffte es, seine Aufmüpfigkeit zu zügeln und bei seinen Vorgesetzten nicht weiter anzuecken. Er bekam sogar das Bestenabzeichen (die sogenannte Kratzerplatte) verliehen, wurde zum Gefreiten befördert und im Frühjahr 1976 in Ehren aus der NVA entlassen. Die Heimfahrt von Eggesin nach Berlin dauerte drei Tage und führte durch mehrere *Mitropa*-Gaststätten. Danach musste der Heimgänger eine Woche lang seinen schweren Rausch ausschlafen.

Anschließend führte der Vater mehrere lange Gespräche mit seinem Sohn. Sie blieben allesamt ergebnislos. Michael Riedel war schwer traumatisiert, absolut orientierungslos und völlig aus der Bahn geworfen. Für ihn ergab nichts mehr im Leben einen Sinn. Ein einfühlsamer Psychologe hätte ihm vielleicht helfen können. Aber niemand, selbst seine Mutter nicht, kam auf die Idee, es auf diesem Weg zu versuchen.

An keinem jungen Menschen ging die Armeezeit mit ihrem

brutalen Drill und den unendlichen Quälereien spurlos vorüber. Die meisten wurden dadurch härter. Nicht so Michael. Der Zwanzigjährige war ein seelisches Wrack. Ihm fehlte jeglicher Antrieb. Er steckte voller Selbstzweifel. Nach den erlittenen Demütigungen und der toten, sinnlos verbrachten Zeit hatte Michael mit dem Leben abgeschlossen. Er lag bis mittags im Bett, trank, rauchte und entwickelte einen Hass auf seinen Bruder, weil der immer alles richtig gemacht hatte. Den Eltern gab er die Schuld an seinem Elend.

Im Mai 1976 wendete sich das Blatt. Bei einer seiner Sauftouren lernte Michael die achtunddreißigjährige Sonja kennen, die sich als freischaffende Künstlerin bezeichnete und zusammen mit sieben Katzen in einer heruntergekommenen Wohnung in einem Abrisshaus in Ostkreuz wohnte. Leider hielt die Beziehung nur zwei Monate. Aber diese Zeit hatte ausgereicht, Michael Riedel neuen Lebensmut zu geben. Mit seinem Koffer ging er in die nächste Kneipe.

Die Kellnerin dort hieß Bärbel, war bereits zweimal geschieden und besaß ein weiches Herz. Nach dem Ausschankschluss nahm sie die verlorene Seele mit zu sich nach Hause. Michael wollte seinen Eltern nicht länger auf der Tasche liegen und fing als Hilfsarbeiter in einer Brauerei an.

Am 12. September 1977 wurde Constanze geboren. Das Mädchen war ein äußerst niedliches Baby. Allerdings hatte es eine schwarze Hautfarbe. Die bereits geplante Hochzeit fiel aus. Die Trennung war für alle lang und schmerzhaft.

1978 marschierte der inzwischen Zweiundzwanzigjährige wieder mit einem Koffer in der Hand die Straße entlang. Er wusste, dass er sich jetzt an einem Scheideweg befand. Entweder würde er endgültig ins Verderben laufen oder doch noch irgendwie die Kurve kriegen.

Bei einem Rockkonzert im *Haus der jungen Talente* in der Klosterstraße lernte er die fünfundzwanzigjährige Frontfrau der Band »Schmalspur« kennen. Yvonne Marquardt war eine begnadete Sängerin und fühlte sich zu Höherem berufen, als mit einer Amateurband über Land zu ziehen und auf einen der raren *Amiga*-Schallplattenverträge zu hoffen. Ihre Wohnung in der Prenzlauer Allee 57 c befand sich in der dritten Etage und verfügte über zwei Zimmer. In ihnen hielten sich ständig Dutzende Musikerkollegen auf, diskutierten über die neuesten musikalischen Trends und hörten stapelweise Westschallplatten. Rotwein und Zigaretten waren die Grundnahrungsmittel.

Michael Riedel begann, aufzublühen. Er fühlte sich zum Rockstar berufen und lernte Gitarre spielen. Er hatte durchaus Talent. Vielleicht wäre sogar etwas aus ihm geworden, wenn Yvonne nicht eines Tages spurlos von der Bildfläche verschwunden wäre. Niemand wusste etwas, keiner hatte sie gesehen. Auch die Gäste blieben aus. In der Küche standen leere Flaschen und volle Aschenbecher. Eine Woche später, kurz bevor Michael in seiner Verzweiflung zur Polizei gehen wollte, traf eine Ansichtskarte ein. Sie zeigte den Sommer-Sonnen-Strand von Ahlbeck und trug den Poststempel von Gera. Der Text gab nicht viel her. In leicht nach links geneigten Buchstaben stand geschrieben: »Verzeih mir bitte, aber meine Karriere war mir wichtiger. Ich vererbe dir meine Wohnung und das gesamte Inventar. Y.«

Michael war völlig ratlos. Was um alles in der Welt wollte seine Freundin an der Ostsee? Wie war ihre Karte in die tiefste Provinz gelangt? Wo sollte er mit der Suche nach Yvonne beginnen?

Ein schlechter Plan war immer noch besser als gar keiner. Michael nahm den Bus der Linie 40, um mit ihm zum Ostbahnhof zu fahren. Dort gingen die Züge in Richtung Gera ab.

Am Strausberger Platz stieg ein langhaariger Rocker in Lederklamotten zu. Es war Timm, der Schlagzeuger der Band »Schmalspur«. Michael zeigte ihm die Karte von Yvonne und fragte: »Hast du eine Ahnung, was Yvonne in Gera treibt und wo ich sie dort finden kann?«

Timm schaute ihn an, als ob er vom Mond gefallen wäre, und zerrte ihn an der nächsten Haltestelle hinaus auf die Straße. Dann flüsterte er: »Eh Alter, deine Ische ist rübergemacht, zum Klassenfeind. Die Karte hat sie wahrscheinlich einem Rentner mitgegeben, damit sie auch ankommt und nicht von der Stasi abgefischt wird. Halte dich bloß in den nächsten Wochen von uns fern. Wir werden alle überwacht.«

Michael saß allein in der leeren Wohnung und weinte vor Selbstmitleid und Liebeskummer. Dann verwandelte er seine Gitarre in Kleinholz und begann, systematisch die letzten Rotweinbestände zu leeren.

Eltern im Allgemeinen und Mütter im Besonderen scheinen über einen sechsten Sinn zu verfügen, wenn sich ihre Kinder in einer Lebenskrise befinden. Einige Tage später wurde Michael nachmittags um drei von einem kalten Lappen auf seiner Stirn geweckt. Bianca Riedel machte ihrem Jungen keine Vorhaltungen. Sie musterte lediglich mit zusammengekniffenen Lippen die mehr als spartanisch eingerichtete, aber völlig vermüllte Wohnung mit ihren Wasserflecken an den Wänden. In der Luft hing ein Geruch von schalem Alkohol, kaltem Rauch und nassem Kalk.

Nach einer Viertelstunde und einem großen Glas Wasser war der verkaterte Sohn wieder ansprechbar. Die Unterhaltung plätscherte völlig belanglos dahin, aber sie zeigte Wirkung.

Michael fing sich wieder. Sein harter Knochenjob in der Brauerei hing ihm inzwischen zum Hals heraus. Er kündigte und ging auf Arbeitssuche. Es war nicht schwer, etwas Neues zu finden. In der DDR herrschte Vollbeschäftigung. Es gab keine Arbeitslosen. An den Volkseigenen Betrieben hingen große Anschlagtafeln mit Stellenangeboten.

Michael Riedel nahm eine Tätigkeit als Aushilfe in der Druckerei der Zeitung *Neues Deutschland* auf. Während einiger langer Nachtschichten freundete er sich mit Lothar Werner an, einem sechsundfünfzigjährigen Setzer. Der meinte, dass Michael als Abiturient den Marschallstab im Tornister trüge, und erklärte ihm den üblichen Werdegang eines Journalisten: Auf ein zwölfmonatiges Volontariat bei einer Zeitung folgte – bei erfolgreichem Gelingen – die Delegation zu einem vierjährigen Studium an der Karl-Marx-Universität in Leipzig. Zusätzlich gab es eine Arbeitsplatzgarantie.

Michael Riedel hatte inzwischen begriffen, dass er sich nicht für schwere körperliche Arbeit eignete. Das *Neue Deutschland* als das Zentralorgan des ZK der SED war ihm allerdings viel zu linientreu. Stattdessen bewarb er sich bei der *Berliner Zeitung*. In seinem Lebenslauf vermerkte er, dass er sich aus beruflichem Interesse verschiedentlich in der Praxis bewährt habe, um vor dem Studium den für einen Journalisten notwendigen engen Kontakt zur Arbeiterklasse zu erlangen.

Erika Naehring, die Kaderleiterin vom Berliner Verlag, glaubte kein einziges Wort von diesem Unsinn. Aber bei dem Bewerber handelte es sich um den Sohn eines bekannten Professors der Charité. Und weil gerade Volontäre gesucht wurden, reichte dieser Pluspunkt in der Biographie aus, um den jungen Mann zu einem Vorstellungsgespräch einzuladen.

Michael ging zum Friseur, rasierte sich, zog den bislang ungetragenen Hochzeitsanzug an – und bestand den mündlichen Eignungstest. Anschließend musste er einige Probearbeiten abliefern. Die Artikel waren zwar nicht überragend, aber ausreichend.

Die Sache mit dem Marschallstab im Tornister schien zu stimmen. Bereits während des Volontariats in der Zeitungsredaktion zeigte sich sehr schnell, dass Michael Riedel ein geborener Journalist war. Innerhalb weniger Wochen hatte er die ungeschriebenen Gesetze verinnerlicht, die in der *Berliner Zeitung* herrschten. Er konnte gut formulieren und besaß die Fähigkeit, sich auf das Wesentliche zu konzentrieren. Außerdem verstand er es, komplizierte Sachverhalte allgemeinverständlich wiederzugeben. Aber das Wichtigste war, dass er es darüber hinaus vermochte, trotz aller Uniformiertheit seinen Texten eine eigene Note zu verleihen.

Während des vierjährigen Studiums in Leipzig bemerkte Michael dann voller Erstaunen, dass zwischen Theorie und Praxis ein himmelweiter Unterschied bestand. Sein bei der *Berliner Zeitung* erworbenes Wissen und Können zählten an der KMU nicht die Bohne. Aber der Student war wieder in der Lage, sich anzupassen.

1983, fünf Jahre später als sein Bruder, lieferte er seine Diplomarbeit ab. Er bestand mit einer »Zwei«. Am Tag nach seiner feierlichen Exmatrikulation verließ Michael das Vierbettzimmer des Internats in Lößnig ohne größeres Bedauern, aber in der Gewissheit, dass die Freundschaften, die er zu einer Handvoll Mitstudenten beiderlei Geschlechts geknüpft hatte, noch lange Zeit halten würden.

Seit dem 1. Oktober 1983 arbeitete Michael Riedel in der Lokalredaktion der *Berliner Zeitung*. Die Tätigkeit machte ihm großen Spaß, weil es täglich etwas Neues zu entdecken gab. Selbstverständlich ärgerten ihn die Zwänge und der enge Rahmen, in dem er handeln konnte. Aber es gab vielfältige Möglichkeiten, sich auch außerhalb der eingefahrenen Gleise zu bewegen und etwas mehr Farben in das einheitliche Grau der Zeitungsseiten zu bringen.

Nach einer Einarbeitungszeit von einem Vierteljahr erhielt der neue Lokalredakteur die erste Gehaltserhöhung. Er bekam nun achthundert Mark monatlich ausgezahlt. Für einen Junggesellen ohne kostspielige Hobbys reichte das völlig aus.

Zu seinem achtundzwanzigsten Geburtstag hatten ihm seine Eltern einen gebrauchten, aber guterhaltenen Trabant geschenkt. Damit war er endlich mobil, was ihm seine Arbeit wesentlich erleichterte.

Seine Pläne für die Zukunft teilte Michael in kurz-, mittel- und langfristig ein. Sie sahen wie folgt aus:

Erstens eine neue Freundin suchen.

Zweitens eine bessere Wohnung finden.

Drittens eine steile Karriere als Journalist machen. Er wollte sich so schnell wie möglich vom Lokalredakteur zum Auslandskorrespondenten entwickeln. Moskau beispielsweise wäre ein guter Anfang. Washington konnte noch warten.

2. Kapitel

Das Haus in der Prenzlauer Allee

Der Rosenkavalier

> »Im Bauwesen wurde der Plan der Bauproduktion und der Nettoproduktion übererfüllt. Im 1. Halbjahr werden 101.643 Wohnungen neugebaut beziehungsweise modernisiert. Für weitere 305.000 Bürger verbessern sich damit die Wohnverhältnisse.«
>
> *Berliner Zeitung*, Dienstag, 10. April 1984

Es war ein freundlicher, schöner Tag. Die Sonne schien bereits mehr als nur frühlingshaft. Am blauen Himmel zogen Schäfchenwolken dahin. Draußen auf der hohen Kastanie lärmten die Vögel. Ab und zu fuhr ein Auto vorbei. In der Ferne ratterte die S-Bahn. Alles war friedlich und beschaulich in diesen morgendlichen Stunden.

Marko Büttner hielt sich allein in seiner Junggesellenwohnung auf. Das tat er meistens. Der Achtundzwanzigjährige empfing nur selten Besuch. Weibliche Gäste befanden sich so gut wie nie darunter.

Marko Büttner öffnete eine Klappe an der mit glänzendem Nussbaumimitat verkleideten Hellerau-Schrankwand. Er nahm ein Tonbandgerät heraus. Das graue Kunststoffgehäuse sowie der schwarze Deckel waren vom jahrelangen Gebrauch verschrammt und verfärbt. Es handelte sich um ein »Tesla B41«-Mono-Tonbandgerät tschechoslowakischer Produktion.

Er hatte es bereits vor längerer Zeit im »An- & Verkauf«-Laden am Rosenthaler Platz erstanden. Obwohl es schon 1968, also zu Zeiten des Prager Frühlings, hergestellt worden war, leistete es immer noch gute Dienste.

Marko Büttner ging es so wie allen Menschen: Er beherrschte einige Dinge gut, andere wiederum schlecht oder gar nicht. Er war beispielsweise ein geschickter Handwerker, aber völlig unmusikalisch. Mit der Rechtschreibung und der Grammatik stand er seit jeher auf Kriegsfuß. Aber er war ein hervorragender Redner.

In der Schule hatte er deshalb von der vierten Klasse an alljährlich zum Pioniergeburtstag vor der versammelten Schülerschaft das Gelöbnis sprechen dürfen. Der Endzwanziger kannte es immer noch auswendig. Es endete mit den Worten: »Getreu unserem Gruß bin ich für Frieden und Sozialismus immer bereit.« Diese Auftritte beim traditionellen Fahnenappell am 13. Dezember hatten seinem Selbstwertgefühl sehr gutgetan. Wenigstens für eine Weile.

Sein Pionierhalstuch und sein FDJ-Hemd waren schon längst den Weg alles Irdischen gegangen. Massenzusammenkünfte gehörten für ihn der Vergangenheit an. Unabhängig davon übte sich der Marko Büttner immer noch in der freien Rede. Er besaß eine angenehme Stimme.

Doch er trat nicht mehr vor einem Publikum auf. Selbst im Kollegenkreis hielt er sich zurück. Im Jugendwerkhof war sein übermäßiger Geltungsdrang nämlich sehr rasch gezügelt worden. Auch den Hang zum krankhaften Lügen hatten ihm die Erzieher gründlich ausgetrieben. Ihr pädagogisches Konzept hatte aus Disziplin, Selbstverwaltung und nützlicher Arbeit bestanden. Es war nicht um innere Einsicht, sondern um die Anpassung des Menschen gegangen.

Trotzdem blickte Marko Büttner nicht im Zorn zurück auf diese Zeit. Es gab immer zwei Seiten einer Medaille. Auf der Habenseite stand: Er hatte einen Beruf erlernen können, der ihm lag, und überdies einen Freund fürs Leben gefunden. Alle körperlichen Narben waren längst verheilt. Die Kosten-Nutzen-Rechnung hätte also wesentlich schlechter ausfallen können.

Sein jetziger Beruf machte ihm Spaß, aber er wollte mehr im Leben erreichen. Er strebte nach Höherem. Sein Traum war, Rundfunksprecher zu werden. Dann würde er in einem warmen, gemütlichen Studio sitzen und einsame Autofahrer bei ihrer Reise durch die Nacht begleiten. Bis dahin musste er üben, üben und nochmals üben. Sehr bald schon würde er sich bei der »Stimme der DDR« als Ansager bewerben. Erst neulich hatten die Rundfunkleute öffentlich auf dem Alexanderplatz in einem improvisierten Studio nach Talenten gesucht. Jeder, der wollte, durfte in ein Mikrophon sprechen. Wenn er innerlich dazu bereit wäre, würde er nicht länger vom Rand aus zusehen, sondern ganz nach vorn treten.

Marko Büttner trainierte nahezu täglich. »Mi, mo, ma, mu, mä. Lamm, lahm, Beet, Bett, rasten, raa-sten. Der Cottbuser Postkutscher putzt den Cottbuser Postkutschkasten blank. Blaugrau bleibt blaugrau und Brautkleid bleibt Brautkleid. Zwischen zwei Zwetschgenzweigen sitzen zwei zwitschernde Schwalben.«

Die Anleitung zum Training stand in einem Buch mit Sprachübungen. Dort fand sich alles über Rhetorik, Lautstärke, Tempo, Artikulation, Modulation, Mimik und Gestik.

Marko Büttner hatte es sich außerdem angewöhnt, seine Gedanken und Erlebnisberichte auf Band zu sprechen. Für einen Legastheniker wie ihn war das die perfekte Art, ein Tagebuch zu führen. Das tat er nun schon seit geraumer Zeit. Er achtete auch peinlich genau darauf, die weißen Schachteln aus stabilem Karton mit dem blauen Aufdruck »ORWO« ordnungsgemäß zu beschriften und zu nummerieren. Im Laufe der Monate war auf diese Weise eine beachtliche Sammlung entstanden, akkurat nach den jeweiligen Aufnahmedaten geordnet.

In einem populärwissenschaftlichen Artikel in der NBI hatte der Achtundzwanzigjährige einen interessanten Bericht über das menschliche Gehirn gelesen. Es nimmt nur zwei Prozent der gesamten Körpermasse in Anspruch, konsumiert jedoch zwanzig Prozent des aufgenommenen Sauerstoffs und fünfundzwanzig Prozent der Glukose. Die Gedanken- und Antriebsfelder liegen im vorderen Teil des Großhirns. Sie sind die Zentren des Erinnerns. Das autobiographische Gedächtnis speichert dort alle Erlebnisse vom dritten Lebensjahr an und sortiert sie in Millionen von Fächern ein. Manche dieser Fächer stehen ständig offen, etliche lassen sich leicht öffnen, die meisten freilich nur schwer oder lediglich unter Hypnose.

Die Schlüssel zum Erinnern können ganz unterschiedlich sein. Manchmal ist es ein bestimmter Duft, gelegentlich ein besonderer Geschmack, hin und wieder eine Traumsequenz, bisweilen ein Buch oder ein Film, oft ein Gespräch mit anderen Menschen und zuweilen ein Lied im Radio.

Bei Marko Büttner entfaltete vor allem das von ihm selbst gesprochene Wort eine besondere Magie. Deshalb liebte er seine Tonbandaufnahmen. Beim Zuhören ließ er sich in seinen Sessel zurücksinken und schloss die Augen. Im nächsten Moment wurde er wie von einer Zeitmaschine um Wochen und Monate zurückversetzt. Vor seinem geistigen Auge erwachten die jeweiligen Szenen zu neuem Leben. Er konnte alles wieder riechen und schmecken, anfassen und neu erleben.

Doch an diesem Tag ging es nicht um das Hören und Erinnern, sondern es war Zeit für einen neuen Report. Marko Büttner stellte ein Glas und eine Flasche »Vita Cola« bereit, legte eine leere Tonbandspule ein, steckte das Mikrophon in die Buchse, drückte die beiden Aufnahmetasten, lehnte sich zurück und begann, zu sprechen:

»Sie sehen nicht nur aus wie die schönsten Blumen, sie duften auch so, wenn sie sich abends frisch gewaschen in ihre sauberen Betten legen. Die meisten Seifensorten kann ich am Geruch unterscheiden: ›Lux‹, ›Fa‹ und ›Palmolive‹ aus dem Westen; ›Florena‹ und die einfache weiße oder rosa Haushaltsseife aus dem Osten.«

Marko Büttner machte eine Pause, trank einen Schluck Cola und setzte dann fort: »Ich lege großen Wert auf Sauberkeit und Hygiene. Einen nach Schweiß riechenden Körper könnte ich nicht ertragen. Deshalb suche ich mir immer äußerst gepflegt wirkende Mädchen aus. Bislang ist mir erst ein einziger Fehlgriff unterlaufen.«

Marko Büttner runzelte ärgerlich die Stirn und drückte die Stopptaste. Nun murmelte er nur noch vor sich hin: »Ausgerechnet an dem Tag, als ich sie besucht habe, muss die blöde Kuh vorher auf einer Fete gewesen sein. Sie hat ekelhaft nach Alkohol gestunken und sich in ihren nikotinverpesteten Klamotten ins Bett geschmissen. In meiner Rage bin ich völlig ausgerastet. Ich habe der Schlampe links und rechts ein paar eingeschenkt, mich sofort wieder angezogen und aus dem Staub gemacht. Dieses Erlebnis hat meinem Selbstbewusstsein geschadet. Ich darf mich nie wieder gehen lassen. Ich will nicht wieder bei Wasser und Brot in Kälte und Dunkelheit eingesperrt sein.«

Marko Büttner seufzte und hielt einen Moment lang inne. Die schmerzhafte Erinnerung an die ehemalige Waschküche im Jugendwerkhof mit ihren feuchten Wänden und dem Fliegendraht vor den vergitterten Fenstern begann, zu verfliegen. Stattdessen musste der Endzwanziger an Makkaroni mit roter Sauce denken, in der gebratene Jagdwurststückchen schwammen. Als Nachtisch hatte es dann immer rote Grütze mit Vanillesauce gegeben. Niemals Apfelmus, kein einziges Mal. Apfelmus war das Kompott zu den hartgekochten Eiern mit Senfsauce gewesen. Seltsam, wie nah das Gute und das Böse beieinandergelegen hatten.

Er ließ das Tonband wieder anlaufen und sprach laut weiter: »Gegen einen blöden Zufall sind auch die beste Planung und eine genaue Vorbereitung machtlos.

Ansonsten verläuft alles prima. Noch nie hat sich eine von den Sauberen, den Reinlichen, den Hübschen gewehrt. Alle haben mir unter Tränen geschworen, nicht zur Polizei gehen zu wollen. Aber ich glaube ihnen nicht. Sie lügen mich an, weil sie Angst vor mir haben. Sobald der Schrecken verflogen ist, werden sie aufmüpfig. Dagegen lässt sich nichts machen. So sind Frauen eben nun mal. Das ist ihre Natur. Deshalb stehen sie weit unter den Männern.«

Marko Büttner drückte erneut die Stopptaste. Dann ließ er das Band zurücklaufen und löschte den letzten Satz. Er entsprach nicht der Wahrheit. Frauen standen nicht unterhalb der Männer. Sie waren ihnen nur völlig wesensfremd, kein bisschen ähnlich. Sie sahen unten und oben anders aus. Sie dachten anders. Sie fühlten anders. Sie handelten anders. Sie wollten über die Männer bestimmen. Deshalb blieben Frauen für ihn rätselhafte Geschöpfe. Er betrachtete sie tagsüber lieber aus der Ferne. Nachts kam er ihnen manchmal nahe. In seinem sonstigen Leben hatten sie keinen Platz.

Er setzte das Tonband wieder in Gang: »Was ich mache, ist

prickelnd. Es ist aufregend. Und es ist gefährlich. Früher war es normal. Da gab es das Recht der ersten Nacht.«

Diesen seltsamen Brauch kannte er noch aus dem Geschichtsunterricht. Allerdings hatte dieses Privileg wohl nur für Adlige gegolten. Im Sozialismus gab es keine Grafen und Fürsten mehr. Aber vielleicht wäre er vor vierhundert Jahren ein Edelmann gewesen. Es hätte ihm zugestanden. Den meisten Menschen war er in vielerlei Hinsicht überlegen.

»Bislang bin ich immer gut davongekommen. Doch eines Tages könnte etwas schiefgehen, weil ich ein winziges Detail übersehen habe. Dann schläft ein bissiger Hund unter dem Bett. Oder ein spitzes Küchenmesser liegt auf dem Nachttisch. Gegen Überrumpelungen muss ich mich wappnen.«

Marko Büttner brach ab und drückte abermals die Stopptaste. Es war seltsam. In seinem Innersten hielt er sich für unfehlbar. Trotzdem hatte er eben Zweifel geäußert. So etwas taten nur Frauen. Die sagten gern das eine, meinten hingegen das andere. Vielleicht handelte es sich um einen Zauberbann. Einmal ausgesprochen, hielt er alles Übel fern.

Das Band lief weiter: »Ich kann nicht von meinen nächtlichen Ausflügen lassen. Sie sind wie eine Sucht.« Das war harter Tobak. Doch sich selbst wollte er nicht belügen. Selbstbetrug wäre der Anfang vom Ende gewesen.

»Ein paar Wochen lang geht es mir gut. Ich bin ausgeglichen. Ich kann abends lesen, Musik hören oder ins Kino gehen. Wenn jedoch die Erinnerung zu verblassen beginnt, muss ich mich wieder auf die Jagd machen. Mein Verstand sagt nein, aber mein innerer Drang sagt ja. Mein Unterbewusstsein ist viel stärker, als ich es bin.«

War das gut, oder war das schlecht? Alle Menschen hatten ein Laster, vom Traktoristen bis zum Kombinatsdirektor. Zahllose Leute rauchten. Viele betranken sich regelmäßig. Andere hurten herum. Wieder andere verprügelten grundlos Krethi und Plethi. All das widersprach der sozialistischen Moral. Den zehn Geboten sowieso. Insofern hatte er reichlich Gesellschaft im Klub der Sünder. Obwohl ... Vielleicht gefielen den Mädchen seine nächtlichen Besuche sogar. Die intimen Momente brachten etwas Würze in ihren faden Alltag. Er wählte seine Blumen nicht umsonst immer äußerst sorgfältig aus. Alle seine Frauen waren einsam, vom Leben vernachlässigt, und sie mussten in schrecklichen Buden hausen.

Marko Büttner stand auf, um einige Schritte im Zimmer auf und ab zu laufen. Dann setzte er sich wieder und sprach weiter:

»Sicherlich wäre mein Leben viel einfacher, wenn ich mir eine Fetisch-Sammlung zulegen würde. Mein Freund Jürgen hat so eine. Er lässt sich von jeder neuen Freundin ein Passbild geben. Das klebt er in ein Album. Er vermerkt fein säuberlich Datum und Namen darunter und heftet eine intime Locke dazu. Wenn Jürgen die große Sehnsucht überkommt, holt er sein Album hervor und blättert darin. Er hat es mir voller Stolz gezeigt. Auch ich wurde erregt. Obwohl ich keine einzige von den Schnallen näher kannte.

Ich würde mir gern eine ähnliche Galerie anlegen. Leider ist es unmöglich. Die Fotos an sich wären kein Problem. Ich könnte jederzeit Aufnahmen von meinen Eroberungen machen. Vorher und hinterher. Das wäre ganz einfach. Aber wer sollte später die Bilder entwickeln? Ich besitze kein eigenes Fotolabor und verstehe nichts davon. Ich müsste die Filme in einem Laden abgeben. Fremde Leute würden sich meine Schnappschüsse ansehen und in meinem Privatleben herumschnüffeln. Das wäre viel zu gefährlich.«

Marko Büttner nippte am Glas mit der Cola und fuhr fort:
»Ebenso wenig traue ich mir, meinen Lieblingen unten und oben Haarsträhnen abzuschneiden. Ich habe Angst, sie könnten sich wehren und ich würde sie ungewollt verletzen.

Halt, da fällt mir etwas ein! Ich kann die Mädels in der Straßenbahn fotografieren. Das ist ohne jedes Risiko, wenn ich außerdem noch viele unverfängliche Bilder von Häusern, Autos und Radfahrern mache.«

Der Achtundzwanzigjährige hielt für einen Moment lang inne. Ihm war eine weitere sensationelle Idee gekommen:

»Beim nächsten Mal stecke ich mir von meiner Schönen einen benutzten Schlüpfer ein. Wenn ich ihn in einer Plastiktüte im Kühlschrank aufbewahre, hält er sich frisch und duftet viele Wochen lang.

Schade. So viele verpasste Gelegenheiten. Weshalb ist mir dieser ausgezeichnete Gedanke nicht bereits eher gekommen? Aber jegliches braucht seine Zeit.«

Die Beichtstunde war beendet. Marko Büttner fühlte sich erfrischt und seelisch gereinigt. Er räumte die Sachen zusammen und verstaute das »Tesla B41« wieder in der Schrankwand. Dann ging er hinüber ins andere Zimmer, wo die Terrarien standen.

Besuch bei der Kripo

»Die Täter waren im Oktober und November 1983 gewaltsam in neun Verkaufsstellen, Gaststätten, Betriebe und Schulen in Prenzlauer Berg und im Kreis Bad Freienwalde eingedrungen und entwendeten Nahrungs- und Genussmittel, tontechnische Geräte, alkoholische Getränke und Bekleidungsgegenstände im Wert von etwa 14.000 Mark.«

Neue Zeit, Dienstag, 10. April 1984

Michael Riedel stand seit zehn Minuten vor dem Gebäude der Volkspolizeiinspektion Prenzlauer Berg und wartete geduldig, bis seine *ruhla*-Armbanduhr die volle Stunde anzeigte. Behörden legten bekanntlich großen Wert auf Pünktlichkeit. Allerdings galt diese Regel ausschließlich in eine Richtung, und zwar von unten nach oben, sozusagen aus der Perspektive der Ameise hinauf zur riesenhaften Amtsperson hinter dem Schreibtisch.

Um Punkt fünfzehn Uhr öffnete der Lokalredakteur die übermannshohe Eingangstür der Polizeistation und meldete sich beim Pförtner. Das war ein Endzwanziger mit eiförmigem Gesicht, schütterem Haarwuchs und einem schmalen Schnurrbart, einer sogenannten Rotzbremse. Der Wachdienst schien ihm nicht zu bekommen. Er war reichlich aus dem Leim geraten. Auch handelte es sich bei dem Mann nicht um einen gewöhnlichen Portier. Er trug eine grüne Uniform, die sich über der Leibeswölbung spannte und ein bis zwei Nummern zu klein geworden zu sein schien. Die Schulterstücke verrieten, dass es sich bei ihm – passend zum Auftrag, das Gebäude zu bewachen – um einen Wachtmeister handelte. Michael Riedel bezweifelte allerdings, dass ein Mensch mit Sinn für Humor den Dienstplan aufgestellt hatte.

Dieser wachhabende Polizist stand nicht – wie bei NVA-Objekten – mit geschulterter Waffe auf Posten, sondern saß in einem Kabäuschen. Es erinnerte an einen Fahrkartenschalter der Deutschen Reichsbahn und verfügte über eine ähnlich dicke Glasscheibe. In ihrer Mitte befand sich eine ovale Luke. Ihr Messingrahmen war angelaufen. Der Polizist legte einen Hebel um und öffnete das Fensterchen. Der Journalist holte das Schreiben vom Präsidium der Volkspolizei aus seiner Aktentasche und reichte es hindurch.

Der Pförtner studierte es aufmerksam. Seine Lippen bewegten sich beim Lesen. Als Nächstes verlangte der Wachtmeister, den Presseausweis zu sehen. Er verglich den Namen in dem Brief mit dem auf dem Ausweis. Sie stimmten überein. Der Polizist wirkte trotzdem unentschlossen. Wegschicken oder hereinlassen? Das war hier die Frage. Beides konnte ein Fehler sein. Ganz offensichtlich war dem guten Mann während seiner Schichten am Eingang zur Volkspolizeiinspektion, in denen er sowohl an Erfahrung als auch an Leibesumfang zugenommen hatte, noch nie ein Journalist unter die Augen gekommen.

»Bitte Ihren PA zur Kontrolle«, sagte der Polizist nun. Michael Riedels Personalausweis stammte aus dem Jahr 1976. Er hatte ihn nach seiner Entlassung von der Fahne bekommen. In den vergangenen acht Jahren war die durchsichtige Plastikhülle an mehreren Stellen eingerissen. Der Einband aus blauem Karton hatte weniger stark gelitten. Auch die zwölf Innenseiten befanden sich in einem relativ guten Zustand. Das Ausweisbild war naturgemäß überholt und entsprach längst nicht mehr dem Istzustand. Es zeigte einen jugendlichen und bartlosen Michael Riedel mit langen Haaren.

Der Wachtmeister überlegte krampfhaft, wie er den ungebetenen Besucher zum Teufel schicken könnte, aber ihm waren die Möglichkeiten ausgegangen. Er grinste albern und versuchte es mit einem Scherz: »Sagen Sie Ihrem Sohn, dass er beim nächsten Mal persönlich zu erscheinen hat, Bürger.« Der Polizist leckte die Mine von einem glänzend gelb lackierten Kopierstift an und begann, in sorgsamer Schönschrift die mit dünnen roten und blauen Linien markierten Spalten in seinem Dienstbuch auszufüllen: Name, Anschrift, Geburtsdatum, Ausweisnummer, aufzusuchende Dienststelle. »Wie lautet der Zweck Ihres Besuchs, Bürger?«

»Das steht in dem Schreiben vom Präsidium, da vor Ihnen auf dem Tisch: ›Zeitungsartikel für die *Berliner Zeitung* über das Dezernat ›Allgemeine Kriminalität‹ in der VP-Inspektion Prenzlauer Berg‹.«

»Schon klar, haha. Ich wollte Sie nur auf die Probe stellen, Bürger.« Der Polizist schob das Buch zur Seite und gab den Brief sowie die Ausweise zurück. Anschließend verschloss er die Luke wieder und verriegelte sie sorgfältig. Offensichtlich wollte er damit verhindern, dass sich ein gelenkiger Schlangenmensch durch die enge Öffnung zwängen könnte.

Michael Riedel sah auf seine Armbanduhr. Sie zeigte inzwischen auf zehn nach drei.

Der Wachtmeister blätterte unterdessen in einem Telefonverzeichnis, warf noch einmal einen Blick in das Dienstbuch und griff zum Telefonhörer.

Der Journalist konnte weder verstehen, was er sagte, noch wie die Antwort ausfiel.

Aber der Pförtner schien genaue Instruktionen erhalten zu haben, denn er drückte auf einen roten Knopf in einem kleinen Kästchen vor sich auf dem Schreibtisch. Ein lautes Summen erklang. Eine Gittertür wurde entriegelt. Michael Riedel öffnete sie und ging hindurch. Nun befand er sich in einer Art Wartezimmer. Ein stabiler Holztisch wurde von zwei harten Bänken flankiert. An den Wänden hingen uralte Fahndungsplakate neben einem Porträt vom Staatsratsvorsitzenden. Im August würde Erich Honecker zweiundsiebzig Jahre alt werden. Auf dem Farbdruck wirkte er wie aus der Zeit gefallen. Er hätte ebenso gut fünfzig wie achtzig Jahre alt sein können. Wahrscheinlich war das die Botschaft: Erich währt am längsten. Um den mit Silberbronze bestrichenen Porträtrahmen herum war die Tapete weniger stark ausgebleicht. Der schmale dunkle Streifen deutete darauf hin, dass das Bild von Walter Ulbricht etwas größer als das seines Nachfolgers gewesen sein musste. Diese Erkenntnis stützte auf überzeugende Weise die 1971 auf dem VIII. Parteitag der SED verkündete These, dass es gelungen sei, den Personenkult in der DDR seit dem Ende des Stalinismus einzudämmen. Dies habe sich in den Reden der Delegierten gezeigt, denn in ihnen wären die großen Erfahrungen und die politische und kollektive Weisheit der gesamten Partei und der Volksmassen der Republik zusammengeflossen.

Die beiden Fenster des Wartezimmers zum Hof waren vergittert. Dort gab es außer drei parkenden Toniwagen und einem aufgebockten Barkas nichts weiter zu sehen. Die Milchglasscheibe in der Tür ließ nur schemenhafte Schatten erkennen. Sie wurde durch ein Drahtgitter geschützt. Die Fenstergriffe und die Türklinke fehlten. Wer einmal drin war, sollte drin bleiben, selbst wenn es ihm nicht gefiel.

Ein viereckiger kleiner Lautsprecher weit oben an der Wand gab ab und zu undefinierbare Rückkopplungsgeräusche von sich. Eine Fliege summte. Der Zeiger einer runden schwarzen Uhr lief klackend im Kreis herum. Darunter stand auf einem länglichen Pappschild in schräger Blockschrift: »Rauchen verboten!«

Nach einer gefühlten Ewigkeit näherten sich auf dem Flur Schritte. Die Tür sprang ohne Vorankündigung auf. Ein Mann in grüner Offiziersuniform salutierte zackig, obwohl er keine Mütze trug. Bei der Armee wäre das ein Verstoß gegen die Dienstvorschrift gewesen und hätte einen Küchendienst außer der Reihe nach sich gezogen. Michael Riedel wusste dies aus eigener leidvoller Erfahrung. Aber bei der Polizei galten offenbar andere Regeln.

»Unterleutnant der K Laskowski«, stellte sich der Offizier schnarrend vor und knallte die Hacken seiner schwarzen Halbschuhe zusammen. »Sie müssen der Schreiberling sein, der uns von der Hauptverwaltung avisiert wurde. Herzlich willkommen in unserer bescheidenen Hütte. Mit Ihrem wunderbaren Hochhaus am Alex können wir leider nicht mithalten. Unsere Büroräume liegen in der dritten Etage. Wollen Sie laufen oder den Fahrstuhl nehmen?«

Michael Riedel fand die Frage seltsam. Im Berliner Verlag benutzte niemand das Treppenhaus. Wozu auch, wenn es mehrere Personenaufzüge gab. Die logische Schlussfolgerung lautete deshalb, dass der Polizist aus irgendeinem Grund lieber zu Fuß gehen wollte. Vielleicht versuchte er, auf diese Weise abzunehmen. Oder er wollte seinem Gast unterwegs etwas zeigen. Deshalb antwortete der Reporter: »Ich möchte lieber laufen.«

»Das ist sehr vernünftig. Der Fahrstuhl ist nämlich seit mehreren Wochen kaputt.«

»Weshalb haben Sie mich dann überhaupt gefragt?«

»Um Ihnen die Möglichkeit zu geben, eine Entscheidung zu treffen. So ist es doch überall im Leben: Man wird pro forma vor eine Wahl gestellt, obwohl es in Wahrheit gar keine Alternative gibt. Diese Verfahrensweise bringt große Vorteile mit sich. Sie fühlen sich immer gut, wenn Sie sich für das Richtige entschieden haben und Ihren Willen bekommen. Und das ist im arithmetischen Mittel in fünfzig Prozent der Fälle so. Getreu der Losung: Plane mit, arbeite mit, regiere mit.«

»Das leuchtet ein. Weshalb haben Sie es aber nicht dabei belassen? Der positive Effekt ist verpufft, seitdem ich weiß, dass der Fahrstuhl nicht fährt.«

Unterleutnant Laskowski grinste. »Ich habe Sie noch nicht näher kennengelernt. Deshalb ist es möglicherweise nicht ratsam, eine zu enge Beziehung zu Ihnen aufzubauen.«

Michael Riedel stöhnte innerlich auf, ließ sich aber nichts anmerken. Das Ganze lief auf eines dieser Klugscheißergespräche hinaus, die er auf den Tod nicht leiden konnte. Aber er hatte keine andere Wahl. Wer mit dem Teufel frühstücken wollte, brauchte einen langen Löffel.

Doch dann entwickelte sich alles ganz anders. Der Dezernatsleiter lächelte freundlich und stellte sich als Oberleutnant Peter Herbst vor. »Wir haben voller Ungeduld auf den heutigen Termin gewartet, denn wir benötigen dringend Ihre Hilfe.«

Das war schon einmal ein guter Anfang. Offensichtlich würde das Gespräch vernünftig verlaufen oder – wie es im Zeitungsjargon bei offiziellen Terminen hieß – in einer offenen und freundschaftlichen Atmosphäre stattfinden, in der allgemein interessierende Fragen im beiderseitigen Interesse besprochen werden würden.

»Es tut mir leid, dass ich mich verspätet habe. Aber die Einlasskontrolle unten im Haus hat doch mehr Zeit in Anspruch genommen, als ich dachte.«

»Kein Problem. Das sind wir gewöhnt. Deshalb schlagen wir immer ein akademisches Viertel oben drauf«, wiegelte Peter Herbst ab. Anschließend nannte der Oberleutnant die Namen und Dienstgrade seiner Kollegen und bat seinen Gast, am

Tisch Platz zu nehmen. Außer dem Dezernatsleiter und Unterleutnant Laskowski waren noch zwei weitere Kriminalisten anwesend. Unter anderem eine Frau. Sie hieß Leutnant Streich. Ihre Uniform saß wie angegossen. Dem Redakteur klappte beinah der Unterkiefer herunter, als er sie näher musterte. Statt einer Hose trug sie nämlich einen äußerst kurzen Rock.

Die drei Mitarbeiter schienen nur Staffage zu sein, denn der Oberleutnant zog das Gespräch sofort an sich: »Es freut mich, Ihre Bekanntschaft zu machen, Herr Riedel.« Mit einigen Bemerkungen über das Wetter setzte er die unverbindliche Plauderei fort. Schließlich kam er zur Sache: »Sie sind neu in diesem Metier?«

»Es interessiert mich. In meiner Redaktion sind die meisten Kollegen auf ein oder mehrere Fachgebiete spezialisiert. Eine Journalistin namens Doris Worch hat bislang dieses Feld hier beackert. Vielleicht kennen Sie meine Kollegin. Sie wird bald in Rente gehen. Ich will ihr Nachfolger werden. Dies heute soll mein erster Versuch unter der großen Überschrift ›Aus der Arbeit der Volkspolizei‹ sein. Es sind zwei Artikel geplant. Einer stellt das Dezernat vor. Der zweite soll eine Reportage werden. Ich absolviere heute noch eine Nachtschicht in einem Toniwagen.«

»Wo soll das sein?«

»Im Friedrichshain.«

»Nun ja, Prenzlauer Berg wäre wohl besser gewesen. Aber die Genossen in der Hauptabteilung werden sich schon etwas dabei gedacht haben. Doris Worch bin ich noch nie persönlich begegnet, aber ich kenne einige ihrer Artikel«, antwortete der Oberleutnant. »Sie beherrscht die Kunst, komplizierte Sachverhalte einfach darzustellen. Für meinen Geschmack sind ihre Beiträge manchmal etwas zu simpel geraten. Allerdings kann ich nicht das Maß aller Dinge sein. Ich gehe lediglich von meinem beschränkten Sach- und Fachverstand aus. Dennoch hoffe ich, dass Sie etwas tiefer als Ihre Kollegin in die Materie eindringen.«

»Das will ich gern versuchen, aber ich kann es Ihnen nicht versprechen«, entgegnete Michael Riedel. »Bevor einer meiner Artikel erscheint, geht er immer noch durch mehrere Hände. Sechs Augen sehen mehr als zwei. Manchmal auch weniger. Dann wird der Beitrag verschlimmbessert. Deshalb ist nicht jeder Patzer dem Verfasser zuzurechnen, dessen Name unter dem Bericht steht. Sie dürfen also nicht zu viel von mir erwarten.«

»Es geht den Menschen wie den Leuten«, erwiderte Peter Herbst. »Auch unsere Arbeit könnte effektiver sein, wenn das Wörtchen ›wenn‹ nicht wäre. Aber lassen wir das. Was wissen Sie bisher über den Aufbau der Volkspolizei im Allgemeinen und die Struktur der Kriminalpolizei im Besonderen?«

»Nicht viel«, gestand Michael Riedel. »Aber ich bin motiviert, interessiert und lernbegierig.«

»Das klingt gut. Eine kritische Eigenanalyse ist der erste Weg zur Besserung. Viele Journalisten haben nämlich von Tuten und Blasen keine Ahnung. Sie tun aber trotzdem so, als ob sie die Weisheit mit Löffeln gefressen hätten. Da gefällt mir Ihr Ansatz schon wesentlich besser.« Der Oberleutnant kramte einen dicken Wälzer hervor. Er hatte einen grauen Bibliothekseinband, der mit einer Ordnungszahl versehen worden war. »Zunächst gebe ich Ihnen zum besseren Verständnis einen kurzen Überblick über unsere Organisationsstruktur. Das Buch borge ich Ihnen. Dort können Sie später noch einmal alles genau nachlesen und – falls nötig – auch weiter in die Tiefe gehen. Sie brauchen sich also nichts zu notieren, wenn Sie nicht möchten.«

Der Lokalredakteur zog trotzdem seinen Schreibblock aus der Aktentasche und schlug ihn auf. Er brauchte eine grobe Gliederung als Gedankenstütze. Bei der Armee hatte es vor unverständlichen Fachbegriffen und Abkürzungen nur so gewimmelt. Bei der Polizei würde es nicht anders sein. »Legen Sie bitte los, ich bin ganz Ohr«, forderte er den Kriminalisten auf.

»In der DDR ist die Polizei zentralistisch organisiert. Sie unterteilt sich vor allem in die Schutz-, die Verkehrs-, die Kriminal- sowie die Transportpolizei. In Berlin steht das Präsidium der Volkspolizei an der Spitze. Es hat seinen Sitz in der Keibelstraße, also gleich um die Ecke vom Berliner Verlag. Dem Präsidium sind die neun Polizeiinspektionen in den Stadtbezirken nachgeordnet. In einer davon befinden wir uns jetzt.«

Das klang so interessant wie die Wasserstandsmeldungen im Radio. Michael Riedel musste unwillkürlich gähnen. Die männlichen Anwesenden sahen geflissentlich darüber hinweg. Aber die Frau am Tisch konnte ein mitleidiges Lächeln nicht unterdrücken. Sie sagte: »Entschuldigen Sie bitte unsere Unhöflichkeit. Wir sind schlechte Gastgeber. Darf ich Ihnen eine gute Tasse Kaffee anbieten? Es handelt sich dabei nicht um diesen flachbrüstigen ›Kaffee-Mix‹ aus der Kantine, sondern um den vollmundigen ›Rondo‹, von mir persönlich mit der Handmühle feingemahlen, aufgebrüht und in eine Thermoskanne abgefüllt.«

»Sehr gern. Mein Motor verlangt danach. Sie kennen ja den Spruch: »›Rondo‹, das ist die Krönung, aber ›Kaffee-Mix‹, das ist der Gipfel!‹«

Alle vier lachten pflichtschuldig.

Michael Riedel hatte den witzig gemeinten Spruch leicht abgewandelt. In seiner ursprünglichen Fassung begann er mit den Worten: »»Jacobs‹, das ist die Krönung …« Aber der Redakteur ging davon aus, dass die Kriminalpolizisten keinen Kontakt zu Verwandten in der BRD haben durften. Deshalb konnten sie logischerweise keine Päckchen aus dem Westen geschickt bekommen, die in der Regel Kaffee, Seife und Schokolade enthielten. Der Begriff »Jacobs« hätte da nur zu unnötigen Irritationen geführt. Dachte sich der Journalist.

Aber er lag falsch, wie sich sogleich herausstellte: »›Jacobs-Kaffee‹ wäre natürlich besser gewesen, aber ›Rondo‹ tut es auch«, erwiderte Beate Streich. Sie stand auf und brachte eine Tasse. Diese war aus dickem, stoßfestem Porzellan und mit einem dünnen blauen Rand verziert. Die Untertasse hatte einen Sprung. Der Löffel war aus zerkratztem Aluminium und bereits leicht verbogen.

»Möchten Sie Milch dazu? Wir haben gezuckerte Kaffeesahne im Angebot«, meinte der dickliche Leutnant grinsend.

Beate Streich drohte ihrem Kollegen mit der Faust: »Das sagt er nur, um mich zu ärgern. Ich löffele nämlich gern mal eine Büchse ganz alleine aus. Aber das ist mein einziges Laster, so wahr mir die zentrale Revisionskommission helfe. Außerdem kann ich es mir bei meiner Figur leisten, ganz im Gegensatz zu unserem Moppelchen.« Damit tätschelte sie Leutnant Ehrenberg liebevoll die Wange.

Der Oberleutnant räusperte sich ungehalten. »Wo waren wir stehengeblieben?«, fragte er. »Ach ja, bei der Struktur. Auf die Polizeiinspektionen in den Stadtbezirken folgen vierunddreißig Volkspolizei- und vier Transportpolizeireviere. In jedem Polizeirevier gibt es neben der Stammbelegschaft acht bis neun Abschnittsbevollmächtigte der Volkspolizei. Jeder dieser ABV, vom Dienstgrad her ein Unterleutnant oder Leutnant, ist für einen fest umgrenzten Abschnitt von mehreren Straßenzügen zuständig. Dort geht er auf Streife, dient den Bürgern als

Ansprechpartner, nimmt Strafanzeigen entgegen, führt allerlei Kontrollen durch und hat ein Büro mit festen Sprechzeiten.«

»Das klingt interessant«, heuchelte Michael Riedel, dem trotz des leidlich guten Kaffees schon wieder die Augen zuzufallen drohten. »Was aber ist mit der Kripo?«

»Dazu kommen wir jetzt. Die Kriminalpolizei ist nach der Staatsgründung 1949 mehrfach umorganisiert worden. Seit dem Jahr 1965 gibt es bei der Hauptverwaltung der Deutschen Volkspolizei fünf Abteilungen der Kriminalpolizei. Im Berliner Polizeipräsidium heißen sie ›Dezernate‹: erstens ›Sozialistisches Eigentum‹, zweitens ›Allgemeine Kriminalität‹, drittens ›Untersuchungsabteilung‹, viertens ›Fahndung‹ und fünftens ›Kriminaltechnik‹.«

»Ist Hauptmann Fuchs vom ›Polizeiruf 110‹ nicht bei der Mordkommission?«

Peter Herbst runzelte die Stirn. »So genau weiß ich das nicht. Ich schaue nur selten Fernsehen, und Krimis nur äußerst ungern. Dort werden für meinen Geschmack viel zu viele Fehler gemacht. Außerdem sind sie allesamt unrealistisch.«

»In der Regel ist das sicherlich so. Der ›Polizeiruf‹ bildet allerdings eine Ausnahme, weil jede Folge von der Hauptabteilung abgenommen wird«, gab Leutnant Ehrenberg ungefragt seinen Senf dazu.

Niemand am Tisch widersprach diesem offenkundigen Unsinn. Peter Herbst fuhr fort: »Zurück zum Thema. Die fünf Dezernate werden um weitere Arbeitsgruppen ergänzt, von denen eine die Mordkommission ist. Dieselbe Struktur findet sich auch in unserer Inspektion hier wieder.«

»Meinen Antrag musste ich aber beim Präsidium der Volkspolizei einreichen. Dort wurde er auch genehmigt. Gibt es hier im Haus keinen Chef?«

»Nun ja, es ist folgendermaßen: Die Hauptverwaltung leitet das Präsidium der Volkspolizei an und das Präsidium seinerseits die Inspektionen. Alle sind weisungsgebunden, und solch wichtige Fragen wie die Akkreditierung eines Journalisten können nur von den wirklich erfahrenen Genossen entschieden werden. Das nennt sich demokratischer Zentralismus.«

»Bei uns ist das nicht anders«, seufzte Michael Riedel. »Die tatsächlichen Möglichkeiten unseres Chefredakteurs sind relativ eng begrenzt. Über ihm gibt es noch mehrere Instanzen. Ganz oben im Olymp wacht Joachim Herrmann. Er trägt die schwere Last der Verantwortung ganz allein auf seinen Schultern. Über ihm gibt es nur noch den Himmel – und den Staatsratsvorsitzenden.

Doch nun habe ich eine Frage: Wie wird man Kriminalist? Ist eine Dienstzeit als Streifenpolizist obligatorisch? Oder geht es nach Schönheit?« Der Journalist zwinkerte der Frau am Tisch zu.

Beate Streich verdrehte die Augen und antwortete: »Weder noch. An der Berliner Humboldt-Universität besteht eine Sektion Kriminalistik. Wir alle vier haben dort nach acht Semestern regulärer Ausbildung unser Studium als Diplomkriminalisten abgeschlossen. Der alberne Spruch: ›Hast du einen dummen Sohn, schicke ihn zu Robotron. Hast du gar der dummen zwei, schicke sie zur Polizei‹, trifft nur auf einen äußerst geringen Teil der Ordnungshüter zu und nach meiner bescheidenen Meinung auf keinen der hier Anwesenden.«

»Ich bin ein Diplomjournalist. Das Wort ist etwas kürzer. Vermutlich deshalb muss ich keine Uniform tragen.«

Alle Kriminalisten lachten höflich über diesen seichten Scherz.

Unterleutnant Laskowski ergriff das Wort: »Das brauchen wir auch nicht. Das Zivilprivileg für Kriminalisten besteht bereits seit Kaisers Zeiten. Wir sind heute nur deshalb in unsere Ehrenkleider geschlüpft, um bei Ihnen einen guten Eindruck zu hinterlassen. Außerdem wollen wir auf dem Foto so hübsch wie möglich aussehen. Sie machen doch ein Gruppenbild von uns? Die Hauptverwaltung hat jedenfalls die Genehmigung dazu erteilt.«

»Aber sicher doch. Der Beitrag soll der Aufmacher für die Seite drei werden. Da sind ein oder zwei Schnappschüsse Bedingung«, meinte Michael Riedel und kritzelte auf seinem Block herum. »Was mussten Sie alles lernen? Ich habe nicht die geringste Vorstellung davon.«

Bereitwillig gab Unterleutnant Laskowski Auskunft: »Das Studium umfasst ein breites Spektrum. Es fängt bei der Aufnahme einer Strafanzeige an und setzt sich über den sogenannten ersten Angriff fort. Damit sind die Sicherung des Tatorts, die anschließende Spurensuche sowie ihre Auswertung gemeint. Daran schließt sich das eigentliche Ermittlungsverfahren an. Wir mussten uns einprägen, wie die Fahndung nach einem Täter funktioniert. Uns wurde beigebracht, wie Todesfälle unter verdächtigen Umständen, Sexualstraftaten, Brände und Havarien zu untersuchen sind.«

»Womit wir nun beim eigentlichen Thema wären«, flocht Michael Riedel ein. »Mir wurde mitgeteilt, dass sich dieses Dezernat momentan mit mehreren Sexualstraftaten zu befassen hat. Was können Sie mir dazu sagen?«

»Wir machen es folgendermaßen«, sagte der Oberleutnant. »Wir schildern Ihnen den Fall anhand der Aktenlage. Diese Unterweisung dient jedoch nur zu Ihrer Information. Im Anschluss besprechen wir dann ganz genau, was Sie veröffentlichen dürfen und was nicht. Außerdem müssen Sie eine Verschwiegenheitserklärung unterzeichnen. Haben Sie damit ein Problem?«

»Ich? Nein, keineswegs. In erster Linie will ich dieses Dezernat hier vorstellen. Der Artikel sollte aber auch – so lautet jedenfalls die Meinung der Chefredaktion – einen Kriminalfall schildern. Am besten einen, der bereits gelöst wurde. Ein aktuelles Verbrechen kommt selbstverständlich auch in Frage. Dabei werde ich mich hundertprozentig an Ihre Vorgaben halten. Sie bekommen den Artikel von mir zum Gegenlesen, bevor er veröffentlicht wird.«

»Dann ist ja alles klar.« Der Oberleutnant begann mit seinem Bericht. »Es handelt sich um einen Vergewaltiger. Wir nennen ihn den Rosenkavalier, weil er seinen Opfern stets eine Rose hinterlässt.« Der Kriminalist machte eine kurze Pause. Dann schilderte er die sechs Überfälle in allen ihren entsetzlichen Einzelheiten. Michael Riedel musste manchmal tief schlucken, weil es ihm die Luft abzuschnüren drohte.

»Der Täter hat alle sechs Opfer vergewaltigt. Dabei ist er nicht übermäßig brutal vorgegangen. Das brauchte er auch gar nicht. Er musste keinen Widerstand brechen. Die Frauen standen unter Schock. Sie waren wie gelähmt und völlig außerstande, sich zu wehren. Der Verbrecher hatte sich extrem gut vorbereitet. Ihm ist kein Fehler unterlaufen. In allen Fällen hat er ein Kondom benutzt. Deshalb konnten wir keine Spermareste finden. Infolgedessen war es uns nicht möglich, seine Blutgruppe festzustellen.«

»Vielleicht ist er impotent und wollte auf diese Weise seine Macht demonstrieren?«

»Nein. Er hat jedes Mal einen Orgasmus gehabt, und zwar relativ schnell. ›Rein-Raus‹, sozusagen. Das haben die Opfer übereinstimmend ausgesagt.«

»Es gibt also keinerlei Anhaltspunkte?«

»Doch, selbstverständlich gibt es die. Jeder Täter, und mag

er noch so clever sein, hinterlässt Spuren am Schauplatz des Verbrechens. Immer. Es kommt nur darauf an, sie an der richtigen Stelle zu suchen und – vor allen Dingen – sie zu finden. Schlecht ausgebildete Ermittler, die eine schlampige Tatortarbeit ausführen, können viel übersehen und noch mehr verderben.

Unser Hauptaugenmerk galt logischerweise dem eigentlichen Ort der Vergewaltigung und damit den Bettlaken. An ihnen fanden sich erwartungsgemäß die vielfältigsten Anhaftungen wie Krümel, Reste von Körperflüssigkeiten, Blutspritzer, Hautschuppen sowie Kopf-, Wimpern-, Augenbrauen-, Achsel- und Schamhaare. Aber wir konnten trotzdem keinen Täterbezug herstellen.«

»Was folgt daraus?«

»In der Regel fassen Sexualtäter erst unmittelbar vor der Handlung den Tatentschluss. Unser Verbrecher hingegen hat – wie wir anhand der Vielzahl der Fälle wissen – nicht spontan gehandelt, sondern seine Opfer gezielt ausgesucht. Doch dabei ließ er es nicht bewenden. Er verfügt zweifellos über detaillierte Kenntnisse hinsichtlich der Spurensuche und – was noch viel wichtiger ist – der Spurenvermeidung. Er muss sich unmittelbar vor jeder Tat geduscht, dabei am ganzen Körper rasiert, anschließend frisch gewaschene Kleidung angezogen und sich einen Mundschutz umgebunden haben. Deshalb sind von ihm weder Hautschuppen noch Haare und auch keine Speichelreste zurückgeblieben.«

»Fingerabdrücke, Fußspuren?«

»Nichts. Aber in allen sechs Fällen haben die Kriminaltechniker in den Laken Fettflecke entdeckt, die dort nichts zu suchen hatten.«

»Vielleicht waren sie von einem Frühstück im Bett zurückgeblieben?«

»Nein. Die Analysen haben ergeben, dass es sich jedes Mal um Sonnenblumenöl handelte.«

»Was hat das zu bedeuten?«, fragte Michael Riedel verwundert.

»Der Verbrecher hatte seine Präservative damit eingerieben. Er wollte sie gleitfähiger machen. Die Frauen wurden allesamt aus dem Tiefschlaf geweckt. Auf Geschlechtsverkehr waren sie nicht vorbereitet, und schon gar nicht auf eine Vergewaltigung.«

»Ich verstehe immer noch nicht.«

»Ganz einfach. Es hat sich um sexuelle Vereinigungen unter Zwang gehandelt, bei denen die Opfer den erigierten Penis des Täters gegen ihren Willen in ihren Scheiden aufnehmen mussten.«

»Ja, und?«

»Ich dachte, Sie sind ein intelligenter Mensch mit einer guten Allgemeinbildung, und zwar auch auf dem Gebiet der Sexualkunde«, ließ sich Beate Streich vernehmen. »Einvernehmlicher Geschlechtsverkehr spielt sich nämlich ganz anders ab. Er durchläuft normalerweise vier Stufen. Die erste wird Erregungsphase und die zweite Plateauphase genannt. Während dieser beiden Einleitungsphasen schwillt bei der Frau die Klitoris an. Die äußeren Schamlippen weiten sich. Dabei wird über zahllose kleine Gänge eine Körperflüssigkeit abgesondert. Man nennt sie ›vaginales Transsudat‹. Die ›Bartholinischen Drüsen‹ an den kleinen Schamlippen sondern zusätzlich ein Sekret ab. Bei diesen Flüssigkeiten handelt es sich um körpereigene Schmiermittel. Sie dienen dazu, die Scheide zu befeuchten. Der Vorgang insgesamt wird als ›Lubrikation‹ bezeichnet.«

»Und dieses Lubridingsbums fehlte, ganz klar.«

Beate Streich kniff missbilligend die Augen zusammen und

setzte mit leicht erhobener Stimme fort: »Die ›Vagina‹ ist bei erwachsenen Frauen ein dehnbarer Schlauch, der bis zu fünfzehn Zentimeter lang sein kann. Sie ist innen – im Gegensatz zur landläufigen Meinung – nicht mit einer Schleimhaut, sondern mit einer ganz normalen Haut bedeckt. Eine fehlende ›Lubrikation‹ hat daher gravierende Folgen. Es beginnt mit starken Schmerzen, setzt sich über blutende Hauteinrisse fort und kann bis zu einem ›Vaginismus‹ genannten Scheidenkrampf führen. Das sind alles Folgen, die in der Regel bei Vergewaltigungen auftreten. Auch im vorliegenden Fall des Serientäters wurden alle sechs Opfer trotz des Sonnenblumenöls mehr oder weniger stark verletzt.«

Michael Riedel war seine Lässigkeit unangenehm geworden, und er versuchte deshalb, das verlorengegangene Terrain wiedergutzumachen: »Der Täter ist einerseits bemüht, seine Opfer so wenig wie möglich zu schädigen, nimmt aber andererseits Verletzungen billigend in Kauf. Das Blut und die Krämpfe wird er doch sicherlich bemerkt haben. Was verrät uns das über seine Persönlichkeitsstruktur?«

Der Oberleutnant antwortete: »Es handelt sich offenbar um einen Psychopathen. Dafür spricht sein Erlebnishunger, seine Verantwortungslosigkeit und sein offensichtlicher Mangel an Gewissensbissen.«

»Irgendwie passt das trotzdem nicht zusammen. Eine Vergewaltigung ist immer ein roher Akt. Kondome und Sonnenblumenöl ändern daran gar nichts. Es ist wie bei einem kleinen Kind, das seinen Hamster zu Tode quält und ihn anschließend streichelt, weil es ihn lieb hat.«

Peter Herbst schüttelte den Kopf: »Nein, in diesem Fall ist es noch anders. Ich glaube, der Täter weiß sehr gut, dass er an einem Mangel an Empathie leidet. Er versucht lediglich, ihn auf diese Weise zu kaschieren. Das wiederum deutet darauf hin, dass es beim ihm in der Vergangenheit kriminelle Verhaltensauffälligkeiten gegeben hat, die zu einem Versuch der Resozialisierung führten. Er wird also einige Zeit im Jugendwerkhof oder im Strafvollzug verbracht haben. Weil er sich dort anpassen musste, hat er ein adäquates äußeres Verhalten einstudiert. Das ändert jedoch nichts an seinem übersteigerten Selbstwertgefühl. Deshalb müssen wir uns auf einiges gefasst machen.«

»Was meinen Sie damit?«

»Die zeitlichen Abstände zwischen den Taten sind geschrumpft, und zwar von mehreren Monaten ganz am Anfang bis auf derzeit einige Wochen. Das ist ein Zeichen dafür, dass die Reizschwelle des Vergewaltigers ständig weiter absinkt. Er benötigt immer schneller ein neues Erfolgserlebnis, und er muss sich dabei auch noch steigern. Der Täter wird deshalb skrupelloser werden und dabei die Elle immer höher anlegen. Wir wissen das aus vergleichbaren Fällen. Für diese Art eines Sexualtäters, der nicht spontan, sondern mit Vorbedacht agiert, läuft eine Vergewaltigung in zwei voneinander getrennten Teilen ab. Der erste Akt ist der körperliche Missbrauch. Er stellt lediglich das Mittel zum Zweck dar, denn der zweite Akt, die Erinnerung daran, ist viel wichtiger, weil sie wesentlich länger andauert und mehrfach abgerufen werden kann. Erst sobald der Nachgeschmack fade wird, muss eine Wiederholung folgen, und zwar möglichst auf höherer Ebene, weil die Reizschwelle gestiegen ist.«

»Haben Sie eine feste Partnerin?«, fragte Beate Streich.

»Ich, ja, äh nein, weshalb?«, stammelte Michael Riedel, völlig aus dem Konzept gebracht.

»Aber Sie waren sicherlich schon einmal längere Zeit mit einer Frau zusammen?«

Der Journalist nickte.

»Dann ist es Ihnen sicherlich wie den meisten Paaren ergangen. Am Anfang haben Sie – entschuldigen Sie bitte meine ordinäre Wortwahl – gerammelt wie die Karnickel. Aber dann trat eine gewisse Ernüchterung ein, und das kochende Blut hat sich spürbar abgekühlt. Wie Martin Luther schon richtig sagte: ›In der Woche zwier, schaden weder ihm noch ihr.‹ Oder, mit anderen Worten ausgedrückt, die Zeit wurde reif für Seitensprünge.«

Der Journalist begann, plötzlich stark zu schwitzen, und seine Zunge wurde trocken. Das Gespräch hatte eine Wendung genommen, die ihm ganz und gar nicht behagte.

»Was die Genossin Streich damit sagen will, ist, dass der Sexualtäter die Intensität seiner Eindrücke verstärken muss, um in der zweiten Phase bei sich zu Hause stets aufs Neue seine Befriedigung finden zu können. Eine Möglichkeit besteht für ihn darin, gewalttätiger zu werden, die Opfer noch mehr zu demütigen oder sie sogar mit Absicht zu verletzen. Oder er nimmt ein Souvenir mit. Zuerst kann es etwas Harmloses wie ein Foto, ein Kleidungsstück oder eine Haarsträhne sein. Wenn das nicht mehr ausreicht, fängt es an, böse zu werden. Dann folgen ein abgetrennter Finger, ein Ohr, eine Brust.«

»Das sind ja grauenvolle Aussichten.«

»In der Tat. Vielleicht haben Sie schon einmal etwas von Edward Theodore Gein gehört, dem berüchtigten amerikanischen Serienmörder?«

Michael Riedel schüttelte den Kopf. Während seines Studiums hatten Fächer wie »Wissenschaftlicher Kommunismus«, »Gesellschaftsaufbau und Politik im Sozialismus« und »Theoretische Grundlagen des Journalismus« auf dem Lehrplan gestanden. Die »Kriminalgeschichte der Vereinigten Staaten von Amerika« hatte nicht dazu gehört.

»Ed Gein, dieser Sadist, hat in den fünfziger Jahren mehrere Frauen umgebracht. Als ihm die Polizei endlich auf die Schliche kam und sein Haus durchsuchte, entdeckte sie den Kopf der achtundfünfzigjährigen Ladenbesitzerin Bernice Worden, der wie die Jagdtrophäe eines erlegten Hirsches an der Wand hing.«

»So weit dürfen wir es nicht kommen lassen«, rief der Journalist erregt aus.

»Genau. Deshalb müssen wir den Verbrecher so schnell wie möglich stoppen.«

»Das leuchtet mir ein. Was kann ich tun, um Ihnen dabei zu helfen?«

Oberleutnant Herbst erläuterte ihm: »Die Bevölkerung wurde bereits jeweils durch kurze Polizeimeldungen über die Vorfälle informiert. Allerdings konnte kaum jemand einen Zusammenhang zwischen den einzelnen Taten herstellen. Die Zeiträume waren einfach zu groß, und wir haben nicht ausdrücklich darauf hingewiesen.«

»Das können wir sofort ändern. Ich berichte über die Fahndungsergebnisse und bin an Ort und Stelle mit dabei, wenn die Falle endlich zuschnappt.«

»Schön wäre es«, erwiderte der Oberleutnant. »Wir wissen zwar sehr viel über die Psyche des Täters, sein etwaiges Alter und seine körperliche Beschaffenheit, haben aber immer noch keine konkrete Spur. Mit Hilfe Ihres Artikels könnten wir einen gewissen Fahndungsdruck aufbauen. Wir wollen den Täter aus der Reserve locken. Er soll – und er wird Fehler machen.«

»Das wird bestimmt eine haarscharfe Gratwanderung werden, schließlich stehen Menschenleben auf dem Spiel.«

»Davon können Sie ausgehen.«

»War in der Verbrecherkartei nichts zu finden?«

»Nein. Es gibt zwar fünf potentielle Täter, die vom Profil her passen würden. Aber zwei davon befinden sich im Strafvollzug und zwei weitere besitzen für einige der Taten sichere Alibis. Der schlimmste von allen kommt nicht mehr in Frage, weil er sich freiwillig einer nachhaltigen Operation unterzogen hat. Seitdem ist er unfähig, den Geschlechtsverkehr auch nur ansatzweise zu vollziehen.« Der Kriminalist nahm ein Blatt Papier zur Hand. »Hier auf der linken Seite habe ich Ihnen die Details notiert, die Sie nach Belieben verwenden können. Die Angaben auf der rechten Seite hingegen sind reines Hintergrundwissen und absolut tabu. ›Topsecret‹ gewissermaßen, wie unsere sowjetischen Freunde zu sagen pflegen. Demzufolge dürfen Sie in Ihrem Artikel weder die genaue Zahl der Opfer nennen noch auf nähere Einzelheiten eingehen. Die Rosen hingegen müssen Sie unbedingt erwähnen, ebenso die Tatsache, dass die Blumen aus einem Kühlhaus stammen.«

Der Oberleutnant erhob sich und lief einige Schritte auf und ab. Dann setzte er fort: »Schildern Sie den Täter als einen Psychopathen, der nach außen nicht auffällig in Erscheinung tritt, zurückgezogen lebt und eine kriminelle Vergangenheit hat. Er ist mittelgroß, schlank, entweder glattrasiert oder ohne jeden Bartwuchs, und er hat eine Glatze. Letzteres kann eine Anomalie oder ein Hinweis auf eine negative Einstellung im Hinblick auf die sozialistische Gesellschaftsordnung sein. Vielleicht erinnern Sie sich noch an den DEFA-Film *Die Glatzkopfbande?*«

»Ja, allerdings nur vage. Die genaue Handlung könnte ich nicht mehr rekapitulieren.«

»Das wird auch nicht nötig sein. Der Film spielt keine Rolle. Schreiben Sie jedoch, dass ihm die Polizei dicht auf den Fersen ist und jederzeit mit seiner Festnahme zu rechnen wäre.

Wenn Sie möchten, können Sie ein subjektives Porträt bekommen.«

»Wie konnten Sie es anfertigen, wenn kein einziges Opfer den Täter bewusst wahrgenommen hat?«

»Die Phantasie hat uns geholfen. Wir haben uns etwas aus dem Katalog herausgesucht, was unserer Meinung nach zu seinem Profil passen könnte. Wie Sie sicher von früheren Veröffentlichungen wissen, ähneln unsere Fahndungsbilder häufig den Karikaturen in der Satirezeitschrift *Eulenspiegel*. Nun, in diesem Fall haben wir den Effekt ganz bewusst verstärkt. Der Verbrecher soll über die hässliche Fratze beleidigt sein. So wie er vorgeht, besitzt er ein hohes Selbstwertgefühl. Für einen Narzissten wie ihn kommt ein kleiner Dämpfer gerade recht. Ich hoffe, er spielt die beleidigte Leberwurst und beginnt, mit uns zu kommunizieren.«

»Das klingt logisch. Wir können es gern so handhaben, wie Sie es vorschlagen«, stimmte Michael Riedel zu. »Mein eigentlicher Auftrag lautete jedoch, einen Artikel über die Arbeit der Kriminalpolizei im Allgemeinen und die Aufgaben von diesem Dezernat hier im Besonderen zu verfassen.«

»Da sehe ich kein unlösbares Problem. Verbinden Sie doch das Angenehme mit dem Nützlichen. Ein guter Aufhänger wäre beispielsweise die Information, dass nach dem Bau des ›Antifaschistischen Schutzwalls‹ am 13. August 1961 die kriminelle Belastung der Bevölkerung stark zurückgegangen ist. Seit den siebziger Jahren beträgt in Berlin der Jahresdurchschnitt aller erfassten Straftaten nur noch 14.000 Delikte – von Fahrraddiebstählen über Körperverletzungen bis hin zu schweren Verbrechen. Der Jahresdurchschnitt von Mord und Totschlag liegt bei 9,7 Personen. Die Aufklärungsquote insgesamt hat sich bei über achtzig Prozent eingependelt, bei den Kapitalverbrechen sind es nahezu hundert Prozent. Dann berichten Sie, welchen Anteil wir an diesem guten Ergebnis haben, und den Abschluss bildet der aktuelle Fall. Vielleicht machen Sie sogar eine Serie daraus. Beispielsweise könnten Sie eines oder mehrere der Opfer interviewen.«

»Das ist eine gute Idee. So sollten wir es machen. Aber ist es auch ratsam? Wenn die Frauen mit mir darüber sprechen, werden die Erinnerungen bei ihnen wieder wach, und sie erleben den gesamten Schrecken noch einmal in ganzer Härte. Aus Gerichtsverfahren weiß ich, dass die Richter aus diesem Grund bei Sexualverbrechen nach Möglichkeit auf eine Zeugenvernehmung verzichten wollen. Welche der Frauen halten Sie für psychisch stabil genug?«

»Nehmen Sie Katja Immerath, die Schnittassistentin«, sagte Beate Streich.

»Wäre die Krankenschwester nicht besser geeignet? Sie ist schließlich beruflich ständig mit großem Leid konfrontiert.«

»Katja Immerath verfügt über ein Telefon und hat einen festen Arbeitsplatz. Sie können sie gut erreichen und sich leicht mit ihr verabreden. Die Krankenschwester, die Stewardess und die S-Bahn-Aufsicht haben ständig wechselnde Schichten und stehen während ihrer Dienstzeiten für Gespräche nicht zur Verfügung. Dann geht es Ihnen ähnlich wie im Märchen vom Hasen und dem Igel. Immer, wenn Sie ankommen, sind Ihre Interviewpartnerinnen schon wieder weg. Aber entscheiden Sie selbst. Sie sind auf diesem Gebiet der Fachmann. Vielleicht nehmen Sie sogar besser das letzte Opfer, die Studentin, weil diese Vergewaltigung ein aktueller Fall ist.«

Michael Riedel überflog das Dossier. »Hier steht nichts darüber, auf welche Weise der Täter die Opfer ausgewählt haben könnte.«

»Um es ehrlich zu sagen – da tappen wir völlig im Dunkeln«, meinte Unterleutnant Laskowski. »Zwischen den sechs Frauen bestehen keinerlei Verbindungen. Sie waren weder miteinander befreundet, noch kannten sie sich vom Sehen. Aber es gibt große Gemeinsamkeiten: Sie sind einander vom Menschentyp her ähnlich, haben ausnahmslos in etwa das gleiche Alter und leben allein in Prenzlauer Berg.«

Der Journalist runzelte die Stirn. Ihm war ein Gedanke gekommen. »Wo wohnen Sie alle, wenn ich fragen darf? Ebenfalls hier in diesem Stadtbezirk?«

»Ja, ich«, meinte Leutnant Ehrenberg. »In der Maiglöckchenstraße, mit Blick auf das Denkmal der Kampfgruppen im Volkspark.«

»Und wo sind die übrigen Genossen zu Hause?«

»Wozu wollen Sie das wissen?«, fragte Peter Herbst.

»Ich habe eine vage Vermutung … Aber falls es sich bei Ihren Privatanschriften um Dienstgeheimnisse handelt, will ich nicht weiter in Sie dringen.«

Der Oberleutnant zuckte mit den Achseln. »Ich habe kein Problem damit. Ich wohne in Marzahn, in der Allee der Kosmonauten.«

»Und ich stamme aus Lichtenberg, aus der Gotlindestraße, um es genau zu sagen«, ergänzte Beate Streich.

Unterleutnant Laskowski fügte an: »Zwar dunkel ist mir Eurer Rede Sinn, aber sei es drum. Ich bin im Friedrichshain, in der Mühsamstraße ansässig.«

»Gut. Nächste Frage: Wie kommen Sie zur Inspektion? Mit dem Pkw, oder benutzen Sie öffentliche Verkehrsmittel?«

»In der Regel nehmen wir unsere eigenen Autos. Die Dienstzeiten sind sehr unregelmäßig, und nachts fahren die Bahnen nur noch selten«, meinte Peter Herbst.

Michael Riedel stand auf und ging zu einem Stadtplan, der an der Wand hing. Dieser zeigte Ostberlin im Maßstab 1 zu 25.000. Der Westteil der Stadt fehlte komplett. »Markieren die Stecknadelköpfe hier die Tatorte und demzufolge auch die Wohnorte der Opfer?«

»Ja, genau.«

»Das Gebiet ist relativ eng umrissen. Der gesamte Stadtbezirk ist viel größer. Der Prenzlauer Berg wird im Norden von der Ostseestraße, im Osten von der Oderbruchstraße, im Süden von der Wilhelm-Pieck-Straße und im Westen von der Schwedter Straße begrenzt.

Der Täter hat sich jedoch auf ein wesentlich kleineres Karree beschränkt: Es umschließt die Prenzlauer Allee, die Dimitroffstraße, die Marienburger Straße, die Immanuelkirchstraße, die Winsstraße und die Rykestraße.«

»Das ist sehr klug beobachtet, Sherlock. Und was folgt daraus?«, spöttelte Beate Streich.

»In den Notizen steht nicht, ob die Frauen Autos haben. Anhand ihrer Lebensumstände gehe ich jedoch davon aus, dass sie keine besitzen. Stattdessen werden sie in der Regel zu Fuß unterwegs oder auf öffentliche Verkehrsmittel angewiesen sein. In Frage kommen die U-Bahn und die Straßenbahn. S-Bahn und Busse brauchen wir nicht in Betracht zu ziehen. Die Haltestellen sind viel zu weit von den Wohnorten der sechs Frauen entfernt. Auch die U-Bahn ist weniger gut geeignet.«

»Wofür ist die U-Bahn ungeeignet?«, wollte Leutnant Ehrenberg wissen.

»Die Waggons sind zu klein. Aber dazu später. Zuerst zu meiner Wenigkeit. Ich wohne ebenfalls in Prenzlauer Berg, und zwar in der Prenzlauer Allee, also unweit von dem sechsten Opfer. Meine Arbeitsstelle befindet sich am Alexanderplatz. Üblicherweise fahre ich drei Stationen mit der Straßenbahn und laufe den Rest des Weges. Lediglich wenn ich einen Außentermin an einem Ort habe, der sich mit öffentlichen Verkehrsmitteln nur schwer erreichen lässt, benutze ich meinen Trabant, oder ich nehme die Fahrbereitschaft des Verlags in Anspruch.«

»Vielen Dank für die wichtigen Informationen«, unterbrach ihn Unterleutnant Laskowski sarkastisch. »Diese Hinweise werden sich zweifelsohne eines Tages als überaus nützlich erweisen.«

»Nicht eines Tages, sondern sofort«, setzte der Journalist unbeirrt entgegen. »Ich will nun zum Kern meiner Überlegungen kommen: Wenn ich Seitendienst habe, wird es abends manchmal sehr spät. Dann schaffe ich es nicht, die Redaktion vor zweiundzwanzig Uhr zu verlassen. Im Normalfall sind die Straßenbahnen zu dieser Zeit fast leer – außer wenn in der *Volksbühne* eine Theateraufführung zu Ende gegangen ist. Doch darum geht es hier nicht. Wir wollen von der Regel ausgehen und nicht von der Ausnahme. Etliche Fahrgäste kenne ich bereits vom Sehen. Ich weiß, wo sie aussteigen werden, was sie üblicherweise anhaben, ob sie gern lesen oder ob sie vor sich hindösen.«

»Na und? Ich verstehe immer noch nicht.«

»Ich glaube, dass der Täter die Straßenbahn benutzt, um sich seine Opfer auszusuchen. Wenn er eine Frau entdeckt hat, die seinem ganz speziellen Geschmack entspricht, wartet er, bis sie die Bahn verlässt. Er folgt ihr unbemerkt bis zu ihrem Haus, prägt sich die Adresse ein und entfernt sich wieder.

In den nächsten Tagen legt sich unser Mann auf die Lauer. Er beobachtet sein potentielles Opfer aus sicherer Entfernung, erforscht dessen Lebensumstände und Gewohnheiten. Wenn er sich sicher ist, dass die Frau allein lebt, schlägt er zu. Falls er eine Niete gezogen hat, fährt er wieder Straßenbahn und beginnt dasselbe Spiel von vorn.«

»Das kann so sein, es muss aber nicht so sein«, gab Unterleutnant Laskowski zu bedenken. »Vielleicht arbeitet er bei der Post und trägt Briefe oder Telegramme aus. Auf diese Weise erfährt er auch jede Menge Details über die Bewohner. Oder er ist ein Handwerker, beispielsweise ein Elektriker, Fernsehmonteur oder Klempner.«

»Alles ist möglich. Fragen Sie bei der Post nach, ob es einen Briefträger gibt, der für das gesamte Gebiet zuständig ist, in dem die sechs Opfer wohnen. Erkundigen Sie sich bei den Frauen, ob sie vor kurzem in ihren Wohnungen Reparaturarbeiten ausführen ließen.

Die Straßenbahnvariante ist auch nur eine Theorie und noch lange kein Beweis. Aber sie stellt eine plausible Erklärung dar. In Frage kämen die Straßenbahnlinien 20 und 71 in der Prenzlauer Allee sowie die Linien 4 und 13 in der Dimitroffstraße. Das letzte Opfer wohnt in der Prenzlauer Allee. Deshalb würde ich die Nachforschungen auf die Linien 20 und 71 konzentrieren.«

»Das klingt logisch. Aber was sagt uns das über den Täter?«, bohrte Unterleutnant Laskowski nach.

»Er folgt einem Muster. Weil es sich bewährt hat, wird er es auch in Zukunft beibehalten. Aber es gibt ein Sprichwort, das lautet: ›Der Bär scheißt nicht in den eigenen Wald.‹«

»Ja, so wie der Fuchs keine sauren Trauben mag und das Häschen in der Grube sitzt«, unterbrach ihn Beate Streich schnippisch. »Was soll der Unsinn?«

»Es ist eine Annahme, und sie hat etwas mit Logik zu tun. Der Verbrecher benutzt regelmäßig die Straßenbahn. Dort ist ihm sein erstes Opfer aufgefallen. So fing alles an. Aber er wohnt nicht in Prenzlauer Berg. Er will auf keinen Fall einer der Frauen auf der Straße begegnen. Ich tippe auf einen Ort in der Nähe. Das könnte beispielsweise Heinersdorf sein, wo die Straßenbahnlinie 71 hinführt.«

»Das ist doch alles nur Mumpitz«, ereiferte sich Unterleutnant Laskowski. »Blühende Phantasie und reine Spekulation.«

»Bislang ja«, stimmte ihm Oberleutnant Herbst zu. »Aber ein interessanter Ansatzpunkt, den wir überprüfen sollten. Deshalb werden wir die Opfer noch einmal befragen, und zwar wie häufig sie abends die Straßenbahn benutzen und mit welcher Linie sie üblicherweise fahren.«

Der neue Mieter

»Verk. Mietwohngrundstück, 10 WE, 2 Läd., in Fr'hain,
unbelastet, zum Einheitswert 34.700,-«

Berliner Zeitung, Donnerstag, 12. April 1984

Die guten Zeiten des schmalen Mehrfamilienhauses Prenzlauer Allee 57 c waren schon längst vorüber. Oder es hatte sie nie gegeben, bei einer lieblos entworfenen Mietskaserne wie dieser, die durch einen drei Meter breiten Lichtschacht vom Nachbargebäude getrennt wurde.

»Sieht echt beschissen aus«, bemerkte Herbert Hartwig nüchtern und blickte auf den mit zerfetzter Dachpappe gedeckten Anbau, der das Treppenhaus beherbergte. »Durch den Spalt an der Außenwand kann man eine Mütze schmeißen.« Die Erschütterungen der entsetzlichen Bombennächte beim Untergang des »Großdeutschen Reiches« hatten die zu schwachen Klammern gelöst. Der Anbau neigte sich seitdem in eine andere Richtung und entfernte sich Jahr für Jahr Millimeter um Millimeter vom eigentlichen Gebäude. Auch die schräg in die Erde gerammten graugrünen, schmierig-feuchten Telegraphenmasten und baumlangen Kanthölzer, die den Zusammenbruch des Treppenhauses verhindern sollten, machten keinen sehr soliden Eindruck mehr.

»Keine Sorge. Die Bruchbude hat den Krieg überdauert und fünfunddreißig Jahre Sozialismus. Sie wird noch so lange halten, bis wir in ein paar Wochen eine vernünftige Wohnung für dich gefunden haben«, meinte Guiseppe Poggio. Er hatte die wenigen Habseligkeiten des ehemaligen Mitarbeiters der Schaustellerfamilie vom Rummelplatz am Berliner Plänterwald bis ins Zentrum der Stadt transportiert. »Außerdem müssen wir uns die Räumlichkeiten erst einmal von innen ansehen. Die Wohnung ist komplett möbliert, und du brauchst keinen Pfennig Abstand an den Vormieter zu zahlen. Die monatliche Miete beträgt vierzig Mark, aber wie mir mein Vater sagte, gibt es niemanden, der sie eintreiben würde. Das Haus wird von der KWV verwaltet, und die kümmert sich bei dieser Ruine um gar nichts mehr. Du brauchst also weder für Strom noch für Gas und auch nicht für Wasser irgendetwas bezahlen. Die einzige Ausnahme bildet das Heizmaterial. Für die Briketts musst du dir bei der Verwaltung einen Bezugsschein holen. Ohne zugeteiltes Kontingent darf der Händler nämlich nicht ausliefern. Wie viel Kohle hast du?«

»Zum Heizen oder zum Ausgeben?«

»Pinkepinke, Moos, Radatten!«

»Etwas mehr als einen halben Riesen.«

»Damit kommst du eine Weile hin. Jedenfalls so lange, bis du wieder eine Arbeit gefunden hast. Und falls du es schaffst, dich beim Saufen zurückzuhalten«, stellte Guiseppe Poggio sachlich fest.

Herbert Hartwig ließ im Geiste die letzten Tage seines Lebens Revue passieren. Enrico Poggio, sein langjähriger Chef, war äußerst großzügig gewesen. Fünfhundert Mark Abfindung hatte er ihm gegeben, dazu einen Dederonbeutel voller überlagerter Konservenbüchsen sowie das Versprechen, sich weiterhin um ihn zu kümmern. Herr Hartwig war Realist genug, um seinen Rausschmiss beim Rummel für gerechtfertigt zu halten. Es gab keine Entschuldigung für sein Versagen. Nur leider würde er nun der Schaustellerzunft für immer Ade sagen und sesshaft werden müssen.

Enrico Poggio hatte es nicht bei den guten Wünschen auf

den Weg belassen. Er war es gewesen, der ihm dank seiner vielfältigen Beziehungen die Wohnung beschafft hatte.

Die beiden traten durch die Haustür. Innen roch es nach Urin, auf dem schmutzigen braungelben Fliesenboden lagen hereingewehte Blätter, Papierfetzen und anderer Unrat. Die Farbe des Wandanstrichs ließ sich nicht mehr erraten, und die knarrende Treppe war vielleicht vor zwanzig Jahren zum letzten Mal mit Bohnerwachs in Berührung gekommen. An vielen Stellen ersetzten Papptafeln die bunt eingefärbten Glasscheiben in den Fenstern zum Hof. Das Hinterhaus war bereits nicht mehr bewohnt. Leere Fensterhöhlen gähnten.

»Die Hausbewohner achten auf Ordnung. Sie haben die Fenster repariert. Ein gutes Zeichen«, meinte Guiseppe.

»Welche Etage?«

»Oben unterm Dach. Soll total gut sein. Der Typ ist erst vor drei Tagen ausgezogen.«

»Schlüssel?«

»Müssen wir bei einer Alten in der vierten Etage holen.« Der Italiener förderte einen Zettel aus der Tasche seiner Parkajacke zutage und las die Namen auf den Klingelschildern. Auf jedem Treppenabsatz gab es drei Wohnungen, aber mehrere von ihnen wirkten verlassen.

An der linken Wohnungstür im vierten Stockwerk stand auf einem schmutzigen Stück Karton in altdeutscher Schrift »Hildegard Zander«. Guiseppe drückte auf den Klingelknopf. Es blieb still. Dann pochte er an die linke Hälfte der gelbbraunen, zweiflügeligen Tür, die Ziergitter vor geriffelten Scheiben trug.

Nach einer Weile hörte man von innen Schritte heranschlurfen. Die Tür wurde langsam geöffnet. Vor ihnen stand eine großgewachsene, hagere Greisin von weit über achtzig Jahren mit milchig-blauen Augen und fast weißen, streng nach hinten gekämmten Haaren. Tiefe Falten liefen von ihren Wangen bis zum borstigen Kinn. Sie schwankte und hielt sich am Türrahmen fest. Ihre Hände waren fast so schwarz wie ihr zerknittertes, fleckiges Wollkleid. »Da sind Sie ja wieder, Herr Zimmermann. Ich dachte, Sie wären ausgezogen!«, sagte sie mit rauer, brummiger Stimme, die aus der Tiefe eines ausgetrockneten Brunnens zu kommen schien. Der Geruch von ungewaschener Unterwäsche mischte sich mit nikotinhaltigem Fuselatem und senkte sich als schwere Wolke herab, die den beiden den Atem nahm.

»Ich bin nicht Herr Zimmermann. Ich heiße Poggio, und das ist Herr Hartwig«, entgegnete Guiseppe. »Er ist der neue Mieter über Ihnen. Mein Vater sagte, wir können von Ihnen die Schlüssel für die Wohnung bekommen.«

»Ein neuer Mieter? Davon weiß ich nichts. Wollen Sie einen kleinen Schnaps mit mir trinken, Herr Zimmermann? Rein zufällig verfüge ich momentan über ein äußerst leckeres Fläschchen. Haben Sie Ihren Schlüssel verlegt?«

»Poggio, Frau Zander, Guiseppe Poggio. Mein Name ist P-O-G-G-I-O!«

»Junger Mann, was soll das. Schreien Sie mich gefälligst nicht an. Ich bin weder verblödet noch schwerhörig! Kommen Sie und Ihr Freund nun mit mir auf ein Glas, Herr Zimmermann, oder wollen Sie mich beleidigen?«

»Gern, Frau Zander«, gab Guiseppe klein bei.

»Meine Herren, setzen wir uns in meine Küche.« Hildegard Zander nannte das eine ihrer Zimmer so, weil sich darin unter anderem ein Kohlebeistellherd und ein halbrunder metallener Ausguss befanden. Ansonsten herrschte hier ein wüstes Durcheinander. Flaschen, Gläser, Kronkorken, alte Zeitungen, verschimmelte Speisereste, unabgewaschenes Geschirr, Lumpen und vielerlei völlig undefinierbare Gegenstände türmten sich in dunklen Haufen auf Sofa, Tisch, Schrank und Fensterbrett. Auf dem schwärzlich-stumpfen Linoleum lag schmieriger Dreck vergangener Jahre, von den verräucherten Wänden und der schmutzigen Decke hingen Spinnweben und schwarze Flusen. Durch das verklebte, verstaubte Fenster drang ein matter Lichtschein.

Die alte Frau wühlte in dem Unrat. Sie förderte glücklich zwei fettverschmierte Schnapsgläser zutage, goss mit zitternder Hand Nordhäuser Doppelkorn aus einer ungekühlten 0,5-Liter-Flasche ein und reichte sie ihren Gästen. »Prost, Herr Schreiber, Prost, Herr Hartwig. Auf eine glückliche Mietergemeinschaft. Hier sind Ihre Schlüssel zurück.«

Herbert Hartwig kippte voller Begeisterung den lauwarmen Fusel hinunter und fühlte in dem Moment, als sich sein Magen erwärmte, dass er endlich zu Hause angekommen war. Guiseppe hingegen hielt den Atem an und schüttete in der Hoffnung auf die desinfizierende Wirkung des Alkohols den scharfen Schnaps in seinen sich vor Ekel und Entsetzen zusammenkrampfenden Schlund. Aber wie schon das Sprichwort sagt: Am schönsten ist es, wenn der Schmerz nachlässt.

Herbert Hartwig wäre gern noch auf ein zweites Glas geblieben, aber sein Begleiter ließ keinen Widerspruch gelten und zerrte ihn hinaus auf den Flur. Gemeinsam stiegen sie die Treppe hinauf. Die Wohnung unterm Dach bestand aus zwei schmalen Kammern, einem winzigen Flur und einer schlauchartigen Küche. Die Wände waren nicht tapeziert, sondern vor langer, langer Zeit weiß gekalkt und mit blauer Schablonenmalerei verziert worden. Die Möbel wirkten wie vom Sperrmüll zusammengeklaubt. Kein einziges Stück passte zum anderen. Aber es war alles da: ein Bett, ein Kleiderschrank, ein Nachttisch im Schlafzimmer; ein Schreibtisch, ein Vertiko und ein flacher grüner Sessel mit geschwungenen Armlehnen aus braunem Holz im Wohnzimmer; ein weiß gestrichenes Regal und ein ausziehbarer gelber Schleiflacktisch mit zwei Waschschüsseln in der Küche. An den schrägen Dachfenstern hingen weiße Scheibengardinen. Alles war penibel sauber und ordentlich. Ein größerer Kontrast zur Küche von Frau Zander ließ sich kaum denken. Aber die Wohnung wirkte so unpersönlich wie ein Hotelzimmer. Bücher, Bilder an den Wänden und Zierrat jeglicher Art fehlten vollkommen.

»Hier wirst du dich sehr wohlfühlen, mein Freund«, äußerte sich Guiseppe Poggio anerkennend. »Mein Vater hat dir ein wahres Schmuckstück besorgt. So, nun muss ich gehen. Wenn du Hilfe brauchst, melde dich. Wir sind immer für dich da.« Mit diesen Worten stellte der Schausteller die beiden karierten Stoffkoffer ab, die den gesamten Besitz seines Schützlings enthielten, und verabschiedete sich.

Herbert Hartwig packte die Koffer aus, räumte die Büchsen aus dem Dederonbeutel ins Regal und steckte sich eine halbvolle Packung »Juwel 72« ein. Dann ging er mit einer Flasche »Gotano Vermouth« hinunter zu Frau Zander, um mit seiner neuen Bekannten auf eine gute, friedvolle Nachbarschaft anzustoßen.

In der Redaktion II

>»Die ganze Vielfalt der Kommunalpolitik wurde deutlich,
>von Erfreulichem war die Rede, auch Nachdenkenswertes
>kam aufs Tapet.«
>
>*Neue Zeit*, Freitag, 13. April 1984

Es war noch früh am Morgen. Die Wanduhr zeigte neun Uhr an. Neun ist die natürliche Zahl zwischen acht und zehn. Außerdem ist sie ungerade, eine Quadratzahl und die höchste einstellige Zahl im Dezimalsystem. Bei der *Berliner Zeitung* war um neun Uhr offiziell Dienstbeginn. In den Räumen der Lokalredaktion hielten sich zu diesem Zeitpunkt allerdings erst zwei Leute auf: Lothar Dolling und Doris Worch. Der Abteilungsleiter kam täglich bereits um acht Uhr. Er tat es aus der Angst heraus, jemand könnte ihm den Stuhl weggenommen haben, falls er später käme. Die Redakteurin erschien so zeitig, weil sie unter seniler Bettflucht litt. Sie wohnte in Biesdorf und konnte von da aus mit der S-Bahn direkt bis zum Alexanderplatz fahren.

Fünf Minuten nach neun Uhr klopfte Doris Worch an die Tür ihres Chefs. Sie brachte ihm wie jeden Morgen eine Tasse Kräutertee.

Lothar Dolling verabscheute Tee in jeglicher Form und Kräutertee ganz besonders. Liebend gern hätte er Kaffee getrunken. Aber er war viel zu geizig, um fünfzig Pfennig für eine Tasse Mixkaffee in der Kantine auszugeben. In der Not frisst der Teufel Fliegen. Lothar Dolling schlürfte den nach Bahndamm schmeckenden Kräutertee (er vermutete eine Mischung aus getrockneten Hasenkötteln, veredelt mit Brennnesselaroma und einem Hauch Steinkohlenteer) und redete sich ein, dies würde seiner Gesundheit guttun. Ansonsten sprach er nicht viel.

Diesen Part hatte Doris Worch übernommen. Ihre Augen funkelten und ihre Apfelbäckchen glühten. »Ich könnte wetten, dass dieser Riedel in der Schule schon solch ein Streber war. Er wird deswegen wohl häufig Prügel bezogen haben.«

»Nein, war er nicht.«

»Was war er nicht?«

»Ein Streber.«

»Woher willst du das wissen?«

»Ich habe seine Kaderunterlagen eingesehen. Das Abiturzeugnis lag mit dabei. Er hatte nur mittelmäßige Zensuren.«

»Aber auf welche Weise konnte er dann zu einem Studienplatz an der KMU kommen? Die nehmen dort wahrlich nicht jeden Taugenichts«, wunderte sich Doris Worch.

»Dein Freund hatte sich nach seinem Ehrendienst für einige Zeit ohne jeden Zwang in der sozialistischen Produktion bewährt.«

»Ich wusste es. Er ist nicht ganz klar in seinem Oberstübchen. Ein Verrückter. Vielleicht ist er sogar gefährlich.«

»Das sind reine Spekulationen, die zu nichts führen. Außerdem war die Arbeit fachbezogen. Riedel hat in der Druckerei vom ND gearbeitet. Damit gehörte er rein theoretisch der Arbeiterklasse an. Tatsächlich stammt er aus einem Intelligenzlerhaushalt. Aber die Abgrenzungslinien werden heutzutage nicht mehr so scharf gezogen, wie es noch Ende der sechziger, Anfang der siebziger Jahre der Fall gewesen ist.«

»Hast du seinen Artikel über die Streifenfahrt mit dem Toniwagen gelesen?«

Das war eine absurde Frage von Doris Worch gewesen, die in die Kategorie gehörte: »Schneit es im Winter?« Aber weil der

Abteilungsleiter die alte Schnepfe ohnehin nicht mehr für voll nahm, antwortete er nur lapidar mit einer Gegenfrage: »Was hast du an der Reportage auszusetzen?«

»Sie ist nicht spannend. Er hat sich die Nacht völlig umsonst um die Ohren geschlagen. Kein einziger Verbrecher wurde gejagt. Es ist nichts passiert. Der Höhepunkt des Abends war, dass die Polizisten ein ausgeschlachtetes Moped gefunden haben.«

»Was willst du von mir? Die Genossen in der Hauptverwaltung waren begeistert. Der Artikel hat auf anschauliche Weise gezeigt, dass wir in einem sicheren Land leben. Niemand außer dir beschwert sich darüber, dass es zu wenig Dramatik gegeben hat. Außerdem kommt der große Knaller erst noch. Es geht um einen Vergewaltiger. Der Beitrag wurde noch einmal geschoben. Er wird jetzt der Aufmacher am nächsten Donnerstag auf Seite drei werden.«

»Ich sage doch, dieser Riedel ist ein verdammter Streber. Jetzt schreibt er sogar schon für die Seite drei. Und ich muss mich mit den Krümeln zufriedengeben«, schluchzte Doris Worch, zog ein Spitzentaschentuch aus ihrem Ärmel und schnäuzte geräuschvoll hinein.

Lothar Dolling hatte genug von diesem dauernden Jammern. Aber er war ein harmoniebedürftiger Mensch und wollte keinen Streit. Er machte deshalb Friedensangebote. »Was hast du denn anzubieten?«

Doris Worch begann, wieder zu strahlen. »Da wird der feine Herr blass vor Neid werden. Im Gegensatz zu ihm kann ich nämlich mit einem handfesten Kriminalfall aufwarten. Bei der letzten Sitzung vom VKSK wurde davon berichtet. Auf den Friedhöfen in Pankow und in Weißensee häufen sich in letzter Zeit Blumendiebstähle. Glücklicherweise verfügen die Friedhofsgärtnereien über gute Beziehungen. Anderenfalls könnten sie nicht so schnell Ersatz beschaffen.«

»Gibt es schon einen Verdacht?«

»Nichts Genaues weiß man nicht. Alles deutet darauf hin, dass Kleinkriminelle die Sträuße stehlen, um sie vor anderen Friedhöfen zu verkaufen.«

»Ja, und?«, fragte Lothar Dolling entgeistert.

»Die Polizei ist den Tätern bereits auf der Spur und wird sie bald schnappen. Es kann nur noch Stunden dauern, bis uns die entsprechende ADN-Meldung auf den Tisch flattert. Sobald sie eingetroffen ist, gibst du sie mir. Mit meinem Hintergrundwissen mache ich einen schönen Artikel daraus. Dann kann der Riedel mal sehen, wie eine erfahrene Polizeireporterin arbeitet.«

Kleine Feier

»Am Stammtisch beschwert sich Herr Kramer in vorgerückter
Stunde: ›Wenn ick jetzt mit eem Schwips nach Hause komme,
kocht meine Frau vor Wut!‹
›Da ham Se aber Glück‹, sagt ein anderer Gast,
›meine lässt mich hungern!‹«

Berliner Zeitung, Sonnabend, 14. April 1984

Professor Dr. med. Walter Riedel, der Vater des aufstrebenden Zeitungsredakteurs Michael Riedel, nahm die Ausfallstraße nach Nordosten in Richtung von Bad Freienwalde. Weiter ging es über Hohensaaten und Lüdersdorf nach Parstein. Dann wurde es kompliziert. Linksrum, rechtsrum, geradeaus. Der rote Lada 2104 schnurrte wie ein Uhrwerk. Durch das offene Fenster roch es nach Wald, Wasser und Wiesen. Die warme Nachmittagssonne ließ fast vergessen, dass es erst Mitte April war.

Das Auto rollte in den Wald wie in einen dunklen Tunnel. Sofort wurde es empfindlich kühl, und die Scheiben beschlugen. Der Professor kurbelte das Fenster hoch, drehte die Lüftung auf und schaltete die Scheinwerfer ein.

Die Schranke an der Wegkreuzung war geschlossen. Ein uniformierter Posten trat an den Wagen heran, kontrollierte den Ausweis des Professors und strich den Namen auf einer Liste ab. Die Schranke ging nach oben. Der Soldat salutierte. Der Lada blinkte links und fuhr mit Schrittgeschwindigkeit in den schwarzen, engen Waldweg hinein, vorbei an einem Schild mit der Aufschrift: »Betriebsgelände! Unbefugten Betreten strengstens verboten!«

Der Professor war befugt, da gab es für ihn keinen Zweifel.

Kies knirschte unter den Rädern. Schon bald weitete sich der Blick auf den Parsteiner See. Walter Riedel parkte neben einem guten Dutzend anderer Autos vor einem grasbewachsenen Erdwall, hinter dem der Sumpf begann. Der Professor nahm einen Dederonbeutel aus dem Kofferraum und ging zum Ufer. Das graublaue Wasser schwappte träge und verströmte einen leicht fauligen, aber nicht unangenehmen Geruch, der ihn an Entdeckungstouren in seiner Jugendzeit erinnerte. Die Sonne spiegelte sich im See und überzog die Wellen mit einem goldenen Schimmer. Der Professor streckte die Arme seitwärts in die Höhe, schloss die Augen und holte tief Luft.

Ein Ruf aus nicht allzu großer Ferne riss ihn aus seiner Meditation. Er sah nach rechts zum riesigen Haupthaus, von dessen geräumiger Terrasse herunter ihm Konrad Naumann zuwinkte: »Walter, komme bitte ins Haus. Ich konnte nicht ahnen, dass heute noch mal solch ein schöner Tag werden würde. Wir feiern im Wohnzimmer.«

Der Professor ging um das ausgebaute Kellergeschoss herum und stieg den schrägen Hang hinauf bis zum Eingang, wo ihn der Hausherr bereits in der geöffneten Rundbogentür erwartete.

»Mein lieber Genosse Naumann, es ist mir eine außerordentlich große Ehre, dass du mich hierher eingeladen hast«, haspelte Professor Dr. med. Walter Riedel einen wenig einfallsreichen Spruch herunter und übergab seine Mitbringsel: eine teure Flasche griechischen Brandy »Helios« aus dem Delikatladen und sein neuestes, druckfrisches Fachbuch, das erst vor einer Woche im Akademie-Verlag erschienen war.

Konrad Naumann stellte den Schnaps achtlos beiseite und nahm das Buch in die Hand. »Ich hoffe, es steht eine Widmung darin?«

»Selbstverständlich, für dich kein Buch ohne Widmung. Ich wollte Gleiches mit Gleichem vergelten. Schließlich habe ich ja von dir vor vielen Jahren das *Kommunistische Manifest* mit deiner Unterschrift bekommen.«

Konrad Naumann machte ein säuerliches Gesicht, sagte aber nichts.

Die erste Etage bestand aus der Diele, einem riesigen Wohnzimmer und mehreren Türen, hinter denen sich vermutlich die Küche und die Sanitärräume befanden. Das Wohnzimmer gliederte sich in zwei Bereiche, die durch eine jetzt geöffnete Schiebetür voneinander getrennt werden konnten. Alle Wände waren rau verputzt und mit schmalen rotbraunen Riemchen abgesetzt. Die Vorderfront zur Terrasse bestand fast vollständig aus Glas und gestattete einen weiten Blick über den See, der von keiner anderen Baulichkeit versperrt wurde. Das Haus der SED-Bezirksleitung war das einzige Gebäude weit und breit in einem zehn Hektar großen umzäunten Gebiet.

Im Kamin glimmten einige Holzscheite, daneben stand ein ansehnliches kaltes Büfett, wie der Professor voller Freude bemerkte. Bevor er sich der Völlerei hingeben konnte, musste er jedoch noch den anderen Gästen die Hand reichen. Etwa ein Viertel der anwesenden Personen kannte er zumindest vom Sehen. Professor Riedel entdeckte den Vorsitzenden des Rates des Bezirks, den Direktor der Sparkasse, den Ersten Sekretär der SED-Kreisleitung Lichtenberg und Annegret Felsche, die beleibte Stellvertretende Vorsitzende der Pionierorganisation »Ernst Thälmann«, die ihre Rubensfigur vergeblich mit einem weit fallenden Wickelkleid zu verhüllen versuchte.

Neben dem Flügel pumpte sich gerade die Opernsängerin Renate Windt-Laubisch so sehr auf, dass ihr Dekolleté zu platzen drohte. Ein durchgeistigt wirkender Pianist im schwarzen

Frack ordnete die Noten, und hinter einem weiß abgehangenen Tisch am anderen Ende des Zimmers sortierte ein Barmann Spirituosen.

Bei den übrigen Gästen schien es sich vor allem um Wirtschaftsfunktionäre und einige Militärs in Zivil zu handeln. Die Frauen waren hoffnungslos in der Minderheit. »Das kann ja ein heiterer Abend werden«, dachte sich der Professor, während er ausgestreckte Hände schüttelte und angestrengt lächelte. »Mit wem von diesem Haufen Ignoranten soll ich mich worüber unterhalten?«

»Meine Gattin kommt erst morgen, und die übrigen Genossen vom Politbüro sind leider verhindert. Möchtest du ein Glas?«, fragte Konrad Naumann den Professor. »Eine ganz seltene Marke: Sowjetischer Sekt. Das ist mal etwas anderes als immer diese Rotkäppchen-Plörre.«

Walter Riedel nahm dankend den geschliffenen Kelch entgegen.

»Falls du nachher nicht angeheitert durch den dunklen Wald fahren willst, kannst du gern im Gästebungalow im Garten übernachten. Es würde überhaupt keine Umstände machen, und zum Frühschoppen könnten wir uns auf die Terrasse setzen.«

»Daraus wird wohl leider nichts werden«, erwiderte der Professor etwas zu voreilig. Sein Gastgeber lächelte spöttisch, sagte aber nichts.

Drei Stunden später hatten sich die Reihen der Gäste spürbar gelichtet. Professor Riedel wäre auch gern verschwunden, aber Konrad Naumann hatte immer noch nicht die Katze aus dem Sack gelassen und verraten, weshalb er ihn überhaupt eingeladen hatte. Also saß der Chirurg im Sessel am Kamin, starrte missmutig in die Flammen und trank aus einer schwarzbauchigen Flasche mit goldenem Etikett französischen Cognac, der ganz sanft die Kehle hinunterrollte.

Darüber hinaus hatte der Professor, ganz entgegen seiner Art, an diesem Abend viel zu viel und vor allem alles durcheinander getrunken: drei Gläser Sowjetischen Sekt, eine Flasche Radeberger Pilsner, einen Schoppen Gamza, einen Cocktail und zwei doppelte Whisky. Aber der Cognac rundete die Mischung ganz ausgezeichnet ab. Fand er jedenfalls. Doch nachdem er ein weiteres Glas der edlen Flüssigkeit genossen hatte, legte sich plötzlich eine tiefe Finsternis über seine Augen. Von diesem Augenblick an leuchteten nur noch einzelne Erinnerungsfetzen auf, wie er leider am nächsten Tag mit brummendem Schädel feststellen musste.

Was in den folgenden Minuten (oder Stunden?) am Kamin passiert war, blieb ihm ein Rätsel. In seinem nächsten lichten Moment saß er mit einer dicken Havanna im Mund (er hasste Zigarren!) in der Kellerbar und spielte mit ihm völlig unbekannten Leuten Strip-Poker. Irgendwelche kichernden und kreischenden Frauen außerhalb des Lichtkreises nahmen die Kleidungsstücke ab. Der Professor verlor, so wie immer. Zum Schluss saß er fröstelnd auf einem Fass mit klebrigem Kunstledersitz und blickte bekümmert auf seinen eingeschrumpelten Piephahn hinunter.

Wieder ein kurzer Blitz: Er lag auf einer Frau, zappelte wie ein Käfer mit den Beinen, und so sehr er sich auch bemühte, er konnte nicht zum Höhepunkt kommen. Das Alter und der Alkohol verhinderten es. Dann war wieder tiefe, schwarze Nacht.

Professor Riedel suchte nach weiteren Anhaltspunkten. Vergeblich. Schließlich öffnete er vorsichtig die verquollenen, schmerzenden Augen. Grelles Licht blendete ihn. Tränen liefen ihm die Wangen herab. Er tastete nach seiner Brille. Sie war weg. Was war das für ein Geräusch? Er konzentrierte sich. Wasser saugte schmatzend am Ufer und klatschte gegen einen Steg. Aha. Wie hatte der Genosse Naumann gesagt? »Du kannst im Gästebungalow im Garten übernachten.« So musste es wohl gekommen sein.

Nach einer Weile konnte der Professor die ersten Konturen wahrnehmen. Die Decke über ihm bestand aus grau gestrichenen Holzbrettern. Das Bettzeug war blaukariert. Ein dicker, müder Brummer summte orientierungslos vorbei.

Walter Riedel stützte sich mühsam mit den Ellenbogen ab. Er lag in einem kleinen Zimmer, in dem außer einem Doppelbett, einem Schrank und zwei Stühlen nichts weiter stand. Die Eckfenster gingen auf den See hinaus. Es war warm.

Der Professor sah nach rechts. Neben ihm lag eine schwer atmende Frau auf dem Bauch. Ihr seitwärts zur Tür gewendeter Kopf wurde halb vom Kissen verdeckt.

»Lieber Gott, lass es bitte nicht Annegret Felsche sein«, betete der Professor. Doch dann fiel sein Blick auf den hellen Dielenfußboden. Dort lag ein voluminöses Wickelkleid in Zeltgröße.

Auf wundersame Weise hatten sich seine Sachen wieder angefunden, die ihm beim Strip-Poker abgenommen worden waren. Der Professor sammelte sie auf und schleppte sich ins Badezimmer, wo er ausgiebig abwechselnd warm und kalt duschte. Danach ging es halbwegs. Sein Kreislauf normalisierte sich wieder. Als er nach draußen trat, winkte ihm Konrad Naumann von der Terrasse her zu. »Komm her, mein Freund, hier gibt es Frühstück. Du kannst dir bestellen, was du magst. Mein Küchenchef steht für dich bereit.«

Walter Riedel setzte sich zu dem Ersten Sekretär der Bezirksleitung, der einen völlig ausgeruhten und entspannten

Eindruck machte, und beließ es zunächst bei einer Tasse Kaffee.

»Du erinnerst dich, was wir gestern besprochen haben?«, erkundigte sich Konrad Naumann.

»Nicht die Bohne. Mein Gedächtnis reicht nur noch bis zu einem Glas Cognac am Kamin, danach verliert sich alles in der Dunkelheit.«

»Dabei soll es auch besser bleiben«, lachte Konrad Naumann schallend. »Aber keine Angst, niemand wird dich kompromittieren. Du bist hier unter Freunden.

Nun noch einmal zu meinem Anliegen. Du zählst zu den besten Chirurgen des Landes, und eine weitläufige Bekannte von mir muss sich einem Eingriff unterziehen, der nicht ganz ungefährlich sein soll. Du hast sie gestern Abend kennengelernt. Es handelt sich um die vom Publikum hochgeschätzte Opernsängerin Renate Windt-Laubisch.«

»Was fehlt ihr denn?«

»Das soll sie lieber selbst sagen, ehe ich etwas Falsches erzähle.« Die Stimme von Konrad Naumann nahm plötzlich an Schärfe zu: »Und du, mein lieber Genosse, solltest in Zukunft den Alkohol besser meiden. Wie ich sehe, zittern deine Hände, und das ist bei einem Chirurgen ganz und gar nicht gut.«

Der Professor wand sich wie ein Aal. »Selbstverständlich, das ist..., das war... Also, in der Regel trinke ich höchstens...«

Weiter kam er nicht, denn Konrad Naumann schlug ihm mit der Hand kräftig auf die Schulter und wieherte los: »Das war ein Scherz, mein Freund, haha, mehr nicht.«

Walter Riedel machte ein Gesicht, als ob er in eine Zitrone gebissen hätte, lachte jedoch pflichtschuldig mit.

3. Kapitel

Oben, Mitte, Unten

Der Zeitungsleser

> »Prenzlauer Berg, traditionsreicher Stadtbezirk im Herzen Berlins, ist mit 173.000 Einwohnern und einer Fläche von 10,8 Quadratkilometern unser dichtestbesiedelter Stadtbezirk. Hier wohnen auf einem Quadratkilometer durchschnittlich 16.000 Bürger.«
>
> *Berliner Zeitung*, Mittwoch, 18. April 1984

Mitten in Prenzlauer Berg, an der Westseite der Greifswalder Straße, befand sich der ehemalige, aber immer noch guterhaltene Kirchhof der Georgen-Parochialgemeinde. Der Friedhof war 1814 angelegt worden. Damals vor hundertsiebzig Jahren hatte es in Berlin noch wesentlich mehr Hühner, Gänse, Schweine, Rinder und Pferde als Menschen gegeben. Im Laufe der folgenden Jahrzehnte verwandelte sich das verschlafene Provinznest ganz allmählich in eine Metropole. Ein erster mächtiger Schub erfolgte 1871 mit der Gründung des Deutschen Kaiserreichs. Im Jahr 1900 betrug die offizielle Einwohnerzahl dann bereits 1.884.848. Die Stadt dehnte sich immer weiter aus. Nach und nach wurden viele umliegende Dörfer eingemeindet.

Die rasante Stadtentwicklung blieb auch für den Kirchhof der Georgen-Parochialgemeinde nicht folgenlos. Obwohl sich der Friedhof um keinen Millimeter vom Fleck gerührt hatte, veränderte sich trotzdem seine Lage: Er wanderte immer näher in Richtung Zentrum. Im gleichen Maße rückte auch der Stadtrand ständig weiter weg. Damit wandelte sich die Kundschaft des Friedhofs. Die Armenbegräbnisse wurden seltener. Stattdessen ließen sich dort gern Persönlichkeiten, die zu ihren Lebzeiten großes Ansehen genossen hatten, in pompösen Totenhügeln zur letzten Ruhe betten. Obwohl diese einstmals reichen und einflussreichen Leute – unter ihnen viele Schriftsteller, Militärs, Pädagogen, Politiker und Fabrikanten – inzwischen längst in Vergessenheit geraten waren und sich deshalb kaum noch jemand an ihre einst so bemerkenswerten Taten erinnerte, hatten etliche dieser prächtigen Grabstätten Revolutionen, Kriege und gesellschaftliche Umbrüche überdauert.

1971 ließ der Berliner Magistrat den Friedhof schließen. Dafür gab es wichtige stadtplanerische Gründe. In der Hauptstadt der DDR fehlte es an Wohnungen. Aber es herrschte ein akutes Platzproblem. Es gab kaum noch freie Grundstücke, welche sich für die in jener Zeit bevorzugte großflächige Plattenbauweise geeignet hätten. Auch am Stadtrand, auf der grünen Wiese, wurden allmählich die Flächen knapp.

Nicht nur Westberlin, sondern auch die Hauptstadt der DDR war nämlich von einer Mauer umgeben und durfte sich nicht über die Stadtgrenze hinaus ausdehnen. Die Gründe dafür reichten bis in die Endphase des Zweiten Weltkriegs zurück. Die Reichshauptstadt war 1945 komplett von der Roten Armee befreit und eingenommen worden. Aber es gab verbindliche Abkommen zwischen den Siegermächten. Entsprechend der sogenannten Londoner Protokolle war die Stadt in vier Sektoren aufgeteilt worden. Die Rote Armee zog sich deshalb im Juli 1945 aus drei Viertel der Berliner Bezirke zurück.

Stattdessen rückten französische, britische und amerikanische Truppen nach. Die Regierungsgewalt wurde von einer gemeinsamen Alliierten Kommandantur ausgeübt. Sie hatte ihren Sitz in Dahlem. In dem Londoner Abkommen waren die Sektorengrenzen genau festgelegt und auf einem Messtischblatt eingezeichnet worden. Niemand durfte sie ungestraft überschreiten. Dabei blieb es auch nach dem Beginn des Kalten Krieges, nach dem Ende der Zusammenarbeit der Alliierten Kommandantur im Juni 1948, und auch noch nach dem Bau der Mauer im Jahr 1961. Allerdings konnte das bloße Auge die Abzäunung um Ostberlin herum nicht mehr erkennen. Die Sperranlagen aus Stacheldraht waren 1961 abgerissen worden. Seitdem fand sich die immer noch vorhandene Grenze lediglich auf den Landkarten wieder.

Ostberlin stand unter Expansionsdruck. Aber obwohl sich die DDR als souveränen Staat bezeichnete, traute sich die Regierung nicht, gegen die pro forma immer noch gültigen Londoner Protokolle zu verstoßen.

Zunächst wurden die Großplattensiedlungen in Marzahn, Hellersdorf und Hohenschönhausen geplant. Aber es war aus den genannten Gründen klar, dass dort der Wohnungsbau nicht bis ins Unendliche betrieben werden konnte. Ein innerstädtisches Bauprojekt besaß überdies den Vorteil, dass es bereits von Gas, Wasser, Elektrizität, Bus, Straßen-, U- und S-Bahn erschlossen war. Das wirkte sich günstig auf die Gesamtkosten aus.

Für den Georgenkirchhof stand deshalb seit seiner Schließung einiges auf dem Spiel. Dort wäre genug Platz für mehrere Hundert Neubauwohnungen gewesen. Glücklicherweise hatten aber weder der Oberbürgermeister Herbert Fechner noch sein Nachfolger Erhard Krack den nötigen Elan (oder vielleicht auch Mut) besessen, diese Pläne umzusetzen, die Bäume gegen den Willen der Bevölkerung roden und die Gräber planieren zu lassen.

Seit seiner Schließung nutzten die Einwohner den Friedhof als Naherholungsgebiet. Sobald die ersten Sonnenstrahlen lockten, flanierten dort die Spaziergänger auf und ab, Hundebesitzer führten ihre Vierbeiner aus, Mütter mit Kinderwagen trafen sich zu einem Plausch an den Bänken, Rentner spielten Schach an mitgebrachten Klapptischen und Langstreckenläufer drehten verbissen ihre Runden. Für einen Tivoli-Park fehlte es lediglich an einem Pavillon nebst Kurkapelle und an den Bauchladenverkäufern, die Limonade und Eis feilboten.

Auch die gärtnerische Pflege ließ zu wünschen übrig. Es wurde nur das Allernotwendigste gemacht. Aber das wuchernde Grün ringsum und das Moos auf den Wegen passten sehr gut zu dem morbiden Charme dieses Ruhepols im Herzen der Großstadt.

Nordwestlich grenzte der Georgenkirchhof an den etwas kleineren Friedhof der St.-Marien- und St.-Nikolai-Gemeinde, den dasselbe Schicksal wie das seines größeren Bruders ereilt hatte. Auch auf ihm hatte es seit Jahren keine Bestattungen mehr gegeben. Beide Begräbnisstätten waren durch eine unscheinbare Pforte abseits der Hauptwege miteinander verbunden, die gern von ertappten Taschendieben auf ihrer Flucht vor ihren Opfern genutzt wurde.

Nur wer die Vergangenheit kennt, kann die Gegenwart verstehen. Das galt auch für den Georgenkirchhof in seiner Gesamtheit. Obwohl sich auf ihm schon lange keine Trauergäste mehr an offenen Gräbern versammelten, waren dort immer noch mehrmals am Tag Leichenwagen unterwegs. Von der Bevölkerung wurden sie kaum als solche wahrgenommen, denn es handelte sich um ganz gewöhnliche graue Barkas-Lieferwagen. Sie rollten auch nur wenige Meter über das Friedhofsgelände und verschwanden dann in einer Wellblechgarage neben der Kapelle aus dem Jahr 1867. Historiker und in der Nationalen Front organisierte Heimatkundler wussten selbstverständlich, dass die stillgelegte Kapelle über unterirdische Totenkammern verfügte. Aber nur wenige Menschen hatten Kenntnis davon, dass diese Katakomben immer noch in Betrieb waren. In ihnen, wo sommers wie winters sechs Grad plus herrschten, wurden Ostberliner Verstorbene zwischengelagert. Dort warteten sie in ihren schlichten bis prunkvoll verzierten Särgen aus Fichtenholz ruhig und geduldig auf die Begräbnistermine im nahe gelegenen Pankow oder in Weißensee oder auf die Feuerbestattung im Krematorium. Bis auf eine an der Südseite nachträglich eingebaute Kühlkammer und die provisorische Lichtinstallation sah es im gesamten Labyrinth unter der Erde noch immer so wie zu Kaisers Zeiten aus. Die Anlage hätte auch gut als Gefängnis genutzt werden können. Die Totenkammern waren ausbruchssicher und wurden durch massive Stahltüren verschlossen. Kein Laut konnte von hier unten aus nach oben auf den Friedhof dringen.

Angehörige hatten keinen Zutritt zu den Grüften. Auch die übrige Öffentlichkeit war ausgeschlossen. Zu leicht hätte sich jemand ohne Ortskenntnis in dem Labyrinth verlaufen können.

Der Pförtnerdienst wurde von Achim Brause, einem einbeinigen Invaliden, versehen. Er führte das Protokollbuch, registrierte die Ein- sowie die Abgänge, schloss das Tor auf und zu. Außerdem bediente er den Fahrstuhl in der Wellblechgarage, mit dem die Leichenwagen bis nach unten in den großen Vorraum zu den Katakomben fahren konnten. Das hatte den großen Vorteil, dass die Toten nicht mühsam treppauf, treppab geschleppt werden mussten.

Als die rechte Hand von Achim Brause fungierte Marko Büttner. Der Friedhofsgärtner und Bestattungshelfer hatte allerdings auch noch andere Arbeitsplätze. Wenn gerade Not am Mann war, musste er zwischen mehreren Friedhöfen im Stadtgebiet pendeln. Den größten Teil seiner Arbeitszeit verbrachte er jedoch auf dem Georgenkirchhof.

Seitens seiner Kunden gab es keine Klagen. Niemand beschwerte sich, weil es ihm zu warm oder zu kalt war. Kein Toter hatte Sonderwünsche, ganz egal ob er der Arbeiterklasse entstammte oder zur Intelligenz zählte. Die Verblichenen wurden von keinen Sorgen mehr geplagt. Ihre Zukunft lag hinter ihnen. Sie befanden sich auf dem Weg in eine bessere Welt – sofern sie zu Lebzeiten an Gott geglaubt hatten. Die Kommunisten waren wenigstens in dem Bewusstsein gestorben, dass durch sie ein kleines Stück des Weges zur klassenlosen Gesellschaft geebnet worden war. Nur die Atheisten und die Republikfeinde hatten Pech. Auf sie wartete nichts weiter als eine gähnende Leere, ein traumloser Schlaf, der nie zu Ende ging, weil für sie nie wieder ein Wecker klingeln würde.

Solcherlei Gedanken gingen Marko Büttner durch den Kopf, wenn er die Toten wusch, sie an- und umkleidete. Dabei hörte er mit einem tragbaren Kassettenabspielgerät Musik. Den Sony-Walkman hatte er sich für neunhundertneunzig Mark im Centrum Warenhaus am Alexanderplatz gekauft. Das war ein stolzer Preis gewesen, der weit über seinem Monatslohn lag. Aber die Investition hatte sich gelohnt, weil sie ihm viel Freude und Abwechslung bereitete.

Alles in allem empfand Marko Büttner sein Beschäftigungsverhältnis als Bestattungshelfer als äußerst angenehm. Doch es gab auch eine Schattenseite. Die Kehrseite der Medaille war nämlich, dass er sich (außer mit seinem Freund) mit keiner Menschenseele vernünftig über seinen Beruf unterhalten konnte. Auch nach fünf Mollen und fünf Korn wurden selbst die geschwätzigsten Kneipengänger sofort schweigsam, wenn sie erfuhren, dass sie mit einem Leichenbestatter an einem Tisch saßen.

Doch glücklicherweise übte Marko Büttner zwei Tätigkeiten nebeneinander aus. Wenn er am Tresen nach seinem Beruf gefragt wurde, konnte er sich wahrheitsgemäß als Gärtner bezeichnen. Lediglich die beiden Silben davor »Fried« und »hofs« ließ er weg, und das fiel nicht unter den Begriff einer Lüge.

Unter einem Gärtner konnte sich jeder Mensch etwas vorstellen. Das war ein handfester Beruf zum Anfassen. Er rangierte zwar nicht auf derselben Stufe wie ein Lokomotivführer oder ein Pilot, aber im Arbeiter-und-Bauern-Staat gab es keine Standesdünkel. Jedenfalls nicht in einer Vierzig-Pfennig-Bier-Destille.

Am Mittwoch, dem 18. April, trat ein Problem auf. Ein Barkas hatte nach dem Empfang der Ladung eine Panne gehabt und zu lange in der Sonne gestanden. Ohnehin war die Leiche nicht mehr ganz taufrisch gewesen. Nunmehr stank sie wie verwesendes Aas. Solche Fälle kamen vor. Dann half auch die normale Kühlung nichts mehr. Marko Büttner band sich ein Tuch vor Mund und Nase und schob die Bahre in die Spezialkammer zum Schockfrosten. Anschließend zog er sich nackt aus, stopfte die Arbeitssachen sowie die Unterwäsche in einen Papiersack und stellte sich unter die Dusche. Es gab wieder einmal nur kaltes Wasser. Aber das war nicht das Schlimmste. Viel unangenehmer war, dass er den Zersetzungsgeruch nicht aus der Nase bekommen konnte. Achim Brause, sein Chef, hatte ihn bereits vor langer Zeit davor gewarnt, in einem solchen Fall an einer Parfümflasche zu schnüffeln. Es würde nicht viel helfen, aber im Gehirn ein Erinnerungsmuster verankern. Dann wäre für ihn auf lange Zeit der Geruch des Duftwassers untrennbar mit dem Leichengestank verbunden.

Der Friedhofsgärtner trocknete sich mit einem buntgemusterten *Malimo*-Handtuch ab und nahm sich aus seinem Spind im Umkleideraum saubere Sachen, die er für Fälle wie diesen dort immer liegen hatte.

Nachdem er angekleidet war, ging er nach draußen. Er atmete absichtsvoll ein und aus, aber es änderte sich nicht viel. Der Geruch des Todes war nie angenehm, aber manchmal wurde das Maß des Erträglichen weit überschritten. In Momenten wie diesen bereute er, dass er kein Raucher war. Eine nach Lumpen stinkende »Karo« hätte gewiss den Leichengestank aus den Nasengängen geätzt. Marko Büttner beschloss, sich wenigstens etwas frische Luft um die Nase wehen zu lassen.

Bei seinem Spaziergang fand er auf einer einsamen Parkbank, die direkt unter einer weitausladenden Trauerweide an der Südseite stand, eine aktuelle Ausgabe der *Berliner Zeitung*. Ein wenig umweltbewusster Besucher hatte sie dort liegen gelassen und den direkt neben der Bank stehenden Papierkorb ignoriert.

Der Friedhofsgärtner bekam keine Zeitung nach Hause geliefert, aber er kaufte sich ab und zu eine, wenn er zur rechten Zeit am Kiosk vorbeikam. Trotz ihrer hohen Auflagen waren Tageszeitungen Mangelware und schnell vergriffen – das *Neue Deutschland* einmal ausgenommen. Deshalb kam dieser Fund gerade recht. Marko Büttner wischte sich seine Hände an dem graugrünen Overall ab, faltete die Blätter vorsichtig zusammen und brachte die *Berliner Zeitung* zum Pausenraum. Dort steckte er sie in seine braunlederne Aktentasche.

Am späten Nachmittag, während der Heimfahrt, gab es in

der Straßenbahn genügend Sitzplätze. Der junge Mann holte die Tageszeitung hervor und begann, in ihr zu blättern. Kurz darauf traf es ihn wie ein Blitz. Ein riesiger Artikel mit mehreren Lichtbildern und einer groben Zeichnung erstreckte sich über die halbe Seite. Die knallige Überschrift lautete: »Serientäter im Prenzlauer Berg unterwegs«. Eine flüchtig hingekritzelte Skizze sollte ein Phantombild des Täters darstellen. Sie zeigte die brutale Fratze eines Berufsverbrechers mit breitgeschlagener Nase und Blumenkohlohren. Marko Büttner erschauderte. Mit ihm hatte die Polizeigrafik nicht die geringste Ähnlichkeit. Aber sie stellte ihn als ein Monster dar, das so ähnlich wie Boris Karloff in dem Film *Frankenstein* aussah.

Doch das war längst nicht alles. Auch der Text hatte es in sich. In ihm tauchten Begriffe wie »brutale Misshandlung«, »gewalttätige Phantasien« und »offensichtlich psychisch gestört« auf.

Der Friedhofsgärtner richtete sich kerzengrade auf und holte tief Luft. Seine Nasenflügel bebten und verfärbten sich weiß. In seinem Kopf überschlugen sich die Gedanken. Wieder und wieder musste er die Zeilen lesen, um zu begreifen, was dort eigentlich stand: »offensichtlich psychisch gestört«.

Ihm fiel nur ein einziger Mensch ein, der zweifellos geisteskrank war. Sein Name stand dick und fett unter dem Artikel. Michael Riedel. So hieß dieses Subjekt. Neben dem Beitrag war ein passbildgroßes Foto von ihm abgedruckt, auf dem er hinaus in die Welt grinste. Wegen der grobkörnigen Rasterung ließen sich allerdings keine Einzelheiten erkennen.

Marko Büttners Magen krampfte sich zusammen. Dieser verlogene Schmierfink hatte aus ihm einen grausamen, herzlosen Unhold gemacht!

Plötzlich lief es ihm kalt den Rücken hinunter. In seiner

Umgebung stimmte etwas nicht, er konnte es deutlich spüren. Marko Büttner blickte sich verstohlen um. Zunächst konnte er nichts Auffälliges bemerken. Doch dann sah er einen dünnen Mann mit Hut und blauem Mantel, der wenige Meter von ihm entfernt neben einem freien Sitzplatz stand und überaus auffällig in seine Richtung starrte. Das konnte kein Zufall sein. Die Greifer waren ihm auf den Fersen. Sie verfolgten ihn.

Marko Büttner hielt es nicht länger in dem rollenden Gefängnis aus. Er wartete einen günstigen Moment ab. Als die Bahn abklingelte, riss er sich blitzartig von seinem Sitz hoch, flitzte zur Tür schräg gegenüber, stieß eine Frau grob beiseite, die gerade eingestiegen war, sprang mit einem großen Satz von der Straßenbahn aus hinunter auf die Straße und rannte los. Die Elektrische rumpelte von dannen. Das waghalsige Manöver schien geglückt zu sein. Der Mann mit dem Hut hatte ihm in der Eile nicht folgen können. Er musste weiter mitfahren. Andere Verfolger ließen sich momentan nicht ausmachen. Kein Blaulicht blitzte ringsum, nirgendwo in der Nähe ertönte ein Martinshorn.

Marko Büttners Puls hörte auf, zu rasen. Doch in seinem Hirn nistete der Zweifel. War das vorhin auf dem Friedhof ein Zufall gewesen, oder hatte jemand die Zeitung mit voller Absicht auf die Bank gelegt, um ihn zu provozieren und aus der Reserve zu locken?

Der Friedhofsgärtner lief erregt die Straße auf und ab, bis die nächste Bahn kam. Er spähte von außen durch die Scheiben, konnte indessen nichts Verdächtiges bemerken.

Zu Hause angekommen, wollte er, einem ersten Impuls folgend, sofort alle Tonbänder vernichten. Aber dann nahm er doch wieder Abstand davon. Alles zu seiner Zeit. Er durfte nicht in Panik verfallen, sondern musste einen kühlen Kopf bewahren.

Marko Büttner setzte sich in seinen Sessel und trank eine Vita Cola, um wieder zu klaren Gedanken zu kommen. Die Erregung fiel von ihm ab. Er hatte ganz offensichtlich völlig überreagiert. Wenn ihn die Bullen tatsächlich in Verdacht gehabt hätten, würde er jetzt in einem Verhörkeller sitzen und Schläge mit einem Telefonbuch auf den Kopf bekommen.

Nein, er hatte sich geirrt und völlig überreagiert. Das waren alles nur Zufälle gewesen. Niemand hatte wissen können, dass er eine außerplanmäßige Pause machen, an der Bank vorbeilaufen und die Zeitung mitnehmen würde. Und dann gab es noch einen anderen Aspekt: Bei Licht betrachtet war es nämlich überhaupt nicht verwunderlich, dass der Artikel erschienen war. Ganz im Gegenteil. Eigentümlich war, dass es so lange gedauert hatte. Deshalb konnte es nur einen einzigen Grund für die gequirlte Scheiße geben: Die Bullen waren mit ihrem Latein am Ende. Sie wussten sich keinen Rat mehr und mussten deshalb die Bevölkerung auf die Sache aufmerksam machen und sie um Mithilfe bitten.

Aber das würde nichts bringen, da war er sich völlig sicher. Er hatte sich ganz normal verhalten. Außer den Frauen gab es keine weiteren Zeugen, und die Weiber hatten ihn nie bei Licht gesehen. In den fremden Häusern war ihm kein einziger Mensch begegnet. In den Treppenhäusern hatte er kein Licht eingeschaltet. Er war jedes Mal sacht wie eine Katze auf leisen Pfoten, nahezu unhörbar, nach oben geschlichen. Selbst ein zufälliger Beobachter hinter einem Türspalt oder einem Guckloch konnte nichts gesehen haben.

Auch auf der Straße war er in keiner Weise auffällig geworden. Er hatte sich weder durch zu langsames noch durch zu schnelles Gehen verdächtig gemacht. Er war stets im Schatten geblieben. Niemand würde ihn wiedererkennen.

Doch sei dem, wie ihm wolle. Auch wenn die Bullen im Trüben fischten, gab das diesem Schmierfinken Riedel noch lange nicht das Recht, ihn zu beleidigen und in einen fiesen Drecksack zu verwandeln!

Der gesamte Artikel kam einer Kriegserklärung gleich. Das Messer lag sozusagen offen auf dem Tisch. Doch wie man in den Wald hineinrief, so schallte es wieder heraus. So lautete das Sprichwort. Der feine Herr Redakteur würde bald sein blaues Wunder erleben. So viel war gewiss. Wie hatte Adolf Hitler 1939 vor dem Polenfeldzug gesagt? Ab heute wird zurückgeschossen. Genau! So sollte es sein.

Nach einer Weile wurde Marko Büttner allmählich ruhiger. Rache war ein Gericht, das am besten kalt genossen werden sollte. Er durfte nichts überstürzen und durch einen dummen Schnitzer den Redakteur und damit die Bullen auf sich aufmerksam machen.

Doch um handeln zu können, musste er weitere Informationen einholen. Der Name, die Adresse der Redaktion und ein miserables Zeitungsfoto reichten bei weitem nicht aus, um etwas Sinnvolles unternehmen zu können.

Marko Büttner stand auf und holte sich das Berliner Telefonbuch. Ein Michael Riedel stand nicht darin, nur ein Prof. Dr. Walter Riedel. Der Friedhofsgärtner ging zur Schrankwand. Dort zog er die mittlere Schublade auf und nahm eine runde blaue Blechschachtel heraus. In ihr hatten sich ursprünglich Kekse aus Sandgebäck befunden. Das war schon weit vor dem letzten Krieg gewesen. Nunmehr enthielt die Dose eine Sammlung von Pretiosen: goldene Ringe, Ohrstecker, Damen- und Herrenarmbanduhren, außerdem diverse Ausweise, Münzen sowie Schlüssel. Das waren alles Dinge, die er bei denjenigen Verblichenen gefunden hatte, die eingeäschert werden sollten. Es war schon seltsam, wie nachlässig die Hinterbliebenen in dieser Frage waren. Sie ließen die teuren Toten in deren Sonntagsstaat verbrennen und vergaßen dabei völlig, ihnen den Schmuck abzunehmen und die Taschen zu durchsuchen.

Bei den alten Ägyptern hatte es zum Totenkult gehört, die Grabkammern mit Dingen zu füllen, die bei der Reise ins Jenseits nützlich sein konnten. Aber selbst tonnenschwere Steine vor den Pharaonengräbern waren für die Grabräuber kein Hindernis gewesen.

Nun gut, für diese Art Nachsorge war er ja nun da. Er erfüllte diese Aufgabe äußerst gewissenhaft. Bei ihm waren die Wertsachen gut aufgehoben. Sie ein Opfer der Flammen werden zu lassen, hätte überhaupt keinen Sinn ergeben. Nur bei den goldenen Zähnen war er bislang tapfer geblieben. Die hatte er den Toten großmütig gelassen. Er war ja schließlich keine Bestie in Menschengestalt wie diese SS-Männer im Konzentrationslager. Allerdings lag schon eine kleine gebogene Zange in seiner Werkzeugtasche bereit. Auch an jene Toten, die in ihren Särgen beerdigt werden sollten, hatte er sich nicht herangetraut. Die Gefahr war zu groß, dass eine trauernde Witwe noch einen letzten Blick auf den guten Gatten werfen wollte und das Fehlen des Eherings bemerken könnte.

Marko Büttner stöberte in der gutgefüllten Keksdose. Nach einer Weile hatte er etwas Passendes gefunden: einen kleinen grauen Klappausweis mit der silbernen Prägung »ABI«. Zwar hatte sich die ABI unter Honeckers Ägide in einen zahnlosen Papiertiger verwandelt. Das änderte jedoch nichts daran, dass ein ABI-Ausweis immer noch der perfekte Türöffner war. Mit ihm kam er sicherlich an jedem Pförtner vorbei. Eine Polizeimarke oder ein Ausweis »Freiwilliger Helfer der Volkspolizei«

wären zwar noch besser gewesen, aber bislang hatte keiner der Toten derlei Schätze bei sich gehabt.

Das schwarzweiße Lichtbild vom ABI-Ausweis zeigte einen mageren Glatzkopf mit Nickelbrille. Das Foto war mit zwei runden Ösen links unten und rechts oben eingestanzt worden. Ein kleines, rundes Siegel prangte neben der Unterschrift des ursprünglichen Besitzers. Der Kontrolleur hatte Roland Hempel geheißen. Das Geburtsdatum lautete auf den 13. Februar 1935. Das Papier wies ein zartes blaugraues Fischgrätenmuster aus. Es fühlte sich steif und fest an. Die Eintragungen waren vor dem Zusammenheften der einzelnen Seiten mit einer Schreibmaschine vorgenommen worden. Weder ließen sich die Blätter austauschen noch die umgerödelten Ösen aufbiegen. Der Ausweis war – so schien es jedenfalls – absolut fälschungssicher.

»Das wollen wir erst einmal sehen«, flüsterte der vielseitig begabte Friedhofsgärtner. Er setzte sich an den Küchentisch, knipste eine Stehlampe mit dem grellen Licht einer Hundert-Watt-Glühbirne an, klemmte sich eine runde, in schwarzes Bakelit gefasste Lupe ins rechte Auge und nahm ein Federmesser zur Hand. Mit der skalpellscharfen Klinge radierte er äußerst behutsam über die »3« in der Jahreszahl »1935«. Mit Hilfe eines spitzen, mittelharten Bleistifts verwandelte er sie in eine »5«.

»›1955‹ als mein Geburtsjahr wird problemlos durchgehen«, murmelte Marko Büttner zufrieden.

Dann nahm er sich das Bild des Toten vor. Diese Arbeit gestaltete sich schon etwas schwieriger. Millimeter um Millimeter schnitt er mit dem Federmesser das Foto aus den Ösen heraus. Dann nahm er ein Passbild von sich zur Hand und benutzte das Foto des unglücklichen, weil viel zu früh verstorbenen Roland Hempel als Schablone. Der Bestattungshelfer zeichnete zwei winzige Kreise auf und schnitt sie mit dem Federmesser aus dem Fotokarton. Doch das Bild passte nicht perfekt. Es waren noch einige Korrekturen nötig. Schweiß tropfte von der Stirn. Doch bald darauf konnte Marko Büttner sein Werk vollenden. Er klebte sein Passfoto in den Ausweis ein und drückte sorgsam die Ränder der Löcher über die beiden Ösen fest.

Perfekt! Niemand würde ohne eine genaue Untersuchung mit einer Lupe die Fälschung erkennen können. Der Friedhofsgärtner packte die Utensilien weg, verstaute die blaue Büchse wieder im Schrank und kehrte zu seiner Cola und dem Sessel zurück. Nun war alles bereit für einen ersten Erkundungsgang. Michael Riedels friedvolles und sorgenfreies Leben würde sich sehr bald schon von Grund auf ändern. Dafür würde er mit sehr viel Einfallsreichtum sorgen.

Herbert Hartwigs Kaderbogen

»Die weitere Vertiefung der sozialistischen Gemeinschaftsarbeit zwischen Wissenschaft und Produktion ist ein wichtiges Feld gewerkschaftlichen Wirkens.«

Neues Deutschland, Sonnabend, 21. April 1984

Herbert Hartwig saß in seiner schrägen Dachkammer am Fenster. Er trug lange, schmutzig-graue Unterhosen und eine ausgeblichene Armeetrainingsjacke. Seine nackten, blaugeäderten Füße mit ihren gelbverholzten Nägeln steckten in zerrissenen Kamelhaarschlappen. Im Zimmer roch es nach ungelüfteter Bettwäsche, kaltem Zigarettenrauch und abgestandenem Bier. Auf der klebrigen Wachstuchdecke des Tisches lagen alte Zeitungen, leere braune Pilsner-Flaschen, eine ölige offene Fischbüchse, zerknüllte »Jubilar«-Zigarettenschachteln, ein viel zu oft benutztes Taschentuch und eine mittelgroße *Florena*-Dose voller Kippen.

Es ging auf zehn Uhr. Herr Hartwig beschloss, zu frühstücken. Mit einer Aluminiumgabel, auf der »FDGB« stand, stocherte er lustlos in der Fischbüchse herum, aß dazu eine halbe Schnitte altbackenes Brot und trank die letzte Flasche Pilsner aus, die er noch im Hause hatte. Eine von den ovalen filterlosen Zigaretten fand sich ebenfalls.

Herr Hartwig ließ erneut die letzten Tage seines Lebens Revue passieren und befand noch immer seinen Rausschmiss beim Rummel für gerechtfertigt. Es gab keine Entschuldigung für sein Versagen.

Enrico Poggio hatte sein Versprechen, dass er es nicht bei dem Überbrückungsgeld, dem Beutel mit den Büchsen und den guten Wünschen auf den Weg belassen würde, gehalten.

Er war es gewesen, der ihm mit mehreren Telefonanrufen einen Job im Schwermaschinenbaukombinat beschafft hatte.

Hier begann das große Problem des schmächtigen Trinkers: Die nette Dame in der Kaderabteilung hatte ihn mit einem sehr merkwürdigen Blick gemustert, als er ihr den ausgefüllten Kaderbogen zurückgab. »Ich kann Ihre Schrift nicht entziffern, niemand kann das. Hier ist ein neues Formular. Bitte geben Sie sich diesmal mehr Mühe, leserlich zu schreiben.«

Herbert Hartwig war sich völlig sicher, dass sein nächster Versuch nicht besser ausfallen würde als der erste. Das Schreiben fiel ihm schwer. Bei vielen Fragen, die er mühsam entzifferte, verstand er den Sinn nicht. Er brauchte dringend Unterstützung. Vielleicht würde ihm der Bursche von unten helfen, den er neulich auf der Treppe getroffen hatte? Herr Hartwig streifte sich einen zerfaserten lila-hellblau gestreiften Frottee-Bademantel über und schlurfte den Flur hinunter. Er klopfte an der Tür mit dem Namensschild »Michael Riedel«.

Der Journalist öffnete die Tür. Er hatte seinen Nachbarn zwar schon im Treppenhaus begrüßt gehabt, doch bislang kein einziges Wort mit ihm gewechselt. Den Namen des neuen Hausbewohners wusste er von Frau Zander, der alten Frau eine Etage über ihm. »Guten Tag, Herr Hartwig. Was kann ich für Sie tun?«

»Herr Nachbar, ich hab da was Schriftliches. Ich soll einen Schrieb von wegen meiner Arbeit ausfüllen, und ich versteh nich viel vom dem neumodischen Zeugs. Sie schauen aus wie ein Studierter. Wollen Se mir nich helfen?«

Michael Riedel überlegte eine Weile, ob die Bitte tatsächlich ernstgemeint sein könnte oder ob es sich um einen Scherz auf seine Kosten handeln würde. Doch in Anbetracht der traurigen Gestalt vor ihm im Treppenhaus schwanden seine Bedenken sehr bald. »Na klar doch«, sagte er freundlich.

»Bringen Sie Ihre Sachen her, und in einer Viertelstunde sind wir fertig.«

»Ick zieh mir nur rasch an.« Herbert Hartwig verschwand nach oben unters Dach, holte aus dem Geheimversteck für absolute Notfälle eine halbe Flasche Klaren hervor und kleidete sich vollständig an, indem er eine braune Armeetrainingshose mit gelben Streifen über die lange Unterhose zog.

Der Journalist und sein Gast machten es sich am Tisch im Wohnzimmer bequem. Michael Riedel überflog das Formular. Dann ging es los. Die Fragen auf der ersten Seite des Kaderbogens waren einfach zu beantworten. Name, Vorname, Geburtsdatum und -ort bereiteten keine Schwierigkeiten. Das Drama begann auf Seite zwei.

»Name der Mutter?«

»Käthe Thöns.«

»Geburtsdatum?«

»Meins?«

»Nein, das Ihrer Mutter.«

»1910, glaube ich. Kann aber auch 1920 gewesen sein.«

»Tag, Monat?«

»Tja, wann haben wir denn immer Geburtstag gefeiert ...« Herbert Hartwig zupfte an seiner Unterlippe. »Im Mai. Oder war es im Juni gewesen? Nein ... Vielleicht doch?«

»Na gut, schreiben wir: ›14. Mai‹.«

»In Ordnung.«

»Name des Vaters?«

»Name des Vaters, Name des Vaters, Name des Vaters ...« Herr Hartwig stützte das Kinn in die Hand und schaute sinnierend zum Fenster hinaus. »Wenn ick dit bloß wüsste. Kennengelernt hab ick vier oder fünf von die Sorte. Sie wechselten, verstehen Se? Der eine hatte einen Bart und roch immer nach

Schnaps, wenn er mir uff'n Arm nahm. Ein anderer soll einen eigenen Konsum gehabt haben. Als der mein Vater war, ging's uns gut. Da gab's immer reichlich zu futtern.«

»Wie wäre es mit: ›Max Hartwig, geboren am 23.12.1914‹?«
»Einverstanden.«
»Namen und Geburtsdaten der Geschwister?«
»Wer denkt sich solche kniffeligen Fragen aus? Das war'n nämlich 'ne ganze Menge. Drei Brüder und fünf Schwestern, glaube ich. Ein Teil von ihnen war immer im Heim. Die habe ich nie gesehen. Claudia, meine große Schwester, musste auf mir aufpassen, wenn Muttern in die Kneipe zog. Das hat die Claudia sehr geärgert, weil sie viel, viel älter war als ich. Sie wollte selbst gerne ausgehen. Einmal hat sie mir vor Wut das heiße Bügeleisen auf den Bauch gedrückt. Die Narbe sieht man heute noch.«
»Haben Sie keine Kontakte mehr zu Ihren Geschwistern?«
Herr Hartwig schüttelte den Kopf. »Nur zu meinem Bruder Benno Radomski. Nachdem Mutter vor vier oder fünf Jahren gestorben war, rannten alle auseinander. Keinem von uns hat was dran gelegen, die anderen Larven länger zu sehen. Doch da ham Se nichts versäumt. Das sind alles solche Penner, wie ick einer bin.«
»Also Geschwister: ›keine‹. Schulbildung?«
»Na klar.«
»Abschluss welcher Klasse?«
Herr Hartwig zuckte hilflos mit den Schultern.
Michael Riedel notierte: »8. Klasse«. »Berufsausbildung?«
»Ick war Kellner, hab auf dem Dorf gearbeitet ..., zuletzt: Künstler!«
»Was für ein Künstler?«
»Fahrendes Gewerbe. Leiter einer Vergnügungseinrichtung. Schießbude!«

»Na gut. Wenn Sie im Schwermaschinenbaukombinat anfangen wollen, dann notieren wir: ›Teilfacharbeiter Oberflächenveredlung‹. Einverstanden?«

»Einverstanden.«

Die beiden prosteten einander zu. Die Flasche Schnaps war alle. »Was soll nun werden?«, fragte der Journalist.

»Ick hol eine neue aus der Kneipe.«

»Nein, ich meine, was soll mit dem Kaderbogen geschehen?«

»Den geb ich morgen ab, und dann fang ich an als ...«, Herr Hartwig sah auf das Blatt, »als Oberflächenveredler im Schwermaschinenkombinat. Lesen kann ich ganz gut. Nur mit dem Schreiben hapert's etwas. Vielen Dank auch, und so, Herr Riedel. Nu was anderes. Ick hab 'n paar schweinische Witze auf Band. Wollen Se sich die solange anhören, wie ick die neue Pulle besorge?«

Die Augen des Journalisten glänzten bereits. Der Schnaps auf fast nüchternen Magen begann, seine Wirkung zu tun. »Warum nicht. Ich habe im Augenblick sowieso nichts Besseres vor.«

Herr Hartwig kam nach wenigen Minuten mit einem hellgrauen »B41«-Tonbandgerät mit schwarzem Plastikdeckel unter dem Arm zurück. Er steckte den Stecker in die Dose und es brummte. »So, eingeschaltet is, ick bin bald zurück. Dann könn' wir uns noch 'n paar hübsche Bildchen ansehen.«

Michael Riedel zündete sich eine »Juwel 72« an und lauschte dem Hörspiel. Hinter einem Wasserfall aus Störgeräuschen ließ sich eine Frauenstimme vernehmen: »Beim Ball ›Pompös‹ stand ich oben auf der Brüstung, lehnte mich über das Geländer und schaute von oben in den Saal. Plötzlich wird mir ganz warm ums Herz. Ich drehe den Kopf, sehe und staune: Von hinten nimmt mich einer ...«

Der Journalist verschluckte sich und musste husten.

Subbotnik

»Zehntausende halfen beim Frühjahrsputz in den Wohngebieten sowie bei der Verschönerung von Straßen und Plätzen.«

Neues Deutschland, Ostermontag, 23. April 1984

Peter Herbst lag im warmen, weichen Ehebett und schlief den Schlaf der Gerechten. Oder besser gesagt: Er tat so, als ob er noch in Morpheus Armen ruhen würde, indem er die Augen fest geschlossen hielt. Ab und zu, um der Sache die nötige Glaubwürdigkeit zu verleihen, gab er einen leichten Schnarchton von sich. Er döste einfach nur vor sich hin und wollte noch eine Weile ungestört liegen bleiben.

Doch seine morgendliche Ruhe wurde jählings gestört. Gabriele Herbst, seine treusorgende Ehefrau, ließ sich von dieser leicht zu durchschauenden Scharade nicht hinters Licht führen. Sie rüttelte ihren Mann an der Schulter, drückte ihm einen feuchten Schmatz auf die Wange und forderte zwar liebevoll, aber doch nachdrücklich: »Aufstehen, mein Schatz!«

Der Oberleutnant murmelte: »Ich denke überhaupt nicht daran. Heute ist Feiertag und ich habe dienstfrei.«

»Das mag schon sein, aber es hilft alles nichts. Heute ist Subbotnik. In einer guten Stunde geht es los. So wie du bist, lasse ich dich nicht auf die Straße. Du musst dich vorher waschen, rasieren und anziehen. Außerdem wartet ein leckeres Frühstück auf dich.«

»Mist, Mist, Mist«, brubbelte der Kriminalist. Aber er hatte keine andere Wahl. Vor gesellschaftlichen Verpflichtungen konnte er sich nicht drücken. Die Familie Herbst wohnte in einem Fünfgeschosser in der Marzahner Allee der Kosmonauten.

In ihrem Aufgang waren nur bewährte Genossen zu Hause. Alle Bewohner – vom jungen Hüpfer bis zum Rentner – duzten sich. Einer kümmerte sich um den anderen. Aber manchmal war dieses fürsorgliche Miteinander doch etwas des Guten zu viel.

Die Hausgemeinschaftsleitung hatte auf ihrer Februarsitzung beschlossen, den traditionellen Frühjahrssubbotnik in diesem Jahr auf den Ostermontag zu legen, und zwar zu Ehren des Geburtstags von Wladimir Iljitsch Lenin am 22. April. Darüber hinaus gab es noch weitere gute Gründe. Laut einer Umfrage musste nämlich lediglich Stefan Hahn, der Straßenbahnfahrer aus dem vierten Stock, an diesem Tag zum Dienst. Zwar wollte außerdem die Familie Eckert zu einer Geburtstagsfeier nach Mecklenburg fahren, aber die restlichen Mieter hatten an diesem Tag frei. Wer zu Hause war, musste mitmachen. Da gab es kein Wenn und Aber. Nur der eigene Tod galt als Entschuldigung.

Es gab auch einen Plan. Er war von allen Mietern akzeptiert worden: Rund um die Grünfläche vor dem Wohnblock sollten Sträucher gepflanzt werden. Selbst die Leute aus den Nachbaraufgängen machten mit. Sie alle hatten den Kampf um den Ehrentitel »Goldene Hausnummer« aufgenommen. »Schöner unsere Städte und Gemeinden« lautete das Motto. Wie üblich sollte der Einsatz bis um zwölf Uhr mittags dauern. Anschließend würde es Rostbratwürstchen vom Grill und ein paar Flaschen Helles aus dem Kasten geben.

»Der Subbotnik an sich würde mich überhaupt nicht stören«, meinte Peter Herbst zu seiner Gattin und schwang seine Beine über die Bettkante. »Aber es gibt einige blöde Dummschwätzer, die mir gehörig auf den Keks gehen. Am schlimmsten ist dieser Uwe Woitischek aus der fünften Etage. Er mimt immer den Dreihundertprozentigen. Dabei bin ich mir völlig sicher, dass er heimlich Westfernsehen guckt. Und sein Sohn, dieses frühreife Früchtchen, hat es faustdick hinter den Ohren. Es sollte mich nicht wundern, wenn er mir eines Tages in einem Streifenwagen gebracht werden würde.«

»Du kannst doch Uwe ganz einfach aus dem Weg gehen, indem du dich an den alten Bernhard Klausner hältst. Den kann der Woitischek auf den Tod nicht leiden«, riet ihm seine Ehefrau.

Gabriele Herbst war eine ansehnliche Person in der Blüte ihrer Jahre. Im Alter würde sie einmal dick und rund werden, aber derzeit konnte sie vom Aussehen her noch als Rubensfigur durchgehen.

Ihr Gatte schlüpfte in seine Lieblingspantoffeln. Das waren ausgelatschte Schlappen, die er schon zweimal wieder aus dem Mülleimer geholt hatte. Aber er konnte sich nicht von ihnen trennen. Außerdem hasste er jede Form der Verschwendung. Peter Herbst kratzte sich am Hintern und verschwand im winzigen Badezimmer. Es besaß kein Fenster, nur einen runden Abzug oben an der Wand. Hinter dem Waschbecken verlief der Luftschacht. Er war mit übertapezierten Spanplatten verkleidet. In Augenhöhe besaß der Schacht eine hölzerne Revisionsklappe. Peter Herbst hatte sie unmittelbar nach dem Einzug hinter einem Spiegel versteckt.

Der Luftschacht, in dem auch die Wasserleitungen nach unten und nach oben gingen, trennte auf allen Etagen die Küchen von den Bädern. Der Küchendunst zog durch jede Ritze. Er breitete sich im gesamten Haus gleichmäßig aus. Besonders beliebt waren scharf angebratene Kohlrouladen oder Fisch. Aber diese Gerichte gab es zum Glück nur selten.

Die Spanplatten bildeten einen guten Resonanzboden und

verstärkten die Geräusche. Toilettengänge waren kein Geheimnis. Jeder, der wollte, konnte sie in allen Einzelheiten mitverfolgen. Aus diesem Grund wurde in einem Beitrag an der Wandzeitung unten im Hausflur darum gebeten, nach zweiundzwanzig Uhr nicht mehr zu baden und die Toilettenspülung nur äußerst maßvoll zu betätigen.

Peter Herbst wollte duschen, aber es ging nicht. In der Wanne lag ein Berg schmutziger Strümpfe, Unterhosen und -hemden. Mit der Maschine und ihren verschiedenen Programmen kannte er sich nicht sonderlich gut aus. Deshalb ließ er die Sachen liegen und begnügte sich mit einer Katzenwäsche am Waschbecken.

Beim Rasieren konnte Peter Herbst mehrere Gespräche über und unter ihm bis ins Detail mitverfolgen. Bei der Familie Glöckner im dritten Stock würde es heute Mittag Gulasch geben. So viel war gewiss.

Nach dem Abtrocknen schlüpfte der Kriminalist in seinen alten grauen Armeetrainingsanzug. Das war bei Arbeitseinsätzen die Standardbekleidung der Hausbewohner. Lediglich der Wichtigtuer Woitischek kam immer im Blaumann. Darin sah er aus wie der Minol-Pirol.

In der Küche war der Tisch mit goldbraunem Toast, Butter, Marmelade, gekochten Eiern und einem Teller mit einem Zipfel grober Leberwurst eingedeckt. Der Kaffeeautomat blubberte. »Wo sind eigentlich die Kinder abgeblieben?«, wollte Peter Herbst wissen. »Die himmlische Ruhe macht mich völlig nervös.«

»Die sind gestern mit der Straßenbahn zu Oma und Opa gefahren, und zwar freiwillig. Offensichtlich mussten sie ganz dringend ihr Taschengeld aufbessern. Sie haben bei deinen Eltern übernachtet und kommen erst heute Nachmittag zurück.«

»Ich hatte mich schon über die himmlische Ruhe gewundert. Dann sollten wir die Gunst der Stunde nutzen. In meiner Hose herrscht bereits seit Tagen Revolution.«

»Die Zeit reicht gerade noch zum Frühstücken. Wir müssen unser Bettgeflüster auf die Mittagszeit verschieben.«

»Von mir aus«, seufzte der Kriminalist und wechselte das Thema: »Ich glaube, der Woitischek ist schwul und außerdem bei der Stasi.«

»Das wären dann gleich noch zwei gute Gründe mehr für dich, ihm aus dem Weg zu gehen«, meinte Gabriele Herbst. Sie war Unterstufenlehrerin und unterrichtete gleich um die Ecke in der Polytechnischen Oberschule Mathematik und Deutsch.

»Wo ist der Tomatenketchup?«, wollte Peter Herbst wissen.

»Wozu brauchst du welchen? Es gibt doch keine Nudeln?«

»Ich wollte mein Ei damit würzen.«

»Der Ketchup ist seit einer Woche alle. In der Kaufhalle konnten sie mir nicht sagen, wann die nächste Lieferung erwartet wird. Stattdessen habe ich aber ein Sechserpäckchen Papiertaschentücher bekommen.«

»Die heben wir lieber für den nächsten Schnupfen auf. Im Moment habe ich keinen Bedarf.« Der Kriminalist wischte sich den Mund mit einer Serviette ab, stand auf, gab seiner Frau einen Kuss und ging zur Tür. »Was gibt es heute zum Mittagessen?«

»Nichts. Du wirst doch bestens mit fettigen Bratwürsten versorgt werden. Ich werde stattdessen ein paar Mohrrüben knabbern. Das ist gut für die Figur.«

»Wo du recht hast, hast du recht. Aber wir könnten heute Abend hinüber in die Klubgaststätte gehen und uns leckere Letschosteaks mit Pommes Frites bestellen. Wir nehmen die Wänster mit. Die mögen das auch.«

Beim Subbotnik spielte sich Uwe Woitischek als der große Wortführer auf, aber die übrigen Mieter ließen sich trotzdem die gute Laune nicht verderben. Die Arbeit ging gut voran. Die Hausgemeinschaftsleitung hatte alles ausgezeichnet organisiert. Peter Herbst schnappte sich eine Schubkarre und sauste mit ihr hin und her. Auf diese Weise konnte er unangenehmen Gesprächen aus dem Weg gehen. Außerdem verspürte er nicht die geringste Lust zum Löcherbuddeln.

Wie geplant, war um zwölf Uhr alles vorbei. Bernhard Klausner stand am Grill. Er hatte auch die Bratwürste besorgt. Es sollten angeblich echte Thüringer sein. Peter Herbst hatte da so seine Zweifel. Im vorigen Sommer war er mit den Kindern auf der Saale paddeln gewesen. Auf den Rastplätzen am Fluss hatten die Roster ganz anders gemundet.

Auch wenn die Bratwürste die Berliner Stadtgrenze offenbar nicht überquert hatten, waren sie wenigstens heiß und fettig. Die Brötchen aus der Kaufhalle schmeckten aufgebacken wesentlich besser und nicht mehr nach Pappe. Dazu gab es Bautzener Senf.

»Hast du Ketchup besorgen können?«, fragte der Kriminalist den Grillmeister.

»Ketchup ist was für Schwule«, antwortete Uwe Woitischek und nahm einen tiefen Zug aus einer Flasche mit Apfelkorn. Peter Herbst war drauf und dran, dem Angeber mit einem gekonnten Polizeigriff zu beweisen, dass es ohne weiteres möglich war, den Daumen der rechten Hand bis auf den Unterarm zu drücken, ohne den Daumen dabei abzubrechen. Doch dann besann er sich eines Besseren und ging hinauf zu seiner lieben Frau, die ihn bereits in schwarzer Seidenunterwäsche erwartete.

Um drei Uhr kamen die Kinder. Sie hießen Sascha und

Tanja, waren zweieiige Zwillinge und neun Jahre alt. Sascha hatte semmelblondes, kurzgeschorenes Haar und Sommersprossen. Er war sportlich begabt und eine Frohnatur.

Tanja hatte dunkle Haare wie ihr Vater. Sie trug gern Zöpfe und war äußerst wissbegierig. Als die Familie am Kaffeetisch saß und sich mit Kuchen und Torte vollstopfte, wollte sie wissen: »Papa, warum haben die Menschen nur einen Mund, aber zwei Nasenlöcher? Eins würde doch vollkommen ausreichen.«

»Frage deine Mutter, die ist Lehrerin«, antwortete ihr Vater.

Gabriele Herbst riss von ihrer Serviette ein Stückchen ab, formte daraus ein Papierkügelchen, legte es auf den Teelöffel und schnippte es damit ihrem Mann quer über den Tisch hinweg an die Stirn. »Das Kind hat dich gefragt. Du bist Kriminalist und musst alles wissen.«

Peter Herbst seufzte und überlegte. Dann meinte er: »Die Menschen haben zwei Ohren und zwei Augen. Da passen zwei Nasenlöcher ganz gut dazu.«

»Weil ich Ohren und Augen habe, kann ich alles um mich herum hören und sehen. Aber mit meiner Nase kann ich nicht unterscheiden, welcher Geruch von links und welcher von rechts kommt.«

»Vielleicht konnten das die Urmenschen, und die Fähigkeit ist im Lauf der Zeit verlorengegangen. Außerdem sind zwei Nasenlöcher praktisch. Wenn das eine verstopft ist, kann man durch das andere immer noch Luft holen und muss nicht ersticken.«

»Das ist totaler Quatsch, Papa«, meinte Tanja und hielt sich die Nase zu. »Ich kann nämlich immer noch durch den Mund atmen.«

In der Redaktion III

> »Unsere ökonomische Strategie für die achtziger Jahre setzt
> voraus, dass alle Möglichkeiten des wissenschaftlichen
> Fortschritts für Leistungswachstum und Effektivität der
> Volkswirtschaft
> erschlossen werden.«
>
> *Berliner Zeitung*, Dienstag, 24. April 1984

Die Redaktionskonferenz der *Berliner Zeitung* fand in der Regel montags ab 8.30 Uhr statt. Der 23. April 1984 bildete eine Ausnahme, weil es sich um den Ostermontag handelte. Deshalb war die Zusammenkunft um vierundzwanzig Stunden verschoben worden. Für Lothar Dolling begann dieser Tag noch aus einem anderen Grund höchst ungewöhnlich. Eine Viertelstunde vor Sitzungsbeginn klingelte nämlich sein Telefon. Am Apparat war Gunhild Wöller, die Sekretärin der Chefredaktion. Sie rief an, um ihn an den 8.30-Uhr-Termin zu erinnern.

Aber weshalb? Der Abteilungsleiter der Lokalredaktion war noch nie zu spät zu einer Redaktionskonferenz gekommen, ganz egal ob sie zur üblichen Zeit oder außerplanmäßig stattgefunden hatte. Nichts geschah ohne Grund. Beförderungen oder Auszeichnungen standen derzeit nicht an. Demzufolge konnte es für diesen Kontrollanruf nur eine unerfreuliche Ursache geben, die irgendwie auf ihn als Leiter der Lokalredaktion zurückfiel.

Dementsprechend war Lothar Dolling die gesamte Besprechung über, an welcher der Chefredakteur Karl Stellmacher, zwei seiner Stellvertreter, der Chef vom Dienst sowie sämtliche Abteilungsleiter teilnahmen, das reinste Nervenbündel. Er zermarterte sein Hirn, aber ihm wollte keine Verfehlung einfallen. Um ein Haar hätte er unter dem Tisch mit seiner rechten Hand die linke festhalten müssen, damit sie nicht unkontrolliert zu zappeln begann.

Der Abteilungsleiter wartete auf den Rüffel in aller Öffentlichkeit. Einen Blitzschlag, der ihn ereilte. Aber die Zeit verging, und nichts passierte. Jedenfalls nichts Unangenehmes, was ausschließlich ihn betroffen hätte.

Die Lage war kompliziert, und sie würde es bleiben. Ein Strategiepapier löste das nächste ab. Zentrales Thema waren diesmal die hohen Anforderungen, die sich aus dem Entwicklungstempo der Produktivkräfte und der Meisterung der Schlüsseltechnologien ergaben. Für die Abteilungen Kultur, Wirtschaft, Innenpolitik und Lokales hatte das einige Änderungen in den Themenkatalogen zur Folge. Selbst die Außenpolitik war partiell davon betroffen. Lediglich die Sportredaktion konnte so weitermachen wie bisher. Vorerst jedenfalls.

Den Hauptteil der Versammlung bestritt der Chefredakteur. Er war kein guter Agitator, aber es musste sein. An seine Grundsatzrede schlossen sich kurze Diskussionsbeiträge der Abteilungsleiter an. Die stellvertretenden Chefredakteure hüllten sich in vornehmes Schweigen.

Nach einer guten Stunde hielt Karl Stellmacher endlich das Schlusswort: »Wir müssen in die Zeitung bringen, was die Menschen leisten, was sie können, was sie denken und was sie motiviert. Diesen Ansprüchen haben wir uns zu stellen, und wir werden sie mit Erfolg meistern. So, und nun an die Arbeit.« Um halb zehn ging die Beratung, die inoffiziell »Rundbesohlung« genannt wurde, zu Ende.

Stühle schurrten. Papier raschelte. Schreibblöcke wurden zugeklappt. Schwatzend und kichernd, wie eine Schulklasse vor der Pause, entfernten sich die Journalisten in Richtung ihrer Großraumbüros. Die Raucher hasteten mit flinken Schritten allen anderen voran, weil sich bei ihnen der Entzug bereits unangenehm bemerkbar machte. Der Chefredakteur war nämlich ein militanter Nichtraucher. In seinen Sitzungen durfte sich niemand eine Zigarette anzünden, noch nicht einmal einer seiner Stellvertreter.

Doch als sich auch Lothar Dolling erleichtert zur Tür vom Konferenzraum hinausstehlen wollte, hörte er hinter sich eine tiefe Stimme sagen: »Lothar, kommst du mal eben.«

Die Schultern des Abteilungsleiters sackten ab. Er zog den Kopf ein und folgte dem Ruf in die Höhle des Löwen.

Das Büro des Chefredakteurs war mit einer hellbraunen Schrankwand, einem großen Schreibtisch und einer schlichten Sesselgarnitur als Besucherecke eingerichtet. In einem Regal standen Gastgeschenke von Bruderredaktionen: eine buntbestickte Hirtentasche, eine russische Pelzmütze, eine geflochtene Pferdepeitsche und diverse Flaschen mit hochprozentigem Inhalt. Weil Karl Stellmacher nicht nur Nichtraucher, sondern auch ein Antialkoholiker war, würden Schnapsvorräte nie aufgebraucht werden. Ein während einer Faschingsfeier von drei Sportredakteuren geschmiedeter Plan, heimlich in das Allerheiligste einzudringen, die Pullen auszutrinken und mit Tee oder Wasser zu füllen, war bislang noch nicht in die Tat umgesetzt worden. Oder wenn doch, dann hatten die Beteiligten bislang absolutes Stillschweigen bewahrt.

Links an der Wand hing ein gerahmtes Schwarzweißfoto im DIN-A4-Format. Es zeigte Karl Stellmacher vor einer ausgelassenen Menschenmenge. Erich Honecker hatte sich bei ihm untergehakt. Um den Hals trug der Generalsekretär, welcher überaus beschwingt und fröhlich wirkte, ein buntgemustertes Tuch. Es wurde von einem kunstvoll gebundenen Pionierknoten gehalten. In der linken Hand hielt Erich Honecker einen Blumenstrauß und winkte. Im Hintergrund war der Fernsehturm zu erkennen.

Lothar Dolling fiel nur ein einziges Ereignis ein, bei dem dieses Bild aufgenommen worden sein konnte: Das waren die X. Weltfestspiele gewesen, die vom 28. Juli bis zum 5. August 1973 in Berlin stattgefunden hatten.

Am 1. August 1973, reichlich zwei Jahre nach seiner Entmachtung, war Walter Ulbricht im Gästehaus der Regierung am Döllnsee gestorben. Das würde den euphorischen Gesichtsausdruck im Antlitz seines Nachfolgers erklären, der insgeheim »Brutus« genannt wurde.

Karl Stellmacher ließ die Besucherecke links liegen und setzte sich in seinen braunen Drehsessel. Der Schreibtisch vor ihm war penibel aufgeräumt. Ein Stapel Papier lag Ecke auf Kante. Es gab keinen Besucherstuhl. Lothar Dolling trat verlegen von einem Bein auf das andere. Er traute sich nicht, zur Sesselgarnitur hinüberzugehen. Also musste er stehen bleiben. Ihm wurde auch kein Glas Wasser angeboten, geschweige denn eine Tasse Kaffee eingeschenkt.

Der Chefredakteur musterte den Abteilungsleiter der Lokalredaktion eine Weile mit kalten Augen. So ähnlich blickten die Cowboys in den alten amerikanischen Schwarzweißwestern, bevor sie ihre Colts zogen. Schließlich, als das tiefe Schweigen zu schmerzen begann, sprach der Chefredakteur mit freundlicher Stimme, die seine Worte Lügen strafte: »Frieda Peschel hat Krebs. Sie geht im nächsten Monat in den vorzeitigen Ruhestand.«

Lothar Dolling erbleichte. Nicht, weil ihn das schwere Schicksal der Kollegin in irgendeiner Weise berührt hätte, sondern weil diese Einleitung offenkundig nichts Gutes für ihn bedeuten konnte.

Gleich darauf traf ihn ein verbaler Schlag unterhalb der Gürtellinie: »Wie ich in Erfahrung bringen konnte, hast du dich für diesen Posten beworben. Du würdest gern das Leserbriefressort übernehmen, sagte man mir. Meinen Segen hast du«, setzte der Chefredakteur ölig und fröhlich fort.

»Da, da liegt ein Miss-, Missverständnis vor«, stammelte Lothar Dolling. »Ich wusste weder, dass Frieda so schwer erkrankt ist, noch, dass ihr Ressort zur baldigen Disposition steht.«

Im nächsten Moment schlug Karl Stellmacher mit der flachen Hand auf den Tisch, sprang auf und brüllte: »Mal angenommen, du willst tatsächlich Abteilungsleiter bleiben. Weshalb um alles in der Welt verzapfst du dann solch einen Schwachsinn?«

Im Kopf des so Gescholtenen schlugen die Gedanken Kobolz. Lothar Dolling redigierte zwar liebend gern die Artikel seiner Kollegen, aber er scheute es wie der Teufel das Weihwasser, selbst welche zu verfassen. Allerdings ging es nicht völlig ohne eigene Beiträge ab. Jeder Journalist, ganz egal welche Aufgabe er in der Redaktion hatte, musste hin und wieder Texte liefern. Sogar der Chefredakteur kam nicht umhin, ab und an einen Leitartikel in das Blatt zu bringen. Das gehörte nun einmal zum Berufsbild eines Zeitungsschreibers.

Aber der letzte Beitrag aus Lothar Dollings Feder war vor mehreren Wochen abgedruckt worden. Es hatte sich um einen Kommentar gehandelt. Er war sachlich, kritisch und optimistisch wie immer gewesen. Um es ganz genau zu sagen: zu neunzig Prozent optimistisch, zu vier Prozent sachlich und zu einem Prozent kritisch. Der Abteilungsleiter der Lokalredaktion hatte zu diesem Zweck einen ADN-Text mit leicht veränderten Worten wiedergegeben. Dieser Nullachtfünfzehn-Beitrag konnte demzufolge kaum gemeint sein.

Lothar Dolling war zwar ein Duckmäuser und Schleimscheißer, aber ein Satrap der besonderen Art. Deshalb erwiderte er mit kühn erhobenem Kopf: »Ja, Borstenvieh und Schweinespeck, das ist mein wahrer Lebenszweck. Welchen Schwachsinn meinst du konkret?«

Der Chefredakteur nahm wieder Platz. Die Zornesader auf seiner Stirn schwoll ab. Sein Tonfall klang beleidigt, als er mit wesentlich leiserer Stimme sagte: »Innerhalb einer Woche hast du drei Artikel über die Arbeit der Volkspolizei in unser Blatt geschummelt. Auf die Bürger muss dieses journalistische Dauerfeuer wirken, als stände die Apokalypse vor der Tür. Sie könnten denken, dass die gesamte gesellschaftliche Ordnung den Bach hinuntergehen würde.«

»Zugegeben, es hat drei einschlägige Vopo-Beiträge aus meiner Abteilung gegeben. Zwei davon waren seit längerem geplant gewesen. Beide sind in enger Absprache mit dem Präsidium der Volkspolizei und der Hauptabteilung entstanden. Die entsprechenden Anträge kennst du. Sie sind vorher über deinen Tisch gegangen und von dir genehmigt worden. Schon allein deswegen kann es sich nicht um eine illegale Aktion meinerseits gehandelt haben. Wegen der Wichtigkeit, die dem Thema beigemessen wurde, ist der Artikel von Michael über die Arbeit der Kriminalpolizei auf die Seite drei der vorigen Mittwochausgabe verschoben worden, weil sie dort einen größeren Leserkreis erreicht. Die Fahrt mit dem Streifenwagen war von vornherein als eine Ergänzung gedacht gewesen. Nun hat sich die Reihenfolge verändert. Das tut der Sache aber keinen Abbruch. Oder anders gesagt: Dem Magen ist es völlig egal, ob ich erst das Schnitzel und dann den Schokoladenpudding esse, oder umgekehrt.

Der Kasten vom Donnerstag über die Ergreifung der Blumendiebe basiert auf jener aktuellen ADN-Meldung, wie sie beispielsweise am gleichen Tag im *Neuen Deutschland* erschienen ist. Wir haben den Agenturtext lediglich etwas erweitert, was ihm sehr gut bekommen ist. Das sieht man daran, dass die übrigen Zeitungen am Sonnabend nachgezogen haben. Wir aber sind die Ersten gewesen.

Das konnten wir sein, weil Doris bereits zu diesem Thema recherchiert hatte. Deshalb waren wir in der Lage, wertvolle Zusatzinformationen zu liefern.«

Die Stimme des Chefredakteurs wurde wieder bedrohlich, als er sagte: »Wenn ich mich nicht täusche, war als Beitrag für die Seite drei ein Hundertzwanzig-Zeilen-Report mit dem folgenden Inhalt vereinbart worden: erstens: ein einführender Bericht über den Rückgang der Kriminalität in Berlin; zweitens: Vorstellung einer Abteilung der Kripo und ihre Aufgaben; drittens: Schilderung eines spannenden Kriminalfalls, der in kürzester Zeit aufgeklärt werden konnte. Deshalb …«

»*De gustibus non est disputandum*. Außerdem ist genau das nicht dezidiert festgelegt worden«, fiel ihm Lothar Dolling ins Wort. Er war aus begreiflichen Gründen aufgeregt. Seine Existenz stand auf dem Spiel. Und wenn er aufgeregt war, befleißigte er sich aus einem unbewussten Reflex heraus einer gehobenen Sprache.

»Unterbrich mich gefälligst nicht und quatsche mich nicht mit deinen Fremdwörtern voll«, brüllte Karl Stellmacher wütend. Der Chefredakteur hatte in den fünfziger Jahren in Moskau studiert. Dort war für ihn Latein kein Lehrfach gewesen. Die meisten Vorlesungen hatten auf sehr subtile Weise den proletarischen Internationalismus im Allgemeinen und im Besonderen behandelt. »Die ersten beiden Aufgaben wurden gut gelöst, das ist keine Frage. Aber dann ist anstatt eines betrügerischen Briefmarkenhändlers oder eines Autoschiebers ein neuer *Jack the Ripper* auf unseren Zeitungsseiten gelandet.«

»Die Genossen von der Kripo hatten ausdrücklich darum gebeten, über diesen Fall zu berichten, nicht obwohl, sondern weil er noch nicht abgeschlossen ist. Die Jungs stecken in einer Sackgasse und wollen auf diese Weise den Fahndungsdruck auf den Vergewaltiger erhöhen. Die Hauptabteilung hat den Artikel gegengelesen und genehmigt. Wo liegt also das Problem?«

Karl Stellmacher ruderte zurück: »Das mag alles sein. Aber im Präsidium haben sie nur den einen Artikel zu verantworten. Wir aber sind für das Große und Ganze zuständig. Da bist du mit dem dritten Polizeiartikel in kürzester Zeit weit über das Ziel hinausgeschossen. Zumal es am Rande um ein solch heikles Thema wie Schnittblumen ging. Wie dir nicht unbekannt sein dürfte, bestehen da Engpässe bei der Versorgung der Bevölkerung. Du hast Öl ins Feuer gegossen!«

Lothar Dolling lag auf der Zunge, zu sagen, dass es kaum ein Thema gab, welches nicht auf irgendeine Weise heikel war. Wie der Berliner zu sagen pflegte: »Allet wird imma bessa, aba nüscht wird jut!« Aber der Journalist war klug genug, diesen Impuls zu unterdrücken. Folglich hielt er die Klappe.

»Jedenfalls hat mich heute früh Heinz Geggel gründlich zur Brust genommen. ›Die Sache mit dem Sittenstrolch muss ein schnelles Ende finden‹, hat er zu mir gesagt. ›Wir wollen die Bevölkerung nicht verunsichern. Unsere werktätigen Frauen müssen sich auch nach Einbruch der Dunkelheit noch auf die Straße trauen können. Bleibt an dem Fall dran. Er sollte so schnell wie möglich abgeschlossen werden. Ich will Erfolge sehen.‹«

Der Abteilungsleiter musste innerlich schmunzeln, aber er verkniff sich ein Grinsen. Nun glaubte er, zu wissen, wie der Hase lief. Weder der Chefredakteur noch sonst ein Mensch in der Redaktion hatte ursprünglich ein Problem mit den drei dicht aufeinanderfolgenden Beiträgen über die Arbeit der Volkspolizei. Dabei wäre es auch geblieben, wenn sich in der Abteilung Agitation im ZK, deren vordringliche Aufgabe darin bestand, die Presse auf dem politischen Kurs der SED zu halten, nicht der Wind gedreht hätte. Der Grund dafür lag in den Sternen. Aber das gesamte Zeitungswesen war wie eine zu kurz geratene Bettdecke. Egal nach welcher Seite man zog, irgendein Köperteil wurde immer entblößt. Oft bekam dann jemand kalte Füße.

Der Chefredakteur hatte inzwischen genügend Dampf abgelassen. Mit normaler Stimme sprach er weiter: »Das ist noch nicht alles. Die Genossen von der Kripo haben sich wohlwollend über den Verfasser des Artikels geäußert. Er hätte Eigeninitiative gezeigt und auf kluge Weise die Fahndung unterstützt. Dieser Riedel steht jetzt im Mittelpunkt. Geggel will deshalb, dass er der Polizeireporter der *Berliner Zeitung* wird. Er soll das neue Aushängeschild sein.«

Lothar Dolling holte tief Luft. Endlich begriff er, worum es eigentlich ging. Der Chefredakteur war nicht von der Abteilung Agitation zurechtgestutzt worden, sondern er hatte sich über das Lob geärgert. Karl Stellmacher liebte radikale Veränderungen und revolutionäres Gedankengut – sofern die Ideen dazu von ihm kamen. Der Rest der Mannschaft hatte zu arbeiten und sich an die vorgegebene Linie zu halten. Für Starallüren gab es keinen Platz. Er verfuhr am liebsten nach dem Rasenmäherprinzip. Wenn ein Redakteur den Kopf zu weit nach oben streckte, bekam er Probleme.

Karl Stellmacher schien die Gedanken seines Mitarbeiters lesen zu können, denn er sagte: »Wie du weißt, bin ich gegen jede Form des Personenkults. Wir hier in der Redaktion sind eine große Gemeinschaft. Gleiche unter Gleichen. Dabei soll es auch bleiben. Doch zunächst müssen wir die Wünsche des ZK akzeptieren. Der Riedel wird zunächst von sämtlichen anderen Arbeiten freigestellt. Er hat sich von nun an nur noch um diesen Polizeikrimskrams zu kümmern. Und vor allen Dingen soll er an der Sache mit dem Sittenstrolch dranbleiben. Er muss sofort damit anfangen, eine komplette Beilagenseite vorzubereiten. Die Bildredaktion und ADN-Zentralbild sollen ihn dabei unterstützen. Einen Tag, nachdem der Täter gefasst wurde, kommt der Beitrag ins Blatt.«

»Da sehe ich kein Problem. Wir haben genügend freie Spitzen und können die Arbeit gut verteilen.«

»Doris kann einiges vom Alltagskram übernehmen. Wir benötigen keine zwei Polizeireporter. Sie soll sich zukünftig nur noch um ihren und Riedels Stadtbezirk sowie um die Kleingärtner kümmern.«

»Was ist mit den Sonntagsdiensten?«

»Was soll damit sein?«

»Nun ja, die Frage lautet, ob Michael vorerst auch von den Sonntagsdiensten freigestellt wird?«

»Wieso das denn? Was soll der Blödsinn? Selbstverständlich hat Riedel turnusmäßig Sonntagsdienste zu leisten.«

»Und was wird mit dem ›Marzahner Frühling‹ am dritten Wochenende im Mai? Michael soll darüber berichten und bei dieser Gelegenheit gleich noch einen Beitrag über einen Bestarbeiter liefern.«

»Ich habe mich wohl vorhin missverständlich ausgedrückt. Dieser Riedel wird zwar von sämtlichen anderen Arbeiten freigestellt, aber für Sonderaufträge wie den ›Marzahner Frühling‹ steht er selbstverständlich noch zur Verfügung. So, das war es. Du kannst gehen. Die Arbeit wartet.«

»Zwei letzte Fragen hätte ich noch«, meinte Lothar Dolling.

»Und die wären?«

»Ein ständiger Polizeireporter steht in etwa einem Auslandskorrespondenten und damit einem stellvertretenden Abteilungsleiter gleich. Soll Michael dementsprechend mit ins Impressum aufgenommen werden? Wird er eine Gehaltsklasse höher eingruppiert?«

»Bis dahin fließt noch viel Wasser den Bach hinunter. Vielleicht hat Geggel in ein, zwei Wochen seine Meinung wieder geändert, und wir brauchen dann keinen Polizeireporter mehr. ›Abwarten und Tee trinken‹ lautet die Devise.«

Lothar Dolling zog sich zurück. Draußen vor der Tür straffte sich sein Rücken wieder. Die Sache war besser gelaufen, als erwartet. Der befürchtete Tadel hatte sich am Ende in ein Lob von der Abteilung Agitation verwandelt. Das war ein weiterer Pluspunkt auf dem Weg zum Ehrentitel »Kollektiv der sozialistischen Arbeit«. Die Idee mit einem ständigen Polizeireporter war auch nicht schlecht. Aber wie die meisten Kampagnen würde auch diese – wie vom Chefredakteur bereits angedeutet – nicht von langer Dauer sein. Deshalb kam es darauf an, das genaue Mittelmaß zu finden. Er, der Abteilungsleiter der Lokalredaktion, durfte weder der Bremser noch ein euphorischer Beförderer des jungen Kollegen sein.

Lothar Dollings gute Laune verflüchtigte sich rasch wieder und sank auf den Tiefpunkt, als er Doris Worch auf dem Flur begegnete. Die Redakteurin schien auf einer Wolke zu schweben, weil es ihr gelungen war, mit ihrer Flower-Power-Story den perfekten Treffer zu landen. Die *Berliner Zeitung* hatte diesmal allen anderen Blättern den Rang abgelaufen. Und sie, die unvergleichliche Doris Worch, war die alleinige Urheberin dieses journalistischen Meisterwerks gewesen. Die knallige Überschrift »Dreisten Blumendieben das Handwerk gelegt« hatte wie in Stein gemeißelt von der Seite acht gestrahlt.

Lothar Dolling holte seine Kollegin wieder auf den Boden der Tatsachen zurück, wobei er sich große Mühe gab, die schlechte Nachricht so gut wie möglich zu verpacken: »Ich war eben beim Chef gewesen. Geggel hat deinen Beitrag lobend erwähnt. Die gesamte Abteilung steht nun spitzenmäßig da.«

Doris Worch kannte ihren Chef lange genug, um nicht sofort Lunte zu riechen. »Was willst du damit sagen?«, fragte sie misstrauisch.

»Nichts. Natürlich gibt es im staatlichen Blumenhandel derzeit gewisse Versorgungsengpässe. Trotzdem war dein Artikel gut und richtig. Mit keiner Silbe hast du grundlos den Unmut der Bevölkerung geschürt.«

»Da, da, das wollte ich auch nicht«, stammelte Doris Worch, die inzwischen das Schlimmste befürchtete. »Und nun?«

»Auch die zwei Beiträge von Michael sind beim ZK gut angekommen. Sehr gut sogar. Er wurde deshalb befördert. Er soll ab sofort die *Berliner Zeitung* als Polizeireporter repräsentieren.«

»Jedes Mal mit einem Foto von ihm?«

»Nein, der Artikel auf Seite drei war eine Ausnahme gewesen.«

»Und was wird aus mir? Ich habe bereits einen hübschen Artikel über einen ABV in meinem Block.«

»Daran kannst du in aller Ruhe feilen. Jedenfalls so lange, bis sich die Strohfeuereuphorie über unseren jungen Freund gelegt hat und wieder Normalität Einzug hält.

Aber du kannst ganz zufrieden sein. Für dich kommt diese Pause zur rechten Zeit, denn du wolltest ohnehin etwas kürzertreten. Außerdem hast du in deinem Stadtbezirk und beim VKSK genug zu tun. Der nervige Polizeikram behindert dich nur.

Eine spontane Anregung habe ich bereits: Kleingärtner züchten bekanntlich gern Weißkohl. Und den gibt es im Überfluss. Weißkohl angebraten ist äußerst schmackhaft. Überdies wird er für Borschtsch verwendet, und diese Kohlsuppe ist eines der Lieblingsgerichte unserer sowjetischen Freunde. Da steht dir ein breiter Themenkatalog zur Verfügung. Du kannst sofort loslegen.«

Doris Worch wusste nicht, ob sie laut loskreischen oder lieber ihrem rückgratlosen Abteilungsleiter mit spitzen Nägeln das Gesicht zerkratzen sollte. Schließlich entschied sie sich dafür, ihren aufflammenden Hass auf eine andere Person zu übertragen: »Das wird Riedel noch bereuen, dieser fiese Intrigant! Er hat sich beim Chef eingeschleimt.«

Lothar Dolling war froh, dass ein Blitzableiter gefunden war, und entgegnete folglich nichts.

In diesem äußerst unpassenden Moment kam Michael Riedel um die Ecke. Er wusste und ahnte von gar nichts. Doris Worch musterte den heimtückischen Postenjäger mit einem Blick voller Verachtung, warf die Schultern zurück, straffte ihren hochgeschnürten Busen und rauschte hocherhobenen Kopfes davon.

Wer weiß, wie die Geschichte mit dem Sittenstrolch ausgegangen wäre, wenn die in Ehren ergraute Journalistin an diesem Tag zuerst den Kollegen Riedel und erst später ihren Abteilungsleiter getroffen hätte.

Doris Worch war bekannt dafür, ihr Herz auf der Zunge zu tragen. Sie hatte seit Stunden darauf gebrannt, endlich diesem nichtsnutzigen Michael die Geschichte ihres kriminalistischen Erfolgs vom Anfang bis zum Ende erzählen zu können. Er sollte endlich begreifen, wer die unangefochtene Meisterin des Fachs und wer der neunmalkluge Eleve war.

Aber das unergründliche Schicksal hatte es anders gewollt. Doris Worch war eingeschnappt und würde es einige Tage lang bleiben. Deshalb sprach sie zunächst nicht mit ihrem jungen Kollegen über den Fall der geschnappten Blumendiebe. Und später, als sie es tat, beschränkte sie sich auf das Wesentliche. Folglich konnte Michael auch nicht erfahren, welch interessante Informationen die bejahrte Journalistin ganz nebenbei bei ihren Recherchen zu den Blumendiebstählen in Erfahrung gebracht hatte: Auf dem Georgenkirchhof in Prenzlauer Berg fanden zwar seit Jahren schon keine Begräbnisse mehr statt, aber die Katakomben unter der Kapelle wurden immer noch benutzt. Dort gab es sogar eine Kühlkammer.

Der Besucher

>»Dimdas Schritte hallten, vom Mauerwerk und Treppengeländer mehrfach zurückgeworfen und sich im Gitter des Fahrstuhls verhaspelnd, wie aus einem tiefen Brunnen herauf. Seine Schuhe hatten, der Mode entsprechend, hohe Absätze, wodurch die Schritte noch lauter schallten.« Auszug aus: Andris Kolbergs, ›Die Nackte mit dem Gewehr‹«
>
> *Berliner Zeitung*, Mittwoch, 25. April 1984

Am 2. Mai 1945 hatten sich in Berlin die letzten deutschen Truppen der Roten Armee ergeben. Wenige Tage später gründete die Sowjetische Militäradministration in Deutschland (SMAD) den Berliner Verlag. Bereits am 21. Mai 1945 erschien dort unter der Schlagzeile »Berlin lebt auf!« die erste Ausgabe der *Berliner Zeitung*. Bald darauf wechselte der Verlag den Besitzer. Er wurde zunächst vom Magistrat und schließlich 1953 von der SED übernommen, die ihn als Zeitungs- und Zeitschriftenverlag weiterführte.

In den sechziger Jahren entstanden die Pläne zur Umgestaltung des Alexanderplatzes. Zwischen 1970 und 1973 wurde an seiner Nordseite ein neues Gebäude für den Berliner Verlag errichtet. Das Hochhaus in der Karl-Liebknecht-Straße erhielt siebzehn Etagen und war hundertfünfzig Meter lang. Gleich daneben wurde in einem Flachbau ein *Pressecafé* eingerichtet, welches nicht nur Journalisten, sondern der gesamten Bevölkerung offenstand. Sein markantestes Erkennungszeichen war ein sechsundsiebzig Meter langer, emaillierter Fries, welcher unter dem Titel »Die Presse als Organisator« in buntbewegten Bildern die Arbeit von Reportern darstellte.

Der Berliner Verlag war der bedeutendste ostdeutsche

Zeitungs- und Zeitschriftenverlag. In ihm erschienen außer der *Berliner Zeitung* und ihrer Spätausgabe, der *BZ am Abend*, drei Illustrierte, eine Fernseh- und eine Wochenzeitung, ein Monatsmagazin sowie eine Zeitschrift für außenpolitische Themen.

Das Foyer des Verlagsgebäudes hatte die Ausmaße einer mittleren Sparkassen-Schalterhalle. Zur Straße hin gab es eine breite Fensterfront. Die Wände waren holzgetäfelt. Eine Sitzgruppe aus großen braunen Kunstledersesseln umstand einen runden flachen Holztisch, auf dem alle möglichen Publikationen lagen, in denen aber kaum jemand las. Gegenüber der Eingangstür, als Barriere vor den Fahrstühlen, befand sich die Einlasskontrolle. In der Regel versahen dort zwei Pförtner ihren Dienst. Sie saßen hinter einem halbrunden hölzernen Tresen, kontrollierten die Hausausweise und stellten Passierscheine für Besucher aus.

Laut einer verbindlichen Arbeitsanweisung hatten sich sämtliche Verlagsmitarbeiter – vom einfachen Botenjungen bis hin zum Direktor – beim Betreten des Hauses zu legitimieren. Aber diese Regel wurde lax gehandhabt. Den Türhütern waren viele Journalisten vom Gesicht her bekannt. Sie konnten es deshalb bei einem Kopfnicken belassen. Zu den Stoßzeiten strömten mitunter so viele Menschen aus den Fahrstühlen und im Gegenzug zur Eingangstür hinein, dass eine genaue Kontrolle unmöglich wurde.

So war es auch an diesem Mittwoch zur Mittagszeit. Im Foyer herrschte ein Gewimmel wie auf dem Flughafen Schönefeld. Ein übermannsgroßer, spindeldürrer Journalist wurde von einer Gruppe Usbeken umringt. Die Männer trugen schwarze oder braune Anzüge, klobige Schuhe und buntverzierte Kappen. Die Frauen hatten lange, reichverzierte Seidengewänder an und wirkten wie exotische Blumen. Links und rechts drängten sich Dutzende geschäftig wirkende Menschen vorbei. Unter ihnen befand sich ein Mann im grauen Mantel. Er hatte einen farblich dazu passenden Hut auf. In der Hand hielt er eine schweinslederne Aktentasche. Seine obere Gesichtshälfte wurde fast vollständig von einer riesigen Hornbrille verdeckt. Er hielt einen grauen Klappausweis in die Höhe, vermied jeden Blickkontakt mit dem Einlassdienst und schlängelte sich unkontrolliert vorbei.

Vor den Fahrstühlen hing eine Tafel, auf der verzeichnet war, in welchen Etagen sich die einzelnen Redaktionen befanden. Der Mann im grauen Mantel verließ den Fahrstuhl in der fünften Etage. Dort residierte unter anderem die Lokalredaktion der *Berliner Zeitung*. Wie in vielen Produktionsbetrieben gab es auch hier im Flur eine »Straße der Besten«. Das war eine Wandzeitung, an der die schwarzweißen Porträtfotos der Redakteure hingen.

Der Mann im grauen Mantel blieb davor stehen. Er verzichtete darauf, das Bild von Michael Riedel abzureißen, obwohl dies problemlos möglich gewesen wäre. Stattdessen prägte er sich das Gesicht in allen Einzelheiten ein. Anschließend betrat der Mann das Großraumbüro der Lokalredaktion. Das war zwar ein äußerst riskantes Unterfangen. Aber er konnte dem inneren Zwang nicht widerstehen. Der Redakteur saß rechterhand in einem abgeteilten Viereck und hämmerte selbstvergessen auf eine mechanische Schreibmaschine ein.

Der Mann im grauen Mantel verharrte einen Augenblick an der Tür. Dann zog er sich ebenso unbemerkt zurück, wie er gekommen war. In seinem Kopf nahm ein fester Plan Form an. Er würde Michael Riedel nicht gefallen. So viel war gewiss.

4. Kapitel

Begegnungen und Gespräche

Pressecafé

> »Es kann vorerst von einem Zustand der Ruhe und des Friedens noch nicht gesprochen werden.«
>
> *Berliner Zeitung*, Donnerstag, 3. Mai 1984

Michael Riedel hatte gleich zweimal hintereinander einen Korb bekommen. Zuerst von der Krankenschwester Steffi Jadlowski, dann von der Schnittassistentin Katja Immerath. Keines der beiden Vergewaltigungsopfer wollte aus nachvollziehbaren Gründen mit der Presse reden. Alle Überredungskünste halfen nichts.

Im dritten Anlauf klappte es schließlich. Aber es war nicht einfach gewesen. Auch in diesem Fall hatte es viel Überzeugungsarbeit gekostet. Erst nach langem Zögern erklärte sich die Studentin Ilka Friesecke bereit, einige Fragen zu beantworten. Aber sie wollte unbedingt anonym bleiben. Kein Name, kein Foto, keine persönlichen Daten, nichts. Aus diesem Grund konnte das Gespräch weder in der Redaktion noch bei ihr zu Hause und auch nicht in der Universität stattfinden. Es sollte nicht den geringsten Anknüpfungspunkt geben.

Es musste ein völlig neutraler Ort sein. Wie bei einem Treffen in einem Agentenfilm. Die Wahl gestaltete sich schwierig. Eine Parkbank auf dem Jüdischen Friedhof, die *Mitropa* im

Ostbahnhof oder das Foyer vom Palast der Republik? Es gab immer ein Für und ein Wider. Ilka schlug das *Pressecafé* vor, weil es sich von der Uni aus bequem zu Fuß erreichen ließ.

Für Michael Riedel hätte das der ideale Ort sein sollen. Bequemer ging es kaum. Es war für ihn der allernächste Weg. Trotzdem hätte er das *Operncafé* vis-à-vis der Humboldt-Universität dem *Pressecafé* vorgezogen.

Das *Pressecafé* trug seinen Namen zu Recht. In ihm verkehrten tatsächlich viele Journalisten. Das lag natürlich auch an der günstigen Lage direkt neben dem Verlagsgebäude. Der Hauptgrund war aber ganz eindeutig das ausgezeichnete Speisen- und Getränkeangebot. Es hob sich deutlich von dem der anderen Gaststätten rund um den Alexanderplatz ab. Noch nicht ganz so gut wie im Palast der Republik, aber beinah.

Weil sich im *Pressecafé* die Reporter die Klinke in die Hand gaben, war es mehr als wahrscheinlich, dort auf einen Kollegen aus der Redaktion der *Berliner Zeitung* zu stoßen. Vor allem die Spiegeltrinker erholten sich dort gern für einen kurzen Augenblick von ihrem harten Berufsalltag. Das allein für sich genommen, war nicht störend. Doch zum Berufsbild eines guten Journalisten gehörte Neugier, unstillbare, unersättliche Neugier. Deshalb bestand die große Gefahr, während des Interviews im *Pressecafé* von einem wissensdurstigen Reporter gestört zu werden. Und jede noch so kleine Belästigung von dritter Seite könnte bei einem solch sensiblen Thema wie diesem dazu führen, dass sich die Schalen der Auster schlossen und die Unterredung ein vorzeitiges Ende fand.

Das *Operncafé* kam nicht in Frage, weil es aus einem ähnlichen Grund ungeeignet war. Es diente mehreren Dozenten und Professoren als Zweigstelle. Die Studentin wollte dort keinesfalls mit einem fremden Mann im Schlepptau aufkreuzen.

Sozialistische Moral war zwar kein Studienfach, aber sie wurde an der Humboldt-Universität immer noch großgeschrieben.

Das Interview sollte um siebzehn Uhr stattfinden. Der Journalist hatte sich vorsichtshalber einen Tisch im *Pressecafé* reservieren lassen. Die Lokalität war zwar riesig, und es gab Plätze in großer Zahl. Trotzdem mussten die Gäste manchmal draußen vor der Tür warten, weil gerade kein Tisch frei war oder sich die Kellner viel Zeit beim Abräumen ließen. Nicht nur Journalisten und Touristen verkehrten in diesem Etablissement. Auch die Berliner Bevölkerung schätzte das *Pressecafé*, weil dort alle Zeitungen und Zeitschriften, die im Berliner Verlag erschienen, frei zum Lesen auslagen. Das war für viele Leute ein verlockendes Angebot. Die Monatszeitschrift *Das Magazin* beispielsweise gab es am Zeitungskiosk nur unter der Hand zu kaufen, und neue Abonnements wurden vom Postzeitungsvertrieb schon lange nicht mehr angenommen.

Michael Riedel ging auf Nummer sicher und verließ das Verlagsgebäude viel früher, als es eigentlich notwendig gewesen wäre. Eine goldene Regel für Journalisten lautete, überpünktlich zu sein, um den Interviewpartner nicht unnötig zu verärgern. Als der Redakteur die abgewinkelte Freitreppe zum *Pressecafé* nach oben stieg, kam ihm jemand entgegen, dem er lieber nicht begegnet wäre. Es handelte sich um Heiko Nestroy, den Abteilungsleiter der Wirtschaftsredaktion. Der Mann war Anfang vierzig, gertenschlank, dunkelhaarig und stets mit ausgesuchter Eleganz gekleidet. Trotzdem er wenigstens eine Schachtel »Duett« am Tag rauchte und gern das gutgefüllte Glas mit erhob, wirkte er kerngesund, dynamisch und sportlich durchtrainiert. Doch diese positiven Attribute reichten bei weitem nicht aus, um aus ihm einen angenehmen Zeitgenossen zu machen.

Heiko Nestroy hatte ein festes Ziel vor Augen. Er wollte binnen der nächsten fünf Jahre zum stellvertretenden Chefredakteur aufsteigen. Dagegen ließ sich nicht viel sagen. Die meisten Menschen fühlten sich zu Höherem berufen. Ein Sprichwort besagte: »Nur wer das Außergewöhnliche anstrebt, wird das Gewöhnliche erreichen.«

Heiko Nestroy wusste bereits, wie es nach diesem Fünfjahrplan in seinem persönlichen sozialistischen Wettbewerb weitergehen sollte: Er wollte aus der Redaktion ausscheiden und sich zu einem Mitarbeiter im ZK der SED befördern lassen. Dort waren Charaktere seines Schlages wohlgelitten. Die mittlere Leitungsebene reichte ihm völlig. Wer seinen Kopf zu weit nach oben streckte, kam leicht unter die Räder. Der Titel war nebensächlich. Es kam lediglich auf die Berechtigung zur Sonderversorgung an. Dann waren das eigene Haus am See und der personengebundene Dienst-Volvo nicht mehr weit.

Doch vorerst sollte es der Posten eines stellvertretenden Chefredakteurs sein. Neben dem höheren Gehalt und der größeren Machtfülle reizte ihn vor allem die damit verbundene Aussicht, Reisekader zu werden. Zu den festen Aufgaben eines Mitglieds der Chefredaktion gehörte es nämlich, jährlich ein- bis zweimal eine Reportagereise in das kapitalistische Ausland zu unternehmen. Auf diese Weise sollte der internationale Charakter des Blattes unterstrichen werden. Ein positiver Nebeneffekt war: Auslandskorrespondenten reisten mit leichtem Gepäck ab und kamen mit prallgefüllten Koffern zurück.

Für jeden fleißigen und sprachlich begabten Redakteur mit etwas Grütze im Kopf sowie dem richtigen Parteiabzeichen am Revers bestanden – wie im Märchen – mehrere Möglichkeiten, um als Journalist Karriere zu machen. Der steinige Weg war, ständig das eigene Handwerk zu vervollkommnen und Artikel zu verfassen, die hart am Wind segelten: Sie mussten zwar großes Aufsehen erregen, durften jedoch keinesfalls irgendwelchen Missmut hervorrufen. Jedenfalls kein Unbehagen an den entscheidenden Stellen. Ohne eine gehörige Portion Glück, ein Quäntchen Talent, ständigen Fleiß und eine sprudelnde Quelle der Inspiration gelang dieser schwierige Spagat jedoch kaum.

Der Abteilungsleiter der Wirtschaftsredaktion hatte sich deshalb für den wesentlich leichteren Weg des Radfahrens entschieden, also nach oben zu buckeln und nach unten zu treten. Ohnehin war es in der Wirtschaftsabteilung selbst hochbegabten Journalisten kaum möglich, die Leser mit Beiträgen über sozialistische Produktionserfolge zu fesseln.

Heiko Nestroy war gewitzt und selbstkritisch. Der Abteilungsleiter wusste ganz genau um seine eigenen Unzulänglichkeiten. Er würde nie zu einer Edelfeder werden. Deshalb waren ihm alle erfolgreichen Kollegen ein Dorn im Auge. Sie konnten nämlich auf den dummen Gedanken kommen, sich zu einem Konkurrenten von ihm entwickeln zu wollen. Schon ganz andere Leute – wie zum Beispiel der ewige Pechvogel Lothar Dolling – waren kurz vor der Zielgraden abgefangen worden.

Michael Riedel hatte bislang als ein Nichts, als ein Niemand in der Lokalredaktion gegolten. Heiko Nestroy strafte unbedeutende Würstchen generell mit kompletter Nichtachtung. Federfuchser der niederen Art konnten ihm weder nützlich sein noch gefährlich werden. Doch mit Riedels Beförderung zum Gerichtsreporter der *Berliner Zeitung* hatte sich dessen Klassifizierung schlagartig geändert. Eine simple Nutzen-Schaden-Analyse ließ rote Warnlampen aufleuchten.

»Ah, der Kollege Riesel von denselbigen Feldern«, bemerkte Heiko Nestroy mit der falschen Freundlichkeit einer Schlange. Seine rechte Hand reichte er nicht zum Gruß, sondern ließ sie demonstrativ in der Hosentasche stecken. Dabei grinste der Abteilungsleiter der Wirtschaftsredaktion wie ein Honigkuchenpferd. Er war sichtlich stolz auf sein Bonmot. Das Neubaugebiet in Marzahn entstand nämlich teilweise auf ehemaligen Rieselfeldern, und Michael Riedel war laut der redaktionellen Planvorschau zum Berichterstatter vom »Marzahner Frühling« benannt worden.

Heiko Nestroy war zwar ein Mensch von niederer Gesinnung, jedoch kein Idiot. Deshalb konnte er gerade noch so den Impuls unterdrücken, das seiner Meinung nach äußerst gelungene Wortspiel zu erläutern. Heiko Nestroy holte tief Luft zu einer kurzen Kunstpause. Anschließend setzte er fort: »Der geschätzte Berufsgenosse befindet sich wieder einmal auf Verbrecherjagd, will ich meinen. So ist es recht. Ein guter Redakteur muss seiner Inspiration dorthin folgen, wo immer er sie finden kann. Die Kantine in der fünften Etage wäre freilich noch besser geeignet gewesen, mein Freund. Dort hättest du ganz bequem in Hausschuhen hingehen können. Außerdem soll es dort relativ ungefährlich sein. Dort wird kaum wieder dieser skrupellose Verbrecher aufkreuzen, welch selbiger neulich Nacht in Lichtenberg das Feuer auf dich eröffnet hat. Wie ich deinem hochinteressanten VP-Beitrag entnehmen konnte, bist du ja bei deiner Tonifahrt nur ganz knapp dem Tod entronnen. Wie war das noch gleich gewesen? Die rechte Hand von Al Capone, der berüchtigte Maschinengewehr-Kelly, hatte seine Bleispritze auf dich gerichtet gehabt und aus allen Rohren gefeuert? Ach nein, jetzt fällt es mir wieder ein. Es sind ja gar keine Schüsse gefallen. Viel schlimmer noch. Entmenschte Diebe haben von einem fremden Moped den Spiegel abmontiert. Huh, bei diesem Gedanken daran läuft es mir jetzt noch eiskalt den Rücken hinunter.« Der Abteilungsleiter der Wirtschaftsredaktion schüttelte sich theatralisch. »Ich könnte das nicht zu Papier bringen, ehrlich gesagt. Für einen Kriegsberichterstatter an der Verbrechensfront wäre ich viel zu schreckhaft. Im Angesicht einer brutalen Verbrechervisage würde ich Todesängste ausstehen.«

Glücklicherweise gab es bei der *Berliner Zeitung* klare Hierarchien. Die Lokal- und die Wirtschaftsredaktion teilten sich zwar ein Großraumbüro, aber die Weisungsbefugnis ihrer Chefs reichte nicht über die Mitarbeiter der eigenen Abteilung hinaus. Für Michael Riedel gab es deshalb keinen Grund, sich von seinem Kollegen verhöhnen und zu einer Witzfigur machen zu lassen. Heiko Nestroy war nicht sein Vorgesetzter und würde es hoffentlich auch niemals werden.

»Das will ich gern glauben«, erwiderte der Lokalredakteur einleitend. Anschließend feuerte er mit betont gleichmütiger Stimme eine volle Breitseite auf das vor ihm stehende Ekelpaket ab: »Dein Platz ist bekanntermaßen seit jeher fest am Puls der Zeit, sprich an der Seite der Genossen. Es ist mehr als ehrenwert, wertvollen Schlaf zu opfern und kurz vor der Spätschicht dem Towarischtsch ›Schilkin‹ noch einen Höflichkeitsbesuch abzustatten. Ich will nun gern deinem guten Beispiel folgen. Ich habe mich heute mit der Komsomolzin ›Moskovskaya‹ verabredet. Sie wartet oben schon auf mich.«

»Jetzt sitzt du noch auf dem hohen Ross, aber bald wird dein Stern wieder sinken«, schnaubte Heiko Nestroy wütend und unterdrückte einen jähen Impuls, seinem Gegenüber mit der flachen, vom Tennisspiel gestählten Hand ins Gesicht zu schlagen.

»Davon gehe ich auch aus«, entgegnete Michael Riedel lächelnd. »Das Rad dreht sich immer weiter. Mal geht es steil nach oben und im nächsten Moment jählings hinab. Weshalb sollte es in der Lokalredaktion anders zugehen als in der Wirtschaftsabteilung? *Panta rhei* – ›alles fließt‹, wie schon die alten Griechen richtig sagten.«

Der Abteilungsleiter schoss auf sein Gegenüber einen wütenden Blick ab, der eines ausgehungerten Tigers würdig gewesen wäre, und hastete grußlos die Treppe hinunter.

Das *Pressecafé* war zur Hälfte besetzt. Michael Riedel blieb am Eingang stehen und schaute sich aufmerksam um. Hier und da saßen Kollegen. Ein weiterer Feind befand sich nicht darunter. Der Redakteur ignorierte das Schild mit der Aufschrift »Sie werden platziert!« und ging zu dem abseits stehenden Tisch hinten in der Ecke am Fenster, den er ausdrücklich bestellt hatte.

Die Kellner lungerten an der Theke herum und schienen in ein wichtiges Gespräch vertieft zu sein. In ihm ging es höchstwahrscheinlich darum, die Qualität der Arbeit weiter zu verbessern.

Michael Riedel war seiner Interviewpartnerin noch nie zuvor begegnet. Aber er war sich sicher, Ilka Friesecke anhand der Fotos aus der Polizeiakte problemlos erkennen zu können.

Und so war es dann auch. Pünktlich auf die Minute genau kam die Studentin zur Tür herein. Das Mädchen sah sehr blass und sehr dünn aus. Seit dem Vorfall schien es einiges an Gewicht verloren zu haben.

Ilka Friesecke trug einen knallroten Nylonanorak. Die Stoffqualität ihrer Niethose verriet auf den ersten Blick, dass die Jeans nicht aus der *Jugendmode* stammen konnte.

Michael Riedel sprang auf, ging der Studentin entgegen und streckte seine Hand aus: »Fräulein Friesecke, es freut mich, dass Sie kommen konnten.«

Sie schaute ihn prüfend an und fragte: »Herr Riedel?«

Er nickte.

»Ich hatte Sie mir nach Ihrer Stimme am Telefon viel älter und wesentlich dicker vorgestellt.«

Weil die junge Frau nicht die Spur eines Lächelns zeigte, wusste der Redakteur nicht, ob die Bemerkung ernstgemeint war oder ob es ein Scherz sein sollte. Deshalb ging er über das wenig schmeichelhafte Kompliment hinweg. »Vielen Dank, dass Sie sich die Mühe gemacht haben, nach einer öffentlichen Telefonzelle zu suchen, um mich in der Redaktion anrufen zu können. Wie ich weiß, sind viele Apparate durch Vandalismus zerstört worden.«

»Das war ganz einfach. Auf dem Universitätsgelände gibt es einen funktionierenden Fernsprechapparat.«

»Das beruhigt mich. Es war allerdings nicht leicht gewesen, Sie in der Universität aufzuspüren. Zu meinem Glück ist die Dame von der Studienabteilung äußerst kooperativ gewesen.«

»Sie haben ihr hoffentlich nicht gesagt, worum es geht?!«

»Nein, natürlich nicht, wo denken Sie hin. Ich habe gesagt, ich würde für eine Geschichtsserie recherchieren, und Sie seien mir empfohlen worden.«

»Dann bin ich beruhigt. Bis auf meine beste Freundin weiß niemand, was mir zugestoßen ist.«

»Dabei wird es auch bleiben, das kann ich Ihnen versichern.«

»Niemand darf aus Ihrem Artikel Rückschlüsse auf meine Person ziehen können. Und Sie dürfen keine Fotos von mir machen.«

»Das hatte ich Ihnen bereits am Telefon versprochen. Aber ich will es noch einmal wiederholen: Ihr Name wird anonymisiert. Ich gebe Ihnen den Artikel vor seiner Veröffentlichung zum Gegenlesen. Kein einziger Leser wird Sie anhand des Artikels erkennen.«

»Bis auf einen.«

»Ich verstehe nicht ...«

»Bis auf den Täter.«

»Ja, natürlich. Bis auf den Täter. Das ist der Sinn des Ganzen. Die *Berliner Zeitung* gehört nicht zur Boulevardpresse. Das Sensationsbedürfnis der Bevölkerung zu stillen, zählt nicht zu ihren Aufgaben.

In diesem Fall hat der Artikel nur einen einzigen Zweck: Wir wollen und wir müssen den Vergewaltiger so schnell wie möglich aufspüren. Er soll keiner weiteren Frau ein Leid zufügen können. Das ist das Anliegen. Es steht im Vordergrund.«

»Und was ist mit mir? Bekomme ich Polizeischutz, bis er gefasst wurde?«

Michael Riedel konnte ein leichtes Lächeln nicht unterdrücken. »Sie können beruhigt sein. Verbrecher rächen sich manchmal an Komplizen, wenn sie glauben, dass diese sie verraten haben. Ganz, ganz selten geraten Polizisten, Staatsanwälte oder Richter ins Fadenkreuz. Mir ist aus der Kriminalgeschichte jedoch kein einziger Fall bekannt, bei dem ein Verbrecher erneut sein Opfer angegriffen hätte.

Doch nun wollen wir uns setzen. Ich habe einen Tisch bestellt. Er steht dort ganz hinten in der Ecke. Dort können wir ungestört miteinander reden. Selbstverständlich sind Sie Gast der Redaktion. Sie können sich bestellen, was immer Sie möchten.«

»Vielen Dank, das ist sehr freundlich von Ihnen. Aber ich verspüre weder Hunger, noch habe ich Durst. Ich war nämlich vorhin noch in der Mensa, um schnell einen Happen zu essen. Und das war vielleicht etwas voreilig gewesen. Jetzt, wo alles noch einmal hochkommt, liegt mir die Sache nämlich schwer im Magen. Ich könnte nicht den kleinsten Bissen zu mir nehmen.«

Michael Riedel hatte als Schulkind häufig die Sommerferien bei seinen Großeltern auf dem Dorf verbracht. Er kannte deshalb die komplizierten Rituale bei der ländlichen Bevölkerung, wenn es um eine Einladung zum Essen ging. Zuerst gab es immer eine strikte Ablehnung, die erst nach und nach aufgegeben wurde. So könnte es auch hier sein. Deshalb ließ er nicht locker. »Bitte, nehmen Sie Platz. Am besten in dem Sessel am Fenster. Dort haben Sie niemanden im Rücken. Aber auch wenn Sie bereits in der Mensa etwas zu sich genommen haben, müssen Sie unbedingt noch eine Kleinigkeit essen. Werfen Sie doch bitte einen Blick in die Speisekarte.«

»Wie ich schon sagte, ich bin rundum gesättigt.«

»Und wenn schon. Hier ist die Karte, völlig unverbindlich. Bitte schauen Sie. So viel Zeit muss sein. Vielleicht finden Sie doch noch etwas, was Ihnen zusagt. Und wenn nicht, dann klappen Sie die Speisekarte wieder zu und legen sie weg.«

So ging es dann noch eine ganze Weile hin und her. Schließlich entschied sich die Studentin für ein Glas Selterswasser und eine überbackene Zwiebelsuppe.

»Das ist ein sehr guter Anfang«, lobte sie Michael Riedel. »Als Hauptgang empfehle ich heute Kohlrouladen mit Kümmel und Salzkartoffeln. Die gelingen dem Koch, der donnerstags Dienst hat, immer besonders gut. Die Kohlrouladen hier lassen sich zwar nicht mit denjenigen vergleichen, die meine Oma immer für mich zubereitet hat. Aber sie werden Ihnen weitaus besser munden als in jeder HO-Klubgaststätte. Das kann ich Ihnen versprechen. Ich habe mich bereits dafür entschieden.

Sie können aber auch gern ein Schnitzel oder Königsberger Klopse nehmen. Beide Gerichte sind hier ebenfalls sehr gut.«

Widerstrebend willigte Ilka Friesecke ein, auch die Kohlroulade zu probieren.

Der Journalist sah zu den Kellnern am Büfett hinüber, aber sie vermieden jeden Blickkontakt. Michael Riedel hob den rechten Arm und schnipste mit den Fingern. Schließlich gelang es ihm, die Aufmerksamkeit einer Serviererin auf sich zu lenken. Sie drückte ihre Zigarette aus und kam an den Tisch, um die Bestellung aufzunehmen.

Bis das Hauptgericht gebracht wurde, beschränkte sich Michael Riedel auf Allgemeinplätze. Das heikle Thema »Vergewaltigung« sparte er sich für die Zeit nach dem Essen aus. Sobald das Sättigungsgefühl einsetzte, würde es für die Studentin viel leichter sein, über ihre schrecklichen Erlebnisse zu sprechen. Das hoffte er jedenfalls.

Die Kohlrouladen waren scharf angebraten worden und schmeckten sehr würzig. Die Sauce schien nicht aus der Tüte zu kommen, sondern hausgemacht zu sein. Allerdings waren die Kartoffeln zu sehr verkocht, und ein Kohlblatt mehr als Beilage hätte auch nicht geschadet.

Die Studentin zierte sich noch eine Weile, doch dann langte sie kräftig zu. Sie ließ nicht das geringste Krümelchen auf ihrem Teller zurück. Der Happen in der Mensa konnte nicht sehr groß gewesen sein.

»Wie wäre es zum Abschluss mit einem Kännchen Kaffee oder einem kräftigen Mokka?«

»Nein, lieber nicht. Das würde mich zu sehr aufregen. Ein heißer Kakao würde mir aber guttun, glaube ich.«

Michael Riedel nahm einen Mokka. Die Studentin bekam ihr dunkelbraunes Milchgetränk. Ob es tatsächlich Spuren von Kakao enthielt, ließ sich am Geschmack nicht feststellen. Eine chemische Analyse hätte vielleicht weiterhelfen können.

Michael Riedel holte einen linierten Schreibblock aus seiner Tasche. Manche Kollegen benutzten Diktiergeräte, aber die waren ihm zu klobig. Außerdem pflegten die Batterien immer dann ihren Geist aufzugeben, wenn es darauf ankam.

Ilka Friesecke begann, zu erzählen: »Bis zu dem Ereignis bin ich gern in Berlin gewesen. Nun zähle ich die Tage, wann ich endlich wieder nach Hause kann. Ich habe Angst, nach Einbruch der Dunkelheit auf die Straße zu gehen. An meiner Wohnungstür habe ich einen schweren Riegel anbringen lassen. Ich schlafe trotzdem nur noch bei Licht. Sobald mich ein Mann anspricht, beginne ich, zu zittern. Ich werde wohl nie wieder einen Freund haben können. Bereits der Gedanke an eine Berührung macht mich fröstelnd.«

»Das wird sich allmählich geben. Die Zeit heilt alle Wunden. Glauben Sie mir, ich spreche aus eigener Erfahrung.«

»Ach, Sie sind also auch schon einmal vergewaltigt worden?«, fragte sie spitz.

»Nein, aber ich war bei der NVA. Da habe ich furchtbare Dinge erlebt. Bei meiner Entlassung bin ich schwer traumatisiert gewesen. Inzwischen habe ich mich aber wieder gefangen.«

Das Gespräch dauerte noch eine gute Stunde. Michael Riedel erfuhr einige Dinge, die nicht in der Polizeiakte standen. Möglicherweise konnten sie wichtig sein. Aber dazu musste er sich noch eine Meinung von anderer Stelle einholen.

Vor der Tür vom *Pressecafé* verabschiedete er sich von der Studentin: »Ich melde mich bei Ihnen, sobald ich die Zeilen zu Papier gebracht habe. Das wird aber noch einige Tage dauern. Dann gehen wir den Artikel gemeinsam durch. Einverstanden?«

»Einverstanden!« Ilka Friesecke wollte noch einmal in die Uni zurück. Michael Riedels Dienst war an diesem Tag zu Ende. Er ging die Karl-Liebknecht-Straße in nordöstlicher

Richtung entlang. An der Ecke Prenzlauer Allee/Mollstraße wollte er in die Straßenbahn steigen. Den Mann im grauen Mantel, der ihm in einiger Entfernung auf der anderen Straßenseite folgte, bemerkte er nicht.

Skins im Zug

»Am 6. Mai fährt der D 815 Binz–Berlin–Leipzig
bereits um 13.30 Uhr in Lichtenberg ab.«

Berliner Zeitung, Sonnabend, 5. Mai 1984

Der D-Zug, welcher nachmittags von Leipzig aus in Richtung Berlin verkehrte, war immer voll. So auch an diesem Sonnabend. Es herrschte der übliche Wochenendverkehr. Fröhlich schwatzende Studenten, angetrunkene Bauarbeiter, müde Dienstreisende, Mütter mit kleinen Kindern, Rentner auf der strapaziösen Rückreise von Westdeutschland nach Hause und schwitzende Urlauber mit großen Koffern füllten die Abteile bis auf den letzten Sitzplatz. Der große Rest verstopfte die verqualmten Gänge. Platzkartenbesitzer kämpften sich mühsam zu ihren Abteilen durch, hielten die Billetts hinter provokativ hochgereckte Zeitungen und mussten Menschen wecken, die so taten, als würden sie sich im Tiefschlaf befinden.

»Bittäh dä Dören schaleutzen!«, schepperte blechern der Lautsprecher auf dem Bahnsteig 11. (Erfahrene Reisende wussten, was das bedeuten sollte: »Bitte die Türen schließen!«)

Der D 815 ruckte an. *Rattatam, rattatam* schlugen die Schienenstöße. Die Vorstadt mit ihren windschiefen Lauben, den Lokschuppen und Industrieanlagen blieb zurück. Die ersten Trinker pochten an die verschlossene Tür vom *Mitropa*-Abteil, wo ein Kellner mit weißer Jacke in aller Ruhe seine Ware sortierte und dies auch noch bis hinter Bitterfeld tun würde. An die Tür hatte er mit durchsichtigen Klebestreifen einen Zettel geheftet, auf dem das Speisen- und Getränkeangebot verzeichnet war: in Zellophan verpackte Knackwürste nebst je einem Brötchen, Wurzener Kekse, Bier und Brause. Kaffee, heiße Bockwürste und Wurstsemmeln waren aus.

Der Schaffner in seiner dunkelblauen Reichsbahnuniform saß nebenan im Dienstabteil. Er hatte die Vorhänge zugezogen, schraubte eine zerschrammte Thermoskanne auf und biss genießerisch in ein dickes Schinkenbrot.

Vor einem 1.-Klasse-Raucherabteil standen drei Burschen, die auf den ersten Blick wie Brüder wirkten: Sie trugen schwere schwarze Schnürstiefel, grüngefleckte Armeehosen und glänzende Bomberjacken aus dem westlichen Ausland. Die Köpfe waren kahlgeschoren. Alle drei wirkten sportlich durchtrainiert und gefährlich. Die übrigen Passagiere hielten gebührenden Abstand, soweit es sich in dem Gedränge auf dem Gang einrichten ließ.

»Hinsetzen?«, fragte Klaus Gothow, der einundzwanzigjährige Anführer der Skins. Bernd Jablowski, achtzehn Jahre alt, und Harry Rönz, zwanzig Jahre alt, nickten. Klaus öffnete die Abteiltür direkt vor ihnen. »Alle Platzkarten zur Kontrolle!«, sagte er in einem militärisch abgehackten Ton und blickte sehr, sehr langsam von einem Fahrgast zum anderen. Es roch spürbar nach Ärger.

Rechts am Fenster saßen der dreiundvierzigjährige Sportlehrer Richard Wieczorek und sein dreizehnjähriger Sohn Patrick, der über eine schmale Brille hinweg den Eindringling verwundert musterte. Neben ihm pressten sich zwei elegant gekleidete Enddreißigerinnen, die sich sichtlich unwohl zu fühlen begannen, wie auf Kommando in die Sitze. Ihnen gegenüber fasste sich ein älteres Ehepaar an den Händen; auf dem anderen Fensterplatz klappte ein junges Mädchen in Jeans ihr Buch zusammen. Bis auf Richard Wieczorek, der nur finster schwieg, begannen alle anderen, Patrick Wieczorek eingeschlossen, in ihren Taschen zu kramen. Sein Vater legte ihm die Hand auf die Schulter und sagte leise: »Nein!«

Klaus Gothow hatte Erfahrung in solchen Sachen. Deshalb wählte er die älteren Leute als das schwächste Glied in der Kette aus. Fast eine Minute lang schaute er sich schweigend ihre Platzkarten an, dann presste er schleppend hervor: »Du sitzt im falschen Abteil, Opa. Hopp, hopp, ab in den nächsten Wagen.« Während der letzten Worte tätschelte er dem Mann die Wange, der sich angewidert zurücklehnte und empört in die Runde blickte.

Doch die anderen Mitreisenden hielten die Köpfe gesenkt. Nur Richard Wieczorek zeigte keine Angst. Als guter Boxer fürchtete er sich nicht so rasch. Außerdem war er es durch seinen Beruf gewohnt, als Autoritätsperson aufzutreten. Lehrer ohne Durchsetzungsvermögen hatten nicht viel Freude in ihrem Beruf. Er repräsentierte diesen Staat und würde sich von einem Rotzlöffel auf keinen Fall dummkommen lassen. Er wusste, auf einen groben Klotz gehörte ein grober Keil. Deshalb fauchte er aggressiv: »Wenn du frech werden willst, Bürschchen, dann haue ich dir ein paar in die Fresse!«

Klaus lächelte und antwortete nichts. Stattdessen stieß er dem älteren Mann mehrmals mit dem gestreckten Zeigefinger vor die Brust und wies dann auf die Tür, vor der sich Harry und Bernd postiert hatten.

»Bleiben Sie sitzen! Lassen Sie sich nicht provozieren!«, befahl der Sportlehrer.

Doch seine Autorität versagte diesmal. Das ältere Ehepaar erhob sich bereits, wenn auch widerstrebend. »Wir werden uns beim Zugführer beschweren!« Zitternd hob der Mann einen kleinen Koffer aus dem Gepäcknetz. Beide drängten nach draußen. Stattdessen kamen zwei Glatzen herein.

Die drei Skins setzten sich auf die beiden freien Plätze. Klaus quetschte sich neben das Mädchen in den Jeans.

Es kniff die Lippen zusammen und blickte starr in sein Buch.

Klaus schnüffelte an ihrem Nacken. »Welches Parfüm benutzt du, Liebling? Es macht dich so ungeheuer sexy. Wenn du willst, darfst du mich jetzt ficken! Willst du mal meinen steifen geilen Schwanz fühlen?«

Das Mädchen schlug ihm wütend das Buch auf den Kopf. »Du fieses Schwein!«, schrie es, sprang auf, klaubte seine Sachen zusammen und stürzte hinaus.

Die drei Skins lachten schallend und streckten ihre Beine so weit aus, wie es nur ging.

Nun erhoben sich auch die zwei feinen Damen. Sie blähten entrüstet die Nasenlöcher, griffen nach ihren Taschen und verließen ebenfalls das Abteil.

Klaus stand auf, schloss die Tür und zog die Vorhänge zu. »So, mein Lieber«, sagte er zu Richard Wieczorek. »Wer will hier wem ein paar in die Fresse hauen?« Er zog aus seiner Jacke ein dickes schwarzes Stück Gummischlauch und ließ es in seine linke Hand klatschen.

Der Sportlehrer verspürte immer noch keine Angst. Er hätte seinen Gegner jederzeit mit einer Finte täuschen und dann mit einem Kinnhaken k. o. schlagen können. »Du kommst dir wohl sehr stark vor, du Schwachkopf.«

»Na klar doch, du Arsch. Beim nächsten Mal machen wir mit dir kurzen Prozess!« Klaus ließ die Tür aufkrachen. »Nun aber raus, ehe wir es uns anders überlegen! Dann erkennt man dich, rote Sau. auch am Hemd und nicht nur am Parteiabzeichen, du Bonzenschwein!«

Der Sportlehrer erbleichte. Eine Schlägerei würde ihm den

gesamten Tag verderben. Er hätte unter aufgeplatzten Knöcheln zu leiden, müsste lange Befragungen über sich ergehen lassen und Polizeiprotokolle unterschreiben. Patrick hingegen hatte Angst. Er zitterte wie Espenlaub und flüsterte mit der verzweifelten Stimme eines Kleinkindes, welches nachts einen bösen Kobold unter seinem Bett entdeckt hatte: »Bitte, Papa, lass uns gehen!«

Richard Wieczorek kapitulierte nicht aus Angst vor den drei Burschen. Die Skinheads waren sicherlich erfahrene Straßenkämpfer. Doch gegen einen erfahrenen Boxer wie ihn hatten sie kaum eine Chance. Richard Wieczorek kapitulierte, weil er keine Lust hatte, sich womöglich vor der Justiz für die Überschreitung von Notwehr verantworten zu müssen. Es gab einen Ehrenkodex für Boxer. Sie durften niemals außerhalb des Rings zuschlagen. Die Ausübung von Gewalt war Staatsmonopol und die DDR nicht der wilde Westen. Wut verzog sein Gesicht zu einer Grimasse. Mit geballten Fäusten ging er aus dem Abteil und schob Patrick vor sich her.

Bernd und Harry grölten begeistert los: »Gothow, du bist der Größte! Alter, die hast du ja eiskalt abgekocht. Wahnsinn, der totale Wahnsinn.«

Klaus grinste selbstzufrieden und legte seine Schnürstiefel auf das gegenüberliegende Polster. »Ein guter Deutscher besitzt die richtige Menschenkenntnis. Das hat uns der Führer gelehrt.«

»Genau. Und absolut clever ist es, einen Tag früher zu fahren. Dann können uns die Bullen am Bahnhof nicht auflauern«, meinte Harry Rönz.

Die drei Skins wollten zu einem Open-Air-Konzert, bei dem am Sonntag ein halbes Dutzend Garagenbands in der Lichtenberger Parkaue am *Theater der Freundschaft* spielen sollte. Erfahrungsgemäß riegelte die Transportpolizei zu solchen Anlässen den Bahnhof ab, trieb alle langhaarigen Kuttenträger, schmuddeligen Punks und rabiaten Skins zusammen, warf sie auf Lkw und behielt sie bis zum Ende der Konzerte in Haft.

Klaus Gothow, ein Schlosser, galt in seinem Betrieb als ein guter Facharbeiter. Den Plan erfüllte er problemlos, niemals trat er in irgendeiner Weise negativ in Erscheinung. Mit ununterbrochener Regelmäßigkeit erhielt er Prämien. Er war Mitglied in einem »Kollektiv der sozialistischen Arbeit«. Kein Kollege hätte ihn für aggressiv gehalten. Wenn er zur Arbeit ging, trug er auch keine »Uniform«, sondern ganz normale Jeans. Die Glatze versteckte er unter einer Mütze.

Bernd Jablowski würde in wenigen Wochen das Abitur ablegen. Seine Eltern sahen in ihm einen zukünftigen Diplomaten. Zuvor sollte er im Herbst seinen Ehrendienst bei der Nationalen Volksarmee antreten. Heimlich, klammheimlich sammelte er Stichwaffen und nationalsozialistisches Schriftgut.

Harry Rönz war im Kinderheim und im Jugendwerkhof aufgewachsen. Er schaufelte Kohle in einem Heizhaus und bewohnte eine eigene Einraumwohnung. Sie befand sich im Seitenflügel eines Abrisshauses in Gohlis und war mit zwei Matratzen, Tisch, Stuhl, Glutos-Beistellherd und einem Gaskocher möbliert.

Die drei hatten sich in einem Jugendklub am Connewitzer Kreuz in Leipzig kennengelernt und angefreundet. Ihr gemeinsames Hobby bestand darin, Rocker zu verdreschen. Dabei konnte nicht viel passieren, denn Passanten und Polizisten mischten sich in solchen Fällen grundsätzlich nicht ein. Die meisten Erwachsenen hegten große Vorurteile gegen Jugendliche mit Cowboystiefeln, Elvis-Enten und schwarzen Lederklamotten. Die Rocker konnte niemand – außer den Rockern selbst – leiden. »Die Chaoten sollen sich ruhig gegenseitig erledigen!«, so lautete das Urteil, wenn die braven Bürger aus sicherer Entfernung das blutige Gemetzel beobachteten.

Ab und zu kam es zu Zusammenstößen mit Fußballfans. Dann wurde es gefährlich, weil diese Burschen immer in Massen auftraten und als kampferprobte Schläger selbst auf Randale aus waren. In solchen Fällen half nur ein entschlossenes Verhalten.

»Du musst wissen, was du willst. Hast du vor, zu verlieren, oder möchtest du gewinnen? Willst du sportlich sein oder den anderen fertigmachen? Deshalb gibt es nur eins: Erbarmungslos zuschlagen, so schnell und so oft es nur geht. Wenn der Feind am Boden liegt, gib ihm eins mit dem Stiefel in die Fresse, dass es nur so kracht«, erläuterte Klaus seine Strategie. »Dann traut sich kein anderer mehr an dich heran.« Er war gefährlich wie ein tollwütiger Hund. Selbst vor den aussichtslosesten Kämpfen hatte er nicht kapituliert und wesentlich stärkere Gegner skrupellos angegriffen. Dieser blindwütige Hass in seinen Augen machte viele Kontrahenten fast wehrlos und ließ sie zurückweichen. Im nächsten Moment konnte er den alles entscheidenden ersten Schlag platzieren, der den Sieg brachte. Bernd und Harry zollten ihm deshalb uneingeschränkte Bewunderung, denn an seiner Seite waren sie noch nie in ernsthafte Schwierigkeiten geraten.

Der Zug lief in Lichtenberg ein. Der Schaffner hatte sich nicht sehen lassen. »Wir sind angekommen. Hinein ins bunte Menschenleben.«

»Wie wäre es, wenn wir zuerst zur Rennbahn nach Hoppegarten fahren und dort ein bisschen beim Würfelspiel zocken würden?«, schlug Jablowski vor.

»Okay. Eine Penne reißen wir uns abends beim Tanz im

Schreberheim auf. Dort gibt es wieder mächtigen Spaß«, antwortete der Boss.

Die drei erhoben sich gemächlich und stiegen aus dem Zug. Als sie sahen, wie Richard Wieczorek am Treppenaufgang auf einen Transportpolizisten einredete, schlugen sie vorsichtshalber die entgegengesetzte Richtung ein. Die Skins ließen sich von der Menge vorbeitreiben. Die Luft auf dem Bahnhofsvorplatz roch nach Autoabgasen und heißem Asphalt.

Als Richard und Patrick Wieczorek später in der S-Bahn saßen, wischte sich der Junge eine Träne ab und sprach mit leiser Stimme zu seinem Vater: »Ich schäme mich ein bisschen. Ich dachte, ich wäre schon erwachsen, doch ich hätte mir fast vor Angst in die Hosen gemacht. Zum Glück haben sie uns nichts getan.«

»Dazu wäre es auch nicht gekommen. Ich hätte dich beschützt. Du bist mein Sohn. Ich bin für dich verantwortlich.«

»Aber sie waren zu dritt. Drei sind immer stärker als einer.«

»Nein, das sind sie nicht. Sie glauben nur, dass sie es wären. Der Wortführer war der Anführer von den drei Burschen. Diesen Idioten hätte ich mit dem ersten Fausthieb ausgeschaltet. Ich weiß, wie das geht. Dann wären seine beiden Mitläufer ganz schnell getürmt.«

»Weshalb? Sie wären dann immer noch zu zweit gewesen.«

»Im Krieg nehmen die Scharfschützen immer zuerst die Offiziere aufs Korn. Dann sind die Mannschaften kopflos und flüchten.«

»Aber angenommen, der Typ hätte deinem Schlag ausweichen können. Was wäre dann passiert?«

»Nichts Gutes: Er hatte einen selbstgebastelten Totschläger dabei. Nach einem Treffer auf den Arm wäre ich halbseitig gelähmt und damit so gut wie wehrlos gewesen. Ein Schlag auf den Kopf hätte mich dann ins Nirwana befördert. Das Krankenhaus wäre die Endstation gewesen. Dort hätte uns deine Mutter besuchen können. Aber das spielt keine Rolle. Die drei Skinheads haben nach Opfern gesucht. Wer sich als Feigling zu erkennen gibt, wird als solcher behandelt. Wir haben Widerstand geleistet. Deshalb ist uns nichts passiert.«

Der Züchter

> »Nachhaltige Begegnungen erfordern kontinuierliche
> Heranführung junger Menschen an die verschiedenen
> kulturellen Bereiche unseres Lebens.«
>
> *Neue Zeit*, Mittwoch, 9. Mai 1984

Marko Büttner hatte sich krankschreiben lassen. Das war kein Problem gewesen. Der Allgemeinmediziner in der Poliklinik, ein junger Bursche kurz nach der Facharztausbildung, hatte ihn noch nicht einmal untersucht, sondern sich nur kurz die Symptome schildern lassen. Weil Marko Büttner für das geplante Vorhaben zunächst eine Woche völlig ausreichend zu sein schien, war er im unteren Bereich der Krankheitsskala geblieben: Kopfschmerzen, Kratzen im Hals, leichter Husten, erhöhte Temperatur.

»Legen Sie sich ins Bett und machen Sie sich ein paar feuchte Umschläge. Und immer viel trinken. Dann wird es schon wieder«, hatten die Ratschläge des Heilkünstlers gelautet. »Benötigen Sie ein Rezept?«

»Nein, danke, ich probiere es mit Zwiebelsaft. Der hilft am besten. Außerdem nehme ich Dampfbäder.«

»Wenn Sie erkältet sind, sollten Sie die Sauna meiden.«

»Ich meine Dampfbäder zu Hause am Küchentisch. Da gieße ich heißes Salzwasser in eine Schüssel, lege mir ein Handtuch über den Kopf und inhaliere den heißen Dunst.«

»Das klingt vernünftig. Bei leichten Erkältungen helfen die alten Hausmittel am besten. Zu Tabletten sollten Sie nur greifen, wenn es unbedingt notwendig ist. Und noch ein guter Rat auf den Weg: Halten Sie sich unbedingt von Nasentropfen fern. Die bringen zwar im ersten Moment Erleichterung, weil sie abschwellend wirken, greifen jedoch ganz schnell die Schleimhäute an und können als Folge bleibende Schäden hinterlassen. Das hieße, den Teufel mit Beelzebub austreiben.«

Die *Amiga*-Langspielplatte von AC/DC *Highway to Hell* stammte bereits aus dem Jahr 1981. Obwohl der Doktor gar nicht wie ein Fan von harter Rockmusik wirkte, sondern eher zur Fraktion der ABBA-Liebhaber zu gehören schien, hatte er sie dennoch gern genommen. Aber Lizenzschallplatten waren so etwas wie eine Zweitwährung. Sie ließen sich gut gegen alles Mögliche eintauschen. Zur Not auch gegen ABBA-Scheiben.

Marko Büttner hatte die ihm ärztlicherseits verordnete freie Zeit dazu benutzt, seinen neuen Feind mehrere Tage lang zu beobachten. Er war ihm stets in großer Entfernung gefolgt, und das auch immer nur abschnittsweise. Jedes Mal hatte er andere Sachen getragen. Vorsicht war die Mutter der Porzellankiste. Glücklicherweise verfügte er über einen großen Fundus an unauffälligen Kleidungsstücken und Kopfbedeckungen.

Inzwischen wusste der Friedhofsgärtner längst, wo der Redakteur wohnte. Nach mehreren Besuchen kannte er die Mietskaserne in der Prenzlauer Allee 57 c in- und auswendig. Es war ein sterbendes Haus, so viel stand fest. Die Tür zur Straße wurde nie abgeschlossen. Das war ein schwerer Fehler. Der Geruch im Hausflur verriet nämlich, dass die Örtlichkeit mitunter als Pissoir benutzt wurde. Bis auf Michael Riedel lebten in dem Abrisshaus nur scheintote Mummelgreise, Trunkenbolde und Assis, also Bürger, deren Bestreben keinesfalls darin bestand, vollwertige Mitglieder der sozialistischen Menschengemeinschaft zu sein oder zu werden. Allerdings blieben einige Fragen offen. Beispielsweise, weshalb ein Redakteur der

Berliner Zeitung in einer solchen Bruchbude hauste. Entweder hatte er einen Hang zum Morbiden, oder es handelte sich um eine Übergangslösung. Es wurde also Zeit, tätig zu werden.

Der Friedhofsgärtner hatte lange überlegt, wie er den Strauß am besten ausfechten könnte. Eine radikale Lösung kam nicht in Frage. Er wollte seinen Widersacher auf Sparflamme kochen, also ganz klein, aber gemein beginnen und sich erst allmählich steigern. Es sollten schließlich beide Seiten etwas von der Revanche haben, und dies so lange wie möglich. Michael Riedel durfte keinen Verdacht schöpfen. Deshalb durfte die Schraube nur ganz leicht angezogen werden.

Der Journalist war kein Dummkopf. Außerdem saß er den Kripoleuten auf dem Schoß. Ihm war alles zuzutrauen. Doch solange er an die unberechenbare Macht des Schicksals, an eine Verkettung unglücklicher Umstände glaubte, konnte das Spiel von einer Runde in die nächste gehen.

Marko Büttner hatte mehrere phantastische Pläne entworfen, die allesamt leicht umzusetzen waren und keinen Verdacht hervorrufen würden. Beispielsweise dachte er daran, heimlich in die Wohnung einzudringen, die direkt über der des Redakteurs lag. Es hätte keine Minute gedauert, dort den Schlauch von der Waschmaschine zu lösen und den Wasserhahn aufzudrehen. Das wäre eine nette Überraschung geworden, wenn im Zuge der Überschwemmung der nasse Putz von der Decke klatschte. Doch als Marko Büttner die alte Schnapsdrossel aus der Nähe betrachtete, die dort in der vierten Etage hauste, kamen ihm anhand ihrer äußeren Erscheinung ernsthafte Zweifel, dass sie überhaupt eine Waschmaschine besaß. Und so war es dann auch gewesen. In der vermüllten Wohnung gab es kein Badezimmer, und in der Küche nur einen Ausguss. Den hätte er notfalls mit einem Scheuerlappen verstopfen können, aber ein defekter Waschmaschinenschlauch wäre wesentlich unverfänglicher gewesen.

Marko Büttner verwarf die Idee mit dem Ausguss nicht völlig, aber er stellte sie erst einmal zurück. Dann kamen ihm Ratten in den Sinn. Ratten waren eine feine Sache. Im Keller der Mietskaserne hatte er ihre Gänge und Schlupflöcher gesehen. Es gab zwar einen fetten Hauskater, aber der war offensichtlich von dieser Schwemme überfordert. In den Katakomben auf dem Friedhof wuselten ebenfalls mehr als genug Ratten umher. Weil es dort keine Katze gab und ihnen auch sonst niemand nachstellte, waren sie schon fast zahm geworden. Es wäre ein Leichtes, mit Hilfe einer Lebendfalle zehn, zwölf besonders hübsche Exemplare einzufangen, ihnen einige Tage nichts zu fressen zu geben und sie dann in der Wohnung des Redakteurs freizulassen. Aber es gab ein Problem. Das war der Transport. Er konnte sich die Ratten nicht in die Hosentasche stecken. In Frage kam nur eine mit Blech ausgeschlagene Kiste. Die konnte er nicht einfach Huckepack ins Haus tragen. Die einzige vernünftige Möglichkeit war, sich als Postbote zu verkleiden und das Überraschungspaket mit einer Sackkarre anzuliefern. Als Postmann wäre er zwar nahezu unsichtbar, aber trotzdem konnte es sein, dass sich später jemand an die Kiste erinnerte und der Redakteur eins und eins zusammenzählte. Schade. Dutzende halb verhungerter Ratten würden viele lustige Dinge in der Wohnung des Schreiberlings anstellen und dem Heimkehrenden einen zünftigen Empfang bereiten.

Aber Marko Büttner war mit seinem Latein längst nicht am Ende. Immerhin hatte er als vielseitig begabter Mensch noch ganz andere Hobbys. Die Sache mit den Mädchen und den Tonbandaufnahmen war schon reichlich krass, wie er sogar selbst fand. Doch ein anderes Steckenpferd von ihm ließ sich nur als »völlig abgefahren« bezeichnen: Der junge Mann züchtete Spinnen. Nicht so, wie es in jenen Haushalten, in denen weder Staubsauger noch Besen oft genug zum Einsatz kamen, von ganz allein geschah. Nein, Marko Büttner überließ nichts dem Zufall. Er war im Laufe der Zeit zu einem talentierten Spinnenzüchter herangereift. So wie andere Leute ein Händchen für Pferde, Hunde oder Katzen hatten, konnte er sehr gut mit seinen achtbeinigen Freunden umgehen.

Besaßen diese Viecher eine Form von Intelligenz? Zweifellos. War es möglich, mit ihnen zu kommunizieren? Auf jeden Fall, wenn auch nur in begrenztem Umfang. Spinnen gaben weder Pfötchen, noch machten sie Männchen. Sie holten auch nicht die Zeitung aus dem Briefkasten. Aber sie benutzten Werkzeuge, stellten Fallen und waren äußerst geschickte Handwerker. In seiner Wohnung hatte er ein extra Zimmer für sie eingerichtet. Dort stand ein Dutzend bestens ausgestatteter Terrarien, in denen es nach Herzenslust kribbelte und krabbelte.

Logischerweise hing diese Liebhaberei mit der Tätigkeit eines Friedhofsgärtners zusammen. Auf dem Gottesacker hatte alles angefangen. In den Büschen und Sträuchern, in den Grüften und Katakomben waren die unterschiedlichsten Spinnen zu Hause. Dort wimmelte es nur so von ihnen.

Seltsamerweise hatte er nie Abscheu vor ihnen empfunden. Sie waren ihm lediglich lästig gewesen. Mit der Zeit aber hatten sie sein Interesse geweckt. Es war ihm völlig unverständlich, doch in der DDR schien er der einzige ernsthafte Spinnenfreund zu sein. Jedenfalls hatte er keinen anderen ausfindig machen können. Hunde-, Katzen- und Vogelzüchter zählten nach Tausenden. Sie waren in großen Vereinen aktiv. Es gab sogar Leute, die zu Hause Affen hielten. Auch Liebhaber von Skorpionen und Vogelspinnen ließen sich ausmachen. Aber für die Haltung von gewöhnlichen Feld-, Wald- und Wiesenspinnen interessierte sich offensichtlich kein einziger anderer Mensch. Dabei waren sie die idealen Haustiere. Sie zerkratzten keine Möbel, mussten nicht Gassi geführt werden und machten keinen Lärm.

Begonnen hatte es mit einem wunderschönen Spinnennetz zwischen zwei Ästen, in dem sich Tautropfen gefangen hatten und in dem die Sonnenstrahlen wie unzählige Diamanten funkelten. Marko Büttner war darauf aufmerksam geworden, als er auf dem Friedhofsgelände mit einem Stock, aus dessen unteren Ende ein spitzer Nagel ragte, Unrat aufpiekte. Der junge Mann hatte staunend vor diesem feingesponnenen Kunstwerk gestanden, das wie am Reißbrett entworfen zu sein schien. Wie mochte die Spinne wohl diese winzig dünnen Fäden gezogen haben? Wieso hielt dieses fragile Gebilde? Wer hatte der Spinne beigebracht, ein solch kompliziertes Netz zu spinnen?

Am nächsten Tag war Marko Büttner in die Stadtbezirksbibliothek in der Nähe vom Antonplatz gefahren. Dort hatte er sich *Brehms Tierleben* ausgeliehen. In dem dicken Wälzer stand, dass die Spinnen den lateinischen Namen *Araneae* trugen und neben sieben weiteren Ordnungen – wie beispielsweise den Skorpionen und den Milben – zur Klasse der Spinnentiere (*Arachnida*) gehörten. Letztere wiederum zählten zum Unterkreis der Kieferfühlertiere (*Chelicerata*) und damit zum Unterstamm der Gliedertiere (*Articulata*). Die Gliedertiere waren Bestandteil des Stammes der Urmünder (*Protostomia*), einer Unterabteilung der Bilateraltiere (*Bilatereralia*). Ganz oben im Diagramm stand die Abteilung der Gewebetiere (*Metazoa*).

Das alles waren Dinge, von denen die meisten Menschen nicht die geringste Ahnung hatten. Marko Büttner klappte beinah der Unterkiefer herunter. Es war unglaublich, was es alles gab auf der Welt.

Die Zahl der Spinnen schien unendlich zu sein. Ständig kamen neue hinzu. Auf der ganzen weiten Welt wurden im Jahr 1955, also dem Jahr, in dem dieser Band von *Brehms Tierleben* erschienen war, mehr als dreitausendfünfhundert verschiedene Spinnen gezählt. Auf die DDR entfielen davon ungefähr fünfhundert. Inzwischen waren rund dreißig Jahre vergangen. Da mochten noch Dutzende, wenn nicht gar Hunderte weitere entdeckt worden sein.

Es gab ein grobes Raster. Zunächst wurde zwischen Haus-, Garten-, Trockenrasen-, Waldrand- und Waldspinnen und solchen Spinnen unterschieden, die in Feuchtgebieten lebten. Jede Spinnenart sah anders aus. Jede Population hatte ihre ganz besonderen Eigenheiten und Fähigkeiten. Wozu diente das? Wer hatte sich das ausgedacht? Wem nützte es? Auf diese Fragen gab *Brehms Tierleben* keine Antwort.

Die meisten Menschen hatten Angst vor Spinnen, obwohl sich dafür kein logischer Grund anführen ließ. Die Gefahr, in Europa von einer Spinne gebissen zu werden, war geringer, als einen Kühlschrank auf den Kopf zu bekommen, der im fünften Stock aus dem Fenster geworfen wurde. Die Gefahr, in Europa an einem Spinnenbiss zu sterben, ging gegen null.

Woher rührte also diese unbegründete Furcht vor den langbeinigen Krabbeltieren? Wahrscheinlich reichte sie bis zu den Urmenschen zurück und war, wie viele andere Dinge auch, über die Generationen hinweg weitervererbt worden.

Als sich die Affen zum Menschen entwickelten, streiften sie tagsüber durch die Savannen. Abends kletterten sie zum

Schlafen auf Bäume. Dort konnten ihnen in der Regel nur Schlangen und Spinnen gefährlich werden. Daher rührte auch die Furcht vorm Fallen. Wer damals vor Urzeiten vom Baum stürzte und sich ein Bein oder einen Arm brach, wurde von der Horde aufgegeben. Wer allein war, hatte keine Chance und musste sterben.

Die meisten Spinnen besaßen Giftdrüsen. Mit dem Gift lähmten oder töteten sie ihre Beutetiere. Das waren in der Regel Insekten. Ihre Mundwerkzeuge eigneten sich kaum dazu, die menschliche Haut zu durchbohren.

Wirklich gefährlich waren in Deutschland nur die Schwarzen Witwen und die Dornfinger. Bisse von diesen Spinnen waren – sofern sie die Epidermis verletzten – schmerzhaft, hatten Lähmungen und Schüttelfrost zur Folge. Bei herzkranken oder in ähnlicher Weise gesundheitlich angegriffenen Menschen konnten sie sogar tödlich enden.

Die Wohnung von Marko Büttner war groß genug, um dieser seltsamen Liebhaberei frönen zu können. Weil er allein lebte und so gut wie nie Besuch bekam, nahm niemand Anstoß daran. In dem zum Hobbyraum umfunktionierten Speisezimmer standen auf mit stabilen Holzleisten verstärkten Tapeziertischen zwölf große Terrarien nebeneinander. Nur acht davon waren zurzeit in Betrieb. Leider. Bei der Zucht gab es immer wieder unerklärliche Rückschläge. Das konnte an allem Möglichen liegen, am Futter, am Wasser, an den Temperaturen. Die Laufspinne beispielsweise, eine sehr schlanke, etwa einen Zentimeter lange Spinne, kam auf trockenen und feuchten Wiesen vor. Doch wie dunstig durfte das Terrarium sein? Welche Gräser waren geeignet? Das ließ sich alles nur nach und nach herausfinden. Marko Büttner führte deshalb auch ganz genau Buch. Jeden Tag vermerkte er alle wichtigen Einzelheiten.

Die Terrarien hatte er in dem Zoogeschäft in der Weitlingstraße erworben und sie mit zuschaltbarer Beleuchtung und Heizung ausgestattet.

Die eigentliche Arbeit kam erst danach. Sie erforderte viel Mühe, Geduld, Fachwissen und Intuition. Gleich in dem ersten Behältnis hatte der Friedhofsgärtner eine Art Vorgebirgslandschaft aus kleinen und größeren Steinen modelliert. Die Bäume und Sträucher stammten aus dem Zubehör für Modelleisenbahnen. Es gab auch ein aus einem »Anker-Steinbaukasten« zusammengesetztes Mäuerchen. Überall spannten sich Netze. Einige pechschwarze Spinnen mit rotem Hinterleib und langen Beinen beschäftigten sich eifrig mit der bereits erlegten Beute: einigen Fliegen und allerlei Käfern. Auf einem viereckigen Schild am linken oberen Rand des Terrariums stand in ordentlicher Schreibmaschinenschrift *Malmignatte Latrodectus tredecimguttatus*.

Im nächsten Behältnis wuchs hohes Gras. An den Halmen hingen weiße Gespinstsäcke. Die Bewohner waren anderthalb Zentimeter groß, hatten knallrote, glänzende Vorderkörper und Beißwerkzeuge. Die aufgeblähten Hinterleiber schimmerten grün-gelblich. Auf dem Schild war zu lesen: *Cheiracanthium punctorium*.

Den Boden des dritten Glasbehälters bedeckte eine Art ausgedörrter Walderde mit vertrockneten Tannennadeln, Zweigen und Ästchen. Es gab einige fingerdicke Löcher im Erdreich, deren Ränder von feinen Gespinsten umhüllt waren. Ab und zu kam ein etwa vier Zentimeter großer Höhlenbewohner von graubrauner Färbung und weißlichen Flecken auf dem Hinterleib herausgekrabbelt. Das Schild verriet, dass es sich dabei um eine *Allahagna singoriensis* handelte.

Marko Büttner hatte einen Hang zum Morbiden. Deshalb

züchtete er lediglich zwei Sorten von Spinnen: solche, die gefährlich aussahen, und solche, die es tatsächlich waren.

Die *Malmignatte Latrodectus tredecimguttatus* war die Schwarze Witwe. Bei den *Cheiracanthium punctorium* handelte es sich um die Dornfinger. Die *Allahagna singoriensis* hieß auf Deutsch »Südrussische Tarantel«. Der Name täuschte. Ganz im Gegensatz zur Apulischen Tarantel war sie mehr oder weniger harmlos.

Marko Büttner nahm drei Einweckgläser zur Hand. In ihre Metalldeckel hatte er zahlreiche kleine Löcher gebohrt. Mit Hilfe einer überlangen Pinzette sammelte er jeweils mehrere Exemplare der drei Spinnenarten ein. Die Tierchen sausten aufgeregt umher, aber sie beruhigten sich bald. Ihre behelfsmäßigen Unterkünfte waren mit reichlich Reiseproviant ausgestattet.

Marko Büttner schraubte die Deckel ordentlich zu und verstaute die Gläser in einer ledernen Aktentasche. Seine kleinen Freunde würden dort problemlos mehrere Tage überleben. Bereitsein war alles. Er durfte nichts überstürzen, sondern musste auf eine günstige Gelegenheit warten.

Der Ofen

»Durch die notwendige ständige Erweiterung des Wissens und der Verantwortung kann man in eine Lage kommen, in der es kein Ausweichen mehr gibt. Plötzlich hat man neben seinen eigenen Sorgen auch noch die der anderen.«

Berliner Zeitung, Donnerstag, 10. Mai 1984

Mitten im eiskalten Februar waren die Gitterroste von Michael Riedels großen Kachelofen im kombinierten Wohn-, Schlaf- und Arbeitszimmer durchgeglüht und mehrere Schamottsteine zu kleinen Krümeln zerbröckelt. Da war guter Rat teuer gewesen. Der Redakteur behalf sich zunächst mit einem russischen Heizlüfter, der einen Heidenlärm machte und die Raumtemperatur bis auf zehn Grad plus in die Höhe jagte. Das konnte auf Dauer natürlich keine Lösung sein. Seither war er ein häufiger Gast in der öffentlichen Sprechstunde der Kommunalen Wohnungsverwaltung. Er schilderte dort seine Situation in dramatischen Worten. Die Lösung des Problems war ganz einfach: Er brauchte entweder einen neuen Ofen oder eine bessere Wohnung. Die zweite Variante wäre dabei die bessere. Doch ob so oder so, schnelle Hilfe war nicht in Sicht.

Natürlich hätte er auch Heiko Nestroy, den Abteilungsleiter der Wirtschaftsredaktion, um Hilfe bitten können, weil der über ganz ausgezeichnete Beziehungen verfügte. Dann wäre das Problem sicherlich längst gelöst gewesen. Aber er hatte sich stets davor gescheut. Wer mit dem Teufel frühstücken wollte, brauchte einen langen Löffel. Der Wirtschaftschef war ein äußerst unangenehmer Zeitgenosse, und das wusste der Lokalredakteur nicht erst seit der Begegnung auf der Treppe vom *Pressecafé*. Heiko Nestroy machte sich einen Spaß daraus, andere zu quälen und zu demütigen. Für jeden Gefallen, den er einem anderen tat, forderte er das Doppelte und Dreifache zurück. Und nach dem unangenehmen Zusammenstoß vor einer Woche kam ein Bittgesuch nicht mehr in Frage.

Daher blieb nur der gefühlt tausendste Gang zum Vermieter. Die KWV residierte ganz in der Nähe in einem völlig verfallenen Altbau in der Jablonskistraße. Vor dem Haus war ein Teil des Bürgersteigs durch einen Holzzaun abgesperrt worden, weil ab und zu von oben lose Putzbrocken oder Dachziegel auf die Straße fielen.

Michael stieg im ungepflegten Treppenhaus die ausgetretenen Stufen bis zur ersten Etage hoch, öffnete die Korridortür und fragte: »Wer ist der Letzte?« Dann schloss er sich der langen Schlange der wartenden Bürger an.

Vor ihm stand ein kleiner dicker Wicht in einer schmierigen Arbeitskombi. Er wurde von einem betrunkenen Glatzkopf begleitet, der sich nur noch mit Mühe auf den Beinen halten konnte. »Komm, lass uns eine paffen«, schlug der Zwergenwüchsige seinem Kumpel vor und holte eine zerknautschte Schachtel »Alte Juwel« aus seiner Brusttasche.

Wie von Wunderhand bewegt, sprang eine Tür auf. Eine barsche Frauenstimme befahl: »Zigaretten aus! Hier ist Rauchen verboten!« Die Tür klappte wieder zu.

Stühle gab es nicht.

Der Journalist schritt den Flur auf und ab. Über einem Tisch hing eine Wandzeitung. Jemand hatte aus der Frauenillustrierten *Für Dich* Schwarzweißfotos nebst Bildunterschriften ausgeschnitten und mit Stecknadeln auf rotes Velourspapier gepiekt. Die Abbildungen zeigten optimistisch dreinblickende Baggerfahrerinnen sowie Genossenschaftsbäuerinnen. Eine dazugehörige Losung war mit Buntstiften auf ein Blatt Kästchenpapier geschrieben worden und lautete: »Im Sozialismus ist die Gleichberechtigung der Frau keine Utopie mehr, sondern Wirklichkeit!« Auf dem Tisch lagen mehrere uralte Exemplare der Monatszeitschrift der »Gesellschaft für Deutsch-Sowjetische Freundschaft«. Zahlreiche Eselsohren konnten als Indiz dafür gewertet werden, dass die Hefte tatsächlich von wartenden Mietern vor lauter Verzweiflung als Lektüre benutzt wurden.

Nach zwei Stunden war Michael Riedel auf Platz eins in der Warteschlange aufgerückt. Er klopfte an die Tür der für sein Haus zuständigen Sachbearbeiterin.

In dem völlig verqualmten Büro saß eine männlich wirkende Frau unbestimmbaren Alters mit hartem, schmalem Mund und kunstvoll gelegten kleinen Löckchen hinter einem überladenen Schreibtisch.

»Herr Riedel, Sie machen mich noch wahnsinnig. Wie ich Ihnen bereits beim letzten Mal lang und breit erklärt habe: Den Ofen hätten sie voriges Jahr im Frühling bestellen müssen. Die Lieferfristen sind sehr lang. Schließlich handelt es sich um ein hochwertiges Konsumgut, das jeder Mieter braucht. Ein Engpass, sozusagen. Die Kollegen im VEB Trema geben ihr Bestes, aber sie können nicht zaubern. Wenn es sehr dringend ist, können Sie einen neuen Ofen außerplanmäßig zum Beginn der neuen Heizperiode Anfang Dezember bekommen. Eventuell auch schon im November, aber das will ich nicht versprechen«, sagte die KWV-Angestellte und drückte eine »f6« in einem muschelförmigen Aschenbecher aus, auf dem »Zur Erinnerung an Heringsdorf« stand. »Das Einzige, was ich Ihnen geben kann, ist die Erlaubnis, den alten Ofen abzutragen. Weshalb sollte er auch stehen bleiben, wenn er kaputt ist. Ihre Arbeitsleistung können Sie mit fünf Mark pro Stunde abrechnen. Ich gebe Ihnen das entsprechende Formular mit«, erläuterte die

Sachbearbeiterin. Sie trug eine geblümte Dederon-Kittelschürze, unter der ein graues Kostüm hervorlugte.

»Wozu soll das gut sein? Ich habe schon vor einem Jahr einen Antrag auf eine Dreiraumwohnung gestellt. Mir steht ein Arbeitszimmer zu, weil ich Journalist bin«, entgegnete Michael und blickte irritiert auf den Hals der Frau. Aus einem dunkelbraunen Fleck von der Größe eines Zehnpfennigstücks wucherten lange schwarze Borsten.

Die Frau ging erst gar nicht auf den Wunsch nach einer größeren Wohnung ein, sondern blieb beim Thema: »Weil Sie ein Anrecht darauf haben, für die Abrissarbeiten entlohnt zu werden.«

Michael Riedel war sich nicht sicher, aber er glaubte, den Schatten eines Lächelns auf dem herben Gesicht der Xanthippe bemerkt zu haben. »Wenn Sie wollen, können Sie den kaputten Ofen auch fortschaffen, ohne die Stunden abzurechnen. Dann benötigen Sie aber eine Abrissgenehmigung. Welches Formular möchten Sie nun haben?«

»Kein Formular, eine neue Wohnung.«

»Neue Wohnungen gibt es so gut wie gar nicht. Sie sind noch wesentlich seltener als Öfen. Ohne eine Dringlichkeitsbescheinigung mit einem grünen Stempel lässt sich da gar nichts machen.«

»Aber meinen Antrag habe ich doch schon vor langer Zeit gestellt.«

»Auf einen Trabant müssen Sie auch mindestens zehn Jahre lang warten. Sie hätten sich nicht scheiden lassen dürfen. Nun haben Sie den Salat.«

»Der Genosse Honecker hat sich auch von seiner ersten Frau getrennt und muss trotzdem nicht in solch einem finsteren Loch hausen wie ich«, ärgerte sich der Journalist.

»Der Genosse Staatsratsvorsitzende war auch nicht zu Gast in meiner Sprechstunde. Er wird wohl zum Telefonhörer gegriffen und jemand angerufen haben. Und das sollten Sie auch tun, falls Sie einen Funken Verstand in Ihrem Kopf haben.«

»Überredet, ich nehme den Ofen.«

»Hören Sie mir überhaupt nicht zu? Ich habe keinen neuen Ofen, ich bekomme keinen neuen Ofen, ich kann vor Dezember keinen neuen Ofen besorgen«, entgegnete die Sachbearbeiterin sichtlich erregt. »Außerdem haben wir jetzt Mai. Da braucht niemand einen Ofen. Da wäre eher eine gut funktionierende Klimaanlage angesagt. Aber die gibt es nur im parasitären, absterbenden Kapitalismus.«

»Das ist wohl wahr. Aber vor dem Dezember liegen die Monate Oktober und November, bei denen ein wärmendes Öfchen die gute Laune beträchtlich heben kann. Außerdem kann bis zum Dezember viel passieren. Beispielsweise ist ein Engpass bei den Schamottsteinen denkbar. Dann verschiebt sich die Lieferung womöglich bis ins nächste Jahr, und ich verbringe meine Nächte mit Eiszapfen an der Nase.«

Die Sachbearbeiterin stand offensichtlich kurz vor einem Nervenzusammenbruch. Sie erhob sich von ihrem Stuhl, beugte sich vor, stützte sich mit beiden Händen auf der Schreibtischplatte ab und zischte: »Mein junger Freund, weil ich Mitleid mit Ihnen habe, großes Mitleid, denn ganz offensichtlich scheinen Sie völlig lebensuntauglich zu sein, will ich Ihnen helfen. Ganz im Gegensatz zu Ihnen verfüge ich über gute Kontakte. Wir leben in einer sozialistischen Menschengemeinschaft, wo ein Bürger dem anderen zu helfen bestrebt ist. Ich habe meine Kompetenzen überschritten und mich für Sie umgehört. Dabei bin ich auf eine Möglichkeit gestoßen, wie Sie zu einem funktionierenden Ofen kommen können. In Lichtenberg, in dem Abrisshaus Siegfriedstraße 5, steht in der Erdgeschosswohnung ein unbenutzter Dauerbrandofen. Aufgrund der langen Bestellzeiten wurde er irrtümlich nach dem Auszug der letzten Mieter dorthin geliefert. Den Abtransport haben Sie zu übernehmen. Die Erdgeschosswohnung in der Siegfriedstraße 5 wird von der KWV Süd verwaltet. Eine Übertragung des Ofens auf unsere KWV ist aus verwaltungs- und finanztechnischen Gründen völlig ausgeschlossen. Deshalb müssen Sie der KWV Süd den Ofen abkaufen. Das kann ich für Sie arrangieren. Das Geld bekommen Sie von uns jedoch nicht erstattet. Der Ofen gehört dann demzufolge Ihnen. Sie können mit ihm machen, was sie wollen. Sie dürfen ihn sogar mitnehmen, wenn Sie eines fernen Tages in eine Dreiraumwohnung umziehen.

Den Ofen bekommen Sie fast geschenkt. Sie müssen hundert Mark dafür bezahlen. Ein neuer Ofen würde über fünfhundert Mark kosten – wenn Sie ihn kaufen könnten. Einen neuen Ofen können Sie aber nicht kaufen, weil es seit dem letzten harten Winter keine Öfen zu kaufen gibt. Nirgendwo, in der ganzen Stadt nicht.

Für den Abriss und Abtransport des alten Ofens rechne ich Ihnen zwanzig Stunden zu je fünf Mark an. Das sind insgesamt hundert Mark. Falls Sie es wünschen, kann ich das Geld dem Konto der KWV Süd gutschreiben lassen. Dann wird dieser Betrag mit dem herabgesetzten Kaufpreis für den Ofen verrechnet. Das ist ein gutes Geschäft für Sie. Sie bekommen den funkelnagelneuen Ofen quasi geschenkt. Besser geht es nun wirklich nicht.«

Michael Riedel wollte noch nicht aufgeben. »Vielleicht ist es sinnvoll, wenn Sie zuerst einen Ofensetzer vorbeischicken. Womöglich lässt sich der alte Kachelofen noch reparieren. Dann können wir uns den gesamten Aufwand sparen.«

»Sie haben völlig recht. Das wäre auch eine Möglichkeit, äußerst sinnvoll sogar, weil auf diese Weise wertvolles Volkseigentum vor der Zerstörung bewahrt werden würde«, stimmte ihm die KWV-Mitarbeiterin zu. »Allerdings gibt es einen kleinen Haken. Die Auftragsbücher unseres Kollegen sind voll bis zum Rand. Er arbeitet zurzeit die Anmeldungen vom Juni 1983 ab. Demzufolge könnten Sie mit den Reparaturarbeiten im Sommer 1985 an die Reihe kommen. So, nun genug geschwatzt. Entscheiden Sie sich. Ich muss auch noch anderen Bürgern helfen.«

»Aber ich habe nicht die geringste Ahnung, wie ich einen Kachelofen abreißen soll. Ich habe zwei linke Hände.«

»Das glaube ich Ihnen unbesehen«, erwiderte die Frau und lächelte spöttisch. »Indessen ist es ganz einfach. Jeder Laie kann es bewerkstelligen. Hatten Sie UTP-Unterricht in der Schule?«

Michael Riedel nickte.

»Dann sind die Grundvoraussetzungen gegeben. Sie weichen große Tücher in kaltem Wasser ein. Am besten ist, Sie nehmen dazu alte Bettlaken. Die wringen Sie aus und breiten sie über den Ofen. Sie hüllen ihn quasi damit ein. Die Feuchtigkeit überträgt sich auf den Lehm in den Fugen. Der Lehm weicht auf, und Sie können eine Kachel nach der anderen ganz leicht herauslösen. Den Rest erledigen Sie vorsichtig mit einem Hammer und einem Meißel. Den Schutt tragen Sie mit Eimern nach unten. Wir stellen Ihnen einen Container vor die Tür. Sie müssen sich nur rechtzeitig vorher anmelden. Wir haben Wartezeiten von vier Wochen.«

»Hat die KWV keine Leute, die für den Abriss von Öfen zuständig sind?«

»Gut, dass Sie fragen. Zweifelsohne gehört auch der Abriss von Öfen zu unserem klar umrissenen Aufgabenbereich als

Vermieter. Wie Sie inzwischen wissen, beschäftigen wir einen Ofensetzer. Er übernimmt selbstverständlich auch Abrissarbeiten. Aber wie ich bereits sagte, hat er momentan den Stand Juni 1983 erreicht. Alternativ können Sie auch im Kleinanzeigenteil der *Berliner Zeitung* nachschauen. Dort inserieren immer wieder Leute, die für einen schmalen Taler Öfen abreißen. Mit hundert Mark sind Sie dabei.«

»Nun gut, überredet. Ich entsorge meinen alten Kachelofen selbst und hole mir den Dauerbrandofen ab.«

»Na sehen Sie, es geht doch. In der sozialistischen Menschengemeinschaft lösen sich alle Probleme wie von selbst. Ach so, ehe ich es vergesse. Decken Sie bitte sämtliche Möbelstücke ab, bevor Sie den Hammer schwingen. Bei einem Ofenabriss staubt und rußt es trotz der feuchten Tücher ganz fürchterlich.

Bitte unterschreiben Sie hier. Dieser Auszahlungsbeleg ist für Sie. Sie können in unserer Zentralkasse in Weißensee einlösen oder meiner Kollegin von der KWV Süd übergeben. Sind Sie nun zufrieden?«

»Wo bekomme ich den Schlüssel für die Wohnung, und wo soll ich die Tüte Kaffee hinlegen?«, fragte Michael, anstatt eine Antwort zu geben. Gleichzeitig zog er eine goldfarbene Doppelpackung »Mocca Fix« aus der Tasche.

»Den Schlüssel holen Sie sich in der KWV Süd bei Frau Ruth Stahlberg. Dort bringen Sie ihn auch wieder hin. Im Übrigen ist es uns strengstens verboten, irgendwelche Geschenke von Mietern anzunehmen«, sagte sie und verwahrte die Tüte »Mocca Fix« in ihrer Schreibtischschublade.

Anschließend fuhr Michael Riedel ins Fachkrankenhaus für Neurologie und Psychiatrie in der Herzbergstraße 79. Dort hatte er eine Verabredung mit Dr. Wolf-Dieter Haberland, dem Leiter der psychiatrischen Beratungsstelle für Erwachsene.

Droschkenkutscher

»Wir bieten folgenden Berufsgruppen ein interessantes und abwechslungsreiches Tätigkeitsfeld in einem neuen Objekt in Berlin-Mitte: Gastronomie – Restaurant-/Küchenleiter/Sous-Chef – Kellner/Köche/Kaltmamsell – Abwaschkräfte/Topfwäscher/Küchenhilfen – Lageristen/Transportarbeiter – Küchenabrechner – Toilettenkräfte
Interessenten können sich persönlich oder schriftlich beim Amt für Arbeit Berlin-Mitte, 1026 Berlin, Rosa-Luxemburg-Str. 14 bewerben«

Berliner Zeitung, Freitag, 11. Mai 1984

Am Freitagvormittag rief Michael Riedel von der Redaktion aus in der Volkspolizeiinspektion Prenzlauer Berg an und verlangte, Oberleutnant Herbst vom Dezernat »Allgemeine Kriminalität« zu sprechen.

»In welcher Angelegenheit?«, fragte die Polizistin in der Telefonvermittlung.

»Ich bin Redakteur bei der *Berliner Zeitung*. Es geht um einen aktuellen Fall, über den ich berichtet habe.«

»Einen Moment bitte, ich verbinde.«

Es knackte. Bis auf ein leises Summen war die Leitung tot. Der Lokalredakteur wartete einige Minuten, dann legte er auf und versuchte es erneut. »Hier ist Riedel. Ich hätte gern Oberleutnant Herbst vom Dezernat ›Allgemeine Kriminalität‹ gesprochen.«

»In welcher Angelegenheit?«

»Ich bin Redakteur bei der *Berliner Zeitung*. Es geht um einen aktuellen Fall, über den ich berichtet habe. Ich hatte kurz zuvor schon einmal bei Ihnen angerufen. Sie wollten mich verbinden. Aber es hat nicht geklappt.«

»Weil Sie so schnell aufgelegt haben. Die Leitungen sind überlastet. Sie müssen sich in Geduld üben«, lautete die spitze Antwort.

Wieder knackte es. Erneut summte es. Michael Riedel schaute auf seine Armbanduhr. Der Sekundenzeiger drehte seine Kreise. Dann plötzlich hörte er eine Stimme so klar und deutlich, als ob sich die Person direkt neben ihm befände: »Leutnant Streich am Apparat. Was kann ich für Sie tun?«

»Geben Sie mir bitte Oberleutnant Herbst.«

»Der Genosse Oberleutnant ist unterwegs. Kann ich ihm etwas ausrichten?«

»Ich habe im Fall des Rosenkavaliers einige Recherchen angestellt und bin auf etwas gestoßen, was interessant sein könnte.«

»Vielen Dank für die Information. Ich werde den Genossen Oberleutnant informieren. Er wird sich bei Ihnen melden, sobald ich ihn erreichen konnte.«

Als der Journalist hinaus auf den Flur trat, um sich in der Kantine eine Tasse dieser lauwarmen, öligen Flüssigkeit zu holen, die als Kaffee verkauft wurde, kam ihm Oberleutnant Herbst entgegen. Er trug Zivil: einen taubengrauen, leicht glänzenden Anzug, ein rot-schwarz kariertes Hemd, eine hellblaue Krawatte und dunkelbraune Halbschuhe. Offensichtlich war seine Frau farbenblind, oder sie befand sich auf Dienstreise.

»Was machen Sie denn hier?«, fragte Michael Riedel verdutzt. »Ich hatte versucht, Sie anzurufen. Aber mir wurde gesagt, Sie wären fort. Sind Sie etwa auf dem Weg zu mir gewesen?«

»Das geht Sie gar nichts an, Bürger. Ich hatte vor ein paar Wochen den dienstlichen Auftrag bekommen, mich mit Ihnen zu unterhalten. Das habe ich getan. Ohne Befehl von höherer Stelle kann, werde und will ich die Unterredung mit Ihnen nicht fortsetzen.«

Michael Riedel schluckte betreten. Er wollte bereits beleidigt weitergehen, da bemerkte er den Schalk in den Augenwinkeln des Kriminalisten. »Ich wäre Ihnen fast auf den Leim gegangen. Also noch einmal: Gibt es einen Grund für Ihren Besuch?«

»Die Volkspolizei verfügt über ein hochmodernes Kommunikationsmittel, welches sich ›Sprechfunk‹ nennt und – so glaube ich wenigstens – im oberen Frequenzband der Kurzwelle liegt. Leutnant Streich hat mich angepiepst und mir mitgeteilt, dass Sie auf etwas gestoßen wären. Weil ich sowieso schon in der Nähe war, bin ich gleich hergekommen. Also, was haben Sie auf der Pfanne?«

»Das lässt sich nicht in ein, zwei Worte fassen. Aber hier in der Redaktion können wir uns nirgendwo in Ruhe unterhalten.

Deshalb schlage ich vor, wir fahren in die Malmöer Straße. Dort gibt es eine neue Bierstube. Sie heißt *Zum Droschkenkutscher*.«

»Keine schlechte Idee. Ich liebe Pferde. Aber weshalb nicht gleich zum Müggelturm oder zur *Mitropa* in Strausberg Nord?«

»Es gibt eine vernünftige Erklärung. Die Bierstube ist erst in der vorigen Woche eröffnet worden. Ich wollte das Angenehme mit dem Nützlichen verbinden und ganz nebenbei einen kurzen Beitrag verfassen. Sie werden es nicht bereuen. Die Kneipe soll sehr rustikal im Stil der Thüringer Berge mit blanken Tischen und schweren Holzstühlen eingerichtet sein. Es gibt auch ein kleines Imbissangebot. Um diese Tageszeit werden sich dort noch nicht viele Gäste aufhalten. Niemand wird uns bei unserer Unterhaltung stören. Ich gehe auch davon aus, dass ich dort Pfeife rauchen kann, ohne gleich Schläge angedroht zu bekommen. In der *Mitropa* wäre ich mir da nicht so sicher. Es gibt also viele gute Argumente, die für den *Droschkenkutscher* sprechen. Falls es Ihnen aber zu weit sein sollte, können wir auch gern in eine Stampe in der Münzstraße gehen. Das *Pressecafé* gleich nebenan ist weniger gut geeignet. Dort wimmelt es vor neugierigen Kollegen.«

»Knapp überredet. Ich habe noch etwas Zeit. Fahren wir also in die Malmöer Straße. Solange uns dort nicht mein Inspektionsleiter über den Weg läuft, soll es mir recht sein.«

»Wissen Sie was«, sprach Michael Riedel gutgelaunt. »Ich gebe einen aus. Rote Brause, Berliner Weiße mit Schuss, Boulette oder Bockwurst mit Brötchen – Sie haben die Wahl.«

»Das hört sich gut an«, erwiderte der Oberleutnant. »Aber wenn schon, dann das volle Programm. Vielleicht gibt es sogar Soleier. Da werde ich immer schwach.«

»Bitte noch einen kurzen Moment. Ich hole nur rasch meine Tasche und melde mich bei unserer Sekretärin ab. Anschließend kann es sofort losgehen.«

Als die beiden wenig später im Vorraum auf den Fahrstuhl nach unten warteten, meinte Peter Herbst: »Ihre Sicherheitsvorkehrungen hier im Haus lassen stark zu wünschen übrig. Dem Pförtner unten am Einlass habe ich ordnungsgemäß meinen Dienstausweis hingehalten. Er hat ihn aber nicht näher kontrolliert, sondern mich einfach durchgewunken. Auf diese Weise könnte hier jedermann ungehindert ein- und ausgehen. Selbst ein Pionierausweis würde zur Legitimation völlig genügen.«

»Das stimmt zwar, ist jedoch ohne jede Bedeutung. Es geht nur darum, die Spreu vom Weizen zu trennen und beispielsweise Touristen, die sich verlaufen haben, vom Betreten des Gebäudes abzuhalten. Ernsthafte Störungen sind auszuschließen. Die Bonner Ultras werden hier schwerlich Staatsgeheimnisse ausspionieren können. Und was sollte ein anderer Mensch, der noch alle fünf Sinne beisammen hat, freiwillig in einer Zeitungsredaktion wollen?«

Der Oberleutnant brummte, was sowohl als Zustimmung als auch als Ablehnung gelten konnte. Er hatte seinen grauen Dienst-Wartburg gleich um die Ecke in der Hirtenstraße stehen. Bis *Zum Droschkenkutscher* waren es nur wenige Minuten. Sie konnten direkt vor der Tür parken. Die Kneipe machte einen angenehmen Eindruck: Vorn am Tresen standen drei Fässer, die zu Stehtischen umgearbeitet worden waren. Darüber hingen viereckige Lampen aus hellem Sperrholz. Der Wirt trug eine weiße Kellnerjacke zu einer schwarzen Hose. Er war etwa Ende dreißig, von auffallender Blässe, äußerst dünn und sehr groß. Sein spärliches blondes Haar hatte er glatt nach hinten gekämmt.

Der Oberleutnant sprach ihn sogleich an: »Hallo, Bürger Wöllner, was machen Sie denn hier? Sind Sie vorzeitig wegen guter Führung entlassen worden?«

»Oh, der Genosse Oberleutnant. Welch eine Freude, Sie zu sehen. Doch die Zeit vergeht draußen viel, viel schneller als drinnen, glauben Sie mir. Dort dehnen sich die Sekunden zu Stunden und die Tage zu Wochen. Ich habe meine Strafe bis auf den letzten Tag abgesessen. Aber Sie können unbesorgt sein. Ab sofort bin ich sauber.«

Der Wirt fühlte sich sichtlich unwohl. Er wusste nicht, wo er seine Hände lassen sollte. Auf seiner Stirn begannen sich dicke Schweißtropfen zu sammeln.

»In der Tat, zwei Jahre gehen schnell vorbei«, stellte der

Oberleutnant sachlich fest. »Arbeiten Sie hier als Kellner, mein lieber Wöllner?«, fragte er weiter. »Wo ist der Objektleiter abgeblieben?«

»Das bin ich. Kellner, Büfettier, Gaststätteninhaber, alles in einer Person.«

»Da brat mir einer einen Storch«, wunderte sich der Kriminalist. »Wie sind Sie mit einem solchen Vorstrafenregister zu einer Konzession gekommen? Ich dachte, Sie wären für die nächsten fünf, sechs Jahre für die Gastronomie gesperrt worden?«

»Das Verbot besteht, in der Tat, doch es gilt nur für Speisegaststätten. Der *Droschkenkutscher* ist indessen eine reine Bierkneipe. Bis auf ein kleines Imbissangebot werden hier keine Mahlzeiten angeboten. Weil überall dringend erfahrene Leute gesucht werden, hat es keine Probleme bei meiner Einstellung in der HO-Gaststättendirektion gegeben. Sie kennen ja den Spruch: Wer nichts wird, wird Wirt.«

»Ja, und wer auch das verpasst, bleibt Gast. Nun gut, wir wollen es dabei bewenden lassen. Wir nehmen jeder eine rote Brause zu zwanzig Pfennig das Glas und eine Boulette mit Brötchen.«

»Die Bouletten sind noch kalt. Ich würde zur Bockwurst raten. Die ist sehr heiß und knackig.«

»Von mir aus. Wie sieht es mit Soleiern aus?«

»Der Hungerturm ist noch in Planung. Deshalb muss es heute bei dem einfachen Menü bleiben: Bockwurst, Schrippe, Senf. Alles kommt sofort, und alles geht aufs Haus.«

»Das kommt überhaupt nicht in Frage. Außerdem passen wir auf, dass Sie nicht in unsere Gläser spucken.«

»Aber Genosse Oberleutnant, das würde ich bei Ihnen niemals tun. Gegen Sie hege ich keinen Groll. Sie haben damals nur Ihre Pflicht getan. Außerdem bin ich geläutert und daher vollständig auf den Pfad der Tugend zurückgekehrt.«

Der Kriminalpolizist winkte ab. Er packte den Reporter am Ärmel. Die beiden gingen zu einem rustikalen Tisch, der in der hintersten Ecke stand. Die Tischplatte war etwa fünf Zentimeter dick und mit Klarlack überzogen. An der Wand hing ein Foto vom Fernsehturm. Daneben stand auf einem Pappschild: »Vorwärts im Schrittmaß der achtziger Jahre!«

»Woher kennen Sie den Wirt? Ist er ein ehemaliger Kunde von Ihnen?«, wollte Michael Riedel wissen.

»Rüdiger Wöllner hatte Ende der siebziger Jahre die HO-Speisegaststätte *Bergschlösschen* in der Plonzstraße übernommen. Dort gingen die Richter aus dem Stadtbezirksgericht Lichtenberg immer zum Mittagessen hin. Irgendwann hat der Koch gepetzt, dass der Wöllner den Richtern sehr gern ein Spezialmenü zubereitete. Er tat es, indem er ihre Gerichte mit Essensresten aus dem Schweineeimer mischte.«

»Weshalb hat er das gemacht?«

»Aus Rache. Er war in Lichtenberg einige Jahre zuvor wegen einer Trunkenheitsfahrt verknackt worden.«

»Und Sie haben ihn festgenommen?«

»Genau. Vor meiner Versetzung zur Polizeiinspektion Prenzlauer Berg war ich in Lichtenberg tätig. Ich habe die Anzeige bearbeitet und die Vernehmungen durchgeführt. Rüdiger Wöllner hat alles sofort zugegeben. Er war sogar irgendwie stolz auf seine Handlungsweise gewesen. Er ist schon ein seltsamer Charakter.«

»Wollen Sie nun etwas unternehmen, weil er schon wieder eine Gaststätte führt?«

»Ach was, Gott bewahre. Ich glaube an das Gute im Menschen und an die Urteilskraft der Verantwortlichen in der

HO-Gaststättendirektion. Anderenfalls könnte ich meinen Beruf nicht ausüben. Außerdem haben wir in der DDR Vollbeschäftigung. Nur Asoziale gehen nicht arbeiten. Doch nun lassen Sie uns Butter bei die Fische geben, wie es so schön heißt. Was haben Sie mir im Fall des Rosenkavaliers zu berichten? Weshalb wollten Sie mich sehen?«

Michael Riedel begann, zu erzählen: »Vor einer guten Woche habe ich mit Ilka Friesecke gesprochen. Von den anderen Opfern, die ich gefragt hatte, wollte keines mit mir reden. Es war eine lange Unterhaltung, die am Anfang äußerst zähflüssig verlaufen ist. Bei einem solchen Thema wäre alles andere aber auch untypisch gewesen. Ich habe einen Draht zu der Studentin gefunden. Nach einer Weile hat sie zu mir Vertrauen gefasst und ist aufgetaut. Schließlich sprudelte es nur so aus ihr heraus. Sie hat mir gegenüber ihr Innerstes nach außen gekehrt.«

»Und das ging über ihre Aussage bei uns hinaus? Das Protokoll der Zeugenvernehmung ist ziemlich umfangreich.«

»Als ich vor einem guten Monat bei Ihnen war, hat die Genossin Streich erläutert, dass eine Vergewaltigung kaum ohne Verletzungen abgehen kann, weil es an der notwendigen Scheidenflüssigkeit fehlt. Bei Ilka Friesecke war die Notzucht ganz besonders schrecklich gewesen. Sie hat sehr gelitten und große Schmerzen verspürt. Doch das war noch nicht das Schlimmste. Der Täter hat ihr außerdem die Hand auf den Mund gepresst und ihr dabei teilweise die Nase zugehalten. Sie bekam kaum noch Luft und glaubte, ersticken zu müssen.«

»Wir sind immer davon ausgegangen, dass die Frauen unter Schock gestanden haben. Deshalb konnten sie sich nicht wehren. Alle mussten ein ähnliches Martyrium durchleiden. Die Studentin bildet da keine Ausnahme. Worin soll also die neue Erkenntnis bestehen?«

»Ilka Friesecke hat mir erzählt, dass sie von einem bestimmten Punkt an keine Todesangst mehr hatte. Sie verspürte das genaue Gegenteil davon, nämlich Todessehnsucht. Sie wollte, dass das alles so schnell wie möglich vorbei sein sollte. Sie hatte sich und ihr Leben komplett aufgegeben.«

»Das mag in der Tat ein zusätzlicher und neuer Aspekt sein. Aber die Gefühle und Empfindungen des Opfers helfen uns kaum weiter. Wir wollen wissen, was im Kopf des Täters vorgeht«, erwiderte der Kriminalpolizist. »Er ist immer noch ein Phantom. Wir müssen den Vorhang beiseiteziehen, damit wir ihm ins Gesicht blicken können.«

»Bislang sind wir davon ausgegangen, dass der Vergewaltiger so rücksichtsvoll wie möglich vorgegangen ist. Er hat keine übermäßig rohe Gewalt angewendet, die Kondome mit Öl eingerieben und zum Abschied eine Rose hingelegt. Aber ich glaube fest daran, dass er äußerst schlau ist und damit nur von seinem eigentlichen Charakter ablenken wollte.«

»Auch davon sind wir bereits ausgegangen. Wir vermuteten von Anfang an, dass er unter starkem äußeren Zwang gelernt hat, sich zu verstellen.«

»Das ist die Basis. Aber es gibt noch mehr«, erwiderte der Journalist. »Ich bin zum Fachkrankenhaus für Neurologie und Psychiatrie in der Herzbergstraße gefahren. Dort habe ich mich mit Dr. Wolf-Dieter Haberland, dem Leiter der psychiatrischen Beratungsstelle für Erwachsene, unterhalten, ihm den Artikel zu lesen gegeben und ihm meine ganz persönlichen Eindrücke von dem Fall geschildert.«

»Das hätten Sie nicht tun dürfen. Damit haben Sie ganz klar gegen unsere Vereinbarung verstoßen.«

»Irgendwie schon, aber irgendwie auch nicht. Meine Aufgabe besteht nach wie vor darin, den Täter aus der Reserve zu locken. Dazu benötige ich Informationen, die über das hinausgehen, was in den Akten steht. Deshalb muss ich mit anderen Leuten reden, wie beispielsweise mit der Studentin und nun auch mit einem Psychiater.«

Peter Herbst runzelte ärgerlich die Stirn, ließ es aber bei dem bereits Gesagten bewenden. »Sie haben den guten Mann hoffentlich auf seine ärztliche Schweigepflicht hingewiesen? Wir wollen ja schließlich vermeiden, dass irgendwelche Interna an die Öffentlichkeit gelangen.«

»Selbstverständlich. Das war von Anfang an mein Ausgangspunkt.«

»Jetzt bin ich aber doch gespannt. Was hat der gute Onkel Doktor verlauten lassen?«

»Er konnte logischerweise keinen Befund erheben, weil die wichtigsten Voraussetzungen fehlten. Es gibt keine Patientenakte. Der Täter konnte weder untersucht noch befragt werden. Aber es gibt vergleichbare Fälle. Es ist eine eindeutige Tendenz erkennbar.«

»Und die geht in welche Richtung?«

»Dr. Haberland meint, dass bei dem Vergewaltiger von einer Einschränkung der subjektiven Steuerungsfähigkeit auszugehen ist, weil die Taten aus einem individual-neurotischen Konflikt längerer Natur resultieren und dem Zweck einer persönlichkeitsstabilisierenden Autonomiegewinnung dienen.«

»Das hört sich zwar hochwissenschaftlich an, deckt sich jedoch – wie bereits eben erwähnt – mit unserer Annahme, dass der Täter einige Zeit in einem Jugendwerkhof oder im Strafvollzug verbracht haben muss. Er hat dort gelernt, sich anzupassen, leidet freilich unter Minderwertigkeitskomplexen, die er kompensieren will. Das ist alles nichts Neues.«

»Wir können – so Dr. Haberland – von einer deutlichen

Reifeverzögerung ausgehen. Möglicherweise ist der Täter zwar in der Lage, seine Persönlichkeitsdefizite zu erkennen, aber er kann nichts dagegen tun.«

Der Oberleutnant seufzte. »Von mir aus. Na und?«

»Es liegt weder eine behandlungsbedürftige sexuelle Störung noch eine Abweichung von der Sexualpräferenz vor. Aber der Täter missachtet skrupellos soziale Normen. Er ist geschickt, schlau und von hoher Intelligenz. Dr. Haberland geht davon aus, dass der Rosenkavalier über eine niedrige Frustrationstoleranz verfügt und eine flache Schwelle für aggressives und gewalttätiges Verhalten aufweist. Dem stehen Selbstunsicherheit, introvertierte Gehemmtheit und Ich-Schwäche gegenüber.«

»Genug Psychiatrie-Schwachsinn geschwafelt. Was haben Sie herausgefunden? Was kann uns weiterbringen?«

Michael Riedel spielte einen Augenblick die beleidigte Leberwurst, kam dann aber auf den Punkt: »Der Täter ist stark ichbezogen. Er empfindet sich nicht als krank, sondern als normal. Er verspürt zwar einen Leidensdruck, aber der entsteht nicht aus den Symptomen, sondern aus den Missständen, die aus dieser Ichbezogenheit resultieren. Wir können davon ausgehen, dass er allein lebt, kaum soziale Kontakte hat, aber sich völlig unauffällig verhält. Er ist praktisch unsichtbar und wird nur von den wenigsten seiner Mitmenschen überhaupt wahrgenommen. Dr. Haberland meint, dass er Trophäen sammelt, Fotos macht und Tonbandaufzeichnungen anfertigt – oder dass er demnächst damit beginnen wird.«

»Alleinlebende, unauffällige Menschen gibt es unzählige. Wir leben in einer Großstadt. Das ist wie die Suche nach der Nadel im Heuhaufen. Damit kommen wir nicht weiter. Aber der Hinweis auf die Trophäen klingt interessant. Wir sollten die Fotoannahmestellen überprüfen. Vielleicht können sich die Mitarbeiter an einen Kunden erinnern, der gern Fotos von Frauen in Straßenbahnen macht.«

Michael Riedel seufzte. »Das ist leider noch nicht alles. Dr. Haberland ist aufgrund seiner langjährigen Erfahrung der festen Überzeugung, dass der Rosenkavalier ein zutiefst rachsüchtiger Mensch ist, der jede Handlung, die er als persönliche Kränkung auffasst, mit doppelter und dreifacher Münze zurückzahlen wird.«

»So wie es mein Freund Rüdiger Wöllner, der dort vorn am Tresen steht, in seiner früheren Speisegaststätte getan hat?«

»Ganz genau, nur wesentlich schlimmer. Der Täter ist in seiner Kindheit und Jugend stark drangsaliert worden und konnte sich nicht wehren. Seine Überlebensstrategie bestand in Gewaltphantasien. Lange Zeit konnte er sie nicht umsetzen. Doch inzwischen ist er in der Lage dazu.«

»Dann stellt sich die Frage, wen es treffen wird.«

Der Redakteur seufzte noch stärker. »Die Opfer wird er wohl kaum ein zweites Mal anrühren. Selbst seinem kranken Hirn müsste klar sein, dass er den Frauen großes Leid zugefügt hat. Wenn man sie also von der Liste streicht, bleiben nicht mehr viele Akteure übrig.«

»Wir wollten ihn aus der Reserve locken. Das war von Anfang an unsere Absicht. Und Sie haben ganz bewusst den Kopf aus der Deckung gesteckt, indem Sie den Artikel mit Ihrem Namen und Ihrem Foto versehen haben. Ob der Rosenkavalier deshalb Ihnen gegenüber auf Rache sinnen wird, wissen wir nicht. Es kann sein, aber es muss nicht sein. Genauso gut kann er uns aufs Korn genommen haben, weil die Informationen von uns stammen. Wenn er Sie lediglich als Boten betrachtet, dürften Sie eigentlich nichts zu befürchten haben. Aber wir wollen lieber auf Nummer sicher gehen. Ich werde dem Genossen Laskowski den dienstlichen Auftrag erteilen, Sie im Auge zu behalten.«

»Ach, das wird doch wohl nicht nötig sein«, wehrte Michael Riedel wider alle Vernunft ab.

Die Antwort des Oberleutnants fiel eindeutig aus: »Hinterher ist man immer schlauer. Vorsicht ist besser als Nachsicht. Außerdem möchte ich nur ungern zu Ihrer Beerdigung kommen müssen. Ich besitze zwar vielerlei Talente, ein Auftritt als Trauerredner gehört nicht dazu.«

Der Redakteur lachte gezwungen. »Nein, so weit wollen wir es wirklich nicht kommen lassen. Es ergibt aber keinen Sinn, den Genossen Unterleutnant vor dem Verlagsgebäude müßig auf der Straße herumlungern zu lassen, während ich oben – umgeben von einem guten Dutzend Kollegen – Texte in meine Schreibmaschine hämmere.«

»Nein, natürlich nicht. Wir reden hier nicht von einer Rund-um-die-Uhr-Bewachung. Wir wollen lediglich das Risiko mindern. Sie rufen rechtzeitig an, bevor Sie das Gebäude verlassen. Gerhard Laskowski wird sich dann an Ihre Fersen heften. Jede Kontaktaufnahme ist verboten. Sie dürfen ihm also weder zuwinken noch sich ständig nach ihm umdrehen. Verstanden?«

»Jawohl. Ich werde mich so unauffällig wie möglich verhalten. Großes Pionierehrenwort.«

»Haben Sie einen Kaktus?«

»Nein, ich bin Junggeselle. Da ist das Leben schon stachelig genug.«

Der Oberleutnant ging nicht auf den Scherz ein. »Dann gehen Sie in den nächsten Blumenladen und kaufen sich ein schönes, großes Exemplar. Sobald Sie nach Hause gekommen sind, machen Sie einen Rundgang durch Ihre Wohnung. Wenn alles in bester Ordnung ist, stellen Sie den Kaktus auf das Fensterbrett. Dann weiß der Unterleutnant Bescheid und kann seinen Posten verlassen.«

»Bei den Frauen ist der Täter nachts gekommen. Selbst Türen mit Sicherheitsschlössern konnten ihn nicht aufhalten.«

»Ich halte es für völlig ausgeschlossen, dass es sich bei dem Vergewaltiger um den Schauspieler Heinz Rühmann handelt. Das ist der einzige Mensch – von dem ich weiß –, der Mauern durchdringen kann. Jedenfalls konnte er es in der Filmkomödie aus dem Jahr 1959 *Ein Mann geht durch die Wand*. Wenn Sie also innen an Ihrer Wohnungstür einen stabilen Riegel oder eine Querstange anbringen, dann ist auch der beste Schlosser machtlos.«

»Vielen Dank, Genosse Oberleutnant«, sagte der Redakteur. »Das mindert etwas meine Ängste. Aber da wäre noch etwas anderes, was wir besprechen müssten.«

»Und das wäre?«

»Nach meinem Artikel über den Vergewaltiger bin ich in der Redaktion zum Polizeireporter befördert worden. Das war vor über zwei Wochen gewesen. Inzwischen ist mein Ruhm bereits wieder verblasst. Ich werde wieder für alltäglichen Krimskrams eingeteilt. Ich benötige also dringend Nachschub, sonst bin ich in einem Monat kein Polizeireporter mehr, sondern wieder ein einfacher Lokalredakteur.«

»Direkt kann ich Ihnen leider nicht helfen. Für die Öffentlichkeitsarbeit ist ausschließlich die Hauptabteilung zuständig, und die verhandelt wiederum nur mit Ihrer Chefredaktion. Ich will versuchen, einige Fäden zu ziehen. Vielleicht gelingt es mir, einen direkten Kontakt herzustellen. Versprechen kann ich aber nichts. Ich bin auch nur ein kleines Licht.«

Plötzlich tauchte Rüdiger Wöllner am Tisch auf. Er hatte sich eine Serviette über den angewinkelten rechten Arm gelegt und mimte den Oberkellner in einem feinen Restaurant. »Meine Herren«, sagte er feierlich, »es gibt gute Nachrichten aus der Küche. Die Bouletten sind inzwischen knusprig braun gebraten. Ich kann sie dringend empfehlen.«

»Dann bringen Sie bitte zwei Stück. Gibt es Kartoffelsalat?«

»Momentan noch nicht, leider. Aber demnächst. Heute müssen die Herren mit Schrippen vorliebnehmen.«

»Dann her damit!«, befahl Peter Herbst. »Und bringen Sie gleich die Rechnung mit. Der Herr hier bezahlt die gesamte Lage.«

5. Kapitel

Die Lage spitzt sich zu

Unerwünschter Besuch

> »Es gibt für jeden Süchtigen wie Rückfälligen Situationen, die zum Trinken verführen, in der Familie wie im Arbeitskollektiv oder im Kontakt mit anderen Personen.«
>
> *Berliner Zeitung*, Sonnabend, 12. Mai 1984

An diesem Samstagnachmittag war in der Redaktion der *Berliner Zeitung* nicht mehr viel los. Der kleine Zeiger an der großen runden Uhr über der Eingangstür zum Großraumbüro rückte über die Vier hinaus. Wer es irgendwie einrichten konnte, hatte sich längst verdrückt und ins Wochenende verabschiedet.

Michael Riedel gehörte zum Fähnlein der letzten Aufrechten, aber er befand sich auch schon auf dem Sprung. Sein Tagwerk war getan. Er zog ein Blatt Papier aus der Schreibmaschine und überflog lustlos den kurzen Text, den er soeben über die Kneipe *Zum Droschkenkutscher* verfasst hatte. Damit konnte er zwar keinen Hund hinter dem Ofen hervorlocken, aber dieser Artikel diente wenigstens als ein Tätigkeitsbeweis. In der Lokalredaktion gab es keine festen Vorgaben, wie viele Beiträge jeder Redakteur im Monat abzuliefern hatte. Lediglich die Zahl der Seitendienste stand fest: Regelmäßig einen bis zwei Tage alle zwei Wochen, und zwar sonntags bis freitags. Wer wann genau in den sauren Apfel beißen musste, wurde während der Abteilungsberatungen wie auf einem orientalischen Basar ausgehandelt.

Für den Seitenredakteur begann die Arbeitszeit immer erst am späten Nachmittag. Sie endete in der Regel gegen zweiundzwanzig Uhr, konnte sich aber auch bis kurz vor Mitternacht hinziehen. Meistens handelte es sich um reine Routine, die jedoch ganz schnell in eine schweißtreibende Tätigkeit ausarten konnte.

Die Aufgabe des Seitenredakteurs bestand darin, die Lokalseite zu spiegeln. In einer Mappe lagen die dafür vorgesehenen aktuellen Artikel. Außerdem gab es noch einige alte Schmonzetten zur Reserve. Moderne Technik fehlte völlig. Der Diensthabende musste mit einem Blatt Papier, einem Typometer und einem Bleistift als Hilfsmitteln auskommen. Der Ablauf gestaltete sich wie folgt: Auf einer Papiervorlage von der Größe einer Zeitungsseite waren Spalten eingetragen. Mit Hilfe des Typometers rechnete der Redakteur die Längen der einzelnen Beiträge aus. Dann zeichnete er sie mit einem Bleistift auf der Vorlage ein, vermerkte die Schriftarten sowie die Schriftgrößen der Überschriften und nummerierte sie durch.

Die Kunst des Spiegelns bestand darin, auf der späteren Zeitungsseite weder Löcher noch Umläufe von zwei bis drei Zeilen Länge entstehen zu lassen. War beispielsweise der eine Artikel etwas zu umfangreich, musste er leicht eingekürzt werden. War hingegen ein anderer Beitrag zu kurz, wurde er mit Füllwörtern aufgeblasen. In die restlichen Zwischenräume kamen Meldungen, die jeweils auf das rechte Maß zurechtzustutzen waren.

Die fertig gespiegelte Seite ging dann mit sämtlichen Texten als Anlage via Rohrpost in die Bleidruck-Setzerei. Von dort kam sie eine gute Stunde später als Andruck zurück. Nun begann die Suche nach den Druckfehlern. Beim Umbruch entstanden außerdem regelmäßig neue Löcher, die wieder gestopft werden mussten. Manchmal war auch eine Überschrift zu lang geraten und passte nicht, manchmal füllte sie den vorgesehenen Platz nicht aus. In einem solchen Fall leistete ein Synonymwörterbuch gute Dienste. Aus einem »Übersetzer« wurde dann zum Beispiel ein »Sprachmittler«, und aus dem »Schrottplan« die »Planung des Sekundärrohstoffaufkommens«.

Neben dem Lokalredakteur waren noch der Chef vom Dienst und ein Korrektor mit dem Gegenlesen der Andruckseiten beschäftigt. Trotzdem kam es äußerst selten vor, dass eine Zeitung völlig frei von Druckfehlern ausgeliefert wurde. Manchmal gab es auch für die Leser etwas unfreiwillig Komisches zum Lachen, wenn beispielsweise aus dem »Opernsänger Polster« auf unerklärliche Weise der »Opernsänger Sofa«, aus einem »blutigen Mummenschanz« ein »blutiger Mummenschwanz« und aus einem »Nothalt der Eisenbahn« ein »kurzweiliger Aufenthalt« geworden war.

Der für den Seitendienst größtmögliche denkbare Unglücksfall war, wenn der Chef vom Dienst plötzlich anordnete, die Aufmachung oder einen Kasten auszutauschen. Ein Vetorecht gab es nicht. Befehl war Befehl. Der Seitendienst musste blitzschnell Ersatz beschaffen. Er hatte ein ernsthaftes Problem, wenn die Reservemappe leer war oder die Artikel aus irgendeinem Grund nicht verwendet werden konnten. Dann musste sich der Redakteur blitzschnell einen neuen Beitrag aus den Fingern saugen und ihn in wenigen Minuten druckfertig abliefern. Selbst gestandene Männer alterten in solchen Fällen um Jahre.

Als Michael Riedel seine Sachen zusammenpackte, saß

nur noch Wilhelm Umstätter einsam und verlassen hinten in der Ecke vom Großraumbüro. Sonnabends entfielen die Seitendienste, weil am Sonntag keine Zeitung erschien. Der Gerichtsreporter war schon lange Rentner, hatte aber niemanden mehr, der zu Hause auf ihn wartete. Er kam und ging, wann er wollte, und niemand hinderte ihn daran. Wilhelm Umstätter war Kommunist und Spanienkämpfer gewesen. Er hatte mehrere Säuberungsaktionen in Moskau überlebt und sich trotzdem – oder gerade deshalb – mit der Gruppe Ulbricht überworfen. Am 19. Mai 1945, als Generaloberst Nikolai Bersarin den ersten Berliner Nachkriegsmagistrat einsetzte, wurde Wilhelm Umstätter Mitarbeiter der Propagandaabteilung. Wenig später wechselte er zur *Berliner Zeitung*. Doch er blieb sein Leben lang ein einfacher Redakteur. Niemand konnte sagen, ob er freiwillig auf eine Karriere verzichtet hatte oder ob Ulbrichts Bann fortwirkte. Er selbst sprach nicht darüber. Wilhelm Umstätter beteiligte sich auch nicht an politischen Diskussionen – weder im positiven noch im negativen Sinne. Er war lediglich ein freundlicher alter Mann, der andere in Ruhe ließ und selbst in Ruhe gelassen werden wollte.

Michael Riedel ging noch zu einem Schwatz hinüber. Er unterhielt sich gern mit dem Gerichtsreporter, weil der wie ein wandelndes Lexikon war. Trotz seines hohen Alters verfügte er über ein erstaunliches Gedächtnis, um das ihn manch jüngerer Kollege beneidete.

Michael Riedel fragte: »Wie wäre es mit einer Tasse vollmundigen Kantinenkaffee, frisch gebrüht aus liebevoll gerösteten Bohnen?« Die Frage war rein rhetorisch, denn Wilhelm Umstätter trank ausschließlich Tee, den er sich in einer Thermoskanne von zu Hause mitbrachte. Die Antwort fiel dann auch wie erwartet aus: »Vielen Dank der gütigen Nachfrage.

Aber ich verzichte. Auch du solltest diese braune Brühe lieber meiden. Jedenfalls, wenn du deine Potenz behalten willst.«

Michael Riedel lachte. »Ich bin bei der NVA gewesen. Dort werden die ganz harten Drogen verabreicht, damit die Rekruten keinen Lagerkoller bekommen. Mir hat es trotzdem nicht geschadet. Es gab jedenfalls noch keine Beschwerden. Doch nun zu einem ganz anderen Thema, wenn ich dich nicht störe. Darf ich mich für eine Weile zu dir setzen?«

»Nur zu mein Junge. Ich bummele hier nur meine Zeit ab. Was willst du wissen?«

»Hast du neulich meinen Artikel über den Vergewaltiger gelesen?«

»Ja, sicher. Weshalb fragst du?«

»Ist dir in deiner langen Karriere als Gerichtsreporter schon einmal ein ähnlicher Fall begegnet?«, wollte der Lokalredakteur wissen.

»Nein, die meisten Vergewaltiger sind unterbelichtete Schwachköpfe, die einen spontanen Entschluss fassen, dabei eine Menge Fehler machen und deshalb in der Regel schnell gefasst werden. Bei den Serienmördern sieht die Sache allerdings etwas anders aus. Viele Verbrechen werden nicht als solche erkannt, weil die unnatürlichen Todesfälle als natürliche Folgen von Krankheiten oder Unfällen angesehen werden. Darüber fehlt bei etlichen Serienmorden das verbindende Element zum nächsten Delikt. Sie werden deshalb irrtümlich als Einzelverbrechen verfolgt.«

»Was können denn von einem Sexualmord zum nächsten für verbindende Elemente fehlen?«

Wilhelm Umstätter erwiderte: »Zeitliche Abstände und räumliche Entfernungen spielen eine große Rolle. Manche Serienmörder warten von der einen Tat bis zur nächsten jahrelang. Oder sie waren erst in Thüringen aktiv und dann an der Küste. Außerdem sind Serienmörder nicht gleich Serienmörder.«

»Ja, sicher doch. Es gibt junge und alte, dicke und dünne, dumme und schlaue, reiche und arme.«

»Nein, ganz im Ernst, Serienmörder lassen sich in fünf Hauptkategorien klassifizieren. Für ihre Opfer ist das ohne jede Relevanz, aber bei der Aufklärung spielt es eine große Rolle, ob es sich um Sexual-, Raub-, Beziehungs-, Gesinnungs- oder Veranlagungsmörder handelt.«

»Das leuchtet mir ein. Was ist nun deiner Meinung nach das Hauptmerkmal bei einem Seriensexualmörder? Und könnte unser Mann auch zu einem Killer werden?«

»Jeder Mensch kann das. Es liegt in seiner Natur«, erwiderte der Gerichtsreporter. Seine Stimme klang verbittert. »Es kommt immer auf die äußeren Umstände an. Im Dritten Reich haben treusorgende Familienväter, die sich der Herrenrasse zugehörig fühlten, ohne jedes Schuldgefühl jüdische Kinder in die Gaskammern getrieben. Sexualmörder töten, weil sie dadurch die höchste Form der sexuellen Befriedigung finden. Bei Vergewaltigern, die nicht geschnappt werden, erhöht sich nach und nach die Reizschwelle. Deshalb ist es nicht ausgeschlossen, dass dieser Frauenschänder, der zurzeit in Berlin sein Unwesen treibt, sein nächstes oder übernächstes Opfer umbringen könnte.«

»Wie vielen Serienmördern hast du schon im Gerichtssaal gegenübergesessen?«

»Noch keinem einzigen«

»Woher weißt du dann so viel darüber?«

Der alte Mann lächelte melancholisch. »Weil dieses Wissen leider zu meiner Arbeit gehört.«

»Dann kannst du mir sicher einiges sagen, was mir weiterhelfen könnte.«

»Ich bin Autodidakt. Ich habe mir meine Kenntnisse selbst angeeignet. Sie sind lückenhaft, weil ich nur durch die Schule des Lebens gegangen bin. Die Kriminalpolizisten hingegen haben an der Humboldt-Universität studiert. Sie hatten Zugriff auf interne Studien und Quellen, die als Verschlusssache behandelt werden. Sie wissen wesentlich besser Bescheid als ich.«

»Das mag wohl so sein. Aber ich möchte trotzdem gern deine Meinung hören.«

Wilhelm Umstätter goss sich ein wenig Tee ein und trank in kleinen Schlucken. Er überlegte eine Weile. Dann sprach er: »Was ich sage, ist völlig unverbindlich. Jeder Fall liegt anders. Es gibt immer die Regel und die Ausnahme. Manches Detail mag stimmen – oder auch nicht.«

»Ja, ich habe verstanden«, entgegnete Michael Riedel ungeduldig. »Ich werde deine Worte keinesfalls auf die Goldwaage legen.«

»Statistische Untersuchungen haben ergeben, dass sich die meisten Sexualmörder in den folgenden Punkten gleichen: Sie stammen aus zerrütteten Familien, sind nur bei einem Elternteil, den Großeltern oder im Heim aufgewachsen. Als Kinder wurden sie sexuell missbraucht, waren Bettnässer und haben sich als Brandstifter sowie als Tierquäler hervorgetan. In ihren schulischen Leistungen blieben sie lange Zeit oder für immer hinter ihren Klassenkameraden zurück. Sie gelten als introvertiert und kommunikationsarm, aber als harmlos. Ihren ersten Mord begehen sie zwischen dem sechzehnten und dem vierundzwanzigsten Lebensjahr. In vielen Fällen handelt es sich um eine Tat im Affekt nach einer Vergewaltigung.« Der Gerichtsreporter trank einen weiteren Schluck Tee. Dann fuhr er fort:

»Wie ich schon sagte, sind die meisten Sexualmörder Volltrottel an der Grenze zur Debilität. Doch es gibt auch planvolle Täter. Sie handeln zielgerichtet und lange Zeit vorausschauend. Sie suchen sich ihre Opfer und die Tatorte ganz genau aus. Sie sind intelligent, verfügen meistens über eine hohe soziale Kompetenz und sind beruflich erfolgreich. Sie bringen ihre Mordwerkzeuge mit, benutzen häufig ein Fahrzeug, um zum Tatort zu gelangen, und verfolgen in den Medien die polizeilichen Ermittlungsergebnisse. Sie bemühen sich, keine verwertbaren Spuren zu hinterlassen und stehen selten unter dem Einfluss von Alkohol.«

»Mein lieber Mann, da gibt es ja einiges zu bedenken.« Michael Riedel erhob sich und reichte dem Gerichtsreporter zum Abschied die Hand. »Woran schreibst du momentan?«

»Ach, das ist nur eine ganz kleine Sache. Vor kurzem sind einige Burschen erwischt worden, die auf Friedhöfen Blumen geklaut haben. Es hat ein beschleunigtes Verfahren gegeben. Die Jungs müssen nun einige Stunden gemeinnützige Arbeit leisten. Mehr ist dabei für sie nicht herumgekommen. Die Richterin hat in ihrem Urteilsspruch die Hoffnung ausgedrückt, es würde ihnen eine Lehre sein. Ich habe da so meine Zweifel.«

Als Michael Riedel schon auf halbem Weg zum Fahrstuhl war, fiel ihm ein, dass er dem Oberleutnant versprochen hatte, regelmäßig in der Volkspolizeiinspektion anzurufen, bevor er das Verlagsgebäude verließ. Der Redakteur war mit sich uneins, ob er das jetzt noch tun sollte. Es könnte nämlich bedeuten, dass er noch für eine Weile in der Redaktion bleiben und auf das Eintreffen des Unterleutnants warten müsste. Dann aber siegte sein Verantwortungsbewusstsein.

Die Polizistin in der Telefonzentrale der Volkspolizeiinspektion erklärte ihm, dass das Dezernat »Allgemeine Kriminalität« derzeit unbesetzt sei. »Rufen Sie am Montag ab sieben Uhr wieder an. In Notfällen wählen Sie die 110.«

Michael Riedel nahm erleichtert den nächsten Fahrstuhl nach unten. Er hatte seine Pflicht getan und musste sich nichts vorwerfen lassen. Allerdings war klar, dass der Plan präzisiert werden musste. Wer unter Polizeischutz stand, brauchte eine Rufnummer, die er auch nachts und an den Wochenenden erreichen konnte.

Im selben Moment, als der Redakteur die Haltestelle erreicht hatte, kam auch schon die Straßenbahn. Sie war nur halb besetzt. Im vorderen Wagenteil randalierte ein Betrunkener. Michael Riedel verzog sich deshalb ganz nach hinten. Auch die übrigen Fahrgäste hielten genügend Abstand zu dem Saufbruder.

Die *Konsum*-Kaufhalle an der Ecke hatte noch auf. Doch in dem schwarzen Milchkübel neben dem Kühlregal schwammen nur noch zerplatzte Plastikschläuche. Auch das Brot war bereits alle. Aber es gab kleine Wurstbüchsen. Bei der Armee wurden sie »Komplekte« genannt. Der Redakteur nahm drei Portionen Jagdwurst und eine Dose Leberwurst. Dann entdeckte er im Backwarenregal ein einsames Brötchen. Es war im Laufe des Tages knochenhart geworden, aber wenn er es im Toaster leicht anröstete würde es noch seinen Zweck erfüllen. Das Abendbrot war jedenfalls gerettet.

Als Michael Riedel seine Wohnungstür aufschloss, fiel ihm ein, dass er vergessen hatte, sich einen Kaktus zu kaufen. Aber er besaß eine tulpenförmige Blumenvase aus braunem Ton. Er holte sie aus der Abstellkammer, stopfte einen grünen Pulli hinein und trat einen Schritt zurück. Eine gewisse Ähnlichkeit mit einem Kaktus war unverkennbar. Michael Riedel stellte die Vase auf das Fensterbrett und schaute auf die Straße. Unterleutnant Laskowski war nirgendwo zu sehen. Alles andere wäre auch seltsam gewesen. Neben der Litfaßsäule gegenüber standen zwei dicke Frauen und schwatzten. Ein Mann mit Lederjacke und eiförmigem Sturzhelm bemühte sich vergeblich, ein Moped »Schwalbe« anzutreten. Von links kam ein hellblauer Trabant angetuckert, von rechts ein gelber. Ein Briefträger mit einer braunen Ledertasche ging auf das Haus zu. Offensichtlich hatte die Deutsche Post ihre Zustellzeiten von den Morgen- auf die Abendstunden verlegt. Dem Redakteur konnte das völlig egal sein. Er hatte keine Tageszeitung abonniert, die er beim Frühstück vermissen würde.

Michael Riedel nahm den Aluminiumschlüssel vom Haken und ging zur Toilette. Dort hatte er auf dem Fensterbrett einige alte Ausgaben vom *Magazin* liegen, in denen er gern blätterte, wenn er auf seinem Thron saß. Als er mitten in eine Krimigeschichte vertieft war, die in England spielte und in der ein Gentlemangangster einen Eisenbahnraub plante, ertönte plötzlich draußen ein Heidenspektakel.

Der Journalist zog sich eilig seine Hosen hoch, riss die Klotür auf und rannte hinaus. Im Treppenhaus stand Herbert Hartwig. Er war bleich wie eine gekalkte Wand und völlig außer sich. Offensichtlich schien ihm soeben ein schweres Leid widerfahren zu sein, denn auf dem Fußboden lag eine zerbrochene Flasche Schnaps. Es roch durchdringend nach hochprozentigem Fusel. Dem Klebezettel nach zu urteilen, handelte es sich um einen halben Liter Korn, wegen der Farbe des Etiketts auch als »Blauer Würger« bekannt. Der Trinker war wie üblich mit ausgeleierten Armeetrainingshosen, Schlappen und einem Herrenoberhemd von zweifelhafter Beschaffenheit bekleidet, welches eine verantwortungsvolle Hausfrau noch nicht einmal mehr als Scheuerlappen verwendet hätte.

»Mensch Herbert, was ist dir denn widerfahren? Ist die Pulle aus der Hand gerutscht?«

Der Trinker hob den rechten Arm, zeigte auf das Treppenhaus und stotterte: »Da, da, da.«

»Was ist da? Ich kann nichts sehen.«

»De, de, der Postbote.«

»Ja, den habe ich vorhin ins Haus gehen sehen. Was ist mit ihm?«

»Er war in deiner Wohnung.«

»Ausgeschlossen. Was sollte er da wollen?«

Herbert Hartwig hatte noch eine eiserne Reserve dabei. Er zog einen Taschenrutscher Wodka aus der Hose, knackte den Verschluss und nahm einen tiefen Zug. Allmählich kehrte die Farbe in sein Gesicht zurück. Nun konnte er wieder in zusammenhängenden Sätzen sprechen: »Ich wollte dich vorhin besuchen. Ich hatte einen kleinen Schluck zur Begrüßung mitgebracht. Deine Wohnungstür war nur angelehnt. Ich habe geklopft. Plötzlich flog die Tür auf und knallte mir gegen die Brust. Vor Schreck und Schmerz habe ich die Pulle fallen gelassen. Aus deiner Bude kam ein Briefträger wie der Blitz geschossen, stieß mich beiseite und rannte die Treppen hinunter. Das war alles.«

»Das war alles?«

»Ja, sag ich doch.«

»Du musst dich irren. Seit wann steigen Postboten die Treppen nach oben? Das habe ich noch nie gehört.«

»Wenn es aber so gewesen ist«, erwiderte Herbert Hartwig beleidigt.

»Dann wollen wir mal nachsehen, ob er ein Paket oder einen Brief für mich abgegeben hat.«

Auf der Flurgarderobe befand sich nichts. Doch im Wohnzimmer lagen drei Einweckgläser auf dem Teppich, die vorher noch nicht dagewesen waren und die dort keinesfalls etwas zu suchen hatten. Michael Riedel blieb stehen und betrachtete sie staunend. Es handelte sich um qualitativ hochwertige Einmachgläser mit Schraubverschlüssen. Die Blechdeckel lagen daneben. Michael Riedel konnte sich nicht den geringsten Reim darauf machen. Vielleicht hatte ihm seine Mutter selbstgemachte Marmelade geschickt? Doch die Gläser waren leer. Wohin hatte sich ihr Inhalt verflüchtigt? Dann sah der Polizeireporter genauer hin und bemerkte, dass sich auf seinem Teppich etwas bewegte. Es wimmelte förmlich vor Spinnen. Sie waren unterschiedlich groß. Allerdings wiesen sie eine Gemeinsamkeit auf: Alle wirkten äußerst abstoßend und extrem gefährlich.

Vor einer einzelnen Spinne hätte sich Michael Riedel nicht gefürchtet, sondern beherzt zu einem Staubtuch gegriffen, sie eingefangen und aus dem Fenster expediert. Bei mehreren Dutzend dieser behaarten Krabbelviecher sah die Sache schon ganz anders aus. Außerdem war er kein Spinnenexperte. Wie sollte er giftige von ungiftigen unterscheiden?

Michael Riedel ließ sich in seinen Lesesessel fallen und sagte zu Herbert, der an der Tür stehen geblieben war: »Jetzt brauche ich einen kräftigen Schluck!«

Der Trinker reichte dem Reporter den noch halbvollen Taschenrutscher und betrachtete verwundert das Gewusel auf dem Teppich. »Da hat doch dieser Trottel von Postbote nicht nur meine Flasche Korn zerknallt, sondern auch noch deine Warenlieferung auf dem Fußboden ausgekippt. Ungeschickt lässt grüßen! Was willst du denn mit den Spinnen anfangen? In diesem Jahr gibt es doch noch gar nicht so viele Fliegen.«

Michael Riedel antwortete nichts. In diesem Augenblick

war ihm nämlich schlagartig klar geworden, auf welche Weise es dem Rosenkavalier gelungen war, sich unbemerkt in die Wohnungen seiner Opfer einzuschleichen und weshalb die besten Türschlösser nicht in der Lage dazu gewesen waren, ihn davon abzuhalten.

Das Schwein auf der Straße

> »Als ebenso wichtig wie die Ernte sehen es die Genossenschaftsbauern und Arbeiter an, das Futter in der Tierproduktion so effektiv wie möglich zu verwerten.«
>
> *Neues Deutschland*, Montag, 14. Mai 1984

Den gesamten Samstagabend hatte Michael Riedel damit verbracht, in seiner Wohnung mit dem Staubsauger auf Spinnenjagd zu gehen. Aber es war wie in dem Märchen vom süßen Brei: Immer, wenn er glaubte, endlich klar Schiff gemacht zu haben, tauchten neue Exemplare auf. Eines sah widerlicher aus als das andere.

Vorerst kam es für ihn nicht in Frage, in der Wohnung zu übernachten. Die Gefahr, gebissen zu werden, war viel zu groß. Bei seinen Eltern wäre genügend Platz gewesen, aber dort wollte er nicht hin. In seiner Not fragte er Herbert Hartwig. Der Trinker stimmte sofort voller Begeisterung zu. Er wohnte nun bereits seit über einem Monat in dem Haus und hatte noch nie Besuch bekommen, geschweige denn einen Schlafgast beherbergt.

Als Einstand brachte der Journalist sechs Flaschen »Berliner Pilsner« und eine große Buddel »Oriente-Rum« mit. Der Abend verging wie im Fluge. Irgendwann hatte Michael Riedel einen Filmriss. Der Sonntag verlief äußerst schemenhaft. Am Montag erwachte der Redakteur mit starken Kopfschmerzen. Er lag auf dem harten Dielenfußboden im sogenannten Wohnzimmer und war noch völlig bekleidet. Selbst die Schuhe hatte er noch an. Unter seiner Schädeldecke puckerte es überaus unangenehm. Es war wie in dem Witz, wo ein Mann zu seinen Kumpels sagt: »Ich leide unter einer schweren Lederallergie. Immer, wenn ich mit Schuhen schlafen gehe, habe ich am nächsten Morgen rasende Kopfschmerzen.«

In dem Zimmer sah es aus wie auf einem Schlachtfeld. Überall standen und lagen leere Flaschen, Gläser sowie Untersetzer voller Zigarettenkippen herum. Es stank nach kalter Asche, schalem Bier und Erbrochenem. Wer sich wann weshalb übergeben hatte, war völlig unklar.

Michael Riedel stützte sich mühsam auf. Auf einem Vertiko aus zerschrammten Nussbaumholz stand ein viereckiger grüner *ruhla*-Plastikwecker. Er zeigte auf acht Uhr. Es blieb also noch genügend Zeit bis zur Abteilungssitzung um zehn Uhr. Michael Riedel schloss noch einmal für einen kurzen Moment die schmerzenden Augen. Als er wenig später mit trockenem Mund erwachte, war es immer noch acht Uhr.

Der Journalist sprang auf, wie von der Tarantel gestochen. Im nächsten Moment bereute er diese jähe Bewegung, denn ihm wurde speiübel. Er wankte in die Küche und steckte den Kopf unter den Wasserhahn am Ausguss und ließ das kalte Wasser über Gesicht und Nacken fließen.

Allmählich kehrten die Lebensgeister zurück. Michael Riedel nahm einen tiefen Schluck Leitungswasser, gurgelte und spuckte aus. Dann fiel ihm ein, dass er eine Armbanduhr besaß. Sie funktionierte noch, obwohl das Zifferblatt aus unerklärlichen Gründen einen Sprung hatte. Es war erst drei viertel sieben.

Der Journalist überlegte. Sollte er weiterschlafen, lesen oder zum Bäcker gehen? Weiterschlafen wäre am bequemsten und lesen am interessantesten, aber in seiner derzeitigen Verfassung kaum möglich. Er beschloss, seine Schwäche zu überwinden, den Tag mit einer guten Tat zu beginnen und Brötchen zu holen. Vorsichtshalber inspizierte er noch die Lebensmittelvorräte seines Gastgebers.

Die Küche war ein mittelgroßer Raum mit zwei schrägen Dachfenstern, von denen streifig die Farbe abblätterte. Eine dicke Staub- und Rußschicht bedeckte die Scheiben und machte ein Hinaussehen fast unmöglich. An der Wand lehnte ein halbhohes, weiß gestrichenes Regal, in dem unzählige leere Wein- und Schnapsflaschen in mehreren Reihen übereinander lagen. Rechts von der Tür glänzte eine schwarze, unbenutzbare Kochmaschine aus Friedenszeiten, auf der ein fettbeschmierter, aber offensichtlich funktionierender Gaskocher stand, denn eine Schachtel Streichhölzer lag daneben. Einen Kühlschrank gab es nicht, nur einen ausziehbaren Küchentisch. Die beiden zerbeulten Aluminiumabwaschschüsseln waren bis zum Rand mit schmutzigem Geschirr gefüllt. Auch auf den Fensterbrettern und allen sonstigen Stellflächen im Raum stapelten sich benutzte Teller, Gläser, Tassen, Töpfe und volle Aschenbecher. Die Kippen hatte der Wohnungsinhaber nicht wegwerfen können, weil der Abfalleimer überquoll. Aus leeren Joghurtbechern wucherten pelzig grau-grüne Schimmelfäden. Michael Riedel war ehrlich verblüfft, wie es einer alleinstehenden Person gelingen konnte, innerhalb eines einzigen Monats ein solches Chaos anzurichten.

Aber wo wurden die Esswaren aufbewahrt? In der Ecke neben dem Abwaschtisch entdeckte er eine halbhohe Tür. Dahinter verbarg sich ein in die Wand eingelassener Vorratsschrank. In ihm herrschte – im Gegensatz zur übrigen Wohnung – penible Ordnung. Der Journalist inspizierte die Nahrungsmittel. Er fand einen kleinen Zipfel harter Wurst, einen Klecks Margarine und ein angerissenes Paket Würfelzucker. Sonst gab es nichts Genießbares – einen halb vertrockneten Zwiebelzopf an der Wand einmal ausgenommen. In der runden bunten Blechbüchse raschelte kein Krümelchen Kaffee mehr, und der letzte vertrocknete Teebeutel vergilbte nach seinem zweiten Aufguss neben der Kehrschaufel.

Michael Riedel schaute in sein Portemonnaie. Über zehn Mark in Münzen und Scheinen beulten das speckige Leder. So viel Geld reichte für ein fürstliches Frühstück: frische, knackige, warme, duftende Bäckersemmeln, Mehrfruchtmarmelade, Eier und ein kleines grünes Würfelpäckchen mit schwarzem Tee zu 1,25 Mark.

Draußen stach das Licht schmerzhaft in die Augen. Ein milchiger Dunst lag über der Stadt und nahm den Häusern ihre harten Konturen. Die kalte Morgenluft schmeckte nach Schwefel und roch nach Autoabgasen.

Der Journalist lief wie ein Schlafwandler und nahm die Umwelt nur mit halben Sinnen wahr. Trotz der die Blutzirkulation anregenden morgendlichen Dusche unter dem Wasserhahn konnte sich sein Körper nur langsam an den aufrechten Gang gewöhnen. Michael Riedel bog von der Prenzlauer Allee in die Raumerstraße ein, in der sich der Bäckerladen und ein kleines Lebensmittelgeschäft befanden. Er ging selten in die *Konsum*-Kaufhalle gegenüber von seinem Haus, denn in dem Tante-Emma-Laden konnte er die Eier einzeln kaufen und im äußersten Notfall etwas anschreiben lassen. Die Preise waren sowieso überall dieselben.

Wie im Traum tappte der Polizeireporter die wenig befahrene Straße entlang. Nur im Unterbewusstsein nahm er einen Lkw mit weißem Kastenaufbau wahr, der an ihm vorbeifuhr. Plötzlich knallte es vor ihm. Michael Riedel schrak zusammen und starrte völlig verblüfft vor sich auf den Fahrdamm. Dann wanderte sein Blick zum Transporter. Die schlecht verriegelte Rücktür des Lkw hatte sich während der Fahrt geöffnet. Sie klappte nun hin und her. Mitten auf dem Pflaster lag ein dickes, fettes, rosiges Schwein. Es war aus dem Fleischerauto gefallen und mausetot.

Der Laster fuhr noch ein Stück weiter. Dann bremste er, hielt an, rollte zurück. Zwei stämmige blonde Burschen in blutbeschmierten Kitteln und mit weißen Schirmmützen auf ihren kurzen Haaren sprangen auf der Beifahrerseite heraus, schnappten das tote Schwein an den Beinen, schleuderten es zurück auf die Ladefläche, verriegelten die zerbeulte Tür und stiegen wieder ein.

Der Journalist stand wie gebannt da und beobachtete mit halboffenem Mund den Vorgang. »Man hat schon Pferde kotzen sehen vor der Apotheke. Doch wenn ich das erzähle, glaubt es mir kein Schwein«, murmelte er.

Beim Bäckerladen gab es die erste Enttäuschung. Er war, wie an jedem Montag, geschlossen. In der Kaufhalle entschied sich Michael Riedel für Toastbrot. Für seinen durch die Sauftour geschwächten Magen wären die gummiartigen *Konsum*-Brötchen eine zu harte Kost gewesen.

Nach der Abteilungssitzung um zehn Uhr in der Redaktion fuhr der Journalist zur Humboldt-Universität, um etwas zu überprüfen. Nachdem er die Bestätigung erhalten hatte, machte er sich auf zur Volkspolizeiinspektion Prenzlauer Berg. Außer Peter Herbst traf er nur Bernd Ehrenberg an. Die anderen beiden Kriminalisten waren im Außeneinsatz unterwegs.

»Kaffee gewünscht?«, fragte Leutnant Ehrenberg.

»Kantine oder selbstgebrüht?«

»Selbstverständlich röstfrische Bohne. Sie sind unser bester Mann. Da ist uns nichts zu schade. Wenn es so weitergeht, werden Sie noch zum Kriminalisten ehrenhalber befördert werden.«

Michael Riedel war inzwischen wieder im Vollbesitz seiner

geistigen und körperlichen Kräfte. »Es freut mich, dass Sie das inzwischen auch so sehen«, erwiderte er nonchalant. »Aber es kommt noch besser, denn ich habe wichtige Neuigkeiten.«

»Dann lassen Sie mal hören«, forderte ihn der Oberleutnant auf.

»Es gibt drei Komplexe. Alle drei sind von großer Wichtigkeit. Womit soll ich beginnen?«

»Am besten ist es, Sie berichten der Reihe nach. Soll ich Ihre Aussage zu Protokoll nehmen lassen?«

»Das wäre sicherlich angebracht.«

»In Ordnung. Ich bitte um einen Moment Geduld. Ich muss noch das Notwendige veranlassen.« Oberleutnant Herbst griff zum Telefonhörer und bestellte eine Protokollantin. Sie traf nach einer Viertelstunde ein. Es war eine ältere Zivilangestellte mit streng gescheiteltem, leicht ergrautem Haar und einem festen Knoten. Zu einem dunkelblauen Rock und einer weißen Bluse trug sie völlig unpassende Schnürstiefel, die bis über die Knöchel reichten. Als sie den verwunderten Blick des Journalisten bemerkte, sagte sie: »Ich bin vorhin mit meinem Absatz im metallenen Fußabtreter vor der Hoftür hängengeblieben. Er ist mir abgebrochen. Also der Absatz, nicht der Fußabtreter. Die Schnürschuhe sind die Notvariante. Ich setze mich gleich an den Tisch. Dann verschwinden meine Füße aus Ihrem Blickfeld. Sie werden nicht mehr abgelenkt und können sich völlig auf Ihre Aussage konzentrieren.« Mit diesen Worten zog sie einen Schreibblock mit holzfreiem Papier und einen weichen Bleistift aus ihrer Umhängetasche. »Ich schreibe Stenographie, und zwar sehr schnell. Sie brauchen also keine Rücksicht auf mich nehmen. Ich bringe alles zu Papier. Später fertige ich eine Reinschrift mit der Schreibmaschine an. Das wird dann allerdings eine Weile dauern.«

Dann sprudelte es aus Michael Riedel heraus: »Ad eins: Ich habe den Rosenkavalier gesehen.«

»Wie sah er aus? Können Sie ihn beschreiben?«, erkundigte sich der Oberleutnant.

»Nein, das kann ich leider nicht. Er hatte sich als Postbote verkleidet gehabt. Außerdem habe ich nur von oben aus meinem Wohnzimmerfenster einen flüchtigen Blick auf ihn werfen können, als er unten die Straße entlanglief. Sein Gesicht war verdeckt. Er trug eine Schirmmütze«

»Wie groß ist er in etwa? Wie sind seine Proportionen? Ist er in irgendeiner Weise auffällig geworden, beispielsweise durch seinen Gang?«, wollte Leutnant Ehrenberg wissen.

»Er war zu weit weg, und ich habe ihn auch nur flüchtig wahrgenommen. Er ist mir nur deshalb aufgefallen, weil er zu einer Zeit unterwegs war, zu der gemeinhin keine Post mehr ausgetragen wird.«

»Wo das war, hatten Sie bereits erwähnt: Sie standen am Fenster, und er ist die Straße entlanggelaufen. An welchem Tag und um welche Uhrzeit war das?«

»Das hat sich am vergangenen Sonnabend, also vorgestern, so gegen achtzehn Uhr ereignet.«

»Woher wissen Sie, dass es sich um den Rosenkavalier gehandelt hat und nicht um einen echten Postboten?«, fragte der Oberleutnant.

»Weil er in meine Wohnung eingedrungen ist und einen Mordanschlag auf mich verübt hat.«

»Wie bitte? Sie scherzen. Auf welche Weise soll das geschehen sein?«

»Er hat Hunderte Spinnen in meiner Wohnung freigelassen.«

»Spinnen, aha, das hatten wir noch gar nicht.« Der Oberleutnant konnte sich ein Schmunzeln nicht verkneifen. »Meine Frau fürchtet sich auch vor Spinnen. Sie sind also nicht allein auf der Welt. Und Sie glauben, die Spinnen waren gefährlich?«

»Sie sehen sehr giftig aus.«

»Sind sie tatsächlich giftig, oder wirken sie nur so?«

»Ich bin kein Fachmann auf diesem Gebiet. Ich weiß es nicht. Ich hatte ehrlich gesagt auch keine Lust, es herauszufinden. Aber Sie können sicherlich einen Spinnenexperten herbeischaffen, der die Biester gründlich unter die Lupe nimmt. Die meisten habe ich mit dem Staubsauger beseitigen können, aber es sind noch genügend übrig geblieben.«

»Also weiter im Text«, meinte der Oberleutnant. »Der Rosenkavalier hat sich als Postbote verkleidet und Ihnen ein Paket gebracht, in dem sich Spinnen befanden. Sie haben es entgegengenommen und geöffnet. Dann sind die Biester herausgehüpft. Wieso konnten Sie das Gesicht des falschen Briefträgers nicht erkennen? Ist es in Ihrem Flur sehr dunkel? Oder hatte er die Fracht einfach vor Ihrer Tür abgestellt?«

»Nein, so ist es nicht gewesen. Der Rosenkavalier hat sich heimlich in meine Wohnung geschlichen. Dort ist er gestört worden. Ein Nachbar wollte mich besuchen und hat geklopft. Der Täter ist geflüchtet.«

»Gut, es gibt einen Zeugen. Wie heißt der Mann, wo wohnt er genau?«

»Er heißt Herbert Hartwig und wohnt wie ich in der Prenzlauer Allee 57 c, und zwar ganz oben unter dem Dach. Allerdings wird er als Zeuge kaum in Frage kommen. Er ist Alkoholiker und hat nur einen flüchtigen Schatten wahrgenommen. Ich habe ihn bereits ausführlich befragt.«

»Die Sache wird immer absurder«, stöhnte Leutnant Ehrenberg. »Ein Briefträger, in dem Sie den Rosenkavalier zu erkennen glauben, bringt Ihnen ein Paket, aus dem eine Spinne krabbelt. Der einzige Zeuge kann sich an nichts erinnern, weil er sturzbesoffen war. Und wir müssen unsere Zeit mit diesem Unsinn vergeuden. Mein guter Glaube an die Presse ist inzwischen stark beeinträchtigt worden.«

»Nun gut«, sagte Michael Riedel und erhob seine Stimme. »Zäumen wir nun das Pferd von hinten auf. Ich wohne in einem Abrisshaus, in einer von diesen sogenannten Mietskasernen, wie sie für den Prenzlauer Berg typisch sind. Dort gibt es keine Innentoiletten. Mein Klo befindet sich auf halber Treppe über meiner Wohnung. Als ich vorgestern Abend das stille Örtchen aufsuchte, um mein Geschäft zu verrichten, hatte ich – wie allgemein üblich – die Wohnungstür nur angelehnt gelassen. Diesen Moment der Unachtsamkeit hat der Verbrecher ausgenutzt, um in meine Wohnung einzudringen und drei Einweckgläser voller Spinnen auf meinem Wohnzimmerteppich auszuleeren. Zu meinem Glück hat mein Nachbar im gleichen Augenblick an die Tür geklopft. Der Täter fühlte sich ertappt und ist geflüchtet. Die Gläser nebst ihren Deckeln hat er in seiner Panik zurückgelassen. Hier sind sie.« Michael Riedel öffnete seine Aktentasche, holte eine große Papiertüte heraus und stellte sie auf den Tisch. »Ich habe sie nur ganz vorsichtig mit einem Lappen angefasst. Vielleicht finden sich verwertbare Fingerabdrücke. Es würde mich freuen.«

»In Ordnung, in Ordnung«, meinte Leutnant Ehrenberg. »Ich nehme meine Worte von vorhin zurück. Sie sprachen anfangs von drei Komplexen. Ich zähle bislang nur zwei: Briefträger und Spinnen. Was ist die Nummer drei?«

»Heute früh bin ich in die Humboldt-Universität gefahren und habe noch einmal ganz kurz mit Ilka Friesecke gesprochen. Sie konnte meine Vermutung bestätigen: Auch sie verfügt lediglich über eine Außentoilette. Ebenso wie ich hat sie in der Vergangenheit ihre Wohnungstür immer angelehnt gelassen, wenn sie auf ihr Klo gegangen ist.«

»Und Sie glauben ...«, sagte Peter Herbst, ließ den Satz aber unvollendet.

»Ganz genau. Ich glaube, der Rosenkavalier hat Ilka Friesecke bis nach Hause verfolgt, sich auf die Treppe gesetzt und gewartet, bis sie zur Toilette musste. Im nächsten Moment ist er in ihre Wohnung geschlichen. Dort hat er sich hinter einem Vorhang oder in einem Schrank versteckt und so lange ausgeharrt, bis sie tief und fest eingeschlafen war. Ich gehe davon aus, dass es sich bei den übrigen Opfern ganz genauso abgespielt hat. Sie brauchen sie nur zu fragen, ob sie Außentoiletten haben. Dann wissen Sie es ganz genau.«

Marzahner Frühling

> »223 Veranstaltungen sind geplant und über 1.200 Künstler und andere Mitwirkende beteiligen sich daran. Auf sechs Bühnen herrscht somit Trubel. Natürlich sind auch Handel und Gastronomie zur Stelle. So lockt beispielsweise in der Allee der Kosmonauten eine Marktstraße.«
>
> *Neue Zeit*, Sonnabend, 19. Mai 1984

Am verhangenen Himmel türmten sich schwarze Wolken, durch die sich die Sonne glutrot ihre Bahn zu brechen suchte. Das Wetter hatte sich noch nicht entschieden, ob es für ein Volksfest im Freien gut oder schlecht werden sollte. Am westlichen Rand vom Stadtbezirk Marzahn, auf der Freifläche unterhalb der Marzahner Brücke, stand in einem eingezäunten Gelände eine unscheinbare braune Holzbaracke mit geteertem Dach, die wie die Lagerhalle von einem der vielen Baubetriebe wirkte, die ringsum tätig waren. Tatsächlich handelte es sich um das Marzahner Traditionskabinett. Es wurde nur zu ganz besonderen Anlässen geöffnet. Das Volksfest »Marzahner Frühling« war einer davon.

An diesem 19. Mai herrschte reges Treiben auf dem Gelände. Es war Punkt dreizehn Uhr und damit eine Stunde vor dem offiziellen Beginn der Festlichkeiten. Vor der Baracke hatten sich zwei Dutzend feierlich gekleideter Personen versammelt: Gerd Cyske, der Marzahner Stadtbezirksbürgermeister; Wolfgang Eckstein, der Stellvertretende Stadtbezirksbürgermeister für Handel und Versorgung; Hubert Schöler, der Leiter des Amtes für Arbeit; die Führung der SED-Kreisleitung; der Erste Sekretär der FDJ-Kreisleitung; Direktoren der wichtigsten Betriebe; der Polizeichef; Funktionäre der Blockparteien; Journalisten, Fotografen und Johannes Korus, der korpulente Presseverantwortliche der SED-Bezirksleitung.

Letzterer tuschelte Michael Riedel mit sonorer Stimme ins Ohr: »So, das hier ist der genaue Ablaufplan. Er wird Punkt für Punkt abgearbeitet werden. Du erhältst ihn zu treuen Händen. Es wird wie folgt ablaufen: Nach dem kurzen Vortrag im Traditionskabinett begeben wir uns zu den Ständen entlang der Allee der Kosmonauten. Dort präsentieren die wichtigsten Betriebe des Stadtbezirks ihre Erzeugnisse für den Bevölkerungsbedarf. Dort werden Werktätige unserem Ersten Sekretär spontane Gastgeschenke überreichen.

Auf den nächsten Seiten steht der Text der Ansprache, die der Genosse Naumann vor den versammelten Bestarbeitern in der Klubgaststätte *Biesdorfer Kreuz* halten wird. Dort findest du die Namen der Diskussionsredner nebst ihren Wortbeiträgen. Ganz zum Schluss sind die spontanen Fragen aus dem Publikum beim abschließenden Forum aufgelistet.«

Michael Riedel nahm die hektographierten Blätter dankend entgegen und stopfte sie in seine schwarze Umhängetasche. Nun konnte nicht mehr allzu viel passieren. »Durch wen erfolgt die Freigabe?«

»Durch mich. Du darfst nicht von meiner Seite weichen, bis ich dir das Zeichen gebe.«

»Kommt der Erste Sekretär allein oder mit seiner Gattin?«, wollte der Journalist wissen.

Johannes Korus zog eine Grimasse und schüttelte den Kopf. »Allein auf keinen Fall, ich tippe auf seine Frau Gemahlin, obwohl – oder gerade weil – er sich neuerdings wieder sehr für die Sangeskunst interessiert.«

Michael Riedel seufzte. Konrad Naumann war dafür berüchtigt, dass er Protokollfragen keinen großen Wert beimaß.

Er pflegte häufig zu früh zu erscheinen, radikal den Ablaufplan zu ändern und unvorhersehbaren Launen zu folgen, die er als revolutionären Elan bezeichnete. Wenn dann etwas schiefging, brüllte er wie ein Löwe. Aus diesem Grund hatte sich das Empfangskomitee bereits eine Stunde vor dem offiziellen Beginn versammelt und außer dem offiziellen Protokoll noch mehrere Alternativvarianten vorbereitet. Nur zu gut haftete allen noch eine Episode aus dem KWO im Gedächtnis. Der Betriebsleiter war damals pünktlich zehn Minuten vor Beginn zu einer Aktivtagung erschienen, doch der Erste Sekretär hatte sie bereits eine halbe Stunde früher eröffnet. Mit hochrotem Kopf, und unter dem amüsierten Grinsen der schadenfrohen Delegierten, musste der Betriebsleiter – eine Entschuldigung stammelnd – im Präsidium Platz nehmen.

Da es zu der Baracke in Marzahn zwei mögliche Zufahrten gab, waren in gebührender Entfernung Posten aufgestellt worden, die das Nahen der schweren Limousinen melden sollten. Um 13.45 Uhr erscholl von rechts der Ruf: »Er kommt, er kommt!«

Der Stadtbezirksbürgermeister, nach außen hin ganz der smarte Mann im gutsitzenden Anzug, innerlich jedoch von dem zu erwartenden alkoholischen Exzess bereits in Angst und Schrecken versetzt, zückte einen Strauß langstieliger Rosen und hastete in Richtung der rechten Zufahrt. Der Pulk der übrigen wartenden Herren folgte ihm. Plötzlich schrie der andere Melder: »Zurück, zurück, er fährt von links heran.«

Der Bürgermeister wendete auf der Sohle, die Korona seiner Stadtbezirksräte wehte wie ein Kometenschweif hinter ihm her. Räder knirschten im geharkten Kies. Konrad Naumann stieg aus einem großen dunkelblauen Volvo aus, seine Gattin folgte ihm.

Gerd Cyske haspelte außer Atem die Begrüßungsworte herunter und überreichte die Rosen. Dann übergaben die Ersten Sekretäre ihre Nelkensträuße, anschließend lieferten die restlichen Ehrengäste ihre Gebinde mit gemischten Blumen ab. Konrad Naumann nahm sie wohlwollend entgegen und vertraute sie sofort seinen Sicherheitsbeamten an, welche die Sträuße in das Begleitfahrzeug, einen schwarzblauen Lada mit großem Kühlergrill, packten. Lediglich die Gattin des Ersten Sekretärs der SED-Bezirksleitung behielt eine einzelne Rose in der Hand, die ausgezeichnet mit einem maßgeschneiderten Kostüm aus rotem Samt harmonierte.

Den Mittelpunkt des Traditionskabinetts bildete ein feingearbeitetes Holzmodell des Stadtbezirks. Davor standen mehrere Stuhlreihen. Konrad Naumann setzte sich selbstverständlich in die Mitte der ersten Reihe. Zu ihm gesellten sich die Stadtbezirksbürgermeister und der Erste Sekretär der SED-Kreisleitung. Die übrigen Stühle blieben frei. In der zweiten Reihe nahmen Konrad Naumanns Ehefrau und die führenden Kader Platz. In der dritten Reihe reckten die niederen Chargen ihre Hälse. Die restlichen Personen blieben stehen.

Der Stadtbezirksarchitekt wies mit einem ausziehbaren Metallstöckchen hierhin und dahin und gab Erläuterungen. »An dieser Stelle entsteht das neue Heizhaus mit einem einhundert Meter hohen Schornstein.«

»Hoffentlich bleiben die Wolken nicht daran hängen«, bemerkte Konrad Naumann trocken und lehnte sich zurück.

Das gesamte Auditorium schüttete sich aus vor Lachen über diesen gelungenen Witz. Michael Riedel kicherte pflichtschuldig mit, obwohl er überhaupt nicht zugehört hatte. Für ihn zählte nur das bestätigte Protokoll. Alles andere fand überhaupt nicht statt.

Konrad Naumann beugte sich vor. Das Gelächter verstummte abrupt. »Genug erklärt. Jetzt möchte ich eure Produkte sehen.«

Gerd Cyske wies den Weg. »Es sind nur ein paar Schritte. Entlang der Allee der Kosmonauten wurden die Stände aufgebaut. Unsere Werktätigen haben wahrlich große Leistungen vollbracht.«

Der Erste Sekretär der SED-Bezirksleitung besichtigte die Konsumgüterprodukte, bei denen es sich unter anderem um Spritzkuchenformen, Rasenkantenmäher, Schlauchrollenhalter und Ständer für Fernsehapparate handelte. Konrad Naumann zeigte großes Interesse an den technischen Innovationen. Immer wieder stellte er knifflige Fragen zu den Produkten. Weil sie bereits Wochen vorher vom Pressereferenten ausgearbeitet worden waren, mangelte es nicht an den passenden Antworten. An jedem Stand wurden dem Ersten Sekretär spontane Gastgeschenke überreicht. Die Sicherheitsbeamten rannten im Laufschritt mit den Präsenten zum Auto, kehrten zurück, um gleich darauf die nächsten Gaben entgegenzunehmen.

Plötzlich griff Konrad Naumann den erbleichenden Stadtbezirksbürgermeister am Ärmel und flüsterte ihm etwas ins Ohr. Schlagartig erstarb das hektische Treiben an den Ständen.

Aufgeregt drängelte sich Michael Riedel zum Presseverantwortlichen durch. »Was hat das zu bedeuten? Wann hält er die Rede? Das soll eine Aufmachung in der Montagsausgabe werden!«

Johannes Korus machte ein verdrießliches Gesicht. »Ich glaube, der Genosse Naumann geht jetzt einen Schluck zur Verdauung trinken. Das kann dauern. Du musst warten.«

Michael Riedel kannte das Ziel und ließ sich Zeit. Er folgte dem Schwarm in gehörigem Abstand zur Klubgaststätte

Biesdorfer Kreuz, durchquerte das Foyer und öffnete die Tür zum Saal. Eine größere Personengruppe hielt bereits Schnapsgläser in den Händen und prostete einander zu. Auf den Tischen standen Platten mit belegten Broten. Konrad Naumann stopfte sich ein Schinkensandwich in den Mund und erklärte etwas mit weit ausholenden Gesten. Ab und zu erklang Gelächter.

Der Lokalredakteur hatte zwar Hunger, aber verspürte keine Lust zum Saufen. Im Saal war es viel zu gefährlich. Konrad Naumann hatte schon so manchen Journalisten an seine Seite gewunken und ihn anschließend unter den Tisch getrunken. Michael Riedel setzte sich deshalb im Foyer auf eine Bank und zündete sich eine Pfeife an. Eine zweite und eine dritte folgte. Dann kam ein leicht schwankender Johannes Korus aus dem Saal geschlittert und tippte ihm endlich auf die Schulter. »Die Texte sind freigegeben.«

»Wird er die Rede wirklich halten?«

»Sie ist eben zu Ende gegangen. Hörst du nicht den Beifall?«

Und tatsächlich vernahm Michael Riedel im selben Augenblick ein rhythmisches Klatschen und Stühlerücken.

»Gleich geht es hoch her. Er hatte die Bestarbeiter in den Saal rufen lassen und allen Leuten einen doppelten Wodka ausgegeben, bevor er die Ansprache in stark verkürzter Form hielt. Die Leute lieben ihn, er ist populär! Bleibst du noch zum Forum? Es wird gleich beginnen. Für die Kellner beginnt eine Hochleistungsschicht.«

Michael Riedel schüttelte den Kopf. »Für das Forum habe ich höchstens zehn Zeilen Platz. Das wären dann maximal zwei spontane Wortmeldungen. Dafür kann ich mir nicht den gesamten Tag um die Ohren schlagen. Außerdem habe ich einen schwachen Magen. Ruf bitte in der Redaktion an, falls eine Frage ausfallen sollte. Ich muss mich jetzt noch um einen Bestarbeiter kümmern.«

»Daran herrscht heute kein Mangel. Allerdings glaube ich kaum, dass dir nach dem Forum noch jemand vernünftige Antworten geben kann.«

»Und was nun? Der Beitrag ist fest eingeplant.«

»Wo liegt das Problem? Du gehst einfach rein und schnappst dir einen von diesen Burschen.«

»Ich bin doch nicht wahnsinnig. Ich habe morgen Sonntagsdienst. Da kann ich mir eine mittelschwere Alkoholvergiftung nicht leisten.«

»Das kann ich gut verstehen. Auch für mich stellen Tage wie dieser eine echte Herausforderung dar, speziell für Galle, Magen und Leber. Bis wann soll der Artikel fertig sein?«

»Ursprünglich war ein Vierzig-Zeilen-Porträt für die Seite drei am Dienstag geplant gewesen. Zum Glück ist es auf nächste Woche verschoben worden.«

»Na, dann ist doch alles bestens«, strahlte Johannes Korus. »Ich habe einen richtig guten Mann für dich. Er heißt Lothar Pleuse und ist Meister im Berliner Werkzeugmaschinenkombinat. Hier ist die Nummer des Parteisekretärs. Den rufst du am Montag an und lässt dir für Dienstag oder Mittwoch einen Termin vermitteln. Dann hast du mehr als genug Zeit, deine vierzig Zeilen zusammenzukritzeln.«

»Nein, ein Meister im Werkzeugmaschinenkombinat geht nicht«, widersprach Michael Riedel. »Es muss ein Bauarbeiter sein.«

»Das wird schwierig werden. An guten Bauarbeitern herrscht zwar überhaupt kein Mangel. Aber es gibt zurzeit gewisse Engpässe. Deshalb werden dir die Burschen kaum sagen, was du hören willst. Etwas Geduld. In drei, vier Wochen sieht die Welt schon ganz anders aus. Nimm den Pleuse, glaube mir. Bei dem bist du auf dem richtigen Dampfer.«

»Und was sage ich meinem Chef?«

»Na, die Wahrheit, was sonst?«, wunderte sich Johannes Korus.

Bestarbeiter

»Die zunehmende Automatisierung führt zu einer wesentlichen Veränderung der Arbeitsinhalte, was ein höheres Qualifikationsniveau der Werktätigen erfordert.«

Berliner Zeitung, Mittwoch, 23. Mai 1984

Michael Riedel trat in den Fahrstuhl vom Verwaltungsgebäude des Berliner Werkzeugmaschinenkombinats und drückte auf den untersten Knopf. Er lehnte sich an die zerschrammte *Sprelacart*-Wand und sah auf den maschinengeschriebenen Zettel, den ihm eben der Parteisekretär in die Hand gedrückt hatte. Darauf stand: »Lothar Pleuse, Meister im betrieblichen Rationalisierungsmittelbau, 35 Jahre alt, seit 15 Jahren Genosse, verheiratet, zwei Kinder, zahlreiche staatliche und gesellschaftliche Auszeichnungen«. Der Fahrstuhl kam rumpelnd im Kellergeschoss zum Halten. Der Journalist ging am Heizungsraum vorbei und öffnete die Blechtür zum langen Verbindungsgang, der den Werkhallenkomplex mit dem Nordflügel verband. Der schmierige blaugraue Fußboden stand voller Öllachen sowie tiefer Wasserpfützen und ließ den ursprünglichen Untergrund nicht mehr erkennen. Es war extrem rutschig. Die gelbbraune Ölfarbe der Wände stammte noch aus der Vorkriegszeit, sie pellte sich wie Haut nach einem Sonnenbrand. Putzbrocken lösten sich. Ungefähr ein Zehntel der Scheiben des Lichtbandes in zwei Metern Höhe waren zerbrochen. Die Löcher hatte jemand provisorisch mit Papierfetzen und schmutzigen Lappen verstopft. Ein unangenehmer Wind pfiff durch den Gang. Vereinzelte Neonröhren flackerten hilflos.

Der Reporter sah auf seine Wildlederhalbschuhe und begann, zu fluchen. Er hatte wieder einmal die falschen Sachen an. Ihm blieb nichts weiter übrig, als sich auf seine Zehenspitzen zu stellen und im wackligen Storchengang loszustaksen. Ab und zu raste ein Gabelstapler an ihm vorbei, tutete und verschwand hinter einer der Eisentüren, die zu den Werkhallen I bis IV gehörten.

Am Ende des Ganges führten etliche Stufen nach oben, dann ging es um mehrere Ecken, erst nach links und dann nach rechts. Schließlich stand der Lokalredakteur vor zwei dicken schwarzen Gummimatten, die von der Decke hingen und von denen Schmieröl tropfte. Michael Riedel blickte sich ratlos um. Ein älterer Arbeiter im Blaumann schob die Matten beiseite und kam auf ihn zu. Der Journalist fragte: »Ich suche die Abteilung ›Ratiomittelbau‹?«

»Da biste original richtig, Kollege. Direkt hier hinter dieser piekfeinen Wärmeschleuse.«

Der Redakteur drückte mit spitzen Fingern eine der beiden Gummimatten nach vorn und versuchte, sich an der anderen vorbeizuquetschen, ohne sich dabei seine braune Cordjacke zu beschmieren. Es wäre ihm auch fast gelungen. Doch dann fegte ein plötzlicher Luftzug durch den Flur und klatschte ihm die Gummimatte auf den Rücken.

Die Werkhalle war überraschend groß und hell und stand im krassen Gegensatz zum Zustand des Verbindungsganges. Gut zwei Dutzend Arbeiter bedienten die verschiedensten metallverarbeitenden Maschinen, die hämmerten, klopften, ratterten, kreischten und brummten. Trotzdem war es nicht so laut, dass man bei einem Gespräch hätte schreien müssen. Die Maschinen sahen zwar alt, aber sauber und ordentlich aus, waren hellgrün oder grau gestrichen und hatten kompliziert wirkende Schaltkästen an den Seiten. Auch die Struktur des Fußbodens ließ sich gut erkennen: glänzende, mit Schlitzen versehene Metallplatten, die wie Kacheln verlegt worden waren.

Michael Riedel sprach den erstbesten Arbeiter an, einen gedrungen wirkenden Mann Mitte dreißig mit buschigem Schnurrbart: »Wo finde ich den Kollegen Pleuse?«

»Du hast ihn schon gefunden. Was gibt es?«

»Ich komme von der *Berliner Zeitung*. Ich soll ein Bestarbeiterporträt für die Seite drei, also die Wirtschaftsseite, verfassen.«

»Warum ich? Weshalb nicht Reinhold Mewes? Der stand schon fünfmal in der Presse.«

»Eben drum. Wir können nicht immer über denselben schreiben.«

»Wieso nicht? Von Erich Honecker gibt es mehr Fotos pro Woche, als ich von meiner Frau habe.«

»Es wird keine große Sache, nur vierzig Zeilen. Es muss sein. Du hast deinen Plan zu erfüllen, und ich habe meinen Plan zu erfüllen. Außerdem hat dich mir dein Parteisekretär empfohlen.«

Lothar Pleuse leitete die Rückzugsgefechte ein: »An mir ist nichts Besonderes dran. Da könntest du ebenso gut über jeden anderen Kollegen schreiben.«

»Lass das nur meine Sorge sein.« Michael Riedel lächelte. »Das kriegen wir schon hin. Hast du jetzt Zeit?«

»Von mir aus.« Der Arbeiter gab seinen Widerstand auf. »Ich ziehe meine Frühstückspause vor. Wir gehen in unseren Aufenthaltsraum. Da sind wir um diese Zeit ungestört.«

Auf dem Weg zum Pausenraum sagte der Meister: »Du hast dir deine Jacke hinten beschmiert, und deine Schuhe sehen auch nicht gut aus. Du bist doch wohl nicht durch den alten Nordgang gekommen?«

Michael Riedel nickte.

»Das hättest du nicht tun sollen. Dort vorn ist der Haupteingang. Von da sind es bis zum Parkplatz rechts neben der Wache nur noch ein paar Schritte«, sagte Lothar Pleuse und deutete auf ein lichtdurchflutetes Portal rund fünfzig Meter vor ihnen.

Michael knirschte mit den Zähnen. Nun wusste er, was das spöttische Lächeln des Parteisekretärs zu bedeuten gehabt hatte, als dieser ihm den Weg zum »Ratiomittelbau« beschrieben hatte.

Der Pausenraum war ein nach oben offener Glaskasten, der mitten in der Werkhalle stand. In ihm gab es mehrere mit buntem Wachstuch bezogene Tische, Aluminiumrohrstühle mit gebogenen hellbraunen Holzauflagen, einen Kühlschrank, etliche Metallspinde und voluminöse schwarze Plastikkübel mit großen Grünpflanzen. An einer Scheibe klebte ein farbiges Fotoplakat, auf dem eine großbusige Brünette in schwarzer Reizwäsche abgebildet war. Aus ihrem Mund quoll eine Sprechblase mit der Frage: »Genosse, hast du heute schon den Plan erfüllt?«

»Willste Kaffee?«

Der Journalist nickte. Ein ungeschriebenes Reportergesetz besagte, dass angebotene Zigaretten und alkoholfreie Getränke immer angenommen werden mussten. Anderenfalls wäre die Mission gefährdet, weil die meisten Menschen auf eine Ablehnung eingeschnappt reagierten.

Lothar Pleuse nahm zwei Tassen Kantinengeschirr mit blauem Rand, tat je einen Löffel »Goldmocca« hinein und setzte Wasser in einem Elektrotopf auf. »Einen Augenblick. Es muss erst kochen. Zigarette?« Er hielt seinem Gegenüber eine plattgequetschte »Cabinet«-Schachtel hin.

Der Lokalredakteur zögerte einen Augenblick. Viel lieber

hätte er eine Pfeife geraucht. Doch dann griff er zu. Schnell rein, und schnell raus. Da durfte man nicht wählerisch sein.

»Ist ein bestimmtes Thema vorgegeben?«

Michael Riedel schüttelte den Kopf.

»Dann schreib was über unsere Bürgerwehr. Über die stand noch nie was in der Zeitung.«

»Bürgerwehr? Du meinst die Kampfgruppe?«

»Quatsch, Kampfgruppe! Nein, zwei Kollegen und ich haben eine Bürgerwehr gegründet.«

Der Polizeireporter starrte ihn entgeistert an. »Gegen wen wollt ihr euch wehren? Gegen die Bonner Ultras?«

»Unsinn, nein, nein, die Sache ist folgendermaßen: Trotz meines hohen Alters von fünfunddreißig Jahren fahre ich immer noch gern Motorrad. Eine 250er ETZ, um es ganz genau zu sagen. Solange es das Wetter zulässt, kommt das billiger, als jeden Tag mit der Pappe zur Arbeit zu schrubben. Aber im letzten halben Jahr ist mir zweimal die Batterie, sämtliches Werkzeug und einmal das Vorderrad geklaut worden. Andere Kollegen haben ihre Mopeds und Motorräder komplett verloren.«

»Die Kleinkriminalität ist schon ein Problem«, seufzte Michael Riedel mitfühlend, der auch bereits die Seitenspiegel von seinem Trabant eingebüßt hatte. »Da ist unsere Polizei überfordert.«

»Ha, die Bullen«, lachte Lothar Pleuse höhnisch. »Die machen keinen Finger krumm. Am liebsten würden sie noch nicht einmal die Anzeige aufnehmen. Nach einem halben Jahr kommt dann die Nachricht: ›Die Ermittlungen führten zu keinem Erfolg und werden deshalb eingestellt.‹ Was sollen sie auch ermitteln, wenn sie nur auf ihren fetten Ärschen sitzen bleiben. Deshalb gibt es nun die Bürgerwehr. Wir legen uns auf die Lauer, und wenn die Diebe kommen, schlagen wir erbarmungslos zu.«

»Das hört sich nicht ganz legal an«, wandte der Reporter zweifelnd ein.

»Im Gegenteil, Meister, ganz im Gegenteil«, stieß Lothar Pleuse erregt hervor. Sein Kopf wurde hochrot, und die Adern an seinem strammen Hals quollen dick hervor.

Michael Riedel befürchtete das Schlimmste. Bei dem Bestarbeiter schien ein Herzinfarkt nicht mehr fern zu sein.

»Das Gesetz verlangt, dass jeder Bürger aktiv dazu beiträgt, dass Straftaten verhindert werden. Ganz genau das tun wir. Jetzt und für alle Zukunft, denn Typen, die beim Klauen eins mit dem Knüppel auf die Birne bekommen haben, werden es sich überlegen, ob sie sich noch einmal an fremdem Eigentum vergreifen!«

»Na schön, von mir aus. Es ist trotzdem nicht das, was wir brauchen. Es soll ein Artikel über einen Bestarbeiter werden, keine Räuberpistole vom Rächer der Enterbten.«

»Rächer was?«

»Das ist nur so eine Redensart. Du kannst auch Robin Hood oder Zorro dazu sagen«, erwiderte Michael Riedel gleichmütig und rührte in seiner Tasse, in welcher der krümelige Kaffeesatz nun oben schwamm und innen den Rand verklebte.

»Wie wäre es mit dem Thema ›Wohnungsfrage‹, die als soziales Problem demnächst gelöst sein soll? Ich wohne mit meiner Frau und meinen beiden Kindern im Häuschen meiner Schwiegereltern. Da teilen wir uns zu sechst vier kleine Räume, eine Küche und ein Badezimmer mit Kohlebadeofen. Auf dem Wohnungsamt sagen sie mir: ›Wir haben großes Verständnis für Ihre schwierige Lage. Aber es gibt noch viele andere Familien, denen es wesentlich schlechter geht.‹

Meine Schwiegermutter und meine Frau haben sich ständig in der Wolle, weil sie sich in der Küche gegenseitig im Wege stehen. Wenn ich meine Alte vögeln will, muss ich mit ihr in den Wald fahren. Die Wände sind zu dünn. Mein Schwiegervater sieht sich im Fernsehen alte Filme an, wenn Fußball läuft! Im nächsten Jahr bin ich mit meiner AWG-Wohnung an der Reihe. Dann muss ich raus aus meinem alten Viertel und bekomme draußen in der Sandwüste einen Platz im Wohnregal. Fünfte Etage, ohne Fahrstuhl, Siebenundfünfzig-Quadratmeter-Dreiraumwohnung, vier Kilometer bis zur nächsten Kneipe, eine Stunde bis zur Arbeit. Verdammt hellhörig sollen die Buden auch sein, weil an der Dämmung gespart wird. Tolle Aussichten. Ich tausche ein Problem gegen drei andere ein.«

Michael Riedel fühlte sich äußerst unwohl in seiner Haut. Er war, ohne es zu wollen, in die Rolle eines Vertreters der Staatsmacht gedrängt worden, der mit klugen, richtungsweisenden Worten auf die Stimme des Volkes zu reagieren hatte. Da er dazu keine Lust verspürte, trat er die Flucht nach vorn an: »Mir geht es auch nicht besser. Ich wohne in einem Abrisshaus in Prenzlauer Berg. Draußen hängt ein Schild ›Dieses Gebäude ist nicht sanierungswürdig und wird abgerissen‹. Wann das sein wird, weiß der Himmel. Ich bin Stammkunde bei der KWV. Mit Mühe und Not habe ich einen Ofen geschenkt bekommen. Nun kann ich im Herbst wieder heizen. Vielleicht werden wir irgendwann Nachbarn im Plattenbau. Aber solche Sorgen haben doch alle.«

»Alle? Ich höre wohl nicht richtig!« Lothar Pleuse schlug voller Erregung mit der Faust auf den Tisch. Die inzwischen leeren Kaffeetassen sprangen klappernd hoch. »Die Arbeiter und Federfuchser vielleicht! Sagt dir der Name Edgar Grundler etwas?«

»Meinst du euren Chef?«

»Genau. Edgar Grundler, unser Generaldirektor, der verdiente Genosse. Für ihn hat die Revolution tatsächlich schon gesiegt. Die Partei hat ihm nämlich ein Grundstück zugeschanzt, direkt in einem Landschaftsschutzgebiet am See, dort, wo die Förster sonst auf Strümpfen laufen.

Die Ausnahmegenehmigung soll der Erste Sekretär persönlich unterschrieben haben. Einen Tag später rollten die Bulldozer an. Fehlende Bilanzen? Kein Problem, alle Pläne lassen sich korrigieren. Was wird mit dem Keller? Keine Sorge, die Maurerbrigade aus unserem Betrieb hilft gern. Störungen bei der Materialzufuhr? Keine Bange, im Kombinat ›7. Oktober‹ gibt es genügend Lkw.

Alles ganz legal, verstehste, mit wasserdichten Dokumenten abgesichert. Von Korruption ist da keine Spur. Grundler hat alles bezahlt, ganz korrekt, auf Heller und Pfennig.«

Lothar Pleuse schnaufte vor Erregung und zündete sich eine Zigarette an. Dann brüllte er weiter: »Der große Unterschied zu jedem anderen Bürger besteht ganz einfach darin, dass er sich um nichts kümmern musste. Es ist ein Neckermannhaus. Grundler brauchte sich weder nach Zement noch nach Brettern, Steinen oder Kies anzustellen. Er musste weder einem Handwerker in den Arsch kriechen noch bei der Baustoffversorgung Schmiergelder verteilen. Auf diese Weise sparte er mindestens drei Viertel der Baukosten ein – von der Zeit und den Nerven ganz zu schweigen. Geh doch mal hin, und sieh dir den Palast an. Weit und breit findest du nichts Besseres. Wäre das kein schöner Beitrag, mit Foto und so?«

Michael Riedel klopfte mit dem Kugelschreiber auf seinen Schreibblock. »Du hast völlig recht, doch in meinem Beitrag soll es um betriebliche Belange gehen.«

»Betriebliche Belange? Aber klar doch, weshalb hast du das nicht gleich gesagt«, erwiderte der nun wieder ruhig gewordene

Lothar Pleuse spöttisch. »Unser Werk zerfällt in zwei Teile. In eine große Ruine und in einen kleinen Neubau. In der Ruine stehen schrottreife Maschinen, mit denen nur noch Zauberkünstler etwas herstellen können. Sieh dich bitte um. In der Halle des Fortschritts regiert die Mikroelektronik, funkeln und blitzen vollautomatisierte Taktstraßen, verneigen sich Industrieroboter wie höfliche Japaner. Wenn Teile da sind. Meistens fehlen sie. Sechs Tage Stillstand, ein Tag Produktion, so lautet die Regel. Jeder Kapitalist wäre längst pleitegegangen. Aus diesem Grund können auch nur höchstens einmal pro Woche Betriebsbesichtigungen stattfinden. Dann allerdings reißen die Regierungsdelegationen staunend ihre Schnäbel auf, glauben wieder an den Sieg des Sozialismus im Weltmaßstab. Zum Abschied nehmen sie dankend als Geschenk unser beliebtestes Konsumgut, den Rasenkantenmäher, in Empfang.«

»Was stellt ihr denn in der Abteilung ›Ratiomittelbau‹ her?«, versuchte ihn Michael Riedel zum eigentlichen Thema hinzuführen.

»Meine Abteilung nennt sich zwar ›Rationalisierungsmittelbau‹, doch wir rationalisieren nichts. Wir produzieren ausschließlich Ersatzteile für kaputtgegangene NSW-Maschinen, bei denen die Garantiezeit abgelaufen ist. Das heißt, wir versuchen es. Kompliziertere Teile oder Teile aus Spezialmaterialien, wie ganz bestimmte Kunststoffe, müssen über das Ministerium im kapitalistischen Ausland bestellt werden. Im günstigsten Fall steht die Maschine ein halbes Jahr still, meistens jedoch länger. Und zwar völlig unabhängig davon, ob das Ersatzteil zehn Cent oder zehntausend Dollar kostet.«

»So wird das auch nichts«, stöhnte der Journalist verzweifelt. »Ich habe hier die Rede, die Konrad Naumann beim ›Marzahner Frühling‹ gehalten hat. In der sich anschließenden Diskussion hat auch Edgar Grundler ein paar Worte über die wachsende Rolle der steigenden Produktivität im Kombinat gesprochen. Was hältst du davon, wenn ich aus beiden Vorträgen einen Beitrag verfasse, in den ich deine Person mit eingliedere?«

»Gar nichts.«

»Verstehe mich bitte richtig. Ich stehe auf deiner Seite. Aber mir sind die Hände gebunden. Wenn ich das aufschreibe, was du mir erzählt hast, kann ich meinen Hut nehmen. Die einzige Möglichkeit, die es gibt, besteht darin, eine erfreuliche Erfolgsbilanz zu verfassen und einige kritische Randbemerkungen einzubauen. Aber der optimistische Teil muss bei weitem überwiegen. Ich kann dir noch nicht einmal versprechen, dass der Artikel so erscheinen wird, wie wir es jetzt hier besprechen. Wenn ich den Beitrag geschrieben habe, bekommt ihn zuerst mein Abteilungsleiter, anschließend einer der stellvertretenden Chefredakteure und zum Abschluss der Chef vom Dienst auf den Tisch. Jeder der drei wird im Manuskript herumstreichen und neue Passagen einfügen. Sie tun es nicht, weil sie bessere Journalisten sind als ich oder den größeren Durchblick haben, sondern allein aus dem Grund, um ihre Daseinsberechtigung unter Beweis zu stellen.«

»Du kannst mir bei meinen Problemen nicht helfen, weshalb sollte ich es bei deinen tun?«

»Ganz einfach: Weil mir der Parteisekretär deinen Namen genannt hat. Du bist Genosse. Ich schreibe für die Parteizeitung.«

»Du willst mir drohen?«

»Um Gottes willen, nein. Deine Arbeit kotzt dich an, mein Job kotzt mich an. Wir beide können nicht das tun, was richtig und wichtig wäre. Wir sitzen im selben Boot.«

»Also gut. Schreib, was du willst. Die Grundbedingung ist

jedoch, dass du von meiner Wohnungsmisere berichtest. Ich lasse mich nur zum Bestarbeiter machen, wenn für mich dabei eine Vierraumwohnung mit Balkon in einem innerstädtischen Lückenbau herausspringt.«

»Wir werden es versuchen. Die rein menschliche Seite zieht manchmal noch: ›Er gibt sein Bestes für den Aufbau des Kommunismus. Er wird sein Allerbestes geben, wenn er nicht mehr unter beengten Wohnbedingungen leben muss.‹«

Lokalverbot

> »Treppenaufgänge können Geschichten erzählen.
> Zum Beispiel diese …«
>
> *Berliner Zeitung*, Donnerstag, 24. Mai 1984

Neben dem Haus Prenzlauer Allee 57 c, dort, wo Michael Riedel und Herbert Hartwig wohnten, stand das Hotel *Nordischer Hof*, ein Bau aus den zwanziger Jahren, der im Zweiten Weltkrieg mit einigen Gewehreinschüssen davongekommen war. Es handelte sich um eine schäbige Herberge mit kunterbunt möblierten Zweibettzimmern ohne jeglichen Komfort. Ein Bad existierte nicht, das WC befand sich im Flur. Die Morgentoilette musste auf ein winziges Waschbecken beschränkt bleiben. Im *Nordischen Hof* pflegten Geschäftsleute mit billigen Anzügen und breiten Schlipsen, ältere Ehepaare vom Lande und einzelne Herren mit abgeschabten Koffern abzusteigen. Das Hotelrestaurant war vom Niveau her eine Spur besser als die Absteige. Zwar hatten geschmacklose Innenarchitekten vor Jahren schon die Holztäfelung mit dunkelbrauner Ölfarbe überstreichen lassen, doch die hellen Bauerntische mit ihren rotkarierten Deckchen wurden nach wie vor von gelbbauchigen schmiedeeisernen Lampen beleuchtet.

Die Speisekarte in kakaobrauner Plastikhülle ließ die Wahl zwischen zwölf deftigen Gerichten wie Soljanka, Gulasch mit Salzkartoffeln, Rinderroulade oder Steak mit Letscho und Pommes Frites. Die meisten Gerichte kosteten unter fünf Mark. Dazu gab es Helles und Pilsner vom Fass, für gute Stammkunden darüber hinaus im Nebenraum Radeberger in Halbliterflaschen.

Michael Riedel verkehrte dort nur selten. Herbert Hartwig hingegen konnte inzwischen mit Fug und Recht als Stammkunde im *Nordischen Hof* bezeichnet werden. Trotzdem würde er dort nie in den Genuss auch nur einer einzigen Flasche Radeberger kommen. Sämtliche Serviererinnen stöhnten innerlich auf, wenn der Trinker das Lokal betrat. Er pflegte nämlich, sobald er das nötige Quantum intus hatte, kleine Späße zu machen. Zweimal war er auf der Toilette in kataleptische Starre verfallen und musste von der »Dringlichen Medizinischen Hilfe« befreit werden. Einmal hatte er bei einem Irrgang einen bereits schlafenden Hotelgast in dessen Zimmer zu Tode erschreckt, als er sich neben ihn ins Bett legte. Die von ihm umgestoßenen Biergläser und heruntergeworfenen Aschenbecher ließen sich nicht mehr zählen.

Der kritische Zustand stellte sich bei ihm urplötzlich und ohne jede Vorwarnung ein, denn er wechselte von der leichten bis zur schweren Betrunkenheit ohne Zwischenstufen. Lediglich an seinem Gang ließ sich der Grad seiner Beeinträchtigung genauestens ablesen. Die Katastrophe nahte, wenn Herr Hartwig breitbeinig, mit kleinen, staksigen Schritten lief, so, als hätte er eingeschissen (was manchmal durchaus der Fall war).

Und genau in diesem Zustand befand er sich an diesem Donnerstag. Bunte Bilder strömten wahllos auf ihn ein und brachten seine Lider zum Flattern. Er schmatzte, grunzte und ließ geräuschvoll einen fahren. Herbert Hartwig musste eigentlich dringend zur Toilette, doch den genauen Weg dorthin hatte er vergessen. Er driftete aus dem Nebenraum schwungvoll durch den mit Riemchen geschmückten Rundbogen, verfehlte die Richtung zur Ausgangstür um etliche Zentimeter, prallte gegen den Türrahmen, wendete halb und stolperte in Richtung Theke.

Der Büfettier blieb ruhig und spülte weiter gelassen die Gläser. Er konnte keine unmittelbare Gefahr erkennen. Dafür bemerkte er bald recht deutlich, dass der einsame Zecher mit seinem Entschluss, austreten gehen zu wollen, zu lange gezögert hatte. Die Natur forderte ihr Recht. Herbert Hartwig verharrte, wendete den Kopf ruckartig wie eine Echse hin und her und taumelte. Die zerbeulte Cordhose, welche er bei Gaststättenbesuchen anstatt seiner Armeetrainingshose zu tragen pflegte, färbte sich dunkel, und an seinem linken Bein plätscherte ein wasserheller Bach auf den zerkratzten Parkettfußboden.

Im Gastraum vor der Theke erstarben die Gespräche. Hanka Mausch, eine korpulente Kellnerin mit hochgeschnürtem Busen, stemmte wütend die Hände in die wulstigen Hüften. Dann beging sie einen schweren Fehler. Sie schrie nämlich nicht nur: »Du altes Schwein!«, sondern gab dem Trunkenbold zusätzlich einen harten Stoß vor die Brust. Der ohnehin schon stark Schwankende torkelte nun völlig haltlos. Ein Vierertisch hielt ihn auf. Herbert Hartwig knallte rücklings auf die Platte, ruderte wie wild mit den Armen und fiel seitlich mit dem Tisch um. Volle Halblitergläser zerbarsten explosionsartig am Boden. Die entsetzten Gäste sprangen in höchster Not auf und betrachteten ungläubig ihre bespritzten, durchnässten Kleider, von denen das Bier zu Boden troff. Im *Nordischen Hof* begann es, laut zu werden.

Der Hoteldirektor Helge Niemann, ein fetter Mann mit ausrasiertem Backenbart und blutunterlaufenen Schweinsäuglein, kam aus seinem Kabäuschen geeilt und besah sich die Bescherung. Mit der Spitze seines schmalen Lackschuhs trat er dem sich am Boden windenden Herrn Hartwig vorsichtig in die Seite. Als der aber keine erkennbare Reaktion zeigte, sondern nur geräuschvoll furzte, rief der Direktor zornig: »Lokalverbot für drei Monate!« Dann schnappte er den Säufer am Kragen und zerrte ihn vorsichtig, um sich nicht zu beschmutzen, hinter sich her und warf ihn hinaus vor die Tür. Die runde schmiedeeiserne Uhr über dem runden schmiedeeisernen Blumenständer zeigte auf fünf Minuten nach zwanzig Uhr.

Eine knappe Stunde vor Mitternacht kam Herbert Hartwig wieder zu sich. Der Alkoholspiegel war tief genug gesunken. Der Trinker lag in seinem Zimmer auf dem Fußboden. Wie er dahin gekommen war, wusste er nicht. Er zerbrach sich auch nicht den Kopf darüber. Nur die nasse Hose störte ihn. Als Ersatzkleidungsstück stand nur die ausgebeulte Armeetrainingshose zur Verfügung. Herbert Hartwig legte zwar Wert auf eine gewisse Etikette. Aus freien Stücken wäre er niemals mit der Trainingshose hinaus auf die Straße gegangen. Aber in Anbetracht der misslichen Lage musste er eine Ausnahme machen, denn er wollte dem *Nordischen Hof* noch einen kurzen Besuch abstatten. Für zwei, drei Bier vor dem Ausschankschluss würde die Zeit gerade noch reichen.

Zu seiner größten Verblüffung wurde er bereits an der Tür mit barschen Worten abgewiesen. Die hochbusige Serviererin Hanka Mausch belferte: »Hast du überhaupt kein Schamgefühl im Leib, du alter Saufsack?! Lass dich hier nie wieder blicken, sonst gibt es Saures!«

Herbert Hartwig konnte sich den Grund ihres Zorns nicht erklären. Schließlich verkehrte er schon seit über einem Monat regelmäßig in diesem Lokal und hatte meistens bezahlt. Soweit er sich daran erinnern konnte, schätzten ihn viele Gäste als gerngesehenen Tischgenossen. Aber alle Widerrede half nichts.

Die erregte Diskussion machte Herbert Hartwig fast wieder nüchtern. Weshalb musste ihm dieses furchtbare Unrecht widerfahren? In eine andere Kneipe zu gehen, lohnte sich nicht mehr. Wie sollte er nun einschlafen können? Selbst das Geheimversteck war nach dem Besuch des Redakteurs vor ein paar Tagen völlig leergefegt.

Herbert Hartwig war beleidigt. Er beschloss deshalb, sich zu rächen. Nicht irgendwann, sondern jetzt und sofort. In seinem immer noch stark alkoholisierten Schädel reifte ein tückischer Plan.

Die Laune eines sparsamen Architekten hatte es so gewollt, dass die Häuser Prenzlauer Allee 57 c und 57 d lediglich durch einen schmalen Lichtschacht von knapp drei Metern Breite getrennt wurden. Links ragte eine kahle Brandmauer in die Höhe, rechts befand sich der Eingang zum Hotel. Ganz oben unterm Dach des Hauses Prenzlauer Allee 57 c gab es ein winziges Fenster, das auf den Lichtschacht blickte. Es war so klein und schmutzig, dass es kaum einer jemals wahrgenommen hatte. Dieses Fenster gehörte – und das wusste nur Herbert Hartwig – zur Abstellkammer in seiner Wohnung.

Herbert Hartwig träufelte etwas Öl auf die verrosteten Scharniere, dann öffnete er vorsichtig das knarrende und knarzende Fenster. Er hängte einen zwar alten, aber sehr leistungsstarken Außenlautsprecher, den er vom Rummel geerbt hatte, in den Lichtschacht, legte nebenan im Wohnzimmer die *Amiga*-Hörspielgeräuscheplatte Nr. 1 auf seinen »Rubin«-Plattenspieler, knipste die Lampe aus und wartete. Als eine Stimme auf der Langspielplatte sagte: »Sieben. Kriegsgeräusche«, drehte Herbert Hartwig den Verstärker bis zum Anschlag auf. Im Lichtschacht prasselte schweres MG-Feuer, und Handgranaten detonierten in ohrenbetäubender Lautstärke. Der Gefechtslärm sprang von Wand zu Wand, die engen Mauern wirkten als Resonanzkörper und potenzierten den Lärm.

Etliche Hotelgäste schliefen bereits. Als sie die Kampfflugzeuge kommen hörten, als das Bordfeuer *tak-tak-tak* dicht über ihre Köpfe hinwegstrich und als in der nächsten Nachbarschaft die ersten Bomben explodierten, zögerten sie keine Sekunde länger. In Schlafanzügen und Unterhosen sprangen sie aus ihren Betten und rannten die engen Treppen hinunter.

In der Schankstube wirkte der Schreck zunächst lähmend. Das Getrappel auf der Treppe löste den Bann. *Rattatattatam, rattatattatam* peitschten die Maschinenpistolen-Salven. Nun stürzten auch Gäste und Kellner zur Tür hinaus. Sie stießen auf den Strom der panischen Hotelgäste, verknäulten sich ineinander und rollten als zappelnde Kugel die Außentreppe hinunter auf das Kopfsteinpflaster. Dort platschten sie in eine große Pfütze. Feiner schwarzer Schlamm spritzte auf.

Die Fahrgäste eines vorbeifahrenden Busses der Linie 45 wurden eines merkwürdigen Schauspiels gewahr: Aus der engen Gasse zwischen zwei Häusern brach unvermutet eine haltlose Menge hervor, schmutzbedeckt und teilweise nur in Nachtwäsche, ganz offenbar vom blanken Entsetzen geschüttelt.

Herbert Hartwig schaltete indessen den Verstärker ab, zog seinen Lautsprecher ins Zimmer zurück und verschloss das Fenster. Die Hauswand wirkte wieder wie völlig unberührt. Mit der plötzlichen Stille legte sich die Panik. Speziell die Unterhosenträger schauten verwundert an sich herunter und versuchten, zu ergründen, was da eigentlich geschehen war. Wer hatte auf wen geschossen? Woher war der infernalische Krach gekommen? Niemand wusste eine vernünftige Antwort.

Die Gäste säuberten sich notdürftig und kehrten erregt diskutierend in das Restaurant zurück. Sie beteiligten sich freiwillig an den Aufräumungsarbeiten, hoben umgestürzte Stühle auf und sammelten Scherben von zerbrochenen Gläsern ein.

Der Hoteldirektor Helge Niemann beschloss, entgegen den gesetzlichen Bestimmungen, den Ausschankschluss um eine halbe Stunde zu verlängern. Auf einen Anruf bei der Polizei verzichtete er. Schließlich war niemand ernsthaft zu Schaden gekommen. Sollte doch Anzeige erstatten, wer mochte.

Herbert Hartwig brachte niemand mit dem mysteriösen Ereignis in Verbindung. Er selbst war klug genug, den *Nordischen Hof* drei Wochen lang zu meiden. Danach konnte sich der Hoteldirektor nicht mehr an das Lokalverbot erinnern – bis der unliebsame Zecher wieder breitbeinig und mit durchgedrückten Knien durch die Gaststätte wankte. Da war es längst zu spät.

6. Kapitel

In den Katakomben

Kartoffelpuffer

> »Die Versorgung der Bevölkerung mit Grundnahrungsmitteln wurde stabil gesichert.«
>
> *Berliner Zeitung*, Freitag, 25. Mai 1984

Herbert Hartwig lag auf seinem Bett und schmökerte in einem zerfledderten Karl-May-Roman. Es war das einzige Buch, das er besaß. Er hatte es schon als Jugendlicher geschenkt bekommen, aber es bislang noch nicht geschafft, die vielen Hundert Seiten bis zum Ende durchzulesen. Das lag vor allem daran, dass er jedes Wort laut buchstabieren musste. So etwas dauerte lange und war anstrengend. Nach einigen Seiten musste er immer erschöpft aufgeben. Wenn er den Roman dann nach einigen Tagen wieder zur Hand nahm, hatte er das meiste bereits wieder vergessen. Deshalb musste er häufig zurückblättern. Trotzdem war die Handlung sehr spannend. Es ging um Indianer. Auch Cowboys, Trapper und solche Leute kamen in dem Buch vor. Es trug den Titel *Winnetou*. Als es noch neu war, musste das Buch sehr teuer gewesen sein, denn es hatte zahlreiche Bilder. Die sah sich Herbert Hartwig am liebsten an. Den Rest dachte er sich hinterher aus. Deshalb veränderte sich auch ständig die Handlung.

Es war Freitagabend, und es dunkelte bereits. Die hektische Stadt schien schon zu schlafen. Nur verhalten drang ab und zu ein Geräusch von der Straße empor, wenn ein einsames Auto oder eine leere Straßenbahn vorbeifuhr.

Herbert Hartwig fühlte sich ausgezeichnet. Eine anstrengende Woche lag hinter ihm, eine ebenso anstrengende würde folgen. Da tat es gut, sich einmal auszuruhen und nur zu faulenzen. Seine Arbeit im Schwermaschinenbaukombinat hatte er allerdings noch nicht angetreten. Ein paar Mal war ein Mann von der Gewerkschaft bei ihm erschienen, um ihn zur Schicht abzuholen. Herbert Hartwigs körperlicher Zustand hatte das allerdings bislang nicht zugelassen. Der Gewerkschafter war kein Unmensch. Er zeigte viel Verständnis. Er hatte ihm sogar die Lohntüte vorbeigebracht und das Geld ausgehändigt. Allerdings stellte er eine Bedingung: Herbert Hartwig musste sich verpflichten, den Alkoholkonsum stark einzuschränken.

Das stellte kein Problem dar. Heute war der erste Tag und der Trinker seit über zwanzig Stunden trocken. Er tastete nach der Teetasse. Sie war leer. Herbert fluchte lautstark: »Verdammte Scheiße!« Er hatte bereits den zweiten Aufguss getrunken. Die Büchse in der Küche enthielt keinen einzigen Teekrümel mehr. Das Geld war auch auf wundersame Weise zur Neige gegangen, und in der »Karo«-Schachtel steckten nur noch zwei einsame, verbogene Zigaretten.

Herbert Hartwig seufzte tief und las weiter. Seine Lippen bewegten sich und formten die Worte: »Kurze Zeit später brachen meine zehn Apatschen auf, um die Berge links, also in einem nach Westen gekrümmten Bogen, zu umreiten.«

Plötzlich hörte er neben seinem Bett ein Rascheln, das sich in Richtung Fenster entfernte. Eine große braune Maus mit steil aufgerichtetem Schwanz lief an der Wand entlang und ließ sich von seiner Anwesenheit nicht stören.

»Wieso ist die Maus braun? Ich denke, Stadtmäuse sind

grau?«, war der erste Gedanke, der dem Müßiggänger durch den Kopf schoss. Dann bedauerte er es zutiefst, dass er die wunderbaren Luftgewehre auf dem Rummel zurückgelassen hatte. Was war schon ein echter Cowboy, der mit den Apatschen um die Wette ritt, ohne eine tödliche Donnerbüchse?

Herbert Hartwig erhob sich vorsichtig, angelte nach seinen ausgetretenen Kamelhaarhausschuhen und schlich sich aus dem Zimmer. Wo die Mausefalle war, die der Vormieter zurückgelassen hatte, wusste er: Sie lag unten im Küchenschrank, im sogenannten Werkzeugfach, inmitten von allem möglichen Gerümpel. Er fand sie auf Anhieb. Es war ein einfaches, aber wirkungsvolles Modell: Die Mausefalle bestand aus einem Holzbrettchen mit festem Drahtbügel, der durch eine Feder gespannt wurde. Ein leichter Druck auf den Köder genügte, und schwuppdiwupp knallte die Falle zu. So weit, so gut.

Doch nun stand der dünne Mann vor einem schier unlösbaren Problem. Was sollte er als Köder verwenden? In seinem Haushalt gab es nichts, aber auch rein gar nichts mehr, was essbar und damit für Mäuse auf Nahrungssuche interessant gewesen wäre.

Da fiel ihm ein, dass er vor zwei Tagen erst eine Schnitte mit leckerer Blutwurst gegessen hatte. Herbert Hartwig kniete sich vor dem überquellenden, stinkenden Mülleimer hin und begann, ihn vorsichtig auszuräumen. Jede Menge Zigarettenkippen, nasses Zeitungspapier, eine leere Fischbüchse, Eierschalen und Glasscherben kamen zum Vorschein. Schließlich stieß der trockene Trinker auf fettiges graues Papier. Er faltete es auseinander und fand tatsächlich ein Stückchen schwarzer Pelle, an dem noch ein winziges Eckchen Blutwurst hing.

Herbert Hartwig löste die Wurst von der Pelle, klemmte sie

an der Mausefalle fest, räumte den größten Teil des Unrats zurück in den Mülleimer und wusch sich am Ausguss die Hände.

Als er zurück in sein Schlafzimmer kam, war von der Maus nichts mehr zu sehen. Er spannte die Falle trotzdem und stellte sie hinter den Kleiderschrank, dorthin, wo er die Maus zuletzt gesehen hatte. Dann las er weiter.

Zwei Seiten – also rund zwanzig Minuten – später hörte er es in der anderen Ecke des Zimmers knistern. Vier kleine Beine trappelten über den Dielenfußboden. Das Geräusch kam näher und näher. Jetzt schabte irgendetwas am Schrank. Plötzlich gab es einen lauten Knall.

Herbert Hartwig fiel vor Schreck das Buch aus der Hand. Die Apatschen stiegen von ihren Pferden ab. Und dann kam die Maus unter dem Kleiderschrank hervorgehüpft. Der Bügel der Falle hatte ihr nicht das Genick gebrochen, sondern nur den Kopf eingeklemmt. Die Maus versuchte vergeblich, den Bügel mit ihren beiden Vorderpfoten hochzudrücken. Mit den Hinterpfoten stützte sie sich dabei am Boden ab. Dadurch kam das Hüpfen zustande.

Der nüchterne Alkoholiker sprang vom Bett auf und betrachtete die springende Maus aus sicherem Abstand. Die Maus schaute ihn sehr böse an – so kam es ihm jedenfalls vor. Was sollte er nun tun? Das Tier befreien? Dann würde ihm die Maus in den Finger beißen, und er müsste an Tollwut sterben. Auf ihr herumlatschen, ihr den Kopf zermatschen und die blutigen Gedärme aus dem platzenden Bauch quetschen? Herbert Hartwig schüttelte sich vor Ekel. Ein kräftiger Schluck würde ihm jetzt guttun.

In diesem schicksalhaften Moment klopfte es an der Wohnungstür. Draußen stand ein hagerer, unrasierter Mann mit lockigem, schwarzem Haar. Er trug blaue, speckige Jeans, ausgetretene Turnschuhe und einen roten Plastikanorak, der dringend in die Reinigung musste. In der linken Hand hielt er einen Dederonbeutel. Bei dem Besucher handelte es sich um Benno Radomski, seinen jüngeren Bruder. Die beiden hatten sich vor über einem Jahr zum letzten Mal gesehen. Herbert Hartwig klappte vor Verblüffung der Unterkiefer herunter. »Wie kommst du denn hierher?«

»Enrico Poggio, dein ehemaliger Chef vom Rummel, hat mir deine Adresse geschickt. Ich wohne nicht weit von hier, in Lichtenberg.« Benno kam fröhlich grinsend zur Tür hereinspaziert.

Herbert Hartwig wich völlig verdattert ins Schlafzimmer zurück.

Sein Bruder folgte ihm. Plötzlich gefror dessen Lächeln, und er blickte verblüfft auf die Mausefalle, die über den Fußboden auf ihn zugeklappert kam. »Was ist das?«, fragte er entgeistert.

»Ich habe eine Maus gefangen, aber sie lebt noch.«

»Kein Problem«, sagte Benno. Er tippte mit seiner Schuhspitze auf den Bügel der Mausefalle und drückte ihn noch ein Stückchen weiter herunter. Der Maus traten die Augen aus dem Kopf, zwischen ihren Hinterbeinen bildete sich eine kleine helle Pfütze auf dem Fußboden, und die Sache war vorbei.

»Ein Glück auch, dass du da bist. Ich hatte schon Angst, es wäre niemand zu Hause. Ich bin nämlich völlig pleite und wollte mir ein bisschen Kohle borgen.«

Herbert Hartwig winkte ab. »Keine Chance. Ich habe vielleicht noch zwanzig Pfennig.«

»Okay, okay. Wie wäre es dann mit etwas Wurst und Brot? Margarine habe ich als Gastgeschenk mitgebracht.« Benno Radomski hielt den bunten Dederonbeutel in die Höhe.

»Alles alle. In der Küche stehen nur noch leere Flaschen.«

»Was isst du denn zum Abendbrot?«

»Keine Ahnung.«

»Lass uns mal nachsehen. Vielleicht finden wir noch etwas«, schlug Benno vor, der die Hoffnung noch nicht aufgegeben hatte. Unverhofft kam schließlich oft.

»Da ist nichts, glaub es mir«, erwiderte sein Bruder ärgerlich.

In der Küche hatte sich seit dem Besuch von Michael Riedel nicht das Geringste geändert. Der Abfalleimer quoll immer noch über. In den Blechschüsseln vom Abwaschtisch stapelte sich das schmutzige Geschirr. Im Regal und davor standen zahllose leere Wein- und Schnapsflaschen.

»Wo bewahrst du deine Vorräte auf?«

Herbert Hartwig deutete auf den Wandschrank.

Benno öffnete die Tür. Er fand eine verschrumpelte Zwiebel und eine halbe Packung Salz. Mehr Esswaren gab es nicht.

»Früher, als ich noch zur Untermiete wohnte, träumte ich davon, wie es sein würde, wenn ich eine eigene Wohnung hätte. Ich stellte mir vor, dass in dieser meiner Bleibe eine kleine Kiste stände, in der ständig diverse Konservenbüchsen auf Vorrat lägen. Fleisch, Wurst, Gemüse, Suppe. Wenn unverhoffte Gäste kämen, könnte ich sie zum Essen einladen. Ich wollte sie fragen: ›Was hättet ihr gerne? Was soll ich für euch kochen?‹«, meinte Benno Radomski melancholisch.

»Dann lass uns zu dir gehen.«

»Aber es gibt keine Kiste, und wie es aussieht, wird es sobald keine geben.«

»Ohne Träume stirbt der Mensch.«

»Weißt du noch, wie es war, als ich den Karton Rotwein besaß?«, fragte Benno.

Sein Bruder überlegte eine Weile, nickte dann und schmatzte genießerisch, als er sich der angenehmen Erinnerung hingab. Diese drei Tage hafteten noch tief in seinem Gedächtnis. Guter Rotwein an sich war schon schwer zu bekommen, von preiswertem ganz zu schweigen. Der Handel bot seit längerem nur noch süßes, gepanschtes Zeug mit Phantasienamen wie »Feuerzauber« oder »Mädchentraube« an, die, selbst maßvoll genossen, rasende Kopfschmerzen verursachten. Die Flaschen kosteten um die zehn Mark oder darüber. Trockene Weine wie »Cabernet«, »Stierblut«, »Gamza« oder den süffigen »Vin Rouge« mit Preisen zwischen vier und fünf Mark gab es inzwischen kaum noch.

Durch einen glücklichen Zufall war Benno damals in einen kleinen privaten Lebensmittelladen geraten, als der Inhaber gerade das halbe Spirituosenfach mit »Trakia Hügel« auffüllte, einem sehr herben, kräftigen Wein, von dem die Flasche nur 2,65 Mark kostete! Benno hatte gleich einen kompletten Karton genommen und ihn in seine Bude geschleppt. Dort schob er ihn unter einen ausgeschlachteten »Dürer«-Fernsehapparat, der ihm als Beistelltisch diente. In einem Anfall von plötzlichem Realitätsverlust hoffte er, der Inhalt würde wochenlang reichen, und er könne sich spätabends in aller Stille einen Schoppen nach dem anderen genehmigen.

Dann war zufällig sein Bruder Herbert vorbeigekommen. Der verurteilte diese absurde Idee als weltfremd. Er nannte das Vorhaben »kleinkrämerisch« und half tatkräftig mit, die gesetzte Lagerfrist auf drei Tage zu verkürzen.

Benno fand seufzend in die Wirklichkeit zurück. Er machte einen letzten Versuch, legte sich auf den Bauch, zündete ein Streichholz an und leuchtete hinein in die Tiefe des Wandschranks. Ganz in der Ecke stand eine Schüssel. Er zog sie zu sich heran. Die Schüssel war bis zum Rand mit Kartoffeln gefüllt. Allerdings wirkten sie nicht mehr taufrisch. Sie hatten gekeimt und waren dabei arg zusammengeschrumpelt.

Benno hielt die Schüssel triumphierend hoch. »Das reicht allemal für eine Mahlzeit. Wir werden uns dick und rund essen. Wir schälen die Kartoffeln, reiben sie zusammen mit der Zwiebel und brutzeln uns leckere Kartoffelpuffer.«

Herbert Hartwigs Augen leuchteten vor plötzlicher Vorfreude. Nachdem sie übers Essen geredet hatten, war er auch hungrig geworden. »Ich habe aber keine Reibe, und Frau Zander brauche ich erst gar nicht zu fragen.«

»Zur Not tut es auch eine Raspel.«

»Was für eine Raspel?«

»Na so eine Feile.«

»Und du meinst, dass es damit geht?«, zweifelte Herbert Hartwig.

»Klar. Es dauert nur etwas länger.«

»Eine Feile liegt in meinem Küchenschrank. Ich wollte sie schon wegwerfen, denn ich brauche keine Feile. Ich bin inzwischen zum Metallfacharbeiter im Schwermaschinenkombinat aufgestiegen. Dort gibt es tonnenweise gutes Werkzeug. Gut, dass ich die Feile trotzdem behalten habe.«

Die beiden schälten die Kartoffeln und feilten abwechselnd. Sie brauchten eine halbe Stunde, ehe alles zerrieben war. Blut tropfte von ihren Fingern und färbte den wässrigen gelben Brei in der Schüssel. »Das gibt die nötige Würze«, meinte Benno.

»Was ist mit Eiern und Mehl?«, wollte sein Bruder wissen.

»Es geht auch so.«

Benno behielt recht. Die Kartoffelpuffer schmeckten ausgezeichnet. Innerhalb von zwei Minuten hatten sie alle verspeist. Herbert Hartwig trank einen Schluck Wasser, wischte sich den fettigen Mund ab, fingerte die beiden letzten Zigaretten aus der zerdrückten Packung und bot seinem Bruder eine »Karo« an. Die beiden rauchten schweigend.

»Ich denke, jetzt haben wir uns ein Schlückchen verdient. Wir sollten das Glas auf das gute Essen und auf unser Wiedersehen erheben«, schlug Benno Radomski vor.

»Meine vier Wände sind trocken, wie eine Wüste.«

»Schade, leere Flaschen gibt es genug. Aber es ist zu spät, sie abzugeben. Das Rumpelmännchen hat bereits geschlossen. Können wir irgendwo anschreiben lassen?«

»Nein, der *Nordische Hof* nebenan ist zwar meine Stammkneipe, aber dort gibt es nichts auf Kredit. Der Wirt ist ein elender Geizhals.«

»Kein Problem. Dann borgen wir uns eben etwas.«

Herbert Hartwig strahlte: »Ich weiß auch schon, bei wem.«

Zu enger Kontakt

»Bei Kontrollen auf einem Parkplatz in der Storkower Straße stellte die Besatzung eines Funkstreifenwagens zwei junge Männer, in deren Pkw sich Diebesgut befand. Die Untersuchungen der Kriminalpolizei ergaben, dass sie von Anfang April bis Mai mehrfach in Pkw eingebrochen hatten.«

Berliner Zeitung, Sonnabend, 26. Mai 1984

Die Samstagnachmittagsdisko im Biesdorfer Jugendklub *Tamara Bunke* war aus. Kichernde junge Mädchen liefen untergehakt und warfen verstohlene Blicke auf harte Burschen mit unbewegten Gesichtern, die sich auf ihre Feuerstühle schwangen. Die Luft roch nach Auspuffgasen und abendkühlen Wiesen. Bunte Lichter flammten auf, und laute Rufer versuchten vergeblich, die Musikfetzen aus den Rekordern zu übertönen.

Betont lässig, mit dem wiegenden Gang eines Westernhelden, schlenderte ein schlaksiger, in »Goldfuchs«-Jeans gekleideter Jugendlicher vor die Tür des ehemaligen Schrebergartenheims. Mike Nestroy, der sechzehnjährige Sohn von Heiko Nestroy, zischte verbittert »doofe Fotze« durch die zusammengepressten Zähne. Die scharfe Rothaarige mit den freischwingenden Titten hatte ihn abblitzen lassen. Nun musste er sich besonders cool geben. Irgendwie flogen die Weiber nicht auf ihn. Die Kumpels warteten bereits auf dem staubigen Vorhof am Pulk der unzähligen Mopeds und leichten Motorräder.

Gordon Schmalfuss, genannt »Gordon der Bär«, ein 1,80 Meter großer, breitschultriger Siebzehnjähriger mit dem Verstand einer Maus, grinste. »Das war ja ein verdammt kurzer Quickfick, Alter.«

»Quatsch, die Olle hatte ihre Tage. Einmal hart das Knie

gehoben, und ich wusste Bescheid.« Mike schob den schwarzbepinselten Helm über seinen Kopf. Er kletterte hinter seinen alten Schulfreund Dennis Lindemann auf den Sitz des klapprigen »Star«.

Die Motoren heulten auf. Fünf, sechs Mopeds rasten durch die schon nachtkalten Straßen. An der großen Ampelkreuzung verschwanden drei Maschinen als irrlichternde Glühwürmchen in Richtung Zentrum. Dennis, Gordon und Frank Korus, der den Kopf der Gang darstellte, bogen dagegen nach links ab. »Wo wollt ihr Knaller denn hin«, schrie Mike durch den scharfen Fahrtwind.

»Auf den Parkplatz vom Kombinat, Teile organisieren«, zischelte Dennis zurück.

»Dreh sofort um, du blöder Arsch!«

Dennis lachte. »Die Bullen schlafen längst. Keine Angst, Mann.«

Auf dem mit Schotter bestreuten Parkplatz drehten die drei Mopeds eine Runde und leuchteten mit ihren Scheinwerfern das Areal ab. Nichts regte sich. Das Pförtnerhäuschen war etwa dreihundert Meter weit entfernt. Falls der Betriebsschutzmann seine Nase aus der Tür stecken sollte, blieb ihnen genügend Zeit, in die andere Richtung loszubrausen. Doch es blieb alles still. Wie ein Rudel Rehe stand dichtgedrängt ein knappes Dutzend Motorräder und Mopeds der Wochenendspätschicht. Daneben parkten ein blauer Barkas, ein heller 311er Wartburg, ein gelber Polski Fiat und ein alter verrosteter Moskwitsch. Alle Autos waren leer.

Als die Jungen die Motoren ihrer Mopeds abstellten und die Helme abnahmen, erschreckte sie die plötzliche Stille ringsum. Weit in der Ferne bellte ein Hund. Im Gebüsch raschelte ein kleines Tier. Insekten summten. Frank Korus reichte ein

Päckchen »Kenton Menthol« herum, das er seinem Alten stibitzt hatte. Johannes Korus, der Presseverantwortliche der Bezirksleitung, rauchte nur noch Mentholzigaretten, um seiner durch das Übergewicht verursachten Kurzatmigkeit zu begegnen.

»So, wir waren hier und haben alles gesehen. Nun lasst uns wieder abhauen«, forderte Mike drängend, um gegen das flaue Gefühl in der Magengegend anzukämpfen.

»Hört euch bloß diese Pfeife an. Gleich wird er nach seiner Mama rufen.« Frank, sonst sanft wie ein Lamm, baute sich breitbeinig vor Mike auf und stieß ihn hart vor die Brust. Er wollte sich wohl selbst Mut machen. »Vor einem halben Jahr haben sie ihm die komplette Karre geklaut, und nun scheißt er sich ein, wenn wir uns nur ein paar Teile organisieren.«

»Keine Angst«, meinte Gordon und hielt schon einen großen Schraubenzieher mit Holzgriff in der Hand. »Wenn hier irgendein Penner auftaucht, haue ich ihm ein paar in die Fresse.« Er trat neben ein ziemlich neu aussehendes grün-gelbes »S50«-Moped und hebelte mit einem geübten Griff die Seitenverkleidung ab. Der Deckel fiel scheppernd zu Boden. Die Batterie lag frei.

Als Mike noch überlegte, ob er gehen oder bleiben sollte, passierte es. Die breite Seitentür vom blauen Barkas flog krachend auf. Drei wütend schreiende Männer sprangen heraus. In den Händen hielten sie lange, glatte Knüppel. Mike duckte sich instinktiv, um sein Gesicht zu schützen. Ihn traf ein dumpfer Schlag am Hinterkopf. Wie vom Blitz getroffen, fiel er auf den scharfkantigen Schotterboden, der ihm in Gesicht und Hände ritzte. Er rollte sich zusammen und blieb seitwärts liegen. Das Licht verlosch langsam, und die Geräusche wurden leiser. Doch Mike war noch immer bei Bewusstsein. Rechts und links von sich hörte er furchtbare Schreie und das hässliche Geräusch, das von auf Fleisch klatschendem Holz verursacht wurde. Ein harter Tritt mit einem festen Arbeitsschuh in die Magengrube warf ihn auf den Rücken. Der entsetzliche Schmerz mit seiner unerträglichen Hitze lähmte ihn völlig. Alles rückte weit von ihm ab. Ein elektrischer Schlag durchzuckte sein Gehirn, als ihn ein keulenförmiger Knüttel fast sanft am Kopf berührte.

»Der ist hin«, sagte eine erregt keuchende Stimme ganz weit oben. In der Ferne bellte noch immer der Hund. Auf dem Schotter knirschten schwere Schritte.

Dann war lange Zeit nichts mehr. Irgendwann zuckten hellrote Blitze unter den Augenlidern. Mike kam stöhnend zu sich. Er spürte salzigen Blutgeschmack auf den zerbissenen Lippen. Der Boden unter ihm rüttelte und vibrierte. Mike konnte weder Arme noch Beine bewegen. Eine dünne Paketschnur schnitt schmerzhaft in die Gelenke. In seinem Schädel arbeitete ein Presslufthammer.

Mike wollte weinen, aber er konnte es nicht. Es kamen keine Tränen mehr. Ein schwacher Lichtschein fiel auf sein Gesicht. Er hob den Kopf und bemerkte, dass seine drei Kameraden neben ihm lagen. Es stank durchdringend nach Kot und Urin. Auf der Sitzbank gegenüber sah Mike zwei drohende Gestalten hocken. »Was habt ihr mit uns vor?«, fragte er zitternd.

»Aufgewacht? Fein. Nun, wir handeln als eure Interessenvertreter«, sagte der eine Mann. Er wirkte gedrungen, trug eine braune Motorradlederjacke und hatte einen buschigen Schnauzbart. »Wir glauben nämlich, dass ihr kein Interesse daran habt, wegen eurer Parkplatzaktion ins Gerede zu kommen. Wir schaffen euch jetzt in den grünen Thüringer Wald, dorthin, wo die Vöglein lustig singen und die Rehlein munter springen. Dort lassen wir euch völlig unversehrt laufen, allerdings barfuß. Das wird ein amüsanter Spaziergang bis nach Hause. Wenn ihr zur Polente gehen wollt – bitte. Die Genossen freuen sich sicherlich, wenn sich Mopeddiebe freiwillig stellen.«

Gordon, der Bär, begann, kläglich zu winseln. »Lasst uns doch in Ruhe, bitte, bitte.«

Der andere Mann, ein feister Glatzkopf Ende zwanzig in blauen Arbeitssachen, schnaufte wütend und ballte die Faust. Eine Alkoholfahne wehte herüber. »Halt die Schnauze, oder ich stopfe dir das Maul. Ihr Mistschweine habt mir dreimal hintereinander mein Motorrad auseinandergenommen, nun bekommt ihr die Quittung.«

Gordon schluchzte auf.

Mike fühlte starken Durst und Übelkeit, doch er traute sich nicht, um Wasser zu bitten. Die nach hinten gebundenen Arme schmerzten immer unerträglicher. Er rutschte zur Seite und stieß an eine scharfe Kante im Bodenblech. Ganz sacht begann er, mit dem Strick daran zu schaben. Im Dunkeln konnte er die Zeit schwer schätzen, doch ungefähr nach einer Stunde gab die Handfessel nach. Mike sah hoch. Die beiden Männer auf der Bank schienen zu schlafen. Eine leere Schnapsflasche rollte polternd hin und her. Er krümmte sich vorsichtig und versuchte, mit steifen Fingern den Knoten an den Füßen zu lösen. Als sich der Druck an den Knöcheln minderte, streckte er sich in seine alte Lage und tastete vorsichtig nach Frank, der rechts neben ihm lag und leise weinte.

In diesem Augenblick quietschten die Bremsen. Der Barkas hielt an.

»Kontrolliere die Fesseln, ich muss schiffen gehen«, befahl der Schnauzbärtige und kletterte schwerfällig aus dem Wagen. Der andere dicke Mann ließ eine Taschenlampe aufblitzen, leuchtete die verkrümmten Körper der Jugendlichen ab und grunzte zufrieden. Dann stieg er auch aus. Die seitliche Tür blieb halb angelehnt. Der Fahrer, von dem nur schemenhaft die Umrisse zu sehen waren, schaltete das Radio ein.

Mike rollte sich unhörbar auf den Bauch und kroch Zentimeter um Zentimeter auf die Tür zu. Er musste fast brechen vor Angst. Aus seiner Kehle drang ein unkontrollierbares dumpfes Schnarren. Vorn knisterte eine Papiertüte. Der Fahrer begann, zu schmatzen. Die Tür schlug auf. Mike ließ sich aus dem Auto auf den feuchten Sandboden fallen. Wenige Meter von sich entfernt sah er zwei Zigaretten aufglühen. So leise wie möglich robbte er vorwärts und kam an ein niedriges Gebüsch. Zweige knackten.

Mike sprang hoch, warf sich vorwärts – und fiel ins Bodenlose. Er hatte die tiefe Schlucht am Rande des Parkplatzes nicht bemerkt. Schreiend rollte er den Abhang hinunter, überschlug sich mehrfach, knallte nach etwa zwanzig Metern mit voller Wucht gegen einen dicken Baum und blieb liegen. Ihm liefen mit Blut vermischte Tränen über das zerkratzte Gesicht.

Hoch oben riefen aufgeregte Stimmen. Der Strahl einer Taschenlampe zerschnitt die Dunkelheit.

Mike erhob sich und taumelte durch den abschüssigen Wald. Als er glaubte, weit genug gelaufen zu sein, ließ er sich völlig erschöpft zu Boden sinken. Sein Puls raste. Mit der Kälte der Nacht kam die Verzweiflung. Er hatte seine Freunde im Stich gelassen und nicht einmal versucht, sie zu befreien. Was würden ihnen die Verbrecher jetzt antun? Sie umbringen, um sie als Zeugen auszuschalten?

Der Sonntagmorgen schickte einige zaghafte Sonnenstrahlen durch das dichte Geäst der Eichen und Buchen ringsum. *Tok-tok-tok* klopfte ein Specht. Ein Mückenschwarm ballte sich sirrend im verfliegenden Nebel. Mike tastete vorsichtig seinen zerschundenen Körper ab. Alle Glieder taten zwar fast unerträglich weh, doch es schien nichts gebrochen zu sein. Hemd und Hose waren mehrfach zerrissen, dreckverkrustet und blutbeschmiert. Auch die Jeansjacke sah nicht mehr besonders gut aus. Das abgegriffene Portemonnaie hing an einer Kette und war ihm deshalb noch geblieben. Der Inhalt der Geldbörse betrug ein wenig über fünf Mark.

An einem glasklaren Bach wusch sich der Junge, trank einige Schluck des eisigen Wassers und ging fröstelnd einen schmalen Pfad entlang, der leicht bergauf führte und sich zusehends verbreitete. An einer Gabelung stand ein moosbewachsener Wegweiser: Förtha 5,5 Kilometer. Mike wandte sich in diese Richtung und marschierte wacker drauflos. Es dauerte eine knappe Stunde, ehe er auf das erste Haus traf.

Im Ort setzte sich Mike auf eine steinerne Bank an der Bushaltestelle und studierte die großflächige Wanderkarte an der Holztafel. Daneben hing der Fahrplan. Der nächste Bus nach Eisenach ging um 8.30 Uhr. Mike sah sich um. Vereinzelt fuhren Einheimische auf Fahrrädern vorbei und musterten ihn misstrauisch. Der ABV tuckerte auf einer »Schwalbe« die Straße entlang.

Um acht Uhr öffnete der Bäckerladen gegenüber der Bushaltestelle. Mike kaufte sich zwei Brötchen, eine kleine Knackwurst und eine Halblitertüte Milch. Die Verkäuferin sagte kein Wort. Sie presste stumm die schmalen Lippen zusammen, als sie ihm widerwillig das Wechselgeld herausgab. Mike konnte es ihr nicht verdenken. Er musste wie ein heruntergekommener Landstreicher auf sie wirken.

Die Milch drang wie kaltes Wasser in den Magen. Zehn Minuten später kam der Bus. Das Geld reichte noch bequem bis zur Endstation. Mike verkroch sich auf der letzten Sitzreihe, um den unangenehmen Augen im Rückspiegel zu entgehen.

In Eisenach wanderte Mike vom Busbahnhof bis an die Ausfallstraße. Er hatte Glück. Nach wenigen Minuten hielt ein mit Kies beladener Lkw und nahm ihn bis zur Autobahnauffahrt mit. Dort verging die Zeit sehr langsam. Auto um Auto brauste vorbei. Das eine oder das andere verminderte sogar das Tempo, doch keines hielt an.

Schließlich stoppte ein runder Trabant 500. Am Lenkrad saß ein junges Mädchen, das nur unwesentlich älter sein konnte, als er es war. Es schürzte die Lippen. »Du siehst ganz schön mitgenommen aus. Hast du dich um deine Freundin geprügelt? Na, komm, steig ein.«

Mike wischte sich die Hose ab und nahm auf dem Beifahrersitz Platz.

»Wo willst du hin?«

»Nach Berlin.«

»Na so ein Zufall. Ich nämlich auch. Da hast du aber Glück gehabt. Ich studiere dort Geschichte an der Humboldt-Universität. Ich heiße Beate, Beate Andaman.« Die Studentin reichte ihm ihre Hand.

Mike schlug ein und nannte seinen Namen. Ihr Händedruck war warm und fest. Dann schwieg er verbissen und schaute seitwärts zum Fenster hinaus. Er wollte nicht ständig auf den großen Busen der Studentin starren. Außerdem war ihm nicht zum Reden zumute.

Beate lachte. Offensichtlich waren ihr derlei Verhaltensweisen schon öfter untergekommen. Durch ihre Körpergröße und Robustheit wirkte sie auf viele Männer einschüchternd. »Mike ist ein schöner Name. Nicht so gut wie Mick, also Mick Jagger, aber immer noch besser als Iwan oder Wolodja.« In dieser Art plapperte Beate unentwegt weiter. Außer einem unverbindlichen Kopfnicken schien sie keine Reaktion von ihm zu erwarten. Ab und zu beobachtete er sie heimlich aus den Augenwinkeln. Sie hatte gewelltes Haar, eine spitze Nase, graue Augen und straffe Brüste. In seiner Hose begann sich etwas zu regen.

Jäh erstarrte Mike.

Die Studentin hatte ihre rechte Hand wie zufällig auf seinen Oberschenkel gelegt. Nun strich sie sanft in Richtung auf sein Geschlechtsteil. Plötzlich griff sie zu. Ihre Stimme wurde heiser. »Du hast noch nie eine Frau gehabt, stimmt's? Du weißt nicht, wie es geht, habe ich recht? Du bist noch völlig grün hinter den Ohren.«

Der Trabbi bremste scharf und bog schlingernd von der Autobahn ab. Die Landstraße führte durch einen Nadelwald. Rechter Hand zweigte ein Waldweg ab. Staub wirbelte auf. Der Wagen kam in einer dichten Kiefernschonung zum Stehen. Es war nichts passiert. Die Studentin lehnte stocksteif im Sitz und sah Mike nachdenklich an. Ihr rechtes Augenlid zuckte. Mike zappelte völlig verwirrt.

»Du brauchst keine Angst zu haben. Ganz im Gegenteil. Jetzt geschieht das, was du dir schon immer gewünscht hast.« Beate beugte sich vor, öffnete seinen Gürtel, zog den Reißverschluss herunter und steckte sacht ihre Hand zwischen Bauch und Schlüpfergummi.

Mike zuckte zusammen.

»Na, na, mein Kleiner«, sprach die Studentin beruhigend auf ihn ein und knöpfte sich die Bluse auf.

*

Mike saß in der Straßenbahn. Über eine Stunde hatte das heimliche Spiel im Wald gedauert. Dann war die Studentin zurück auf die Autobahn gefahren und hatte munter weitergeplappert, als sei nicht das Geringste geschehen. Ihr Lieblingsschauspieler hieß Roger Moore. Sie wohnte im Internat. Der Trabbi war nur geborgt. Sie musste ihn in einer Woche zurückbringen. Er gehörte ihrem Vater.

Mike blickte durch die schmierigen Scheiben und versuchte krampfhaft, die gegensätzlichen Erlebnisse zu verarbeiten. Die Sonne ließ den Staub in der Luft flirren. Es war warm. Mike lehnte sich schläfrig zurück.

Den Weg von der Straßenbahnhaltestelle nach Hause legte er zielstrebig zurück. Alles war viel zu unwirklich, um darauf vernünftig reagieren zu können. Daran, was er seinen Eltern sagen sollte, verschwendete er keinen einzigen Gedanken. Selbst der größte Lügenmeister hätte keine vernünftige Erklärung gefunden.

In seiner Straße lehnten drei Mopeds an der Litfaßsäule. Auf der niedrigen Bordsteinkante saßen Gordon, Dennis und Frank. Ihre Gesichter waren grün und blau geschwollen und mit frischem Schorf bedeckt.

»Mensch Alter, wo hast du gesteckt. Wir haben uns echt Sorgen gemacht«, sagte Frank mühsam, wie mit einem Kloß im Mund, stand auf und klopfte sich den Dreck von der Hose.

»Wo kommt ihr denn her?«, fragte Mike völlig entgeistert.

»Als du abgehauen bist, haben es die fiesen Typen mit der Angst zu tun bekommen und uns zurückgeschafft. Deinen Eltern haben wir erzählt, wir wären vor dem Jugendklub in eine Schlägerei mit Skinheads geraten, und du hättest dabei eine Schnalle mit sturmfreier Bude rausgehauen. Dein Vater ist völlig ausgerastet. Doch als deine Mutter heulend aus dem Zimmer lief, flüsterte er uns ins Ohr, dass er früher auch ein flotter Hirsch gewesen sei.« Frank boxte Mike sacht auf den Oberarm.

»Eine Woche Stubenarrest, schätze ich. Mehr ist nicht drin.«

Mike strich sich die Haare zurück. »Hoffentlich habe ich mir keinen Tripper geholt«, dachte er stolz bei sich und ging zur Haustür.

Vorbestraft

> »Im Juni wird in der Greifswalder Straße 207 eine weitere Foto-Spezialannahmestelle eingerichtet. Günstig wird sich dabei die unmittelbare Nähe der Werkstätten und Labore auswirken.«
>
> *Berliner Zeitung*, Montag, 28. Mai 1984

An den Einweckgläsern, die der Rosenkavalier bei seiner Flucht aus Michael Riedels Wohnung zurückgelassen hatte, waren mehrere verwertbare Fingerabdrücke gefunden worden. Das half jedoch nicht weiter. Sie waren in keiner Kartei zu finden gewesen. Die Schlinge um den Hals des Verbrechers zog sich gleichwohl immer weiter zu. Es waren bereits viele Mosaikteilchen zusammengesetzt worden. Weitere würden folgen. Das Profil des Täters trat immer klarer zutage. Peter Herbst ging deshalb davon aus, dass es nicht mehr lange dauern konnte, bis der alles entscheidende Hinweis vorlag.

Manche Spuren führten allerdings in die Irre. Die Umfrage in den Fotostudios nach verfänglichem Bildmaterial hatte nichts ergeben. Aber was nicht war, konnte noch werden. Bis dahin musste jeder Stein umgedreht werden. Unter einem würde die Kröte schon stecken. Die Panne beim Personenschutz würde sich nicht wiederholen. Dafür hatte der Oberleutnant gesorgt. Der Journalist wurde nun rund um die Uhr überwacht. Mehrere unauffällige Zweierteams wechselten sich ab.

*

Michael Riedel ging davon aus, dass Oberleutnant Herbst zu seinen Gunsten interveniert hatte. Oder den Genossen in der Hauptabteilung war es inzwischen von allein klargeworden, dass ein Polizeireporter, der keine Polizeiberichte verfasste, keiner großen Zukunft als Journalist entgegensehen konnte. Deshalb hatten sie Michael Riedel einen Fall zur publizistischen Auswertung anvertraut, in dem es um einen geläuterten Gesetzesbrecher ging: Es handelte sich um einen fünfunddreißigjährigen Mann, der wegen Totschlags verurteilt worden war. Der Täter hatte einen Teil seiner Haftstrafe abgesessen. Wegen guter Führung war er vorzeitig auf Bewährung entlassen worden. Er ging nun wieder einer geregelten Arbeit nach. Er hieß Rainer Grundmann, war von Beruf Ingenieur und wohnte in der Marzahner Franz-Stenzer-Straße 5. Er sollte als Musterbeispiel für eine gelungene Resozialisierung dienen. So lautete jedenfalls der journalistische Auftrag.

Doch zwischen Theorie und Praxis besteht häufig ein großer Unterschied. Die Sache wurde zu einem totalen Reinfall.

Michael Riedel war vom zuständigen ABV für vierzehn Uhr beim Interviewpartner angemeldet worden. Der Polizeireporter hatte die S-Bahn vom Alexanderplatz in Richtung Ahrensfelde genommen. An der Station Bruno-Leuschner-Straße stieg er aus. Die Franz-Stenzer-Straße zweigte von der Bruno-Leuschner-Straße ab. Aber aus Erfahrung klug, hatte Michael Riedel für die Suche nach dem richtigen Quartier wesentlich mehr Zeit als eigentlich notwendig eingeplant.

Dafür gab es gute Gründe. In Berlin wurden die Häuser nicht nach einer einheitlichen Methode nummeriert. Üblich waren: a) auf der linken Straßenseite aufsteigende Hausnummern und auf der rechten absteigende; b) auf der linken Straßenseite gerade Hausnummern aufsteigend und auf der rechten ungerade aufsteigend; c) auf der linken Straßenseite gerade Hausnummern aufsteigend und auf der rechten ungerade absteigend.

Die Städteplaner in Marzahn hatten diese Regeln außer

Kraft gesetzt. Das lag daran, dass die großen Neubaublocks teilweise hintereinander standen, jedoch postalisch zur selben Straße gehörten. Eine logische Nummerierung war in solchen Fällen ausgeschlossen. So konnte es durchaus vorkommen, dass auf ein Haus mit den Aufgängen 10, 11, 12, 13 und 14 im sich daran anschließenden Block die Nummern 21, 23, 25, 27 und 29 folgten.

Der Polizeireporter hatte Pech. Das Haus mit der Nummer 5 lag am entgegengesetzten Ende der Franz-Stenzer-Straße, also in Sichtweite vom S-Bahnhof Marzahn. Wenn Michael Riedel bereits dort ausgestiegen wäre, hätte ihm das einen Fußmarsch von einer Viertelstunde erspart. Aber, wie bereits erwähnt, er war auf solche Widrigkeiten vorbereitet gewesen.

Doch das Ungemach setzte sich fort. Das Haus Franz-Stenzer-Straße 5 war ein Fünfgeschosser ohne Fahrstuhl. Derartige Gebäude hießen im offiziellen Sprachgebrauch »Viergeschosser mit Zusatzetage«.

Michael Riedel zog seinen Dietrich aus der Tasche und öffnete damit die verglaste Aluminium-Eingangstür. Im Foyer hing zwar ein Schaukasten, aber der Mieterbelegungsplan fehlte. An einem der vierundzwanzig Briefkästen, die in zwei Reihen übereinander hingen, stand der Name »Grundmann«. Das stimmte hoffnungsvoll. Allerdings fehlten die Etagenangaben und die Wohnungsnummern.

Der Journalist ging noch einmal nach draußen und sah sich das Klingeltableau an. Dort standen zwar die Wohnungsnummern, aber die Namen fehlten.

Die richtige Tür zu finden, konnte trotzdem nicht schwer sein, denn auf jeder Etage gab es nur vier Mietsparteien.

Der Journalist begann, die Treppen emporzusteigen. In jedem Stockwerk inspizierte er die Klingelschilder. Den Namen »Rainer Grundmann« fand er auch im vierten Stock nicht. Demzufolge blieb nur noch die Zusatzetage ganz oben unterm Dach übrig.

Michael Riedel lief der Schweiß übers Gesicht. Er bekam kaum noch Luft. Das schien ein guter Moment zu sein, für immer mit dem Rauchen aufzuhören. Oder jedenfalls sehr bald, am besten zum Ende des Monats.

Nachdem der Journalist wieder ruhig durchatmen konnte, las er die Namen auf den vier Klingelschildern. Sie lauteten lustigerweise »Müller«, »Meier«, »Schmidt« und »Lehmann«. Wenn es auch noch die Mieter »Schulze«, »Schneider«, »Krause« und »Hartmann« gegeben hätte, wären die häufigsten Familiennamen Deutschlands zusammen gewesen.

Drei Familiennamen waren gedruckt. Diese Mieter wohnten demzufolge schon seit dem Erstbezug dort. Den Namen »Hartmann« hatte jemand mit einem Kugelschreiber auf Heftpflaster geschrieben. Womöglich war das der Vormieter des geläuterten Verbrechers gewesen.

Michael Riedel klingelte. Es geschah nichts. Niemand öffnete. In der Wohnung blieb alles still. Der Journalist läutete erneut. Nun waren Geräusche zu vernehmen. Nach einer Weile tappten Schritte heran. Die Tür öffnete sich. Vor Michael Riedel stand ein hagerer Mann mittleren Alters. Sein Haar war zerzaust. Er trug einen hellblauen Bademantel. Seine nackten Füße steckten in Badelatschen.

»Sind Sie Rainer Grundmann?«

»Ja«, erwiderte der Mieter. »Wer will das wissen?«

»Mein Name lautet Riedel. Ich bin Polizeireporter bei der *Berliner Zeitung*. Wir beide waren für ein Interview um vierzehn Uhr verabredet.«

»Ach ja, stimmt. Das hatte ich völlig vergessen gehabt. Ich

bin nämlich erst vorhin von einer Doppelschicht gekommen und wollte nur noch schlafen.«

»Das tut mir leid. Ich hatte nicht die Absicht, Sie zu stören. Können wir uns trotzdem unterhalten, oder soll ich später noch einmal wiederkommen?«

»Treten Sie bitte ein. Jetzt bin ich sowieso wach. Ich schlafe dann einfach nachher weiter.« Rainer Grundmann ging voran und zog im Zimmer die Rollos hoch. Es handelte sich offenbar um eine Einraumwohnung. Die Luft war abgestanden und roch nach Schweiß.

Auf einem Sofa am Fenster lag geblümte Bettwäsche. Es gab eine Schrankwand, einen rechteckigen Tisch und zwei blaue Stoffsessel mit schwarzen Kunstlederüberzügen auf den Lehnen. Gegenüber der Schrankwand stand ein roter »Junost«-Fernsehapparat auf einem Schränkchen. Links gab es einen offenen Durchbruch. Wie Michael Riedel erkennen konnte, war dort eine kleine Einbauküche untergebracht worden. In Rainer Grundmanns Gefängniszelle mochte es ähnlich gemütlich gewesen sein.

Der ehemalige Straftäter befreite die Sessel von Anziehsachen und Zeitungen. Er warf alles achtlos auf sein Bett und bedeutete dem Journalisten, Platz zu nehmen. Getränke waren nicht im Angebot.

Michael Riedel nahm den Schreibblock zur Hand. »Wie ich an dem Klingelschild ablesen konnte, legen Sie Wert auf Anonymität. Der Artikel wird ohne Foto und mit einem anderen Namen erscheinen. Niemand wird Sie erkennen können.«

»Das ist mir völlig gleichgültig. Mein Name steht nur deshalb nicht am Klingelschild, weil mich niemand besuchen kommt.«

»Das kann sich aber eines Tages ändern.«

»Schon möglich. Momentan ist es jedenfalls nicht so.«

»Nun zu der Tat, für die Sie verurteilt wurden und ins Gefängnis mussten. Wollen Sie darüber reden?«

»Ja, weshalb auch nicht. Es ist schnell erzählt.«

»Dann beginnen Sie bitte. Ich bin ganz Ohr.«

»Vor zwei Jahren war ich noch verheiratet. Meine Frau und ich wohnten in Mahlsdorf in einem Einfamilienhaus, das ich mehrere Jahre lang um- und ausgebaut hatte. An einem Tag im März bin ich mit meinem Trabbi zu meinen kranken Eltern nach Eisenach gefahren. Mitten auf der Autobahn in der Höhe von Niemegk wollte ich einen klapprigen Skoda überholen. Die Schrottkiste qualmte fürchterlich aus dem Auspuff und zuckelte mit knapp sechzig Sachen auf der rechten Spur dahin. Doch als ich fast auf gleicher Höhe war, hat der Fahrer plötzlich Gas gegeben«, erzählte Rainer Grundmann.

»Das ist mir auch schon passiert. Niemand lässt sich gern von einem Trabant überholen«, meinte Michael Riedel.

»Mein Trabbi war auch nicht mehr taufrisch. Achtzig Kilometer pro Stunde auf der Autobahn waren für ihn eine gute Reisegeschwindigkeit. Zur Not hat er neunzig Stundenkilometer geschafft. Als ich mein Limit erreicht hatte, war ich mit dem Skoda auf gleicher Höhe. Ich habe mich zurückfallen lassen. Der Skoda auch. Ich habe wieder Gas gegeben. Der Skoda ebenfalls. So ging es eine ganze Weile.«

»Was ist dann passiert?«

»Bei meinem letzten Versuch habe ich das Gaspedal bis zum Bodenblech durchgetreten. Der Trabbi ist sehr schnell im Anzug. Auf diese Weise konnte ich einen kleinen Vorsprung herausschinden. Aber ich hatte mich verschätzt. Als ich mich nach rechts einordnen wollte, reichte der Abstand nicht aus. Ich habe den anderen Wagen mit meiner hinteren Stoßstange touchiert. Der Skoda prallte zur Seite, kam von der Autobahn ab und hat sich mehrfach überschlagen. Der Fahrer war nicht angeschnallt gewesen. Er ist noch am Unfallort verstorben.«

»Und dafür mussten Sie ins Gefängnis?«, fragte der Polizeireporter verwundert.

»Es gab keine Zeugen. Die Polizei hat herausgefunden, dass ich den Skodafahrer kannte, wenn auch nur flüchtig. Es war der frühere Freund meiner Frau gewesen. Die Anklage lautete auf Totschlag. Zu meinen Gunsten wurde gewertet, dass ich diesen Idioten offenbar aus einem spontanen Entschluss heraus gerammt hatte. Sonst wäre es Mord gewesen, und ich würde noch für eine Weile einsitzen.«

»Aber bei den Überholmanövern hatten Sie den Mann nicht erkannt?«

»Woher denn. Die Sache mit meiner Frau lag Jahre zurück. Ich hatte lange Zeit keinen einzigen Gedanken an ihn verschwendet. Weshalb auch.«

»Wie ging es dann weiter?«

»Ich bekam vier Jahre. Mein Auto wurde eingezogen. Meine Frau hat sich von mir scheiden lassen. Sie ist allen Ernstes davon ausgegangen, ich hätte alles mit Vorbedacht geplant gehabt. Hinter meinem Rücken war sie nämlich wieder mit diesem Typen liiert gewesen. Meinen kranken Eltern hat diese Sache den Rest gegeben. Sie sind im vergangenen Jahr im Abstand von drei Wochen gestorben. Die übrige Familie hat sich von mir losgesagt. Mein Bruder ist Kombinatsdirektor in Rostock. Da passt ein Totschläger nicht ins Bild.

Ich sitze nun hier fest und muss mich alle vierzehn Tage bei der Polizei melden. Ohne Erlaubnis darf ich weder umziehen noch die Arbeitsstätte wechseln. Der Kaderleiter in meinem neuen Betrieb hat mir schon dreimal gesagt, wie froh ich sein kann, dort tätig sein zu dürfen.«

Michael Riedel meinte: »Kopf hoch. Das wird schon wieder werden. Sie müssen erst im Leben draußen richtig ankommen. Dann findet sich alles. Spielen Sie in Ihrer Freizeit Volleyball, oder melden Sie sich in einem ›Zirkel Schreibender Arbeiter‹ an. Im Handumdrehen werden Sie ein nettes Mädchen kennenlernen, und dann sieht die Welt schon wieder ganz anders aus.« Er hasste sich selbst für diesen Unsinn, aber mehr konnte er für Rainer Grundmann nicht tun. Außerdem wusste er beim besten Willen nicht, wie er aus diesem Pechvogel einen reumütigen Verbrecher machen sollte, der auf den Pfad der Tugend zurückgefunden hatte.

Krankenhaus

»Zweimal täglich macht der Chefarzt auch auf Station 24 Visite.
›Den Kranken als Partner zu achten, darunter verstehe ich,
ihn über den Heilungsprozess zu informieren, für seine
Fragen Zeit zu finden, aber auch so einfache Dinge
wie das Ansprechen mit seinem Namen.‹«

Berliner Zeitung, Montag, 28. Mai 1984

Am Montagmorgen hatte sich Herbert Hartwig plötzlich sehr schlecht gefühlt. Die Wiedersehensparty mit seinem Bruder war etwas aus dem Ruder gelaufen. Nach mehreren stramm durchzechten Tagen wollte der Körper partout keine Nahrung mehr annehmen. Alles, was der Trinker aß, brach er sofort wieder aus. Es war nicht der übliche Morgenschmerz, nicht das gewohnte Trockenkotzen.

Herbert Hartwig probierte alle ihm bekannten Geheimrezepte aus und schreckte selbst vor lauwarmer Milch mit eingebrocktem Weißbrot nicht zurück. Auch sämtliche anderen Diäten, wie salzloser Haferschleim oder Zwieback mit Kamillentee, schlugen fehl. Krampfartige Brechreize überfielen ihn unkontrolliert, und die aufsteigende Magensäure verätzte ihm die Speiseröhre.

Nach drei Tagen der Qual schleppte sich Herbert Hartwig entkräftet in die Poliklinik in der Christburger Straße. Nach einer kurzen Wartezeit wurde er einem Arzt vorgestellt.

Dr. Volker Nettlau untersuchte ihn lange und gründlich. Dann schickte er ihn ins Labor und zum Röntgen. Am späten Nachmittag ging es weiter. Dr. Nettlau besah sich die Röntgenbilder und Laborberichte, machte ein bedenkliches Gesicht und füllte einen Überweisungsschein aus. »Packen Sie Ihre

Zahnbürste, Waschzeug, Nachthemd und Morgenrock ein«, lautete seine unmissverständliche Anweisung. »Sie haben ein riesengroßes offenes Magengeschwür, das sich von selbst nicht mehr schließen wird. Ein Magendurchbruch könnte praktisch jede Minute erfolgen. Es muss sofort operiert werden.«

»Isses Krebs?«, fragte Herbert Hartwig mit zittriger Stimme.

Der Arzt sah seinen ausgemergelten Patienten, der mit hohlen Wangen und gebeugten Schultern auf der mit Wachstuch bezogenen Pritsche hockte, mitleidig an. »Nein, ich glaube nicht. Sie haben zu wüst gelebt, nun haben Sie den Salat.« In seinen Worten schwang ein Hauch Resignation mit. Der Doktor wusste, dass der chirurgische Eingriff das eigentliche Übel nicht beseitigen konnte.

Herbert Hartwig hatte Glück. Er kam in die Charité an der Hermann-Matern-Straße. Das Krankenzimmer musste er mit zwei fiebernden Männern teilen, deren eigentliche Diagnosen der seinen ähnelten. Nur waren beide schon längst damit beschäftigt, langsam zu sterben. Meistens wimmerten sie oder erzählten wirre Geschichten. Sehr selten waren sie bei klarem Bewusstsein. Ihre Hände lagen verkrümmt wie tote weiße Vögel auf den Bettdecken. Aus durchsichtigen Plastikschläuchen tropfte Wundflüssigkeit und Eiter in kleine Kunststofftanks, die von den Schwestern ab und zu ausgetauscht wurden.

Am Dienstag wurde Herbert Hartwig auf die Operation vorbereitet, am Mittwoch kam er unters Messer. Danach durfte er drei Tage lang nichts essen und nur ganz wenig ungesüßten Tee trinken. Die lange Zeit des harten Fastens, verbunden mit schlimmsten Entzugserscheinungen, stellte den gepeinigten Körper auf eine harte Probe. Die Lippen platzten auf, aus den tiefen, verkrusteten Rissen sickerte das Blut. Die pelzige, weißlich verfärbte Zunge lag wie ein dicker Klumpen in seinem Mund. Herbert Hartwigs Oberarme konnte selbst die siebzehnjährige Hilfsschwester Katrin Just ganz bequem mit Daumen und Zeigefinger umfassen. Auf einem Pappschild an der ansonsten völlig kahlen Zimmerwand stand der dazu passende Kalenderspruch: »Wer die Hölle nicht kennt, kann das Paradies nicht preisen.«

Am Sonntag gab es zum ersten Mal Schonkost. Der Magen hatte ein Einsehen und verweigerte nicht länger die Nahrungsaufnahme. Einen Tag darauf kehrten die Lebensgeister zurück. Herbert Hartwig hatte eine ungesalzene, magere Gemüsebrühe zu sich genommen. Er legte die angebissene Weißbrotscheibe zurück auf den Teller und träumte mit offenen Augen von einem Pilsner. Zischend fauchte der Strahl aus dem Zapfhahn ins Glas, dumpf grummelnd stieg der dicke, satte Schaum empor und bildete eine überquellende Wattekrone. Goldgelb, mit perlenden Kohlensäurebläschen versetzt, leuchtete das würzige Bier, am matt beschlagenen Glasrand liefen einzelne Tropfen nach unten und hinterließen eine glänzende Spur.

Herbert Hartwig spürte den süßen Schaum im Mund, die eisige, süffige Flüssigkeit, wie sie die glühend heiße Zunge kühlte und in dem gierig aufgerissenen Schlund nach unten stürzte, den unermesslichen Durst löschte, den Durst löschte ...

Der Patient ließ sich mit schweißnasser Stirn zurückfallen. Die große runde Deckenlampe sah ihn wie das böse Auge eines Riesen an. Draußen fuhr quietschend ein Schiebewägelchen vorbei. Die beiden Sterbenden im Zimmer stöhnten gleichmäßig: »Ahh, ahhh, ahh ...« Der Gestank des nahenden Todes schnürte ihm die Kehle ab.

Am Dienstag stand er tapfer auf und lief einige Schritte im Zimmer hin und her. Bei jedem Tapsen spürte er einen Messerstich im Unterleib. Aber er wollte nicht schlappmachen. Er hatte ein Ziel vor den Augen. Der *Goldene Zapfen* in der Philippstraße, eine wüste Spelunke, in der vor allem Kohlenmänner und aus der Haft entlassene Bürger verkehrten, befand sich in Sichtweite der Charité. Dort, umhüllt von dicken Rauchschwaden, tauschte die umsichtige Kellnerin rasch und unaufgefordert die leeren Gläser gegen volle aus.

*

Auch Professor Riedel ging ganz gern mal in den *Goldenen Zapfen*, wenn es – was selten genug vorkam – seine Zeit erlaubte. Die Gäste wussten, wer er war, und ließen ihn deshalb in Ruhe. Auch die schlimmsten Raufbolde besaßen einen gewissen Respekt vor der ärztlichen Kunst. Jeder andere Kneipengänger mit randloser Brille, weißem Hemd und Schlips hätte kaum genug Zeit gehabt, um sein erstes Glas zu leeren.

Walter Riedel drängte an der ersten Hürde vorbei: den Säufern an der Theke, die den gesamten Eingang versperrten. Ein Fremder wäre dort bereits gescheitert. Der Institutsdirektor sah sich im Gastraum um. Die zehn blankgescheuerten Tische schienen bis auf zwei einzelne Plätze vollbesetzt zu sein. Karten und Würfel knallten, Stühle schurrten, laute Männergespräche mischten sich zu einem schrillen Geräuschebrei. Dazu spielte das Radio im Rückbüfett Thüringer Heimatlieder von Herbert Roth. Das magische Auge zwinkerte im Takt. Vom Alkohol zerstörte Frauen mit fettigen Haaren versuchten vergeblich, den Lärm zu übertönen, indem sie kreischend die zahnlosen schwarzen Höhlen ihrer Münder aufrissen.

Professor Riedel nahm sich einen Stuhl und setzte sich zu einem Rentnerehepaar. Solange er schon in dem Lokal verkehrte, hockten die alten Leute jeden Abend auf ihrem Stammplatz.

Sie sprachen nie ein Wort, weder mit sich noch mit anderen Gästen am Tisch. Beide tranken mit versteinerten Gesichtern je fünf Bier, nie mehr, nie weniger. Dann gingen sie, zusammen und doch allein, zweisam und doch einsam.

Der silberne Glücksspielautomat an der Wand klingelte. Drehen, drehen, drehen. Am Fensterchen vorbeihuschende bunte Bildchen. Langsamer werdendes Rasseln. Drei Pärchen knallrote Kirschen, die Spielmarken klirrten. Schon stand das Bier auf dem Tisch. Der Professor trank es in einem Zug aus und wischte sich genießerisch mit dem Handrücken den Schaum vom Mund. Jetzt endlich konnte er entspannen, die anstrengenden Dienste und die vielfältigen Probleme vergessen.

Im Alltag rauchte Walter Riedel nur zu ganz besonderen Anlässen wie der Feier bei Konrad Naumann. Jetzt zündete er sich ein pechschwarzes Zigarillo an und blies lustige Kringel in die Luft. Er würde noch ein Viertelstündchen müßig herumsitzen und dann ein kleines Spielchen wagen. Am liebsten Skat, und das Geld immer gleich auf den Tisch. Hier fanden sich immer Interessenten. Zwanzig Mark würde er schon riskieren. Das war sein Limit. Mehr hatte er noch nie verloren.

Von der Toilette kam ein dünner Mann gewankt. Er lief breitbeinig, als hätte er sich in die Hosen gemacht. Professor Riedel stutzte. Das Gesicht kam ihm bekannt vor. Er dachte nach. Ja, richtig, ein Patient, den er persönlich untersucht und erst vor wenigen Tagen operiert hatte!

»Herr Hartwig, was machen Sie hier? Sind Sie völlig wahnsinnig geworden? Sie haben strengste Bettruhe, Alkohol ist das totale Gift für Sie!« Er hätte sich die Worte sparen können. Sie erreichten den Kranken nicht mehr.

*

Tatsächlich fühlte sich Herbert Hartwig am nächsten Tag nicht besonders gut. Der Kopf schmerzte ihm unerträglich, und die Stiche im Unterleib spürte er nun auch beim Liegen. Allerdings wusste er nicht konkret zu sagen, was sich ereignet hatte. Doch er fühlte es. Der *Goldene Zapfen* steckte in seinen Knochen. Aber sein Ausflug schien unbemerkt geblieben zu sein.

Der Kranke litt still vor sich hin. Glücklicherweise besuchte ihn sein Bruder Benno Radomski kurz nach dem Mittagessen. Benno war selbstverständlich nicht mit leeren Händen gekommen. In dem geblümten Dederonbeutel klimperten mehrere Flaschen. »Wo soll ich sie verstecken?«, flüsterte er.

»Am besten bei der halben Leiche da drüben im Nachtschrank. Der merkt sowieso nichts mehr.«

»Hier im Krankenhaus riecht es nach frischer Farbe«, stellte Benno fest.

»Kann sein«, erwiderte Herbert Hartwig desinteressiert und horchte tief in seinen Körper hinein.

»Ölfarbe lässt sich gut verkaufen«, sinnierte Benno. »Warte einen Augenblick. Ich gehe nur kurz nachschauen und bin gleich zurück.« Er lief zum Treppenhaus und folgte seiner Nase. Bald darauf hatte er herausgefunden, was er wissen wollte: Vor ein paar Tagen hatten Maler damit begonnen, einen der unteren Flure des Charité-Gebäudes zu streichen. Der Korridor war sehr lang und die Maler nicht besonders eifrig. Ein großer Fünfzig-Liter-Kübel hellgrüner Sockelfarbe stand einsam und verlassen im Gang. Er wartete förmlich darauf, abgeholt zu werden.

Benno kehrte zurück und erstattete seinem Bruder Bericht. Dann sah er aus dem Fenster. »Auf den Hof kommt man ohne weiteres. Die Schranke ist immer oben. Der Abtransport ist auch kein Problem. Ich kann mir jederzeit in meinem Betrieb eine Dieselameise ausborgen. Aber wie soll ich alleine den schweren Bottich aufladen? Es müsste sehr schnell gehen.«

»Ich helfe dir!«

Benno sah seinen Bruder zweifelnd an. »Meinst du, du schaffst das?«

»Na klar«, erwiderte Herbert Hartwig stolz und berichtete von seinem Besuch im *Goldenen Zapfen*.

Eine reichliche Stunde später öffnete er von innen eine zweiflügelige Glastür, die vom Gang auf den Hof führte. Benno rangierte mit der Dieselameise so dicht wie möglich rückwärts heran. Der Motor tuckerte. Ein Heizer ging vorbei und grüßte, indem er mit zwei Fingern an die Schläfe tippte.

Die beiden Brüder fassten den Kübel an den Griffen an und zogen ihn keuchend den Flur entlang. »An wen willst du die Farbe verkloppen?«

»Keine Ahnung, es wird sich schon einer finden.«

»Halbe, halbe?«

»Ja, sicher, unter Brüdern.« Benno klappte die hintere Ladebordwand herunter. Stöhnend und ächzend schoben sie den schweren Bottich hinauf. »So, ich hau jetzt ab. Und du, leg dich wieder ins Bette!«

Ganz krumm vor Schmerzen, in Latschen und im *Malimo*-Bademantel, schlich Herbert Hartwig die Treppe hinauf. Kurz vor seinem Zimmer wurde ihm schwarz vor Augen. Er lehnte sich an die Wand und rutschte langsam in sich zusammen.

Die Hilfsschwester Katrin Just fing ihn auf. »Solche Unvernunft aber auch«, zeterte sie. »Sie sollten doch im Bett bleiben. Sie dürfen doch noch nicht aufstehen. Jetzt müssen wir Ihnen den Bademantel wegnehmen!«

Christi Himmelfahrt

»Es wird gesungen, getanzt und ganz bestimmt viel gelacht beim
Pionierfestival, das 20.000 Jung- und Thälmannpioniere am
1. Juni, dem Internationalen Kindertag, im Pionierpalast
›Ernst Thälmann‹ und im Pionierpark feiern.«

Berliner Zeitung, Donnerstag, 31. Mai 1984

Auf dem VII. Parteitag der SED 1967 war die Einführung der Fünf-Tage-Arbeitswoche beschlossen worden. Parallel dazu wurden fünf christliche Feiertage abgeschafft, darunter Christi Himmelfahrt. Doch viele DDR-Bürger wollten auch weiterhin feiern, mit oder ohne Jesus Christus und staatlichem Segen. Sie ließen den lieben Gott einen guten Mann sein, nannten das Ereignis Herren- oder Vatertag und nutzten es dazu, ihrem Affen einmal ordentlich Zucker zu geben. Tausende Trunkenbolde verkleideten sich, nahmen Lärminstrumente wie Stockklingeln und Tröten mit. Mit buntgeschmückten Kremsern, Fahrrädern oder zu Fuß zogen sie hinaus ins Grüne. In den Ausflugsgaststätten brannte die Luft. Überall fanden Freiluftkonzerte statt. Abends torkelten die Betrunkenen wieder nach Hause. Von den Behörden wurde diese Art der Volksbelustigung stillschweigend geduldet. Es fanden so gut wie keine Verkehrskontrollen statt. Die Volkspolizisten gingen ganz in ihrer Rolle als Freund und Helfer auf. In den Volkseigenen Betrieben lief die Produktion am Herrentag auf Sparflamme.

Christi Himmelfahrt war ein beweglicher Feiertag. Er fiel immer auf einen Donnerstag, neununddreißig Tage nach Ostern. Im Jahr 1984 war es am 31. Mai wieder einmal so weit. In der *Berliner Zeitung* stand kein einziges Wort über den »Herrentag«. Aber für alle Leser, die große Übung darin besaßen, zwischen den Zeilen zu lesen, war ein längerer Beitrag abgedruckt worden. In ihm ging es um ein Fuhrunternehmen, welches Kremserfahrten hinaus ins Grüne anbot, selbstverständlich ganzjährig.

Michael Riedel saß am Herrentag in der Redaktion und quälte sich mit einer längeren ADN-Meldung herum, in der es um »Freiwillige Helfer der Deutschen Volkspolizei« ging. Seine Aufgabe als Polizeireporter bestand darin, den öden und staubtrockenen Text in eine lesbare Form zu bringen sowie mit etwas Substanz anzureichern. Das war eine Arbeit für Leute, die Mutter und Vater erschlagen hatten. Doch der Redakteur war gewappnet. Er hatte sich für derartige Obliegenheiten einen Hefter angelegt, in dem er seit längerem alle Artikel, Meldungen und Nachrichten sammelte, die etwas mit der Kriminalitätsbekämpfung zu tun hatten.

Um dreizehn Uhr klingelte sein Telefon.

Es meldete sich Ilka Friesecke: »Hätten Sie heute etwas Zeit für mich? Hier in der Uni ist nichts los. Selbst die Professoren befinden sich auf Sauftour. Ich würde gern erfahren, wie der Fall vorangeht.«

Michael Riedel sagte sofort zu. Einerseits gab es keinen vernünftigen Grund, noch länger in der Redaktion herumzulungern. Den Artikel konnte er auch am nächsten Tag noch zur Druckreife bringen. Andererseits glaubte er, in der Stimme der Studentin einen gewissen Unterton herausgehört zu haben. Möglicherweise handelte es sich um einen zaghaften Annäherungsversuch. Da er Ilka Friesecke durchaus attraktiv fand, war er nicht abgeneigt. Er durfte jedoch nichts überstürzen, sondern musste es ganz behutsam angehen lassen. Was Frauen dachten und was sie taten, waren nämlich zwei völlig verschiedene Paar Schuhe.

Die beiden verabredeten sich für vierzehn Uhr. Ilka Friesecke hatte als Treffpunkt den Eingang zum Kirchhof der Georgen-Parochialgemeinde vorgeschlagen, weil sich auf dem großen Grundstück bestimmt ein ruhiges Plätzchen abseits vom Vatertagstrubel finden lassen würde. Außerdem lag der Friedhof in der Nähe zu ihrer beider Wohnungen.

Die Suche nach dem ruhigen Plätzchen gestaltete sich schwieriger, als gedacht. Mehrere Männergruppen hatten sich auf dem Friedhofsgelände verteilt und machten Radau. In Handwagen, Schiebekarren und Fahrradanhängern führten sie ausreichend Wegzehrung in Form von Bierkästen mit sich.

Auf einer Bank saßen zwei Männer und rauchten. Michael Riedel schüttelte beiden die Hand und sagte: »Mensch Herbert, wie geht es dir? Du siehst noch ein wenig blass um die Nase aus. Dein Bruder passt hoffentlich gut auf dich auf.«

»Danke der Nachfrage«, antwortete der Trinker. »Ich bin gestern aus dem Krankenhaus entlassen worden und noch ein wenig klapprig auf den Beinen. Mit dem Alkohol ist es vorbei. Ich bin trocken wie ein Fisch auf dem Wasser. Nie wieder werde ich auch nur einen einzigen Tropfen anrühren. Und sobald bessere Zeiten kommen, höre ich auch mit dem Rauchen auf.«

»Das sind löbliche Absichten. Ich wünsche gutes Gelingen.«

Ein paar Meter weiter fragte Ilka Friesecke: »Wer war das?«

»Ein Mieter aus unserem Haus. Vom Herzen her ist er ein guter Mensch. Er hat aber in seinem Leben keine Chance gehabt.« Michael Riedel deutete auf einen Seitenweg. »Wir sollten dort entlanggehen. Da ist weniger Trubel.«

Nach einer Weile fanden die beiden eine alleinstehende Bank. Weit und breit war niemand zu sehen.

»Also, was gibt es Neues in unserem Fall? Was können Sie mir berichten?«, fragte die Studentin.

»Meine Vermutung hat sich bestätigt: Auch alle anderen Opfer haben Wohnungen mit Außentoilette. Damit ist das Rätsel gelöst, wie der Verbrecher eindringen konnte. Die Kriminalisten gehen nun davon aus, dass sie den Verbrecher bald schnappen werden.«

Nach einer Weile ließen die beiden das unerfreuliche Thema ruhen und begannen, sich über die angenehmen Dinge des Lebens wie Filme und Bücher zu unterhalten. Sie waren so in ihr Gespräch vertieft, dass sie ihre Umwelt kaum mehr wahrnahmen. Plötzlich schraken sie hoch. Vor den beiden verdunkelte sich die Sonne. Drei Skinheads standen vor ihnen. Es waren Klaus Gothow, Bernd Jablowski und Harry Rönz, die wieder einmal einen Berlinbesuch machten. Die drei trugen ihre Einheitskleidung: grüngefleckte Armeehosen, schwarze Stiefel und Jacken. Allesamt waren stockbetrunken und schwankten hin und her. Klaus Gothow hielt den selbstgebastelten Totschläger in der rechten Hand und lallte: »Sie, mein Herr, Sie dürfen sich entfernen. Wir drei Gentlemen haben etwas mit der Dame zu besprechen, das nicht für ihre Ohren bestimmt ist.«

Ilka Friesecke bekam es sofort mit der Angst zu tun und verkrallte sich im Oberarm des Journalisten. »Ich kenne Sie nicht! Gehen Sie weg und lassen Sie uns in Ruhe!«, sprach sie mit abgewandtem Gesicht.

Michael Riedel hingegen sagte nichts. Er schätzte seine Chancen ab. Sie standen schlecht. Seit seinen Prügeleien im Ausgang bei der Nationalen Volksarmee war er reichlich aus der Form geraten. Er saß auf einer Bank, und die drei Rowdys standen davor. Sie waren bewaffnet, und er hatte nur eine Aktentasche dabei. Was sollte er tun?

Klaus Gothow deutete das Schweigen als Schwäche und

beging einen taktischen Fehler, indem er sich neben die Studentin setzte und ihr an den Busen grapschte. Sie klatschte dem Skinhead sofort ihre linke Hand ins Gesicht. Klaus Gothow lachte.

Doch die Gruppe war nun geteilt und dadurch geschwächt. Bernd Jablowski und Harry Rönz wussten nicht, wie es weitergehen sollte. Sie waren unsicher und konzentrierten sich auf ihren Boss sowie auf das Mädchen.

Diesen Moment nutzte Michael Riedel aus. Er schrie, so laut er nur konnte um Hilfe, sprang auf, knallte Bernd Jablowski die Aktentasche ins Gesicht und riss Ilka Friesecke mit sich. Ehe die volltrunkenen Skinheads überhaupt mitbekamen, was geschah, waren die beiden schon mehrere Meter weit von der Bank entfernt. Sie flüchteten in Richtung Hauptweg und rannten dabei wie um ihr Leben.

Die Skinheads wollten ihren Opfern folgen, doch auf einmal erschienen zwei junge Männer in identisch wirkenden braunen Anzügen auf der Bildfläche. Sie begannen keine semantische Diskussion, sondern handelten. Es wurde ein ungleicher Kampf. Ehe es sich Klaus Gothow versah, lag er schon auf dem Bauch und seine Hände waren mit Handschellen auf den Rücken gefesselt. Bernd Jablowski hatte einen harten Schlag an die rechte Schläfe bekommen. Er war bewusstlos. Harry Rönz weinte und hielt sich die Hände vor sein blutendes Gesicht.

Michael Riedel und Ilka Friesecke sahen sich nicht um und liefen auch auf dem Hauptweg mit unvermindertem Tempo weiter. Plötzlich erschien ein Friedhofsgärtner und brüllte: »Kommen Sie mit, ich bringe Sie in Sicherheit!«

Die beiden sausten hinter ihm her bis zur Kapelle.

Verwundert blickte ihnen Herbert Hartwig nach.

Der Gärtner schloss eine Tür auf. »Schnell, schnell, mir nach, die Wendeltreppe nach unten. Dort gibt es ein ausgezeichnetes Versteck.«

Michael Riedel und Ilka Friesecke zögerten keine Sekunde. Unten tat sich ein Labyrinth von Gängen auf.

»Gleich haben wir es geschafft«, schrie der Friedhofsgärtner und öffnete eine Stahltür und hielt sie auf. Der Redakteur und die Studentin schlüpften in den Raum dahinter. Die Tür fiel hinter ihnen krachend ins Schloss. Ein Riegel wurde vorgeschoben. Es war stockdunkel und bitterkalt. Der Gärtner hatte sich in Luft aufgelöst.

Michael Riedel zündete ein Streichholz an, sah sich um und stöhnte auf. Mitten im Raum stand eine Bahre. Darauf lag ein Toter. Das Streichholz verlosch.

»Ich friere, und ich habe Angst«, wimmerte Ilka Friesecke.

»Wir sind reingelegt worden«, stellte der Polizeireporter nüchtern fest. »Aber noch ist nicht alle Tage Abend. Die Schachtel mit den Streichhölzern ist noch fast voll. Ich habe einen Dietrich und ein Taschenmesser dabei. Es müsste mit dem Teufel zugehen, wenn wir uns nicht aus dieser misslichen Lage befreien könnten.«

»Es muss nur schnell gehen, mir ist ka-ka-kalt.«

»Haben Sie sich vorhin im Raum umgesehen, als das Streichholz brannte?«

»Nei-ei-ein.«

»Bekommen Sie bitte keinen Schreck, wenn ich das nächste Streichholz anzünde. Wir befinden uns in einer Kühlkammer für Leichen. Hinter uns liegt ein aufgebahrter Toter.«

»Vo-vor To-to-ten ha-ha-habe ich keine Angst. Nur vor le-le-benden Men-men-schen.«

»Dann ist es ja gut.« Ein Zündhölzchen flammte auf. Michael Riedel entdeckte zwei große Kandelaber und brannte die meterhohen Kerzen an. »So, damit wäre das erste Problem gelöst. Wir müssen nicht mehr in der Finsternis ausharren.« Sein Atem bildete weiße Wölkchen.

Der Journalist ging zu dem Toten, zog ihm die Jacke aus und legte sie der Studentin um. Sie ließ es widerstandslos mit sich geschehen. Anschließend untersuchte er die Tür. Was er sah, gefiel ihm nicht. Auf ihrer Seite gab es weder eine Klinke noch ein Schlüsselloch. Er drückte dagegen. Die Stahltür bewegte sich keinen Millimeter.

»Es muss eine Notöffnung existieren«, meinte Michael Riedel mehr zu sich selbst. »Anderenfalls würde die Gefahr bestehen, dass ein Leichenbestatter erfriert, wenn die Tür hinter ihm zufällig ins Schloss gefallen ist.«

»Nein«, erwiderte die Studentin. »Es gibt kein Schloss. Nur einen Riegel. Der Raum wird von außen abgesperrt. Ich habe es deutlich gehört.«

Michael Riedel sah sich in der Kühlkammer um. Er konnte keinen Lichtschalter entdecken. Demzufolge wurde die Deckenbeleuchtung von außen eingeschaltet. Ein Fenster fehlte ebenso wie ein Rauchmelder. An der Wand gegenüber der Tür gab es ganz oben eine vergitterte Abzugsöffnung. Aus mehreren Schlitzen kurz über dem Boden strömte die eisige Luft herein.

»Wir könnten den Toten ganz ausziehen und mit seinen Sachen ein Feuer entzünden. Vielleicht sieht jemand draußen den Qualm und kommt uns zu Hilfe«, meinte der Reporter.

»Lieber nicht. Die Gefahr ist zu groß, dass wir vorher an Rauchvergiftung sterben.«

»Ich probiere es mit Klopfzeichen.« Michael Riedel holte sein Taschenmesser hervor und begann, damit an die Stahltür zu hämmern. Nichts rührte sich.

»Das ist viel zu leise«, sagte Ilka Friesecke. »Wir müssen es mit der Bahre versuchen.«

Die Bahre war aus Metall und hatte Gummiräder. Die beiden packten die Leiche an und legten sie auf den Boden. Danach ließen sie die Bahre immer wieder gegen die Stahltür krachen, vor und zurück, vor und zurück. Es machte einen Heidenlärm. Von draußen gab es keinen Widerhall.

»Wir sind nicht sehr tief unter der Erde. Eigentlich müsste jemand den Lärm hören. Es sind doch viele Leute unterwegs.«

»Heute ist Herrentag. Da wird überall Krach gemacht, und die meisten Leute sind betrunken. Sie werden sich deshalb keine großen Gedanken machen, wenn sie es irgendwo rumpeln hören«, entgegnete Ilka Friesecke. »Was meinst du, wer ist dieser Friedhofsgärtner? Weshalb hat er uns eingesperrt?« Sie war unbewusst vom »Sie« zum »Du« übergegangen.

»Ich denke, da kann es nicht den geringsten Zweifel geben. Der Gärtner ist der Rosen- und der Spinnenmann.«

»Aber wieso denn man bloß? Er hat mich bereits vergewaltigt. Weshalb will er mich jetzt auch noch umbringen?«

»Auf dich hat er es gar nicht abgesehen. Er will mir ans Leder, weil ich ihn mit meinem Artikel beleidigt habe. Du bist nur ein unbequemer Zeuge. Mitgefangen, mitgehangen. Entschuldige bitte diese rüde Ausdrucksweise.«

»Aber falls wir erfrieren sollten, wird irgendjemand später unsere Leichen finden. Dann ist er dran.«

»Das bezweifele ich. Ich glaube, er hat vor, uns nach unserem Tod bei irgendeiner anderen Leiche mit ins Grab zu legen. So würde ich es jedenfalls an seiner Stelle machen. Doch genug geschwatzt. Wir müssen Lärm machen. Uns bleibt nicht mehr viel Zeit.«

Und wieder und wieder krachte die Bahre gegen die

Stahltür. Plötzlich wurde draußen der Riegel zurückgezogen. Die Tür sprang auf. Helles, gleißendes Licht flutete herein. Michael Riedel wollte sein Taschenmesser aufklappen, aber es fiel ihm aus seinen schon fast steifgefrorenen Händen. Er sank auf die Knie, beugte den Kopf und wartete auf den tödlichen Hieb. Dann wurde er ohnmächtig.

*

Michael Riedel erwachte in einem Bett.

Auf einem Stuhl davor saß Oberleutnant Herbst und las in *Der tiefe Schlaf*, einem Krimi von Raymond Chandler. Der Polizist legte das Buch beiseite, als er bemerkte, dass der Journalist das Bewusstsein wiedererlangt hatte. »Mein lieber Freund, das war aber knapp«, sagte er. »Sie befinden sich in der Charité. Aber keine Sorge. Der Professor, also Ihr Herr Vater, und seine Assistentin, also Ihre Frau Mutter, meinen beide übereinstimmend, dass aller Voraussicht nach keine dauerhaften Schäden zurückbleiben werden. Sie haben noch mal Glück gehabt, großes Glück sozusagen.«

»Wie konnten Sie uns so schnell finden?«

»Nicht ich, sondern zwei meiner Kollegen sind das gewesen, genauer gesagt: Ihre Leibwächter. Die haben zuerst die Skinheads aus dem Verkehr gezogen, von denen Sie überfallen wurden. Als die Burschen abgeführt wurden, ist Ihr Nachbar aufgetaucht, dieser Herr Hartwig. Er erzählte meinen Kollegen, dass er in dem Friedhofsgärtner den Postboten wiedererkannt habe. Zum Glück war dieser Hartwig ausgerechnet am Herrentag völlig nüchtern. Außerdem waren die beiden Polizisten für das Thema sensibilisiert. Trotzdem hat es einige Zeit gedauert, bis sich dieser Hartwig verständlich machen konnte. Meine Kollegen haben als Erstes Verstärkung angefordert.

Dann sind sie auf den Friedhofsgärtner gestoßen. Sie konnten ihn überwältigen. Später haben sie Geräusche von unten aus den Katakomben gehört. Meine Kollegen waren mutig. Sie wussten nicht, was sie dort unten erwartete. Trotzdem haben diese Teufelskerle keine Sekunde gezögert und Sie befreit. Etwas später wäre zu spät gewesen.«

»Hat der Verbrecher ein Geständnis abgelegt?«

»Nein, er schweigt wie ein Grab. Aber wir haben in seiner Wohnung Tonbandaufzeichnungen gefunden. Dort schildert er detailliert alle seine Untaten. Übrigens haben Sie mit Ihrer Vermutung recht gehabt, dass er nicht im eigenen Revier gewildert hat. Er wohnt viel weiter außerhalb. Doch nun will ich Sie in Ruhe lassen. Die nächsten Tage werden noch aufregend genug für Sie werden.«

Kurz nachdem der Oberleutnant gegangen war, öffnete sich die Tür erneut. Herein kam Ilka Friesecke. »Könntest du bitte ein Stück rücken«, sagte sie. »Mir ist immer noch kalt.«

*

Einige Tage danach zog Doris Worch ihren Chef Lothar Dolling beiseite und meinte mit spitzem Mund: »Das ist mal wieder typisch. Dieser Riedel hat auf der ganzen Linie versagt. Trotzdem wird er gefeiert wie ein Held. Und so etwas nennt sich nun ›Polizeireporter‹. Dieser Totalversager hatte sämtliche Fakten zur Verfügung und konnte sich dennoch keinen Reim darauf machen. Ich wusste von Anfang an von der Kühlkammer unter der Kapelle. Wenn mir nur irgendjemand zugehört hätte, wäre der Verbrecher schon Wochen vorher dingfest gemacht worden. Außerdem weiß doch jedes Kind: Der Mörder ist immer der Gärtner.«

Glossar

ABI: Arbeiter-und-Bauern-Inspektion
ADN: Allgemeiner Deutscher Nachrichtendienst
Aktion »Dächer dicht«: Kommunale Aktion in Zusammenarbeit mit der FDJ, bei der die DDR-Bürger aufgerufen waren, Eigenleistungen zu erbringen, um ihre Wohnbedingungen zu verbessern

Dederon: Polyamid-Kunstfaser, ähnlich wie Nylon und Perlon
De gustibus non est disputandum. Lateinische Redewendung: »Über Geschmäcker kann man nicht streiten.«
Delikatladen: Einzelhandelsgeschäft für Nahrungs- und Genussmittel des »gehobenen Bedarfs«
Dieselameise: kleines Transportfahrzeug
D-Zug: Schnellzug, Abkürzung von Durchgangszug

Erweiterte Oberschule: Abkürzung EOS, höhere Schule im DDR-Schulsystem, führte nach der zwölften Klasse zur Hochschulreife

FDJ: Jugendorganisation »Freie Deutsche Jugend«
FDJ-Hemd: offizielle Organisationskleidung der FDJ, blaues Hemd mit einem gelben Emblem der aufgehenden Sonne am linken Ärmel

Haus der jungen Talente: Abkürzung HdjT, seit 1954 zentrales Jugendklubhaus in der Ostberliner Klosterstraße
Hellerau-Schrankwand: modulare Schrankkombination aus der Produktion des *VEB* Möbelkombinat Hellerau

Hirschbeutelträger: Vertreter einer alternativen Jugendkultur, die an Äußerlichkeiten erkennbar waren. Dazu gehörten neben langen Haaren sogenannte Hirschbeutel, die aus mit Jagdmotiven bestickten Sofakissen selbstgenäht wurden.
HO: Handelsorganisation

Internat: Allen Studenten stand automatisch ein kostengünstiger Internatsplatz zu; der monatliche Mietpreis betrug in der Regel zehn Mark.

Jesuslatschen: einfache Riemensandalen, siehe *Hirschbeutelträger*
Jugendwerkhof: Erziehungsheim für schwererziehbare Kinder und Jugendliche
Junge Pioniere: »Pionierorganisation ›Ernst Thälmann‹«, staatliche Massenorganisation für Kinder der ersten bis siebten Klasse

Kaderbogen: Einstellungsformular
Kampfgruppe: militärische Einheit, deren Mitglieder in ihrer Freizeit an Übungen teilnahmen
Kombinat: Großbetrieb mit mehreren Betrieben und Betriebsteilen
Konsum: Handelsgenossenschaft, die vor allem Lebensmittelgeschäfte und Gaststätten betrieb
KMU: Karl-Marx-Universität in Leipzig
KWO: VEB Kabelwerk Oberspree
KWV: Kommunale Wohnungsverwaltung

Malimo: eine von Heinrich **Ma**uersberger aus **Lim**bach/Oberfrohna zur Produktion von **Mo**lton erfundene Nähwirktechnik, Markenname

Minol-Pirol: Maskottchen vom Tankstellenbetreiber VEB Minol
Mitropa: Bahnhofsgaststätte oder Speisewagen beziehungsweise -abteil

Nationale Front: politische Institution, in der die Parteien, Massenorganisationen und Verbände der DDR versammelt waren
NBI: *Neue Berliner Illustrierte*
Neckermannhaus: Fertigteilhaus, das über die Geschenkdienst und Kleinexporte GmbH (Genex) bezogen werden konnte
NVA: Nationale Volksarmee

ORWO: Abkürzung für **Or**iginal **Wo**lfen

Parkakutte: Shell-Parka der US-Army, siehe *Hirschbeutelträger*
Poliklinik: medizinisches Versorgungszentrum
»Polizeiruf 110«: Krimiserie im Fernsehen
Polytechnische Oberschule: Abkürzung POS, allgemeine Schulform im DDR-Schulsystem, umfasste zehn Klassen
»Präsent 20«: zum 20. Jahrestag der DDR entwickelter Polyester-Stoff, aus dem Hosen, Röcke und Anzüge genäht wurden

Räuchermecki: DDR-Kultprodukt, kleine igelartige Tischfigur, die mit Hilfe von speziellen Räucherzigaretten qualmt
Robotron: Kunstwort aus **Robo**ter und Elek**tron**ik; der VEB Kombinat Robotron war ein Großbetrieb mit über achtzig Betrieben und Betriebsteilen
ruhla: Zifferblattsignet der Produkte des VEB Uhrenwerke Ruhla mit Sitz in Ruhla (Thüringen)

Schilkin: Berliner Spirituosenfabrik, die unter anderem Wodka herstellte
SED: Sozialistische Einheitspartei Deutschlands
Sprelacart: Markenname für mit Kunstharz gebundene Schichtstoffplatten
»Stimme der DDR«: Hörfunkprogramm des DDR-Rundfunks
Subbotnik: freiwilliger Arbeitseinsatz

Tal der Ahnungslosen: Region um Dresden, in der kein Westfernsehen empfangen werden konnte
Toniwagen: Streifenwagen der Volkspolizei

UTP: Unterrichtstag in der Produktion – Schulstunde

VEB: Volkseigener Betrieb
VKSK: Verband der Kleingärtner, Siedler und Kleintierzüchter

ZK der SED: Zentralkomitee der Sozialistischen Einheitspartei Deutschlands

Mörderisches Ostberlin

Richard Grosse
Mordshochhaus
Ein Berlin-Krimi

Kommissar Birchers erster Fall

592 Seiten, Broschur

ISBN 978-3-95958-014-4 | 12x19 cm | 14,99 €

1975, Ostberlin. In einem der bekanntesten Gebäude der DDR, im »Haus des Kindes« am Strausberger Platz, treibt ein Serienmörder sein Unwesen …
Richard Grosse legt mit *Mordshochhaus* ein atmosphärisch dichtes und raffiniert ausgeklügeltes Krimidebüt vor. Ein Großstadt-Krimi, der in einer Zeit spielt, als die Hauptstadt der DDR noch Berlin hieß und die Feinde klar definiert waren.

BILD UND HEIMAT

www.bild-und-heimat.de

Gefährliche Blutsbrüder

Richard Grosse
Russengold
Ein Berlin-Krimi

Kommissar Birchers zweiter Fall

496 Seiten, Broschur

ISBN 978-3-95958-113-4 | | 12x19 cm | 14,99 €

Berlin/Moskau 1977: Aus einer vermeintlich harmlosen Schmuggelaffäre unter übermütigen Studenten mit knapper Kasse entwickelt sich ein rücksichtsloser Wettkampf um Leben und Tod. Zu einer Zeit, als Berlin noch die Hauptstadt der DDR war, entfaltet sich zwischen Ostbahnhof, Alexanderplatz und Weidendammer Brücke eine Verbrecherjagd, die tief hinein führt in eine Schattenwirtschaft voller rätselhafter Beziehungen.

BILD UND HEIMAT

www.bild-und-heimat.de

Das Phantom des Terrors

Hans Kämmerer
Der schwarze März
Ein Berlin-Krimi

Kommissar Tennats
zweiter Fall

256 Seiten
12 × 19 cm · Broschur

ISBN 978-3-95958-114-1 | 9,99 €

In Berlin werden zwei junge Frauen getötet – die erste aus Versehen, die zweite hingegen mit Absicht. Doch dies ist nur der Anfang, ahnt Hauptkommissar Sven Tennat. In einem Bekennerschreiben, das Tennat bei der zweiten Leiche findet, wird ein Attentat angekündigt, das viele Todesopfer fordern wird. Auf den rauen Straßen Berlins beginnt für Tennat ein verzweifelter Wettlauf um Leben und Tod …

BILD UND HEIMAT

www.bild-und-heimat.de

Wolfgang Swat
Tödliche Spreewald-Liebe

und 13 weitere authentische Kriminalfälle

224 Seiten

12,5 × 21 cm · Broschur

9,99 €

ISBN 978-3-95958-174-5

Wahre Tragödien

Inspiriert von einer US-amerikanischen Krimiserie, planen zwei Jugendliche aus Brandenburg an der Havel den perfekten Mord. Als sie am letzten Tag der großen Ferien 1974 am Wusterwitzer See zwei Mädchen begegnen, haben sie ihre Opfer gefunden … Diesen und 13 weitere authentische Kriminalfälle aus dem Raum Spreewald, Berlin, Potsdam, Cottbus und Frankfurt/Oder hat Wolfgang Swat aufgespürt und die aufsehenerregenden Verbrechen von allen Seiten beleuchtet – ein aufwühlendes Leseereignis!

www.bild-und-heimat.de

Rene Kroll Frank-Rainer Schurich
Brudermord

und zwei weitere Verbrechen
von Sowjetsoldaten in der DDR

176 Seiten
12,5 × 21 cm · Broschur

9,99 €

ISBN 978-3-95958-142-4

Todesschüsse der Sowjetsoldaten

Remo Kroll und Frank-Rainer Schurich schlagen ein Sonderkapitel der DDR-Kriminalgeschichte auf: grausame Bluttaten von Sowjetsoldaten. Was bedeutet das für die polizeilichen Untersuchungen? Das erfolgreiche Autorenduo rekonstruiert in bewährter Form auf Basis der originalen Akten die realen Tathergänge, analysiert die Ermittlungsansätze und lässt die Leser minutiös an der Aufklärung der Verbrechen teilhaben – spannungsreich und aufwühlend!

www.bild-und-heimat.de